LUZIFER
VERLAG

EUPHORIA Z

Luke Ahearn

aus dem Englischen von Andreas Schiffmann

FSC
www.fsc.org
MIX
Papier aus verantwortungsvollen Quellen
FSC® C083411

Deutsche Erstausgabe

Titel der Originalausgabe: EUPHORIA Z

Cover & Umschlaggestaltung: Mark Freier
Übersetzung: Andreas Schiffmann

ISBN: 978-3-95835-047-2

Printed in Germany

Bibliografische Information der Deutschen Nationalbibliothek:
Die Deutsche Nationalbibliothek verzeichnet diese Publikation in der Deutschen Nationalbibliografie; detaillierte bibliografische Daten sind im Internet über http://dnb.d-nb.de abrufbar.

Für Julie, Ellen
und Cooper.

EIN JAHR ZUVOR …

»Wir kriegen dich, du Bastard!«, echote es durch den Wald. Sie verfolgten ihn schon lange und waren ihm nun sehr nahe – aber nur, weil er es zuließ.

Cooper hatte selbst bestimmt, wann und wo er sich ihnen entgegenstellen würde. Er wartete geduldig darauf, dass sie zu ihm kamen. Er beruhigte seinen Atem und blieb völlig still.

Sie jagten ihn in einer geschlossenen, großen Gruppe, also alle acht, und versuchten, ihm Angst zu machen, damit er sich aufscheuchen ließ. Er wusste jedoch, dass sie sich vielmehr vor ihm fürchteten. Das machte er anhand ihrer Stimmen aus: angespanntes Flüstern, wütende Befehle. *Glauben sie wirklich, ich sei so dumm und wollte ihnen allen auf einmal die Stirn bieten?* Er würde das im Rambostil durchziehen, indem er sich einen nach dem anderen vorknöpfte.

»Wir wissen, wo du steckst, Mann!« Eine andere Stimme, näher.

Ihr wisst, wo ich stecke? So was von lächerlich, dachte er. Einer seiner Jäger gab mehrere Schüsse ab.

»Spar deine verdammte Munition«, brüllte ihr Anführer.

Cooper drückte sich seine Pistole fest an die Brust – längs, damit sie nicht vom Körper abstand – und seinen Rücken gegen einen riesenhaften Baum. Er befand sich tief in einem urgewaltigen Wald; die Wasserfälle, kolossalen Tannen, üppigen Farne und moosbedeckten Felsen waren schön, eigneten sich aber auch trefflich zum Verstecken.

Schweiß rann an seinem Rücken und den Beinen hinunter. Etwas kitzelte ihn im Genick, doch er verdrängte das Jucken in der Hoffnung, es sei kein beißendes Insekt. Die raue Rinde blieb an seiner Montur haften. Rechterhand fiel ihm eine Bewegung auf, doch er hielt sich steif wie der Tod, verborgen zwischen zwei breiten Farnen.

Sein Herz raste. Acht gegen einen – ein irrsinniges Handicap, doch er war entschlossen, lebendig hier herauszukommen. Einen Gegner ließ er vorbeilaufen, dann noch einen und schließlich zwei weitere.

Der Angriff traf sie überraschend. Er tötete drei von ihnen, bevor sie überhaupt bemerkten, wo er war. Der vierte Mann machte Anstalten, zurück zu feuern, handelte sich für seinen Heldenmut jedoch einen Schuss mitten in die Brust ein.

Cooper dezimierte ihre Gruppe binnen Sekunden um die Hälfte und stand geschützt vor den Verbliebenen hinter einem Baumriesen. Er grinste, als die übrigen vier in Panik gerieten.

»Zurück! Verflucht, er ist gleich dort!«

Cooper hörte, dass mindestens zwei von ihnen davonliefen, und kicherte. *Wenn er nach ihnen ruft, sucht er mich nicht,* schlussfolgerte er. So lehnte er sich zur Seite und feuerte rasch. Die Kugel traf den Anführer am Visier seines Helms. Eigentlich hatte er mittig auf den Körper gezielt, doch ein Kopfschuss ließ ihn viel cooler dastehen.

»Scheiße!« Der Teenager zog den Helm aus, um sich den Rest des Kampfes ansehen zu können. Er war verblüfft und auch ein bisschen enttäuscht. Beim Paintball gewann Cooper immer, aber das war wirklich lächerlich: Acht gegen einen, unfassbar. Er hätte ihn des Schummelns bezichtigt, wäre es nur annähernd möglich gewesen, dass Cooper dies getan hatte.

»Kommt schon, er steht direkt hinter dem Baum.«

»Du bist tot, Harlan«, sagte Cooper ruhig.

»Ich bin ein Zombie.«

»Zombies können nicht sprechen.« Cooper lächelte. Er hörte, wie die anderen beiden sich anschickten, den Baum zu umrunden, um ihn von beiden Seiten anzugreifen. Ein weiterer harrte rechts hinter ihm aus, es sei denn, Norman hatte fliegen gelernt; der Kerl war nicht in der Lage, leise zu gehen.

»Hetze ihn, Dicker!«, rief Harlan.

»Er wird mich abschießen«, jammerte Norman.

»Nicht, wenn du ihm zuvorkommst.«

Cooper ärgerte sich darüber, dass jeder Norman „den Dicken" nannte; das war einfach gemein. Jeder kam mit jedem aus, aber die Kids konnten sich immer noch unreif und grausam verhalten.

»Norman, zielst du auf mich?« Cooper sprach diese Worte gegen den Baum, sodass sie von überall her hätten kommen können.

»Äh, nein.«

»Solltest du aber. Richte die Waffe direkt auf den Baum. Ob ich von links oder rechts komme: Du kannst mich in jedem Fall leicht erwischen.«

»Du wirst mir auch nicht böse sein?«

Herrje, Norman, stöhnte er innerlich. »Ich bin tot! Du schießt großartig. Nur weil du keine zehn Schritte schaffst, ohne verschnaufen zu müssen, heißt das nicht, dass du das hier nicht gewinnen kannst.« Cooper lächelte wieder. Er stichelte Norman gerne, doch beide wussten, dass es nie fies gemeint war.

»Ha, ha.« Norman hob sein Gewehr und zielte auf den Baumstamm. Er wusste, Cooper würde ihm helfen, den Sieg aber nicht gleich schenken, sondern im Gegenteil sein Bestes geben, um selbst zu gewinnen und es vermutlich auch schaffen. Norman hatte tatsächlich Angst.

»Nicht vergessen … warte.«

Cooper drückte ab und traf einen der beiden, die sich herangepirscht hatten und ihm zu dicht auf den Leib gerückt waren. Der andere hielt sich zurück – weit zurück – und gab ein paar Schüsse ins Blaue auf ihn ab.

Eine Farbkugel sauste über Normans Kopf hinweg. »Hey, nicht die eigenen Leute abballern, pass auf!«

Ein leises »'Tschuldigung« folgte aus dem fernen Unterholz.

Cooper belehrte ihn: »Norman, vergiss nicht, in Deckung zu gehen.«

Der Dicke rückte ein paar Fuß zur Seite hinter eine dünne, junge Kiefer.

Der tote Anführer lachte wiehernd: »Du brauchst einen Baum, der wesentlich breiter ist als der, Norm.«

»Halt die Fresse«, blaffte Norman, obwohl auch er es witzig fand. Er war locker viermal so dick wie der Baum.

»Du siehst aus wie ein Elefant, der sich hinter einem Stoppschild verstecken will.« Harlan war sein eigener größter Fan und lachte am lautesten über seine Witze.

»Wenigstens sieht mein Riechkolben nicht aus wie ein Pimmel«, konterte Norman. Er hatte tagelang darauf gewartet, diesen Spruch zum Besten geben zu können. Dass Harlan empfindlich reagierte, wenn es um seine Nase ging, wusste er, deshalb brachte das den Jungen auch zum Schweigen.

Auch Cooper musste schmunzeln. Harlan konnte ein ziemlicher Trottel sein.

Sein zweiter Häscher stürzte plötzlich los und feuerte, ohne zu zielen. Cooper schaute seelenruhig zu, wie die Platzpatronen überall hinflogen, bloß nicht einmal annähernd auf ihn. Dem Schützen ging ungefähr 30 Fuß vor Cooper die Munition aus.

»Oh, Kacke.« Er warf sich dramatisch auf die Erde, dann »Autsch.«

Daraufhin prusteten alle los.

Cooper ging seelenruhig auf den Liegenden zu, wobei er zusah, dass der Baum zwischen ihm und Norman blieb. Der Jäger versuchte händeringend, neue Farbkugeln in die Zuführung seiner Waffe zu schütten, doch dann stand Cooper vor ihm. Der gescheiterte Nachlader sackte resignierend zusammen.

Cooper ging in die Hocke, hielt ihm den Lauf seiner Pistole im Abstand von einem Fuß vor die Brust und wisperte: »Ich werde es kurz und schmerzlos machen.«

»Okay.«

»Irgendwelche letzten Worte?«

»Komm schon, tu's einfach.«

»Möchtest du eine Nachricht für deine Lieben aufgeben?«

»Los jetzt, du Arsch, erschieß mich.«

Cooper feuerte und schlich zurück hinter den Baum.

»Jetzt sind nur noch wir beide übrig, Norman. Bist du bereit?«

»Ja, nur zu.« Er versuchte, zuversichtlich zu klingen, aber seine Stimme brach sich dabei.

»Bist du sicher? Auf welcher Seite des Baumes werde ich vortreten? Stehe ich überhaupt noch dahinter? Vielleicht lauere ich in Wirklichkeit hinter dir.«

Norman wollte den Kopf drehen, um zurückzuschauen, wusste aber, dass Cooper bloß versuchte, ihn zu verwirren. Darum ließ er den Baum nicht aus den Augen und fixierte eine Stelle etwa drei Fuß über dem Boden. Als er eine Bewegung an einer Seite wahrnahm, duckte er sich, und schon rauschte ein Farbball an ihm vorbei.

»Scharfes Auge, Norm!«, lobte Harlan.

Norman blickte wieder dorthin, wo er Cooper gerade gesehen hatte. Er suchte diesen Bereich ab, entdeckte aber keine Spur von ihm. Ein lautes Klatschen an seinem Brustpanzer ließ ihn zusammenzucken, woraufhin rechts über seinem Herzen ein grüner Klecks auftauchte.

Dass es Cooper gelungen war, sich mehrere Yards von der Stelle fortzubewegen, an der er gestanden hatte – völlig unbemerkt – war verblüffend.

»Ach, Mensch.« Norman tat enttäuscht, war aber eigentlich froh; so knapp war er beim Paintball noch nie unterlegen gewesen, was eine beachtliche Leistung darstellte, wenn man von Cooper gejagt wurde.

»Gut, gut, gut.« Der Sieger stolzierte nun auf Harlan zu, und der Rest der Gruppe schloss sich den beiden an. »Ich schätze, jemand muss mir eine Pizza ausgeben.«

Sie zogen auf dem Weg zu der langen Straße, die sie tiefer in den Nationalforst führte, ihre Helme und verschiedene Elemente ihrer Kunststoffpanzer aus. Dabei lachten sie und rissen Witze – ein typisch sorgenfreier Tag für alle. Schließlich warfen sie ihre Ausrüstungen in die Autos. Später am Abend würden sie sich am Strand treffen und ein Lagerfeuer machen.

In wenigen Wochen begann Coopers Abschlussjahr, aber er freute sich schon jetzt aufs College. Obwohl er diese Zeit vermissen würde, konnte er es kaum erwarten, die Kleinstadt zu verlassen und in die Ferne zu ziehen. Allerdings sollte er es nie bis aufs College schaffen. Beinahe auf den Tag genau ein Jahr später würde er auf echte Killer mit scharfen Waffen stoßen – und wieder allein sein.

NEUN MONATE ZUVOR ...

»Ich wollte nur sagen, dass ich nicht mit heruntergelassenen Hosen dort reingehen will«, grollte General Mason Schaumberg. Er stand vor einer dunkelhäutigen Frau im Laborkittel, die deutlich kleiner war als er, und rückte ihr viel zu dicht auf die Pelle.

»Na ja, viel zu sehen gäbe es dann ja nicht«, erwiderte sie, ohne vor ihm zurückzuweichen. Dr. Aimee Sarin war indischer Abstammung, aber Amerikanerin in der dritten Generation. Sie hatte in Astrophysik promoviert und zeigte sich unbeeindruckt, während er das Macho-arschloch heraushängen ließ; genauer gesagt fand sie es niedlich, wenn er das versuchte.

Der General lächelte. »Heißt das also ja? Diese Berechnungen sind ganz sicher korrekt?«

Die Doktorin verdrehte bloß ihre Augen. »Was denkst du denn?«

General und Dr. – so nannten sie einander sogar außerhalb ihrer Arbeitszeit. Sie hatten vor etwas über einem Jahr begonnen, miteinander auszugehen. Dr. Sarin war für Seeker verantwortlich, einem Teleskop auf der dunklen Mondseite, von dessen Existenz nicht einmal 50 Personen wussten. General Schaumberg wiederum war für Dr. Sarin verantwortlich – jedenfalls beruflich, und selbst darüber ließ sich streiten.

Seeker übertraf alle anderen Teleskope, die man je gebaut hatte, und sie durfte darüber verfügen, was sie in die Situation des ersten Menschen der Welt brachte, der wusste, dass ein möglicherweise verheerender Asteroid auf die Erde zuraste – und zwar noch ehe dem US-Kongress klar wurde, wer das Projekt subventionierte.

»Und du kommst wirklich nicht mit mir?«, fragte der General, obwohl er die Antwort bereits kannte.

Sie hasste diese Besprechungen und hatte heute einen triftigen Grund, um fernzubleiben. »Ich bin mir sicher, du schaffst es allein, vor einem Saal voller Männer zu reden, die deine Karriere mit einem Telefonanruf zerstören könnten.« Sie lächelte über diese Spitze.

»Du verstehst es wirklich sehr gut, mich zu beruhigen, vielen Dank.« Er salutierte mit einem schiefen Grinsen, bevor er zum Konferenzraum ging.

Normalerweise würde sie einem so wichtigen Treffen beiwohnen, doch es galt, weiter an den Berechnungen zu arbeiten. Um mit hundertprozentiger Gewissheit zu sagen, dass der Asteroid einschlagen würde, war es noch zu früh, doch die Wahrscheinlichkeit dafür stand hoch. Dennoch hoffte sie, sich zu irren.

Sie war aufgeregt gewesen, als man sie auserwählt hatte, jenes Team zu leiten, welches das geheime Teleskop bedienen sollte. Dessen Stärken begeisterten sie, doch sobald sie die tatsächliche Zahl der Flugkörper gesehen hatte, die eine erhebliche Bedrohung für die Erde darstellten, war sie dazu übergegangen, nach der Arbeit zu trinken, um schlafen zu können. Innerhalb weniger Monate hatte sie sich auf dem besten Wege befunden, ihre Karriere zu zerstören. Mithilfe des Generals war sie wieder auf die richtige Spur gekommen, und eine Beziehung hatte sich entwickelt.

Dass man der Öffentlichkeit weismachte, man sei vor Asteroideneinschlägen sicher, regte sie immer noch auf, doch mit der Wahrheit umzugehen, wäre zu arg für die Menschen. In diesem Fall war Unwissen ein Segen, aber am schlimmsten fand Dr. Sarin, dass selbst das überragende Teleskop nicht jedes Objekt ausmachte, das die Erde treffen konnte.

Während sie beobachtete, wie der General den Konferenzraum betrat – selbstbewusst wie immer –, zwickten sie leise Gewissensbisse, weil er es war, nicht sie. *Ich mach's mit einem gemeinsamen Abendessen wieder gut. Vielleicht schaue ich mir sogar diese dämliche Fernsehserie über die Motorradgang an und tue so, als würde sie mir gefallen,* sinnierte sie.

DREI MONATE ZUVOR ...

Der General saß mit der Doktorin hinten im Pressesaal und tat etwas, was die beiden während ihrer Arbeit nie wagten: Händchen halten. Als er sie drückte, schlossen sich ihre Finger um seinen Verlobungsring, und sie schüttelte leicht ihre Hand, damit er sich entspannte.

Der Pulk verstummte, als der Präsident der Vereinigten Staaten mit einem einzelnen Blatt Papier in den Händen aufs Podium trat.

»Guten Abend. Ich bin heute hier, um Ihnen diese Neuigkeit persönlich zu übermitteln. Während ich spreche, werden diese Informationen an andere Staatsregierungen und Medien weltweit weitergereicht, um eine grundlose Panik zu verhindern. Alles wird in Ordnung bleiben, und ich wiederhole dies ausdrücklich: Alles ist und wird in Ordnung bleiben.

Ein Asteroid befindet sich auf dem Weg zu uns – uns, das bedeutet: die Erde. Er wird in der russischen Stadt Ufa einschlagen; diese Stadt wird vernichtet, aber –«

»Moment mal!«, rief ein Reporter und sprang auf. »Sie haben gelogen, was Ufa angeht, richtig? Wie lange wissen Sie bereits von diesem Asteroiden?« Wütendes Gemurmel kam unter den anderen Medienvertretern auf.

Eine ältere Frau erhob sich. »Es ging also nicht um ein Arsenal biologischer Kampfstoffe, das zu gewaltig war, um es zu bewegen. Sie haben uns rundheraus belogen. Wie können Sie es wagen?«

Auf eine Handbewegung des Präsidenten hin traten rasch zwei Agenten in Aktion, um die Reporterin hinauszubringen. Sie widersetzte sich. Andere standen auf und fingen lauthals an, Fragen zu stellen.

»Setzen Sie sich! Tun Sie es sofort, oder ich lasse diesen Saal räumen!«, rief der Präsident ins Mikrofon. Niemand reagierte. Die Lage wurde so chaotisch, dass der Geheimdienst ihn aus dem Saal geleiten musste.

Der General schnitt ein finsteres Gesicht. *Für diese Trottel ist es so schlimm, nicht informiert worden zu sein, dass sie gar nicht hören wollen, welche Nachricht der Präsident mitzuteilen hat.*

Ein Journalist stellte sich auf einen Stuhl und begann zu schreien. Ein Agent des Geheimdienstes versetzte ihm einen Elektroschock, woraufhin der Mann zu Boden ging. Zwei andere Agenten drehten ihn auf den Bauch und legten ihm Handschellen an. Das war eine klare Ansage. Man würde nicht lange fackeln. Die anderen Medienvertreter beruhigten sich wieder und verließen nacheinander den Saal.

Sobald Ruhe eingekehrt war, durfte eine Handvoll zurückkehren. Der Präsident richtete sich an sie, doch das Kind war bereits in den Brunnen gefallen. Man wollte dem Staatsoberhaupt eine Lektion erteilen, weil man von ihm für dumm verkauft worden war. Den Reportern war anscheinend egal, dass die weltweite Panik, die sie zu schüren gedachten, zu Chaos führen würde – zu Zerstörung, Gewalt und Mord.

***

»Diese Arschlöcher.«

Der General war es leid, dabei zuzusehen, wie kindisch sich die Medien aufführten. Man berichtete, der Asteroid würde die ganze Welt verwüsten und die Menschheit auslöschen. Er war zu verdrossen, um das Sandwich zu essen, das er sich gerade gemacht hatte, und lehnte sich an die Küchentheke.

Die Doktorin konnte ihm nur beipflichten: »Die spielen sogar Szenen aus Katastrophenfilmen als authentisches Material ein. Nicht zu fassen. Ganz ehrlich, ich fand schon immer, wir hätten es der Welt preisgeben sollen, als wir es erkannten, aber so zu reagieren, ist kriminell.«

»Ich weiß.« Der General betrachtete sein Sandwich. Er hatte mehrere hitzige Debatten mit ihr über die Situation hinter sich.

Sie war gerade vom Joggen zurückgekommen und trank Wasser aus einer Flasche. »Sieht nicht so aus, als würde die Mehrheit der Menschen die Lage begreifen und sich normal benehmen. Ich glaube, langfristig wird doch alles glattgehen.«

»Ja, sicher. Aber die Schäden, die daraus entstehen ... Du hast die Geschichten gehört: Menschen werfen ihre Leben und Karrieren weg, ja töten sogar aufgrund dessen, was die Presse heraufbeschworen hat.«

Sie sah ungern, dass sich der General derart empörte, und schmiegte sich an ihn. »In ein paar Wochen ist alles wieder normal.«

»Für die meisten Menschen.« Er biss in sein Sandwich.

»Na ja, für uns aber auf jeden Fall.« Sie versuchte, ihn zu beschwichtigen und ihm Zuversicht zu spenden.

Er erwiderte ihre Umarmung, schnupperte an ihrem Haar und versuchte den ganzen Mist zu vergessen, der ihm gerade durch den Kopf ging.

»Für uns schon, definitiv.« Er gab ihr einen Kuss auf den Kopf. »Uns wird es besser gehen als je zuvor.«

Dabei irrte er sich jedoch, denn in wenigen Wochen sollten die beiden nicht mehr am Leben sein.

***

Der Tag kam, und die Welt hielt den Atem an. Der Asteroid trat in die Atmosphäre ein und ging über Osteuropa nieder – und das war es dann. Die Stimmung weltweit vermittelte einen Eindruck von Enttäuschung, den meisten Menschen entging der Einschlag völlig.

Während die Menschen jedoch allerorts zur Ruhe kamen und anfingen, ihre Leben wieder in geregelte Bahnen zu lenken, setzte eine Gruppe von neun Männern einen Plan um. Und dieser sollte eine wirkliche weltweite Katastrophe auslösen.

DREI WOCHEN ZUVOR ...

Die Neun ließen in einem fürstlichen Hotel die Seele baumeln. Ihre Suite umfasste die oberen drei Etagen des vornehmsten Etablissements in Las Vegas, doch die Männer schienen einander nicht zur Kenntnis zu nehmen. Jeder wartete auf die Apokalypse, und sie waren die Einzigen auf Erden, die wussten, dass sie kommen würde ... weil sie sie selbst in die Wege geleitet hatten.

Milliardäre. Neun Milliardäre an einem Ort. Trugen sie ihre Vermögen zusammen, konnten sie alles erreichen, doch sie hatten entschieden, die Welt zu vernichten. Der Plan war über Jahrzehnte hinweg ausgearbeitet worden, und die Zeit zur Umsetzung nun endlich reif. Von der Glaubwürdigkeit der Medien konnte keine Rede mehr sein, nachdem sie eine derartige Story aus dem Asteroiden gemacht hatten.

Im Rahmen einer beiläufigen Abstimmung, bei der es nur eines einträchtigen Kopfnickens bedurfte, fassten sie den Beschluss, die Weltbevölkerung fast vollständig auszumerzen. Im Lauf der folgenden Stunde führten sie mehrere Telefonate und verschickten ein paar E-Mails. Dann waren die Weichen gestellt und alle Hebel in Bewegung gesetzt; fast alle Menschen auf der Welt sollten binnen weniger Tage sterben.

Sie gingen davon aus, dass ihr Plan aufgehen würde, vor allem weil die bevorstehenden Ereignisse merkwürdig anmuten mussten. Ein erheblicher Teil der Bevölkerung würde körperliche Krankheitssymptome ignorieren, die eigentlich erschreckend waren. Die Milliarden, die sich im Lauf der nächsten Wochen infizierten, würden sich besser, glücklicher und gesünder denn je fühlen – ja geradezu euphorisch sein. Diese Gruppe von neun Männern hatte festgelegt, wer auf globaler Ebene überleben und wer sterben sollte. Jetzt strahlten sie und prosteten einander zu. Bald würde das Paradies ihnen gehören.

Ihr Vorhaben, den Planeten zu entvölkern, verlief aber nicht wie beabsichtigt. Die Gruppen und Einzelpersonen, die sie geimpft hatten, steckten sich zwar an, als sie mit dem Virus in Berührung kamen, und viele fanden in den darauffolgenden Wirrnissen den Tod, allerdings verhielt sich der Erreger selbst nicht wie vorgesehen. Die Infizierten starben nicht nach der anfänglichen Euphorie, sie fielen ins Koma. Ihre Gehirne vollzogen einen nicht vorhergesehenen Wandel, der sie wieder erwachen ließ. Doch das Menschliche in ihnen war gestorben, ein Monster geboren – und alles, was dieses Monster wollte, war fressen.

Diese neun mächtigen Männer, die Gott spielten, indem sie Milliarden Menschen mit nur ein paar Anrufen und Mails umgebracht hatten, waren auch Menschen. Folglich steckten sie sich an und erlitten das gleiche Schicksal wie ihre Opfer.

DIE GEGENWART, MONTEREY, KALIFORNIEN

»Fuck!«

Der drahtige alte Mann mit den grauen Haaren spürte, wie ihm die Augen vor Staunen regelrecht hervortraten. Jasper blickte finster drein. Jetzt ärgerte er sich wirklich schwarz. Mochte er auch einen Buckel haben und beim Gehen hinken, so ließ er sich dennoch nichts gefallen.

Irgendein fetter Dreckskerl hatte hinterrücks seine Arme um ihn geschlungen. Vor seinen Augen sah er weiße Berge von feuchtem Speck, während es nach Erbrochenem stank. Auch fühlte er den massiven, schmierigen Wanst und die Brüste des Mannes an seinem Rücken. Gewaltige Rollen von kaltem, verschwitztem Fleisch umgaben ihn, und ihn schauderte.

Er hasste Umarmungen, besonders von anderen Männern, und solche von schwitzenden Fettsäcken waren absolut unerträglich. Er trug seinen besten Hammer mit Pike bei sich, einen guten, alten Craftsman von anno dazumal, als die Schlitzaugen sie noch nicht hergestellt hatten, und brannte geradezu darauf, ihn zu benutzen. Der fette Wichser brüllte ihm ins Ohr: »Ich liebe dich! Ich liebe dich, Mann!«

»Ah, hör auf!« Jasper wand sich aus dem labbrigen Kokon und trat mehrere Schritte zurück. Was er sah, widerte ihn an. Es war ein hochgewachsener, dicker Jungspund, einen Kopf größer als er, was ihn wie ein Riesenbaby aussehen ließ, völlig haarlos und weichlich. Dabei grinste er wie ein Idiot, und das brachte Jasper noch weiter auf die Palme. Essensreste waren im Gesicht des Typen verschmiert und Fett rann in Strömen an seinem Doppelkinn hinunter, dann über die Titten und den Bauch. Jasper bekam den Gedanken nicht aus dem Kopf, der ganze Dreck klebte nun überall an seinem Rücken. Jetzt würde er sein Hemd verbrennen und lange heiß duschen müssen.

Der dicke Bursche trug nur ausgeleierte, weiße Unterwäsche, die mit Schweiß getränkt war. Jasper bekam von der nassen Kälte an seinem Rücken Gänsehaut. Sein Flanellhemd haftete an ihm wie ein klammer Badeanzug.

»Ich liebe dich, Mann!« Der fette, große Kerl grinste, während er auf ihn zukam, um ihn ein weiteres Mal zu umarmen.

»Ah, fick dich!«

Trotz seines fortgeschrittenen Alters bewegte sich Jasper flink und behände, was er seinen vielen Jahren als Zimmermann danken durfte. Er ließ den Spitzhammer auf dem Kopf des Jungen niedergehen, der ohne Widerstand zusammenbrach. Ihm gefiel das Gefühl, Schädel zu zertrümmern, bloß vergeudete er ungern Zeit darauf, es zu tun.

Der Dicke fiel auf den Betonboden wie ein nasser Sack. Er grinste immer noch, was Jasper ein wenig die Freude daran nahm, ihm die Birne eingeschlagen zu haben. Er wünschte sich, jedem Arschloch auf Erden mit seinem altbewährten Hammer die Hölle heißmachen zu können. Schließlich blickte er zurück, um sich zu vergewissern, dass ihn nicht noch ein anderer Penner umarmen wollte.

Eine Frau kam auf ihn zu. Sie heulte so laut, dass sie die Menge übertönte, während sie mit ihren Brüsten wackelte. Auch sie tötete er mit einem Hieb zwischen die Augen. Ihm reichte dieser Scheiß; nachdem er spaßeshalber noch ein paar Köpfe eingeschlagen hatte, wurde ihm langweilig. Es war stets das Gleiche: Zwanglos eins übergebraten, und die Deppen brachen immer noch lächelnd zusammen.

Auf den Straßen wimmelte es vor Menschen, und alle spielten verrückt. Jasper wollte einfach nur nach Hause. Anscheinend versammelte man sich in der Innenstadt, strömte aus den angrenzenden Siedlungen herbei. Die Menschen bewegten sich Arm in Arm in großen Gruppen, sowohl nackt als auch bekleidet, tanzten und herzten einander. Jasper wurde übel davon, so richtig kotzübel.

Als er versuchte, ebenfalls ins Stadtzentrum zu gelangen, verlor er sich beinahe in der Menge. Die Menschen drängelten und schoben sich gegenseitig gegen Türen, bis diese aufbrachen. Er hörte, wie ein breites Schaufenster zersprang, doch niemand reagierte darauf – im Gegenteil, da wurde einfach eine ganze Welle von Körpern durch den Rahmen gedrückt. Er erkannte, dass dies zu ernsthaften Verletzungen und gar Toten führte, weshalb er schleunigst verschwinden wollte.

Das schaffte er gerade rechtzeitig. Der Andrang der riesigen Schar erdrückte und erstickte viele, quetschte sie irgendwo ein und trampelte sie nieder, brachte sie schlichtweg um und riss doch nicht ab. Niemand schrie panisch oder vor Schmerzen, niemand rief nach Hilfe oder verständigte den Notdienst, und niemand hielt inne, um anderen beizuspringen, sich zu entschuldigen oder auf irgendeine andere Art menschlich zu reagieren. Alle waren fest entschlossen, genau das zu tun, was sie wollten, und was sonst jemand versuchte, interessierte sie nicht im Geringsten.

Überall wo die Menschen zusammenkamen, um sich auszutoben, herrschte dichtes Gemenge. Das Einkaufszentrum platzte aus allen Nähten, doch das Krankenhaus war verlassen. Am Hafen war so viel los, dass Hunderte ins eiskalte Wasser der Bucht stürzten. Das Büro- und Geschäftsviertel hingegen blieb dunkel und still. Einige Gruppen taten sich – aus welchen Gründen auch immer – zufällig auf dieser oder jener Straße zusammen. Die meisten Bürger verließen ihre Wohnungen und gingen fort, ohne die Türen zuzusperren oder überhaupt zu schließen. Sie wanderten einfach fort.

Einige wenige Seelen, die alles andere als ausgelassen waren, versteckten sich noch in ihren vier Wänden. Sie beobachten die Geschehnisse draußen voller Furcht und Entsetzen durch ihre Fenster. Jasper hatte zu ihnen gezählt, brauchte aber seine beschissenen Tabletten und musste sich durch diesen elenden Wust kämpfen, um sie zu besorgen. Natürlich war die Apotheke geschlossen gewesen, als er sie erreicht hatte. Auf seinen vorangegangenen Versuch hin, dort anzurufen, hatte sich niemand gemeldet. Demzufolge war er sauer. Er wollte nichts mit diesem bekloppten Stuss zu tun haben, geschweige denn etwas davon sehen oder gar durch die Ansammlung laufen. Er sah nicht wenige, die Sachen machten, die er bisher nur in den schmutzigen Heftchen seiner Kollegen gesehen hatte, doch eines einte sie alle: Sie strahlten wie geistig Behinderte, denen man einen Lutscher in die Hand gedrückt hatte – jeder und jede Einzelne von ihnen.

Zunächst hatte er geglaubt, dieses absonderliche Verhalten beschränke sich auf geistig Minderbemittelte, Kinder und andere Sonderlinge. *Dahinter muss irgendeine neue Droge stecken, sonst würden sie nicht so bescheuert abgehen,* so sein Gedanke. Allerdings drehten zu viele Menschen am Rad – eine schlicht zu große Zahl, die sich anormal verhielt.

Er floh so schnell vor der Menge, wie er konnte, und kehrte zu seinem Wagen zurück. In seinem Leben hatte er schon einiges gesehen, doch während der letzten Tage war die Welt zum Vorhof der Hölle geworden. Berichten zufolge ließ so gut wie jeder überall auf der Welt seine Arbeit liegen, egal wie wichtig diese war. Alles kam gewaltsam zum Stillstand. Öffentliche Verkehrsmittel, das Kommunikationsnetz oder die Armeen – alles ging einfach vor die Hunde. Seit die Schwarzen wählen durften, hatte Jasper vorhergesehen, dass dieser Tag einmal kommen würde.

Und die Verbrecher in Washington tappten im Dunkeln. Sie behaupteten, es sei ein unbekanntes Virus, dem sie den einfallsreichen Namen *Euphoria-Z* gaben, wobei der Buchstabe für die Tatsache stand, dass sie nicht wussten, was es war, sondern nur, was es anrichtete. Und ihr Ratschlag? Zu Hause bleiben und sich von großen Mengen fernhalten. Unheimlich schlau.

Jasper hätte nie damit gerechnet, wieder jemanden töten zu müssen, nicht seit dem Krieg, doch in jüngster Zeit war ihm nichts anderes übriggeblieben. Auf den Straßen spielte sich Unbeschreibliches ab, und er würde nicht ins Freie gehen, wenn er seine Pillen nicht bräuchte. Er hatte das Gefühl, über Meilen hinweg die einzige vernünftige Person zu sein. Als er auf seine Füße schaute, fragte er sich – nur ganz kurz –, ob etwas mit *ihm* nicht stimmte. *Nein, kann nicht sein,* dachte er dann. Nichts von alledem war richtig. Die Welt hatte den Verstand verloren.

Für Jasper war alles einige Tage zuvor losgegangen. Seine Freunde oder Nachbarn waren vorbeigekommen, um ihn zu umarmen oder mit ihm zu vögeln, aber er hatte sie alle abgewimmelt. Seit seinem ersten Mord waren nur wenige Tage vergangen, die ihm jedoch wie Wochen vorkamen. Seitdem hatte er viele weitere getötet. Ihre Gesichter blieben ihm größtenteils verschwommen in Erinnerung, doch jenen ersten Mord würde Jasper nie vergessen.

Er erinnerte sich, wie sein Vorderfenster unter dem Gehämmer vibriert hatte und wie angefressen er gewesen war, weil der unbekannte Urheber nicht hatte aufhören wollen. Er war davon ausgegangen, irgendeinen schwachköpfigen Halbstarken zu sehen, und hatte dann erschrocken die Luft angehalten, denn es war eine junge, attraktive Nachbarin gewesen, die auf seiner Vorterrasse stand – nackt und »spitz wie eine räudige Hündin«. Er hatte ihr die Tür vor der Nase zugeschlagen …

Jasper hörte das Schloss klicken. Sie machte wieder auf, denn er hatte vergessen, die Tür zu verriegeln. Die nackte Nachbarin betrat sein Haus. Er warf sich gegen die Tür, um das zu verhindern, und spürte, dass sie kurz vorm Zuschlagen aufgehalten wurde, wobei es dumpf knirschte. Nachdem er zurückgetreten war, musste er sich fast übergeben, als er die Finger des Eindringlings sah. Sie ließ sich jedoch nicht beirren, sondern wollte ihn weiter verführen, wozu sie die Hände hochhob und sich näherte. Spitze, weiße Knochensplitter stachen aus geschwollenem Fleisch hervor, ihre Finger waren in unmöglichen Winkeln umgeknickt. Blut floss an ihrem Arm hinunter und klatschte in dicken Tropfen auf den Fußboden. Sie bemerkte es nicht. Bei einer solchen Verletzung hätte sie vor Qual kopflos schreien, ja einen Schock erleiden müssen.

Seine erste Reaktion war, ihr helfen zu wollen, doch sie bedrängte ihn. Er stolperte rückwärts, während sie näherkam. Sie drang in sein Haus ein, und das schmeckte ihm nicht. Er stieß sie mit beiden Händen davon, sodass sie rücklings umkippte und mit dem Hinterkopf auf die Treppen knallte. Danach bewegte sie sich nicht mehr.

Zunächst hatte er vor, jemanden zu verständigen, während er sich eine Unfallgeschichte zurechtlegte. Aber egal, wen er anrief, niemand ging ans Telefon. Nachdem er sich vergewissert hatte, dass sie tot war, schleifte er sie auf den Rasen seines Nachbarn. Das Arschgesicht stellte seine Mülltonnen ständig in Jaspers Auffahrt, also wollte er herausfinden, wie es ihm gefiel, eine Leiche auf seinem Grün liegen zu haben.

Jetzt kicherte er, als er sich daran zurückerinnerte, während er durch die Straße marschierte und dabei schwitzenden, grinsenden Wichsern auswich. Er hatte zwar seine Tabletten nicht bekommen, dafür aber ein paar Köpfe brechen können, jedoch nicht, ohne selbst einen Schlag ins Gesicht abzubekommen. Ein muskulöser junger Mann hatte ihn so übel erwischt, dass er gegen eine Wand geprallt und auf dem Pflaster niedergegangen war. Dort hatte er stundenlang bewusstlos gelegen, ohne dass es jemandem aufgefallen wäre.

***

Jaspers Kiefer tat weh, der Schmerz kam in heftigen Schüben. Nun, da er zu sich gekommen war, ballte er die Fäuste so fest, dass er sich mit den Fingernägeln in den Handballen schnitt, um der Qual Herr zu werden. Er stöhnte und unterdrückte einen Schrei. Der Knochen war bei dem Treffer ausgerenkt worden, jetzt spürte er nichts als intensiven Schmerz. Sein Kopf stand schief, und er verschluckte sich an metallisch schmeckendem Blut, das ihm fortwährend in den Rachen lief. Er stöhnte und wimmerte, als er es mit mehreren Zähnen ausspuckte. Seit Jahrzehnten hatte er nicht mehr das Bedürfnis zu weinen verspürt, nicht einmal während des Krieges auf dem Schlachtfeld.

Der Beton war kalt und rau. Er blieb liegen, während die Menschen an ihm vorbei gingen oder tanzten. Ein Passant stolperte über seinen Fuß und fiel auf ihn. Das tat so weh, dass er wieder ohnmächtig wurde.

***

Später – er lag immer noch auf dem Gehsteig – war die Temperatur bis knapp über den Gefrierpunkt gesunken. Er befand sich in einem mal mehr, mal weniger bewussten Dämmerzustand, während das Treiben ringsum munter weiterging. Nach einer Weile streckte er sich und befühlte seinen Kiefer. Heiliger Strohsack, er war gebrochen, und zwar so richtig: Der Knochen war am Kinn fast komplett gespalten. Als er ihn abtastete, erkannte er, dass er sich in seinen Rachen geschoben hatte. Er spürte, dass die andere Hälfte des Kiefers weit aus seinem Gesicht hervorstand, sodass Zähne und Knochen vom Kinn aufragten.

Als er zu lächeln versuchte, kratzte ein Teil an seinem Gaumen. Er dachte an den jungen Mann, der dies zu verantworten hatte. Er fühlte sich an seinen Militärdienst erinnert, denn damals hatten er und seine Kameraden oftmals Fremde vermöbelt, einfach so zum Scherz. Der junge Kerl vorhin hatte ihm gehörig die Hucke vollgehauen. Er stand auf, wobei er sich recht glücklich und heiter fühlte, um sich auf die Suche nach dem Verantwortlichen zu machen. Er wollte ihm die Hand schütteln und ihn in die Arme nehmen, vielleicht auch wieder mit ihm auf Tuchfühlung gehen. Dann – dessen war er sich sicher – würde er ihn besiegen.

Jasper schlurfte davon, freudiger als je zuvor, und vollführte einen kleinen Tanz. Beim Überqueren der Straße wurde er von einem Auto angefahren, das ihn mehrere Fuß hoch in die Luft schleuderte. Er fiel unsanft auf den Asphalt, wobei er sich sämtliche Knochen brach. Seine Glieder waren verdreht, Knochen stachen durch Haut und Stoff wie weiße Dolche. Er verlor viel Blut, das eine Lache auf der Straße bildete, wo er lag. Als er versuchte, sich zu erheben, konnte er nichts bewegen außer seinem Kopf. Er strengte sich erbitterter an und wünschte sich dabei, weiter tanzen zu dürfen. Die Lache breitete sich aus, und irgendwann legte Jasper seinen Kopf endlich hin. Während der letzten Augenblicke seines Lebens hörte er nicht auf zu grinsen.

1

Der alte Mann tauchte plötzlich vor seinen Scheinwerfern auf, weshalb er ihm nicht mehr ausweichen konnte. Er knickte vor dem Kühler ein und knallte mit dem Kopf auf die Motorhaube, dass es laut polterte, ehe er erstaunlich weit flog. Als er am Boden aufschlug, rollte er sogar noch ein Stück. Zu dem Zeitpunkt, als Cooper auf die Bremse trat, war es schon viel zu spät. Der Wagen stoppte mit quietschenden Reifen, gleichzeitig, da der alte Mann auf dem rauen Asphalt vor ihm liegenblieb.

Cooper wurde speiübel, als er ihn im Kegel seiner Scheinwerfer liegen sah. Er war sich sicher, dass der Alte infiziert war, aber es handelte sich immer noch um ein menschliches Wesen. Der Unfall schlug sich unerwartet emotional nieder. Der Motor brummte im Leerlauf, während Cooper überlegte, was er tun sollte. Sekunden vergingen. Er widerstand dem Drang, in Tränen auszubrechen, und handelte gegen seine Instinkte, die ihn dazu trieben, auszusteigen und dem Mann zu helfen. Das hätte er sofort getan, wären da nicht die Infizierten rund ums Auto, die eine Orgie feierten.

Cooper spürte, wie es schaukelte, und hörte leise die Aufhängung quietschen. Er griff zum Rückspiegel und hielt die Quaste seiner Studentenmütze fest, damit sie nicht pendelte, ehe er sie endgültig abnahm. Der Wagen geriet heftiger ins Wanken, als die Zahl der Menschen zunahm, die sich dagegenstemmten.

Vor ihm überquerte eine weitere große Gruppe die Straße auf dem Weg in die Innenstadt. Der alte Mann hob seinen Kopf an und legte ihn wieder nieder, bevor der Mob die Sicht auf ihn gänzlich verwehrte. Der Alte schaute sich einfach nur um, er zuckte nicht vor Schmerzen und legte keine andere Regung als Freude an den Tag.

Gut, war er also infiziert, schlussfolgerte Cooper und tröstete sich damit, dass der Kerl nicht litt. Nun bewegte er sich auch nicht mehr, was bedeutete, dass er tot sein musste. Das Einzige, was die Infizierten davon abhielt, sich zu rühren, war eine schwere Verletzung, die es körperlich unmöglich machte – oder der Tod. Es gab nichts, was Cooper hätte tun können.

Gerade als er den Schaltknüppel wieder in Fahrstellung brachte, knallte ein Körper auf seine Motorhaube. Eine nackte Frau drückte ihre fülligen Brüste gegen die Windschutzscheibe. Sie war hübsch, aber nur einen Sekundenbruchteil lang reizvoll, denn mehrere Rippen hatten sich durch die Haut gebohrt und ragten aus ihrem Leib hervor. Auf sie starrte Cooper, während sie am Glas kratzten wie lange, gebrochene Finger. Aus den Wunden quoll eine Menge Blut, mit dem sie die Scheibe verschmierte. Allein das Zuschauen tat bereits weh. Er grübelte nach einer sanften Art, sie vom Auto zu schaffen, als ihm eine Bewegung auf der Beifahrerseite auffiel. Ein Mann, der seltsamerweise Jeans und T-Shirt trug, glotzte ihn an und grinste dabei schauerlich.

Ein kräftiger Ruck lenkte Coopers Aufmerksamkeit wieder auf die Haube. Ein nackter, schlaksiger Teenager hatte die sich rekelnde Frau bestiegen. Aus seinem Mund floss Blut, da seine Unterlippe abgebissen worden war, und ein Teil seiner Kopfhaut fehlte. Er lächelte und versuchte wohl, irgendwie Geschlechtsverkehr mit der Frau zu haben. Sie strahlte immer noch und ließ ihren Oberkörper kreisen.

Cooper schaute erneut zu dem Mann auf der Beifahrerseite und bekam vor Schreck Herzklopfen, denn nun blickte er in die Mündung einer großen Pistole, die genau in sein Gesicht zielte. Über Gelächter, lüsterne Schreie und den Lärm der Meute hinweg hörte er ein entsetzliches Klicken, doch der Schlagbolzen traf auf eine leere Kammer. Der Mann drückte noch einmal ab, aber Cooper gab bereits Gas: Er lenkte ruckartig ein, um das Paar von seinem Wagen zu werfen. In diesem Moment änderte sich auch seine Einstellung; die Wirklichkeit dieser neuen Welt wurde ihm bewusst, und sein Herz verhärtete sich. *Scheiß auf alle anderen, ich wäre fast draufgegangen.*

Er raste nach Hause und sperrte sich ein. Cooper, der ansonsten gelassen und selbstbewusst war, fühlte sich erschüttert, doch so ging es jedem vernünftigen, nicht infizierten Menschen. Ruhig sitzenzubleiben, fiel ihm schwer. Adrenalin rauschte immer noch durch seine Adern. Er hielt sich an der Stange fest, die er in den Rahmen seiner Zimmertür geklemmt hatte, und machte so viele Klimmzüge, wie er schaffte, um die Anspannung abzubauen. Seine Arme taten weh, verkrampft von der Anstrengung, doch er kam sich weiterhin aufgedreht vor. Er hatte es sich während seiner Zeit auf der Highschool angewöhnt Sport zu treiben, um runterzukommen oder Ängste zu überwinden. Da es ihm in erster Linie darum ging, in Form zu bleiben, und weniger um die Tätigkeit an sich, war er im Gegensatz zu vielen seiner Freunde nie davon weggekommen. Daraus ergab sich nun, dass sie fett und träge geworden waren, während er mehr Muskeln und Ausdauer aufbaute.

Schließlich legte er sich auf eine kleine Bank und stemmte eine Stange Gewichte. Er hob sie ein wenig an, sodass er es leicht in der Brust spürte. Er hatte es bislang nicht geschafft, richtig stämmig zu werden, sondern sah schmächtig aus, obwohl seine Muskeln stahlhart waren und das Gros selbst derjenigen, die Steroide zu sich nahmen, im Gewichtheben keine Chance gegen ihn hatte. Nachdem er die Stange langsam eingehängt hatte, setzte er sich hin.

Cooper besah kurz seine Pokale und Urkunden, wandte sich dann jedoch ab. Dies alles mutete an wie ein Leben, das weit in der Vergangenheit lag, obwohl er seinen Abschluss erst wenige Wochen zuvor gemacht hatte. Er schob das dicke Jahrbuch von seinem Schreibtisch; er musste aufhören, an früher zu denken. Nichts davon hatte noch irgendeine Bedeutung. Seit das Leben schlagartig zum Erliegen gekommen war, kam es auf die Fähigkeiten zum Überleben an, die er sich als Pfadfinder angeeignet hatte, nicht auf seine verdienten Abzeichen und Ehrenbänder – genauso wie die Stärke und Kondition, welche er sich antrainiert hatte, wichtiger waren als die Trophäen.

Er ging duschen. Das heiße Wasser tat gut, es beruhigte ihn. Als er sich über die dichten Stoppeln in seinem Gesicht fuhr, entschied er, sich nicht zu rasieren. Dazu gab es keinen Grund. Dann ging er wieder im Haus herum, da er außerstande war, längere Zeit stillzusitzen.

Die geräumige Wohnung mit ihren hohen Zimmern und Fenstern, die vom Boden bis unter die Decken reichten, mutete wie ein Museum an. Die Scheiben vermittelten ihm das Gefühl, angreifbar zu sein. Obwohl er die Läden geschlossen und die Vorhänge zugezogen hatte, wirkte das Glas schwach im Vergleich zu Ziegel- oder Betonstein. Bei seinem nächsten Durchgang warf er einen Blick hinaus. Eine Menge Menschen bevölkerten die ansonsten ruhige Straße. Sie veranstalteten eine riesige Feier – eine Orgie des Wahnsinns.

Von hier aus überblickte er einen großen Teil Montereys, da sein Haus auf der Spitze eines 900 Fuß hohen Hügels mitten auf der Halbinsel stand. An einem Hang der weitläufigen Anhöhe erstreckte sich ein Wald, und er nahm sich vor, auf diesem Weg zu fliehen, sollte es darauf hinauslaufen.

Cooper hatte bereits versucht, nach San José zu gelangen, doch die Straßen waren versperrt und gefährlich, weil die anderen Verkehrsteilnehmer durchdrehten. Man konnte nicht einmal mehr tanken. Sein Plan bestand nun darin, sich auf die Lauer zu legen, obwohl er sich große Sorgen um seine Schwester machte. Sie standen sich sehr nahe, und er musste sie irgendwie erreichen.

Sie lebte in einem großen Appartementkomplex in San José, und er hatte schon seit Tagen nichts von ihr gehört. In der Stadt war es schon schlimm gewesen, bevor die Krankheit Monterey überhaupt heimgesucht hatte. Seine Schwester selbst wusste genauso wenig wie er, was sie tun sollte. Er wünschte sich, sie würde nach Monterey kommen, hatte aber die gleichen Bedenken wie sie, weil sie auf dem Highway steckenbleiben konnte. Bei seinem letzten Versuch, sie anzurufen, war die Leitung tot gewesen.

An dem Tag, als die Infektion die Stadt erreichte, war Cooper bereits darauf eingestellt und entschlossen gewesen, sich nicht anzustecken. Er hatte den Notfunk abgehört und wusste deshalb, dass es sich um ein Virus handelte. Jetzt kam er sich dämlich vor, weil er noch vor wenigen Tagen versucht hatte, zur Arbeit zu gehen. Er war in einem Burger-Imbiss vor Ort angestellt gewesen und hatte Anhaltspunkte für die Infektion gesucht. Seinen Vorgesetzten, einen ausgemachten Arsch, der sich nie zu schade war, seinem Personal die Hölle heißzumachen, hatte er als Infizierten verdächtigt, und sich, als der Kerl zum Grinsen übergegangen war, statt seine Untergebenen zu rügen, in seinem Verdacht bestätigt gesehen, sodass er umgehend abgehauen war.

Cooper fragte sich, ob der Asteroideneinschlag in Ufa mit den Geschehnissen zusammenhing. Allerdings hatte es nicht unmittelbar danach begonnen. Viele spekulierten darauf, das Virus sei mit dem Gesteinsbrocken auf der Erde gelandet, doch Wissenschaftler widersprachen dieser These aufgrund des Musters, nach dem sich die Infektion auf der Welt ausbreitete. Es gab kein Epizentrum, keinen

Ausgangspunkt; sie war vielmehr überall zugleich aufgetreten. Hätte eine einzelne Quelle existiert, wäre man möglicherweise in der Lage gewesen, einen Ursprungsort oder spezifischen Träger zu bestimmen, um die Verbreitung einzudämmen.

Man glaubte, das Virus war aus einem alten Militärlabor freigesetzt worden. Natürlich bestanden auch andere Theorien, angefangen bei Gott über Außerirdische bis zu Terroristen. Es gab keinen Flecken auf der Erde, an dem der Erreger nicht präsent war.

Schüsse unterbrachen jäh Coopers Gedankengang. Er duckte sich instinktiv, versuchte aber weiter, aus dem Fenster zu schauen. Nichts zu sehen. Die Zahl und Lautstärke der Schüsse nahmen rasch zu, bis sie eine andauernde Lärmkulisse bildeten. Er wähnte sich in einer Kriegszone und hätte gerne gewusst, was genau da draußen vor sich ging. Nachdem er sich vergewissert hatte, dass die Türen verschlossen waren, rief er die gleichen Personen an, bei denen er es immerzu probiert hatte: Mutter, Vater, Schwester, Freunde. Durchzukommen war einfach unmöglich. Immer wieder tippte er die Nummern im Eiltempo ein.

Ihm lag es fern, den Schutz und die Bequemlichkeit seines Hauses hinter sich zu lassen. Er verfügte über genügend Nahrungsmittel und Wasser für Wochen, falls nicht sogar Monate. Auch seine Mutter legte gerne Vorräte an für den Fall eines Erdbebens, und sein Vater kaufte vorzugsweise große Stückzahlen ein. Nur über seine Schwester zerbrach er sich den Kopf und wollte unbedingt wissen, ob es ihr gutging. Bis auf weiteres jedoch konnte er nichts weiter tun, als im Dunkeln auszuharren und zu warten – bloß worauf? Diese Frage ließ ihn nicht los.

Ein ohrenbetäubendes Krachen erschütterte das Haus. Der Lärm, den die Feiernden draußen machten, schwoll um ein Vielfaches an. Cooper lief den Flur hinunter, um herauszufinden, was geschehen war, und erstarrte: Die Orgie weitete sich durch eine zerbrochene Scheibe in sein Wohnzimmer aus. Ein Auto hatte einen Teil der Mauer eingerissen und damit auch mehrere der hohen, breiten Fenster. Immer mehr Irre drängten ins Haus, was ihm die Flucht unmöglich machte. Die Schlafzimmer hinter ihm verfügten bloß über dünne Innenraumtüren.

Hier war er nicht mehr sicher, und einen Weg nach draußen gab es nicht. Zum ersten Mal fürchtete er sich, weil er wusste, dass er nun sterben könnte.

2

Sal Labeggio schaute sich die Nachrichten an und nippte an einer Flasche Rum – nur einen Schluck, nicht viel, da ihm nicht der Sinn danach stand, sich zu besaufen. Dennoch musste er unbedingt seine Nerven beruhigen. Nachdem er den Deckel aufgeschraubt hatte, stellte er die Buddel auf den Couchtisch.

Seine Frau wollte ihn nicht aus dem Haus lassen. Sie war Krankenschwester aus Leidenschaft, weigerte sich aber gleichsam, selbst zur Arbeit zu gehen. Dieses fröhliche Einerlei, das wusste sie, verhieß nichts Gutes. Er hatte versucht, sie zu überreden und sich über sie hinwegzusetzen, war aber zurückgehalten worden – auch von ihrem Weinen. Da sie ihn in puncto Intelligenz ausstach – sie war ja praktisch Ärztin – hatte er nachgegeben und versprochen, zu Hause zu bleiben; nicht nur dass, insistierte sie, sondern *im* Haus. Er hatte seiner zierlichen Frau in die Augen schauen und einen Schwur ablegen müssen. Jetzt war er froh, dies getan zu haben.

Zuerst beobachtete er, dass seine Freunde und Verwandten freudiger denn je waren. Das fand er wirklich mitreißend! Tagelang kehrten sie unbändige Begeisterung hervor. Sie riefen Sal an, luden ihn zu sich ein oder wurden an der Haustür vorstellig. Maria jedoch hielt sich und ihn vehement – ja sogar mit Gewalt – im Haus eingesperrt. Sie wies auf verschiedene Symptome hin, die man nicht einfach so ignorieren konnte. Über mehrere Tage hinweg wurde die Außenwelt vor Sals Tür ohne sein Zutun immer glücklicher. Die Betroffenen lachten, fielen einander in die Arme und schienen zur Gänze mit Glück erfüllt zu sein. Jeder, außer ihm und seiner fanatischen Frau, so schien es, erfuhr die glücklichste Zeit seines Lebens.

Die Glücklichen mauserten sich rasch zu einer überbordenden Mehrheit der Bevölkerung. Einige wenige wunderbare Tage lang war die Erde ein besserer Ort als je zuvor. Sal hingegen musste aus seinem langweiligen, stickigen Haus zuschauen.

Dann aber wurden die Glücklichen allmählich zu überschwänglich. Sie lebten sich auf extreme Weise aus, frönten jedwedem Laster und stillten ihre Begierden in ausschweifendem Maße. Im Nu verwandelte sich die Welt in einen fiebrigen, orgiastischen Albtraum. Niemand ging mehr zur Arbeit, niemand schien mehr zu schlafen, niemand redete mehr, weil der Planet zu einem Ort konstanten Getöses und Gelächters, ständiger Jubelschreie und plärrender Musik verkommen war. Die Straßen quollen über vor Menschen, die Drogen nahmen, Sex miteinander hatten und allen erdenklichen Schlechtigkeiten nachgingen. Sie prügelten sich, vergewaltigten, rasten mit ihren Autos durch die Gegend – alles, was man sich vorstellen konnte.

Während Sal Nachrichten schaute, gewann er den Eindruck, die Infektion sei allerorts von jetzt auf gleich aufgetreten. Die Kranken steckten ihr Umfeld schnell an, also wurden weite Teile des Planeten zum gleichen Zeitpunkt befallen. Beim Anblick der Szenen im Fernsehen dämmerte ihm, was seine Frau schon seit Tagen predigte: Das war eine ernste Angelegenheit.

Die Infektion breitete sich so rasch aus, dass die Welt binnen weniger Stunden ins Chaos abrutschte. Trotz der Tatsache, dass die Zivilisation zusammenbrach, glaubten immer noch viele Menschen, was gerade geschah, sei eine gute Sache, und trafen keinerlei Vorkehrungen. Nun trugen sie die Konsequenzen.

Sal sollte im Lauf der kommenden Tage noch viele Male die gleichen Dinge hören, die ihm seine Frau schon länger vorbetete. Allem Anschein nach breitete sich das Virus hauptsächlich über den Kontakt mit Körperflüssigkeiten aus. Wie es schien, bestand schon eine hohe Wahrscheinlichkeit der Infektion, wenn man jemanden umarmte und seine Ausdünstungen berührte. Da die Betroffenen hohes Fieber bekamen, begannen sie, stark zu schwitzen. Indem sie miteinander rangen oder schliefen, steckten sie sich gegenseitig an.

Die Zügellosigkeit hatte zur Folge, dass die Krankheit viele Todesopfer forderte. Schwere Unfälle geschahen. Es kam zu Drogenexzessen, man vergaß, wichtige Arzneimittel einzunehmen, und erlitt Verletzungen durch Gewalt. Viele Menschen wurden schlichtweg zerdrückt, erstickt oder zu Tode getreten.

Das alles konnte Sal von seinem Fenster aus beobachten. Zuerst hatte er befürchtet, seinen Job zu verlieren, sich aber mit der Zeit größere Sorgen um seine Frau, Freunde und Angehörige als um seine

Arbeit gemacht. Jetzt griff er wieder zur Flasche, schnitt dann jedoch eine Grimasse, als er die Hand zurückzog und sich in den Lehnstuhl zurückfallen ließ. Sich in die Besinnungslosigkeit zu saufen, war zu einfach. Er musste wachsam bleiben.

Sal war ein kraftvoller, gebräunter Bolide aus natürlich entwickelten Muskeln. Sein Körperbau rührte nicht vom Fitnessstudio her, sondern war genetisch bedingt und durch seine handwerkliche Tätigkeit bevorteilt. Er war mit italienischen Wurzeln auf dem Spaghetti Hill in Monterey aufgewachsen, dessen Name auf den Umstand zurückging, dass sich dort zahlreiche italienische Einwanderer angesiedelt hatten. Sals Hände waren mit Narben und Brandmalen übersät, doch sein äußeres Erscheinungsbild trügte: Er wirkte zwar wie ein Arbeiter der Unterschicht, ein ranklotzender Steineklopfer oder Rohrbieger, doch in Wirklichkeit war er eine sanftmütige, musische Seele. Sal las viel und schaute sich gerne gemeinsam mit seiner Frau alte Filme an. Auf seine halb künstlerische Tätigkeit in einer lokalen Autoschlosserei bildete er sich etwas ein. Nachdem er Zeit seines Lebens anständiges Geld als Zimmermann verdiente, hatte er vor einigen Jahren in der Werkstatt angefangen, kundenspezifische Lackierarbeiten durchzuführen.

Sal war besonders stolz auf einen Zeitschriftenartikel über sein Schaffen. Er hatte es gemeinsam mit dem Besitzer eines restaurierten Muscle Car auf die Titelseite eines führenden Fachmagazins geschafft. Sein Arbeitgeber, ein anständiger Kerl, hatte durch die Werbung einen Aufschwung erfahren, in dessen Zuge er imstande gewesen war, Sals Gehalt zu erhöhen. Ferner hatte er ihm einen geringen Anteil am Geschäft sowie das Vorrecht zum Kauf gewährt, sollte die Werkstatt je veräußert werden. Sal war zufrieden mit seinem Leben gewesen.

Sein Aussehen mochte sich nun auch als Segen erweisen. Üblicherweise hatten die Menschen einen weiten Bogen um ihn gemacht und offen zugegeben, dass sie sich vor ihm fürchteten. Er konnte nichts dafür, wenn sein Gesichtsausdruck wütend anmutete, obwohl er gutgelaunt war. Außenstehende hielten ihn für dumm und gewalttätig – einen Schläger, der seine Fäuste einsetzte und einschüchterte, um seinen Willen durchzusetzen. So geriet er nicht selten an Typen, die

Streit suchten. Ging er auf Partys oder in Kneipen, fing fast immer irgendein Betrunkener an, ihn anzumachen. Er konnte sich nicht prügeln, selbst wenn er es gewollt hätte, und hielt deshalb nur die Arme hoch, um sich zu verteidigen und sein Gesicht zu schützen. Dann kehrte er dem Angreifer den Rücken zu und bat ihn, damit aufzuhören. Das ermutigte den Trunkenbold jedoch oftmals erst dazu, noch fester und häufiger zuzuschlagen. Stets schritten andere ein, um das Drama zu beenden, doch sie bedachten Sal mit mitleidigen Blicken. Er war nie zornig oder ängstlich, sondern schämte sich einfach nur.

Jetzt rutschte er auf dem Sessel herum. Seine Frau war in der Küche und telefonierte mit jemandem. Anscheinend befand sich die gesamte Nachbarschaft auf der Straße, kreischte und tanzte herum. Manche waren nackt, und zu Anfang hatte sich Sal die hübschen Frauen gerne angesehen. Wenn sie unbekleidet waren, tanzten sie fast immer, doch es hatte nur wenige Minuten gedauert, bis ihm viele nahe Bekannte und Verwandte in der Menge aufgefallen waren.

Als es auf einmal laut an der Haustür klopfte, schaute er hinaus. Es war sein Cousin Tony. Er grinste, schwitzte und wirkte ein bisschen wirr – alles Anzeichen, auf die er laut seiner Frau achten musste. Sie hatte ihm ebenfalls befohlen, wirklich niemanden hereinzulassen, Punkt! Da sie aber nicht aus Monterey stammte, besaß sie hier weder Angehörige noch langjährige Freunde.

»Sally!« Tonys Stimme klang irgendwie dumpf, leblos.

»Hey, äh, tut mir leid, aber ich kann dich nicht reinlassen.«

»Sally!« Tony schien ihn nicht gehört zu haben. »Hey, Sally, lass uns spielen.«

Tony und Sal hatten ihre Jugend nur ein paar Häuser voneinander entfernt verlebt. Seit Gedenken kam sein Cousin nahezu täglich zu ihm herüber. Noch heute, obwohl sie beide über 30 waren, änderte sich nichts daran, doch diesmal war Tony nicht gesund. Er sah fröhlich aus, strahlte und klopfte erneut. Sal wandte sich ab, rutschte an der Tür hinunter und fing an zu weinen. Sein Cousin hatte sich angesteckt. Er war sein Freund, Verwandter und ein wichtiger Teil seines Lebens. Sal schluchzte.

»Ach Gott, Schatz, was ist denn los?« Seine Frau kam zu ihm, um ihn zu trösten.

»Es ist Tony«, gluckste er.

Sie setzte sich neben ihn und nahm ihn in den Arm. »Das tut mir furchtbar leid.« Mehr konnte sie dazu nicht sagen.

***

Stunden später, als es dunkel und Tony nicht mehr da war, grämte sich Sal immer noch, auch wenn er nicht mehr weinen konnte. Er saß wieder in dem Lehnstuhl, seine Frau war in der Küche, und draußen spielten nach wie vor alle verrückt. Auf einmal donnerte es heftig, und auf der Straße pulsierte ein gleißendes Licht. Sal stürzte ans Fenster, und die Menschen explodierten, ihre Leiber wurden in Stücke gerissen. Er musste mit ansehen, wie sich Arme auflösten, sodass zerfranste, rote Stümpfe zurückblieben. Köpfe platzten in rotem Sprühnebel; Körper gingen entzwei, woraufhin ihre Eingeweide auf die Straße purzelten, und bei alledem lachte, tanzte die Meute weiter.

Sal versuchte von seiner Warte aus zu erkennen, woher die Blitze kamen. Er sah, wie es Äste und Blätter regnete. Ein Baum wurde am Stamm getroffen, sodass ein großes Loch darin klaffte. Holzsplitter flogen durch die Luft. Der dicke, alte Riese knickte ein und stürzte auf die Fahrbahn. Warum, in Gottes Namen, wurde seine Straße verwüstet?

Er sah dieses Gleißen, aber nicht dessen Ursprung, auch wenn er sich die Nase am Fenster plattdrückte. Er zuckte zusammen, als es mehrmals laut knallte, und löste sich von der Scheibe. Staub lag in der Luft. In einer Wand taten sich drei Löcher auf, und noch mehr in der gegenüberliegenden. Bücher, Schmuck und Plunder lagen verstreut am Boden.

Dann wurde wieder alles still und dunkel. Von dort, wo die Blitze aufgekommen waren, hörte er leise Motorengeräusche. Einen Moment später donnerte es erneut, aber nicht mehr so laut. Lichtblitze zuckten unter den Wipfeln der Bäume im angrenzenden Häuserblock. Die Menschen wurden niedergemäht, aber wieso? Was, wenn es ein Heilmittel für diese Krankheit gab? Man brachte seine Sippe und Freunde um. Sal wollte hinauslaufen und es verhindern. Er spielte ernsthaft mit dem Gedanken.

Als er in die Küche gehen wollte, um seiner Frau zu erzählen, was er gerade gesehen hatte, kam er nur bis zur Tür. Was er dort erblickte, konnte er mental nicht verarbeiten. Mehrere zähe Sekunden lang vermochte er nicht, sich einen Reim darauf zu machen. Seine Frau saß am Küchentisch, aber ohne Kopf. Dann traf es ihn wie ein Vorschlaghammer in die Magengrube, und er stöhnte gequält auf. Er lief zu ihr hinüber und fiel auf die Knie, wusste aber nicht, was er tun sollte. Während er ihre Hand hielt, schaute er auf die Wand hinter ihr, die rot bespritzt war. Fleischbrocken rutschten daran herunter. Er schlang die Arme um ihren Torso und schluchzte.

So hielt Sal Maria über eine Stunde lang und wünschte sich, von diesem schrecklichen Albtraum aufzuwachen. Er wollte nicht von ihr ablassen, denn in dem Moment würde er diese Tragödie erfassen und der Tatsache ins Auge blicken müssen, fortan ohne sie zu leben. Er hatte keine Ahnung, was er machen sollte, wenn dieser Moment kam. Würde er losziehen, um jeden Soldaten zu töten, dem er begegnete? Vielleicht sich selbst? Oder würde er etwas tun, auf das er noch gar nicht kam?

Als er endlich aufstand, schnappte er sich eine neue Flasche Rum und kehrte benommen zu seinem Sessel zurück. Nachdem er sich schwerfällig hingesetzt hatte, ließ er sie auf seinen Schoß fallen. Die alte Flasche, an der er nur genippt hatte, setzte er an und ließ sich den Inhalt die Kehle hinunterlaufen. So leerte er sie in einem schmerzhaften Zug, ehe er sie auf den Boden warf. Dann schraubte er den Verschluss der neuen Flasche ab – und gleich wieder zu. Er brauchte sie nicht. Der Alkohol breitete sich bereits in seinem Körper aus. Er verlor das Bewusstsein und hoffte, nie mehr aufzuwachen.

3

Cooper hielt ein paar Sekunden lang inne, um zu beobachten, wie sich die dichtgedrängte Menge nackter Leiber durch die zerbrochenen Scheiben drängte. Dicke, scharfe Dreiecke aus Glas schlitzten ihr Fleisch bis auf die Knochen auf, unnachgiebige Metallrahmen durchschnitten Haut und Muskeln. Es war entsetzlich, aber er konnte sich nicht abwenden. Ein Mann verlor seinen Penis, da er ihn fest gegen Scherben drückte, während die Menge von hinten schob, und ein weiterer langer Zacken weidete gleich mehrere Leiber hintereinander aus. Jede Person, die ins Haus trat, zog Gedärme hinter sich her. An einigen Körpern fehlten große Teile der Haut, sodass man blutiges Muskelgewebe sah. Dennoch zuckte niemand auch nur mit der Wimper.

Ein paar der Ersten, die es in die Wohnung geschafft hatten, näherten sich ihm. Cooper musste sich zwingen, in die Gänge zu kommen. Zwar wollte er das Haus nicht verlassen, doch ihm war klar, dass es schlicht keine Alternative gab. So stellte sich nun die Frage, wie er das anstellen konnte: Wie sollte er fliehen?

Er lief über den Flur und geduckt in sein Schlafzimmer, wo er die Tür hinter sich zuschlug. Er wusste, sie würden sich nicht lange aufhalten lassen, doch jetzt war jede Sekunde wertvoll. Da der Raum keine Fenster besaß, hoffte er, die Außenmauer durchbrechen zu können, um ins Freie zu gelangen. Er trat gegen Gipskartonplatten, die dabei in Stücke gingen. Das war der leichte Teil. Als er es bis zur äußeren Wand geschafft hatte, musste er dickes Sperrholz überwinden, nicht zu vergessen zwei Schichten stuckiertes Drahtgeflecht. Cooper sah ein, wie zwecklos dieses Unterfangen war, und gab es auf.

Die Tür wölbte sich langsam nach innen, und er hörte, wie das Holz zusehends unter dem Gewicht der Masse auf dem Flur knirschte. Bald würden sie hereinbrechen. Ihm war nach Panik zumute, doch er zwang sich zur Ruhe. Während er sich im Zimmer umschaute, überlegte er, was er noch unternehmen konnte. Die Decke war zu hoch, um hinaufzugelangen, und obendrein genauso schwierig aufzubrechen wie die Gipsmauer. Cooper wusste keinen Rat mehr.

Schließlich flog die Tür auf und knallte gegen die Wand. Cooper nahm sich vor, den letzten verfügbaren Rückzugspunkt aufzusuchen:

seinen Wandschrank. Er trat mit einem langen Schritt hinein, drehte sich um und zog die Tür zu. Was er erblickte, erinnerte ihn an ein Video, das er gesehen hatte. Dort war eine Menge bemüht gewesen, aus einem brennenden Gebäude zu flüchten. Die Menschen hatten sich geradezu in der Tür gestapelt und verkeilt. Alle waren außerstande gewesen, sich zu bewegen, nicht einmal mithilfe von Feuerwehrmännern, so fest eingezwängt hatten sie dagestanden. Sie waren einer ausgewachsenen Panik verfallen – diejenigen, die noch gelebt hatten. So etwas zu sehen, war fürchterlich gewesen, selbst auf einem kleinen Bildschirm. Ebendies geschah nun in seinem Zimmer, doch sie alle lächelten, sogar die, deren Rippen so laut knackten, dass er es über ihr Grölen hinweg hörte.

Nachdem Cooper die Tür zugemacht hatte, setzte er sich in seinem dunklen Schrank auf den Boden und hielt sie geschlossen. Er wagte es nicht, sich zu bewegen, und zwar mehrere Stunden lang, bis er die abgestandene Luft nicht mehr ertragen konnte. Sein Körper war verkrampft und tat weh, aber im Haus blieb es nun still. Mit der Zeit hatte das Grunzen, Stöhnen und dumpfe Pochen der Menschen nachgelassen, während sie gestorben waren. Übrig blieben seines Wissens nach nur einige wenige, die es in den Raum geschafft hatten, doch die verhielten sich ziemlich ruhig. Niemand war versucht, den Schrank zu öffnen, seit er sich darin eingeschlossen hatte. Das erleichterte ihn, obwohl er immer noch im Haus gefangen war.

Er ließ den Knauf los, um sich auf eine Seite zu legen und unter der Tür durchzuschauen. Alles, was er sehen konnte, waren ein paar Füße, die sich hin und her bewegten. Es schien so, als hielten sich drei Personen im Raum auf, alle an der gegenüberliegenden Wand.

Cooper versuchte, sich zu vergegenwärtigen, was in seinem Schrank steckte. Klamotten, Sportsachen – viel mehr fiel ihm nicht ein, und er wollte nicht stöbern, denn das hätte Geräusche verursacht. Als er den Boden ringsum abtastete, bekam er grobes Leinen zu fassen. Das war sein Rucksack, der sich zwar leer anfühlte, aber er schob seine Hand trotzdem in mehrere Fächer. Darin stieß er auf einen Gegenstand, den er sofort identifizieren konnte: sein Taschenmesser.

Ihm kam der Gedanke, sich von hier aus durch den Gips nach nebenan zu arbeiten, doch auch das wäre zu laut geworden. Die

Personen im Zimmer hätten die ungeschützte Tür geöffnet, lange bevor er durch die Wand gestoßen wäre. Jetzt aber hatte er die Chance dazu.

Cooper nahm behutsam eine Position ein, aus der er sich gegen das Messer stemmen konnte. Er wollte es mehrmals in den Gips stechen, bis er sich durchschneiden konnte. Es dauerte lange, doch dann schaffte er es endlich, ein Loch zu schneiden, das er für breit genug hielt, um sich hineinzwängen zu können. Dahinter tat sich noch eine Wand auf, die er ebenfalls mit dem Messer bearbeiten musste. Gerade als er das Messer ansetzte, ging die Tür mit einem Klick auf. Er streckte sich nach hinten aus, um sie zuzuziehen. Wer auch immer versuchte, sie zu öffnen, ließ nicht locker, legte sich aber auch nicht großartig ins Zeug. Als Cooper mit seiner freien Hand nach oben langte, fand er einen Gürtel. Diesen wickelte er um den Knauf, sodass er die Tür einhändig geschlossen halten konnte, während er anfing, gegen die Wand im hinteren Teil des Schranks zu treten. Lärm war jetzt kein Problem mehr, und er durchstieß die Wand mühelos. Blieb nur zu hoffen, dass sich niemand im Nebenraum aufhielt.

Er ließ den Gürtel los und machte einen Satz durch die Öffnung. Zwar war er sich nicht sicher, ob die Schranktür aufgehen würde, aber das spielte auch keine Rolle: Er hatte die Wand überwunden und steckte jetzt im Schrank des Gästezimmers. Zum Glück war es leer. Die Tür erzitterte zwar ebenfalls im Rahmen, weil sich die Menschen auf dem Flur dagegen warfen, es sah aber so aus, als würde sie halten.

In diesem Zimmer gab es ein Fenster, das er sofort öffnete, um hinauszuschauen. Auf der Straße war es ruhig. Anscheinend war die Party im Laufe der letzten Stunden weitergezogen. Cooper kletterte hinaus und ging fort, ohne Pläne oder Proviant.

Jetzt wandelte er inmitten der Nachwehen des Wahnsinns. Nach jener Orgie von Tausenden war auf dem Boden, so weit das Auge reichte, ein dicker, abstoßender Wust zurückgeblieben: Es handelte sich um eine Collage aus Pfützen geronnenen Blutes, zerrissenen Kleidern und Schuhen, Schmuck und Körperteilen, breiten Lachen von Erbrochenem, Handfeuerwaffen, leeren Flaschen und Dosen, einem Sofa sowie mehreren Leichen. Gallertartiger Brei, entstanden aus den aufgewühlten Abfallprodukten des massiven Exzesses, bedeckte die Straße.

Cooper schritt vorsichtig zwischen Kleiderhaufen, Blutlachen und größeren Glasscherben einher. Die Kotze und die Toten mied er, so gut er konnte. Ihm war, als erkenne er eine alte Lady von weiter unten auf der Straße in einem weißen Fleischberg wieder. Ein Mann, den er aber noch nie gesehen hatte, lag auf seinem Rücken im Rinnstein und starrte mit einem gruseligen Grinsen in die Luft. Eingeweide quollen aus einem Riss in seiner Seite hervor. Vermutlich war er von einem Auto angefahren worden. Alle anderen Leichname waren aus diesem oder jenen Grund nicht identifizierbar.

Einige Häuser weiter wurde der Bodenbelag noch grausiger. Weite Teile der Stadt schienen komplett ausgestorben zu sein. Cooper legte eine gute Strecke zurück, bis er sich dem Zentrum näherte. Dort irrten wieder mehr Menschen herum. Er begann, sich nach einem Gebäude umzuschauen, in das er sich zurückziehen konnte, um seinen nächsten Schritt zu planen und sich vielleicht mit Vorräten einzudecken. Im Augenblick wollte er wirklich niemandem über den Weg laufen.

Während der vergangenen Tage war ihm aufgefallen, dass die Infizierten ihresgleichen suchten, zu essen und zu trinken, weshalb sie in die Innenstadt wollten, wo es das alles im Überfluss gab. Cooper wollte sich nicht vorstellen, wie es nun in der Stadtmitte aussah.

Er fand ein leerstehendes Haus. Die Besitzer hatten es verlassen, ohne abzusperren. Von drinnen hatte man eine blendende Aussicht auf die Bucht und weite Teile der City. Überall brannte es, und Rauch stieg in hohen Säulen auf, sodass es über der gesamten Stadt dunstig war. Sie wirkte wie leergefegt, still – tot. Cooper machte die Bewegungen weniger Fahrzeuge aus, die den Ort in Kolonnen verließen. Eine Stunde lang schaute er zu, doch mehr gab es nicht zu sehen.

Nach einiger Zeit, in der er vergeblich versucht hatte, Ruhe zu finden, beschloss er, den Berg hinunterzufahren, um nachzusehen, wie es im Zentrum aussah. Er suchte den Schlüssel zu einem Range Rover, der vor dem Haus parkte, und machte sich auf den Weg durch steile abfallende Straßen, die sich zwischen hohen Bäumen und hübschen Häuschen wanden. In Monterey wuchsen viele unterschiedliche

Arten, deren berühmteste wohl die Mammuttannen waren, wie man sie überall entlang der kalifornischen Küste sehen konnte.

Der Stadtkern befand sich am Fuß des Hügels. Soweit Cooper sagen konnte, war er als Einziger mit einem Auto unterwegs. Auch weiterhin liefen hier und dort Menschen umher, teils nackt und teils angezogen, Arm in Arm und freudestrahlend. Nun tanzte niemand mehr oder tobte sich anderweitig aus. Diejenigen, die noch auf den Beinen waren, schienen sich dahinzuschleppen, bis ihre Körper endgültig kollabierten. Je weiter er nach unten fuhr, desto mehr Menschen lagen herum. Viele sahen tot aus, wohingegen einige noch mit letzter Kraft zuckten. Cooper wich mehreren Feuern aus und musste Rauchwände durchdringen. Dabei versuchte er, durch sein Shirt zu atmen, was ihm jedoch nur leidlich gut gelang. Er hustete, und seine Augen tränten, was das Fahren zusätzlich erschwerte.

Während er sich dem Zentrum näherte, kam er an Straßen vorbei, durch die Räumfahrzeuge gezogen waren. An deren Rändern stapelten sich Berge von Leichen, die es teilweise zerrissen hatte. Allerdings grinste jedes Gesicht, in das Cooper schaute, und der eine oder andere bewegte sich noch. Er sah offene Augen, sich drehende Köpfe – schwache Versuche, wieder rege zu werden. Etwas derart Unheimliches hatte er noch nie erlebt.

Er wusste, die Menschen starben, doch diese Körper gaben ihm Rätsel auf. In einer Straße lagen sie zu beiden Seiten mindestens zehn Fuß hoch aufgeschichtet. Zu Tausenden bildeten sie Wände, die sich über mehrere Häuserblocks hinwegzogen. Ein besonders hoher Fleischwall umgab einen ganzen Bereich der Innenstadt. In diesem gewaltigen Berg gab es nur wenige Lücken, und in jeder davon hatte man einen Kontrollpunkt errichtet, den jeweils vier Soldaten bemannten. Cooper konnte nur spekulieren, dass er viele Menschen kannte, die auf diesen Haufen lagen. Nachdem er durch eine der Lücken in dem aufgetürmten Massengrab gefahren war, stieß er auf den ersten Posten.

Über den Notfunk hatte er erfahren, dass alle Exekutivorgane und das gesamte Militäraufgebot des Landes im Einsatz waren. Von Kleinstädten bis zu Metropolen – überall in den Staaten wimmelte es vor Uniformen. Man hatte eine Ausgangssperre verhängt und jegliches Reisen verboten. Zivilisten wurden aufgefordert, in ihren Wohnungen zu bleiben und ihre Radios einzuschalten. Einzig Mitglieder des Katastrophenschutzes, medizinisches Personal, Polizei- und Regierungsbeamte durften sich im Rahmen ihrer Arbeit fortbewegen. Man wurde an zahlreichen Kontrollpunkten angehalten – und ungefragt niedergeschossen, falls man nicht sofort gehorchte und auf der Stelle stehenblieb. Viele Bürger wurden festgenommen, weil sie die Ausgangssperre missachteten, und Plünderer brachte man um.

Selbst strenges Kriegsrecht genügte jedoch nicht. Die Infizierten strömten weiter in rauen Mengen in die Straßen und taten, wozu sie gerade Lust hatten. Einige Straßensperren wurden überrannt, weil nicht wenige Soldaten außerstande waren, strahlende, lachende Menschen hinzurichten; andere wiederum streckten unzählige Grinsegesichter nieder. Es grenzte an Irrsinn, sich ins Freie zu wagen.

Als Cooper nun bei den Soldaten am Kontrollpunkt vorfuhr, als wollte er einen Big Mac bestellen, lag es also nahe, dass sie ihn für völlig übergeschnappt hielten. Die Männer trugen schwere Atemschutzmasken, die den Kopf mitsamt dem Hals schützten und über Schläuche zur Brust sowie dem Rücken verfügten. Man konnte ihre Gesichter aber durch die Kunststoffvisiere erkennen. Sie winkten ihn heran. Zwei hielten ihn mit Gewehren in Schach, die sie auf Höhe seines Kopfes anlegten, einer stand an einem Geschütz auf der Ladefläche eines Humvee, und der Letzte näherte sich dem Wagen.

»Wohin wollen Sie?«, schnauzte er durch die schwere Maske.

»Ich mache nur eine Spritztour«, antwortete Cooper verschmitzt.

»Nur eine Spritztour …« Er sah die Augen des Soldaten, und seine ungläubige Miene machte es unerheblich, dass er den Satz zu Ende führte.

»Sir, die Situation ist brenzlig … Sir, Sie müssen nach Hause zurückkehren. Wir erschießen alle, die freudestrahlend herumlaufen. Bei Ihnen haben wir nur deshalb davon abgesehen, weil Sie nicht grinsen wie ein Honigkuchenpferd.«

»Ah, in Ordnung.« Cooper starrte und überlegte.

»Im Ernst, sehen Sie zu, dass Sie wieder nach Hause kommen. Wären Sie an einen anderen Diensthabenden geraten, hätte der Sie vielleicht abgeknallt. Theoretisch stehe ich in der Pflicht, Sie festzunehmen.«

»Wir dürfen die Stadt also nicht verlassen? Was ist mit –«

»Nein, und Sie müssen jetzt verschwinden, ansonsten sehe ich mich gezwungen, Sie in Gewahrsam zu nehmen. Wenn dies geschieht, landen Sie in einem Lager der Regierung, und glauben Sie mir, zu Hause sind Sie besser aufgehoben als dort.«

»Ich mache mir bloß Gedanken um meine Schwester. Sie wohnt im Norden in –«

»Sie werden es nie schaffen, durch alle Checkpoints zu gelangen. Außerdem werden die Straßen von Autowracks und gewaltigen Massenkarambolagen versperrt. Ihnen bleibt nichts anderes übrig, als nach Hause zu fahren.« Der Soldat war mit seiner Geduld am Ende. »Jetzt hauen Sie ab, oder ich werde Sie aus dem Wagen zerren.«

Cooper bedankte sich und kehrte um, allerdings nicht zurück zu seinem Haus. Jetzt wollte er die Stadt dringlicher den je verlassen, doch das kam ihm in Anbetracht der Hindernisse und Straßensperren umso unwahrscheinlicher vor. In der Stadt war es so still geworden, dass er sich große Hoffnungen machte, bald würden alle Kontrollpunkte aufgelöst und die Straßen von jeglichen Wracks befreit. Jawohl, nicht lange, und er würde nach Norden fahren können, um bei seiner Schwester nach dem Rechten zu sehen. Bis dahin aber wusste er nicht so genau, was er mit sich anfangen sollte.

***

Später am Abend war er in einem anderen Haus, erneut einem Eigenheim mit offener Tür, dessen Bewohner sich anderswohin aufgemacht hatten. Er zündete eine Kerze an, aß etwas aus ihrer Küche und ließ sich dann mit einem Buch nieder, das er gefunden hatte. Er wollte lesen, um sich abzulenken. Nach ein paar Stunden klopfte es leise aber beharrlich an der Haustür. Es war wirklich kaum zu hören und wurde noch schwächer, schwoll wieder an und erstarb abermals. Man mochte glauben, der Klopfende vergaß wiederholt, was er da tat, und musste alle paar Sekunden neu ansetzen. Cooper warf einen Blick hinaus, um zu sehen, wer dort war.

Er erblickte einen Mann in ungefähr seinem Alter, der dastand und lächelte, während er die Tür anglotzte und klopfte. Cooper fielen dicke, silberfarbene Furunkel überall an seinem Körper auf. Der Kerl trug keine Kleider und war am ganzen Leib mit getrocknetem Erbrochenen und Blut besudelt. Nach 20 Minuten, die sich wie zwei Stunden anfühlten, drehte er sich um und verschwand auf der Straße.

Diese Geschwulste brachten Cooper ins Grübeln, überraschten ihn aber nicht. Er hielt es für leichtsinnig, etwas als harmlos abzutun, dass sich so drastisch auf Verstand und Körper auswirkte. Die Menschen waren rasch zur Stelle, wenn es darum ging, etwas als harmlos oder sogar nützlich einzustufen, noch bevor alle Fakten bekannt wurden. Selbst die Gesundheitsbehörde vermochte nicht, dieses Leiden zu klassifizieren, abgesehen davon, dass es sich um ein Virus handelte. Dennoch nahm es die Bevölkerung vorschnell als etwas Gutes hin, nur weil Vergnügung zu den Nebenwirkungen zählte. Angesichts dieser schauderhaften Geschwüre fragte er sich, ob der Notfunkkanal schon etwas Neues zu vermelden hatte.

Er fand ein Radio und schaltete es ein, doch es blieb stumm. Er bemerkte, dass das Gerät über einen eigenen kleinen Trafo betrieben wurde. An der Seite war eine Kurbel angebracht, um eine Kraftfeder zu spannen. Diese trieb den kleinen Trafo im Inneren an und versorgte das Radio eine knappe Stunde mit Strom. Cooper kurbelte und lauschte. Wie sich herausstellte, hatte die Infektion ihre nächste Phase erreicht.

In den letzten 24 Stunden schon gelangten die Kranken an ihre körperlichen Grenzen. Sie hatten sich physisch ausgezehrt, entweder das Bewusstsein verloren oder ihre Bewegungen auf ein Minimum eingeschränkt. Zudem traten neue Symptome auf. Innerhalb weniger Stunden hatten sich dicke Furunkel auf ihrer Haut gebildet, die nun aufplatzten. Dass sie Schmerzen empfanden, war vor dem Hintergrund ihres Hirnschadens im Zuge des hohen Fiebers unwahrscheinlich, aber ihre Körper reagierten offensichtlich auf die Qualen, welche die berstenden Geschwüre nach sich zogen. Ein paar Stunden lang spürten sie die Schnitte und Risse in ihrem Fleisch, gebrochene Knochen, Brandwunden und andere Verletzungen, die sie davongetragen hatten, aber der Schmerz, den die platzenden Blasen verursachten, war eindeutig am schlimmsten. Anscheinend setzte er ihnen dermaßen zu, dass sie daran zugrunde gingen.

Nun scharten sich Tausende auf den Straßen, die um sich schlugen und vor Qual brüllten. Einige wenige, die noch frühe Stadien der Infektion durchmachten, wankten weiterhin grinsend umher. Sie wohnten der Aufregung bei wie Kinder einem Zeichentrickfilm, doch bald barsten auch ihre Geschwulste.

Nachdem die Furunkel aufgeplatzt waren, brachen die Opfer bald zusammen und fielen in einen komatösen Zustand. Zu diesem Zeitpunkt schwebten sie zweifellos am Rande des Todes, und es war nur eine Frage der Zeit, bis sie starben. Ihre Geister und Leiber waren derart in Mitleidenschaft gezogen worden, dass man nur noch von leeren Hüllen sprechen konnte. Sie verfügten kaum mehr über die nötigen Hirnfunktionen, um nur die Mindestanforderungen dessen zu erfüllen, was noch als Leben durchging.

In der Nacht hörte Cooper die ersten Schreie, als der Wind sie von der Bucht herantrug. Es wurden mehr, dann schien die ganze Stadt unter dem Schrillen und Heulen der Gemarterten zu beben. Auf jeden Leichnam, der auf einem Berg in der Innenstadt lag, kamen Tausende mehr, die kreischten und brüllten.

Coopers Bemühungen, den Ort zu verlassen, waren gescheitert, und er wusste nicht so recht, was er als Nächstes versuchen sollte. Sich zu Fuß auf den Weg zu machen, stand außer Frage, da es ganz einfach an Irrsinn grenzte. Er war zwar Pfadfinder gewesen und hatte sich um den Rang des Eagle Scouts verdient gemacht, was keine geringe Leistung darstellte, fühlte sich aber dennoch unvorbereitet. Sicher, er hatte Wanderwege zurückgelegt und unter den herbsten Bedingungen kampiert, allerdings nie allein und unter solchen Umständen. Selbst wenn alles friedlich gewesen wäre, hätte er einen Tag und länger ohne Unterbrechung marschieren müssen, um nach San José zu gelangen – und wenn er dort einträfe, würde er auf erheblich mehr Infizierte als hier in Monterey stoßen. Fürs Erste musste er sich ausruhen, doch das ging nicht, solange er die Schreie der Sterbenden hörte. Er fand einen iPod, zog die Ohrstecker an und schaltete das Gerät ein. Bei geschlossener Tür in einem der Schlafzimmer zu bleiben, kam ihm erträglich vor. Er legte sich aufs Bett, drückte sich ein Kissen ins Gesicht und döste endlich ein.

4

Jeder Herzschlag glich einem Hieb mit einem Hammer auf seinen Schädel. Sein Magen kam ihm vor wie ein zuckender Sack, weil ihm so übel war, dass er sich jeden Augenblick übergeben musste. Sal lag flach auf dem Rücken. Er wünschte sich, gestorben zu sein, und dachte: *Vielleicht bin ich ja tot, und das ist die Hölle.*

Sein Magen drehte sich unwillkürlich um und stieß das Gift gewaltsam in einem heißen Schwall, der in seinem Hals brannte, aus dem Verdauungstrakt. Er erbrach sich über Pfützen von bereits Ausgeworfenem, das nicht von ihm stammen konnte, soweit er sich erinnerte. Nachdem er geschnaubt und ausgespien hatte, legte er sich wieder zurück. Vorübergehend fühlte er sich besser, doch prompt setzte sich das Hämmern fort, und mit ihm einher ging noch einmal der Wunsch, zu sterben.

Er bedauerte es, getrunken zu haben, dachte an seine Frau und musste wieder weinen. Indem er sich nach der Tischplatte ausstreckte, versuchte er, sich möglichst sparsam zu bewegen, und griff zur zweiten Flasche Rum. Diese leerte er zu einem Drittel – der Rest gluckerte in sein Gesicht und breitete sich auf dem Hartholzboden unter seinem Kopf aus. Zuletzt stellte er die Flasche ab und schloss die Augen. Sein Magen rebellierte, schlug Purzelbäume und wehrte sich erneut strikt gegen den Alkohol, was sich im nächsten qualvollen Spritzguss aus Sals Mund äußerte.

Er mochte sich nach dem Tod sehnen, wollte dabei aber nicht leiden. Da er den Schmerz, egal in welcher Form, lindern wollte, kam er nicht umhin, sich ins Bad zu schleppen. Das Aufstehen war mit großer Anstrengung verbunden, also versuchte er erst gar nicht, langsam zu machen oder den Schmerz auf ein Minimum zu reduzieren; er stand einfach nur auf. Kaum dass er auf den Beinen war, zeigte sich der Hammerschläger in seinem Kopf verärgert und klopfte dreimal so fest. Kalter Schweiß brach sich Bahn, während er langsam vorwärtsging, als balancierte er einen Stapel Bücher auf dem Kopf.

Im Bad brach er auf den Fliesen zusammen und griff zu den Schmerztabletten, die unter dem Waschbecken standen. Während er damit haderte, die Flasche zu öffnen, fielen ihm ein paar verschreibungspflichtige Pillen auf. Vor Jahren hatte sich Sal einen Finger gebrochen und dieses Mittel vom Arzt verschrieben bekommen. Er warf eine Handvoll Tabletten ein, trank aus dem Wasserhahn, sackte wieder zu Boden und wartete darauf, dass das Hämmern verschwand. Er hoffte dabei, es nicht zu überleben, damit sein Leiden ein Ende fand. Es dauerte nicht lange, bis die Schmerzmittel in Verbindung mit dem Alkohol wirkten, sodass er sich in einen Zustand der Empfindungslosigkeit und des Nichts mitreißen lassen konnte.

***

Als Sal aufwachte, stieg ihm der strenge Geruch von Urin in die Nase, abgestanden und faulig. Seine Haut war schmierig vor Schweiß, die Kleidung feucht, und trockene Kotze klebte ihm am ganzen Leib, als ob er sich darin gewälzt hätte. Er konnte nicht abschätzen, wie spät es war und wie lange er geschlafen hatte.

Der Leichnam seiner Frau hockte immer noch in der Küche, und er legte während seines langen Aufenthalts auf den Badezimmerfliesen fest, was er für sie tun würde. Außerdem überlegte er gründlich, was er für sich selbst tun sollte. Ihm fiel kein einziger Grund zum Weiterleben ein, doch dafür kamen ihm ungefähr hundert zum Sterben in den Sinn, aber Selbstmord begehen konnte er nicht, also beschloss er, seiner Frau die letzte Ehre zu erweisen und die Stadt zu verlassen.

***

Sal schleppte sich vom Bad in die Küche, um Maria auf den breiten Holztisch zu legen, den sie so sehr geliebt hatte. Er erinnerte sich an jenen Tag vor ein paar Jahren, als sie auf einem Flohmarkt darauf gestoßen waren, und welche Schwierigkeiten es ihnen bereitet hatte, ihn ins Auto und nach Hause zu schaffen, wie mühselig es gewesen war, ihn abzuschrubben, zu schmirgeln sowie neu zu lackieren, und wie froh sie gewesen waren, als sie sich zum ersten Mal daran niedergelassen und scherzhaft behauptet hatte: »Ich mag ihn nicht.«

Nun war es an der Zeit, sich um ihre Gebeine zu kümmern. Ihr Kopf war weg – ihre Identität, ihre Schönheit –, und er brachte es nicht fertig, sie hochzuheben. Gerne hätte er sie ein letztes Mal umarmt, doch sie auch nur anzuschauen, schaffte er nicht. Die verfärbte Haut und das verschrumpelte Gewebe sahen entsetzlich aus. Es stank erbärmlich; er wusste, wenn jemand starb, entleerte er meist Darm und Blase, und das hier war eine einzige Schweinerei. Er hatte zu lange gewartet, weshalb sie nun nicht mehr seine tote Frau, sondern eine verwesende Leiche war.

Er nahm die alte Steppdecke von ihrem Ehebett und deckte sie zu. Dann hob er sie so sachte wie möglich an, doch sie war steif, weshalb es ihm vorkam, als hebe er eine Gliederpuppe. Dieser Eindruck verstörte ihn so sehr, dass er sie wieder auf den Stuhl fallen ließ. Dabei streifte seine Haut die ihre, die kalt war. Er schüttelte sich bei dieser Berührung und bekam ein schlechtes Gewissen. Letzten Endes gelang es ihm, sie auf den Tisch zu wuchten.

Er legte sie auf die Seite und die Decke darüber, um sie behutsam einzuwickeln, wobei er darauf achtete, sie gründlich einzupacken. Er fragte sich, warum ihm das so viel bedeutete, wo er doch wusste, dass es für sie unerheblich war. So gern er sie umarmen wollte, besann er sich darauf, dass er es nicht so erleben würde, wie es ihm vorschwebte. Als er die Leiche aufgebahrt hatte, konnte er um seine Frau trauern. Er begann wieder zu weinen, während er die Wohnung kurz und klein schlug.

Er riss die Türen des Wohnzimmerschranks ab, nahm die Stühle auseinander und schleppte Möbelstücke in die Küche, wo er sie zu einem Haufen unter dem Tisch und darum schichtete. Dann goss er Benzin darüber und schlug ein Streichholz an. Als er es auf die Steppdecke warf, ging diese brausend in Flammen auf, die bis unter die Decke schlugen. Daraufhin verschwand er, da sich das Feuer rasch ausbreitete, wobei ihm bewusst war, dass das laute Rauschen und Knistern von einer Brunst ausging, die den Leib seiner Liebe verzehrte.

Als er die Straße erreichte, quoll bereits dichter Qualm aus den Fenstern und der offenen Haustür. Er machte sich ohne Plan auf den Weg in die Innenstadt.

Sal nahm den Schaden kaum wahr, während er durch die Straßen seiner Siedlung lief. Zuerst befürchtete er, jemanden zu entdecken, den er kannte, doch die Leichen waren dermaßen zerpflückt und im Tod entstellt – durch Schüsse und die Infektion –, dass sich niemand wiedererkennen ließ. Die Straßen und Bürgersteige waren von kleinen Kratern gezeichnet, Autos durchsiebt, und Scheiben aus Fensterrahmen gesprungen. Er brachte mehrere Gebäudeblocks hinter sich, bevor er an einen Kontrollpunkt gelangte. Dort standen drei Soldaten an einer Lücke in der hohen Wand gestapelter Leiber. Sal empfand nichts, während er durch die Öffnung in dieser grausigen Barrikade trat.

»Halt!«, rief einer der Wachleute. Sie alle richteten ihre Waffen auf Sal, der sich jedoch unbeirrt weiter näherte.

»Halt! Stopp!« Der junge Mann wusste nicht genau, wie er sich verhalten sollte. »Sir, sprechen Sie Englisch? Können Sie mich verstehen?«

Sal legte es darauf an, dass sie ihn erschossen, wenn er ihre Aufforderungen lange genug missachtete. Selbst konnte er sich nicht richten, es dafür aber mit Leichtigkeit durch die Hand anderer geschehen lassen. Die Soldaten zogen sich zurück und diskutierten, ohne ihre Waffen herunterzunehmen.

»Verdammt, was sollen wir machen? Der Kerl sieht nicht wie ein Infizierter aus. Er grinst nicht. Ich glaube, er steht unter Schock.«

»Wir haben unsere Befehle.« Einer von ihnen zielte genau und drückte ab, doch der Junge, der das Sagen hatte, reagierte schnell: Er schlug das Gewehr seines Kameraden mit seinem Lauf nach oben, sodass die Kugel weit an Sal vorbeiflog. Der Schütze wirkte verdrossen, senkte seine Waffe aber.

»Verflucht nochmal, schießen Sie nicht, ehe ich es Ihnen erlaube! Treten Sie zur Seite und lassen Sie den Mann durch. Die Stadt ist verloren, und wir warten auf neue Befehle.«

»Ja, es ist nur eine Frage der Zeit«, pflichtete der dritte Soldat bei. »Wir bewachen hier nichts.«

Als Sal an ihnen vorbeiging, spielte er mit dem Gedanken, nach einem Gewehr zu greifen, um sich einen Schuss einzufangen, konnte sich aber nicht dazu durchringen. Stattdessen trottete er widerwillig durch die einst beschauliche Kleinstadt, in der er aufgewachsen war – den Ort, an dem sich sein Leben über Jahrzehnte hinweg entfaltet hatte, nur um innerhalb weniger Tage der totalen Zerstörung anheimzufallen. Alle seine Freunde und Angehörigen waren dahin. Er wusste, ausnahmslos jeder hatte sich angesteckt. Sal konnte nicht länger in Monterey bleiben. Stundenlang lief er weiter.

Später, mitten in der Nacht, näherte er sich Santa Cruz. Als er zur Fernstraße 17 kam, entschied er sich dazu, ihr in die Berge zu folgen, und wandelte in beinahe vollkommener Finsternis weiter.

Der Schmerz, den ihm die Blasen an den Füßen bereitet hatten, war lange abgeklungen, genauso wie das starke Hungergefühl in seinem Bauch. Er fühlte sich so erschöpft, dass er kaum mehr die Füße heben konnte, zwang sich aber zum Weitergehen in der Hoffnung, er würde sterben, wenn er zusammenbrach.

5

Im Stockdüsteren bei lauter Musik aufzuwachen, war verstörend, doch Panik bekam er wegen des Gefühls zu ersticken. Cooper zog sich das Kissen vom Gesicht und die Stöpsel aus den Ohren. Die daraufolgende Stille erschlug ihn förmlich. Er sprang auf und sah aus dem Fenster. Es war ein schöner Tag. Als er das Fenster öffnete und lauschte, hörte er überhaupt nichts – keine Vögel, kein Hundegebell, kein Verkehrslärm oder Sirenen in der Ferne. Dies verlieh dem angenehmen Wetter eine desolate, bedrückende Atmosphäre. Er fragte sich, wie viele Menschen auf der Welt noch lebten.

Er sah die Leichen. Sie bildeten ein dichtes Gewirr auf den Straßen, während es ungesund nach Fäkalien und Fäulnis stank. Sie zählten zu denjenigen, die nicht durch Schüsse, sondern aufgrund der Infektion den Tod gefunden hatten. Ihre Körper sahen verheerend aus, zerfetzt von den aufgeplatzten Geschwülsten. Die Straße triefte vor Blut und anderen Körperflüssigkeiten.

Cooper spürte, wie sich sein Magen umdrehte. Nachdem er das Fenster geschlossen hatte, fiel er auf die Knie und erbrach sich. Sein Magen hörte nicht auf, sich zu verkrampfen und zu rumoren. Es dauerte eine Weile, bis die Übelkeit nachließ.

Später fuhr er wieder mit dem Range Rover durch die Stadt, um nach einem Ausweg zu suchen. Er fuhr zwar mit geschlossenen Scheiben, aber der Gestank drang trotzdem ein und verursachte ihm Würgereiz. Leichenberge verbargen die Sicht auf die niedrigen Gebäude im Zentrum. Ein Wall von Toten umgab den Stadtkern, doch sobald er ihn passiert hatte, waren die Straßen frei.

Die Haufen waren ordentlich aufgeschichtet, doch die Körper sahen furchtbar aus. Es waren gebrochene Glieder, Brustkörbe und ein Wust aus menschlichen Überresten, die diese Wand bildeten. Cooper musste sich zwingen, nicht hinzuschauen. Als er an dem Burger-Imbiss vorbeifuhr, in dem er gearbeitet hatte, stapelten sich auch davor die Leichen. Grauweiße Beine ragten aus dem Wall heraus, zersplitterte Knochen, Köpfe und Arme, überspannt mit Kleidungsstücken. Roter Schlick quoll von dem Berg und floss in den Rinnstein. Als er glaubte, ein Gesicht wiederzuerkennen, wandte er sich schnell ab.

Cooper blieb bei laufendem Motor sitzen. Seine Welt lag in Trümmern, und ihm wurde bewusst, wie allein er war. Die vielen Menschen, die er täglich getroffen hatte, lebten mit ziemlicher Gewissheit nicht mehr. *Wie viele meiner Freunde verrotten auf diesen Haufen?* Die Vorstellung traf ihn hart.

Cooper klammerte sich ans Lenkrad. Panik überkam ihn. Alle Menschen, die er je kennengelernt hatte – Verwandte, Freunde, Fremde und sogar die Arschgesichter der Welt –, die Zutaten seines Lebens, waren für immer verschwunden. Das schnürte ihm die Kehle zu. Er wollte die Flucht ergreifen, doch es gab keinen Ort, an den er sich zurückziehen konnte. Seine Eltern wohnten in einem Camper in der Wüste, außer Reichweite. Coopers Sorge um seine Schwester übertraf seine eigene vergebliche Sehnsucht nach dem Trost des Vertrauten bei weitem.

Ihm fiel eine Bewegung auf, und als er den Kopf drehte, geriet der Haufen in Wallung. Körper rollten herunter. Zunächst dachte er, ein Tier befände sich darunter und fresse das Fleisch, oder womöglich blähten Gase, die nach dem Tod entstanden, die Leiber auf und brachten sie ins Rutschen. Dann jedoch erkannte er, dass sich die Glieder eines Toten rührten, und fühlte sich wie vom Blitz getroffen. Sein Verstand weigerte sich hinzunehmen, dass sich Menschen bewegten, die nicht mehr lebten. Doch als die erste Leiche vor ihm stand, ließ sich nicht mehr leugnen, dass etwas Unglaubliches vor sich ging.

Er beobachtete, wie sich eine nackte Frau aufraffte und einen Augenblick lang schwankend stehenblieb, während sie sich langsam umschaute. Sie musste zu Lebzeiten attraktiv gewesen sein, doch jetzt sackte ihr Fleisch grau von den Knochen, Dreck und Müll klebten an ihr, und ihre Kopfhaut war zur Hälfte abgerissen worden, sodass sie wie ein großer Lappen am Schädel hing. Als sie sich umdrehte, sah ihr Hintern aus, als sei das Gewebe dort mit einem Käsehobel geraspelt worden. Gut möglich, dass jemand sie hinter einem Auto hergezogen hatte. Weitere Leichen standen mühselig auf. Cooper trat kräftig aufs Gas und würgte den Motor ab. Das Herz klopfte ihm quälend heftig in der Brust. Er betätigte die Zündung, doch nichts passierte – noch ein Riesenschreck, aber er hatte schlicht vergessen, den Schalthebel in Parkstellung zu bringen.

Nun schaute er wieder zu den auferstehenden Toten. Durch die Infizierten zu fahren, war schauerlich gewesen, doch zu sehen, wie die Leichen sich erhoben, war einfach zu viel. Sie rutschten weiter und regten sich, darunter auch, wie er nun erkannte, sein ehemaliger Chef. Ja, der Betreiber des Imbisses starrte ihn an, was Cooper schockierte. Er glaubte nicht, etwas getan zu haben, das Aufmerksamkeit erregte.

Als er den Schlüssel erneut umdrehte, sprang der Motor an. Die große Schar Toter fuhr herum und begann, geschlossen auf ihn zuzukommen, allen voran sein ehemaliger Chef. Der tote Mann schnappte nach dem Wagen und steckte seinen Arm ins halboffene Fenster der Beifahrertür. Cooper schleifte ihn ein Stück mit, ehe der Arm abriss. Dann bremste er und setzte zurück, um sicherzugehen, dass der Kerl tot war. In diesem Moment wusste er, dass er aus der Stadt verschwinden und sich von allen besiedelten Gegenden fernhalten musste.

Vor seinen Augen erhoben sich die Toten, während er der einzige Überlebende in Monterey zu sein schien. Im Rückspiegel sah er, wie die Berge Tausender Leiber unruhig wurden und sich verschoben.

***

Als Cooper auf den Parkplatz der Filiale einer großen Lebensmittelkette einbog, bremste er sofort. Mehrere Personen eilten mit Armen voller Waren und aberwitzig hoch gefüllten Einkaufswagen aus dem Gebäude. Er steuerte die hintere Ausfahrt des Parkplatzes an, dies war eine Abkürzung zum Highway. Während er über das von Bäumen umgebene Gelände fuhr, stürzte ein schmutziger, blutbesudelter Mann aus dem Dickicht auf eine Frau zu, stieß sie um und biss sie, doch Cooper wunderte sich eher darüber, lebendige Menschen aus dem Geschäft kommen zu sehen, als über einen aggressiven Toten.

Plötzlich tummelten sich Hunderte von Leichen auf dem Parkplatz. Sie fielen aus den dichten Hecken auf der gegenüberliegenden Seite ein und umzingelten die Lebenden. Menschen schrien, während sie von den Toten niedergerungen wurden. Ein Wagen fuhr mit quietschenden Reifen los, rammte aber einen Baum, nachdem einer der Toten kopfüber durch eines der offenen Fenster gesprungen war. Auf einmal herrschte wieder Stille, abgesehen vom Stöhnen und Kauen der Leichen. Cooper fuhr langsam zur Rückseite des Gebäudes, als ein zweiter Ansturm erfolgte.

Er gab Gas und schaffte es bis hinter den Laden. Ein Toter rannte auf ihn zu, sodass er nicht umhinkam, ihn anzufahren. Der Mann flog etwa 20 Fuß weit, richtete sich aber sofort wieder auf. Er konnte zwar kaum mehr auf seinen zertrümmerten Knochen stehen, torkelte aber dennoch wieder auf Cooper zu.

Der fuhr nun an der Seitenmauer des großen Gebäudes entlang, während zu seiner Rechten ein hoher Zaun stand. Er musste weiterkommen und den Mann noch einmal rammen, um seinen Weg fortzusetzen, also jagte er den Motor hoch und traf den Toten so schwungvoll, dass dieser über die Motorhaube rutschte und gegen die Windschutzscheibe knallte. Risse wie Spinnweben breiteten sich im Glas aus. Der Mann rollte übers Dach des Wagens und fiel hinten hinunter, wie Cooper im Rückspiegel sah.

Als er weiterfuhr, näherte er sich endlich der Straße, die ihn an dem Lebensmittelgeschäft vorbeiführen würde. Über das Brummen des Motors hinweg hörte er Schreie, weshalb er stehenblieb. Eine Handvoll Personen weiter unten auf dem Weg stürmte zum Gebäude. Wenige Augenblicke später strömte die nächste Schar Toter über die Straße und versperrte sie. Cooper musste wenden, um einen anderen Fluchtweg aus der Stadt zu finden.

Indem er durch Nebenstraßen brauste und einmal querfeldein durch einen Park fuhr, gelang es ihm, den Großteil der lebenden Leichen zu meiden. Einige schlurften umher, und er konnte ihnen nicht immer ausweichen, sondern fuhr sie um.

So langsam gingen ihm die Ideen aus, was sein Entkommen aus der Stadt betraf. Seine letzte Hoffnung, den Highway zu erreichen, setzte er in eine Auffahrt, die sich gleich vor ihm befand, doch als er sich näherte, erkannte er, dass dieser Zuweg sowie die Schnellstraße selbst verstopft waren mit toten Leibern und umgekippten Fahrzeugen. Er wollte gerade erneut wenden, als er Schüsse hörte.

Derjenige, der sie abgab, schien nicht allzu weit entfernt zu sein. Cooper fuhr langsam in die Richtung zurück, aus der er gekommen war, und schaute sich nach dem möglichen Ursprung der Schüsse um, während er sich fragte, wer feuerte und worauf. Plötzlich explodierte die Heckscheibe, und Schaumstoffstücke der Kopflehne des Beifahrersitzes flogen herum. Er brauchte nicht einmal eine Sekunde, um zu begreifen, dass er unter Beschuss stand, weshalb er das Letzte aus dem Wagen holte. Weitere Schüsse folgten, und er duckte sich, während er die Flucht ergriff.

Cooper drehte sich um, weil er wissen wollte, ob er verfolgt wurde, und als er wieder nach vorne schaute, fuhr ihm ein anderer Wagen direkt in den Weg. Er hatte keine Zeit mehr zum Bremsen und rammte das kleinere Fahrzeug. Der Aufprall war markerschütternd und er konnte von Glück sagen, sich angeschnallt zu haben. Dennoch wurde er herumgeschleudert, erlitt Prellungen am ganzen Körper und drohte, die Besinnung zu verlieren.

Verschwommen sah er den Fahrer des anderen Wagens, der auf dem Lenkrad zusammengesackt war, und hörte, wie jemand von hinten gelaufen kam. Zweifellos derjenige, der versucht hatte, ihn zu töten. Dann wurde er ohnmächtig.

6

Sal konnte seine Füße kaum noch heben und bewegte sich im Schneckentempo die Straße entlang. Sein Körper spielte nicht mehr mit, er hielt ihn mit schierer Willenskraft aufrecht. Der Himmel vor ihm glühte in unterschiedlichen Farben, und bald würde ihn die Sonne blenden, die am fernen Horizont aufstieg.

Er war die ganze Nacht gelaufen, und die Santa Cruz Mountains lagen jetzt hinter ihm. Endlich stolperte er und kippte vornüber, verlor mitten auf dem Highway das Bewusstsein. Er hatte den Ort erreicht, an dem er zu sterben hoffte.

***

»Er lebt noch.«

Jordan Ling kauerte vor dem großen Mann, der mitten auf der Fahrbahn lag, ohnmächtig und mit dem Gesicht nach unten. Sie befürchtete, er würde sterben, falls sie ihn hier draußen zurückließen. Bald ging die Sonne unter, und wenn sie verschwand, wurde es kalt.

Sie drehte sich nach ihren beiden Brüdern um, die fast gleichaltrig waren und einander so ähnlich sahen, dass die Menschen sie ständig für Zwillinge hielten.

»Helft mir, ihn umzudrehen.« Jordan war klein und hätte es nie geschafft, diesen Riesen alleine zu bewegen. Ihre Brüder packten mit an, doch selbst zu dritt fiel es ihnen nicht leicht. »Danke«, sagte sie geistesabwesend. Obwohl sie als Teenager durchging, war sie Ende 20.

Ihre Brüder wirkten gelangweilt. Sie waren fast zehn Jahre jünger als sie, und Jordan sorgte sich ständig um die beiden. Während sie in Informatik promoviert hatte, schien das College für die Jungs überhaupt nicht infrage zu kommen. Die Geschwister befanden sich auf dem Weg in die Berge, wo sie sich mit ihren Eltern treffen wollten, denen dort ein Wochenendhaus gehörte.

»Hey.« Sie klopfte dem Mann leicht auf die Wange.

Seine Lider flimmerten, doch er öffnete die Augen nicht.

»Was sollen wir mit ihm machen, Jord?«, quengelte einer der Brüder.

»Weiß nicht, aber wir können ihn nicht einfach liegenlassen.«

»Was, wenn er infiziert ist?«

»Dann würde er nicht hier herumliegen, sondern nackt über den Highway rennen und schreien.«

Sal wachte langsam auf. Die Welt verschwamm in einem Farbenmeer. Er war ausgehungert, dehydriert und extrem erschöpft, vor allem aber enttäuscht darüber, noch zu leben. So schloss er seine Augen wieder, ohne die drei Personen zu bemerken, die ihn umringten. Allerdings spürte er etwas in seinem Gesicht, als tätschelte es jemand. Kurz glaubte er, es sei Maria, aber dann versetzte die Erinnerung an ihren enthaupteten Körper seinem Herzen einen Stich.

Während das Tätscheln weiterging, öffnete er die Augen ein wenig. Ohnehin ließen sich seine verklebten Lider nur schwerlich öffnen. Sein Herz tat einen Sprung – es war wirklich Maria! Er wusste, dass sie nicht mehr lebte, doch dies war ihr Geist. Vielleicht hatte er sein Leben doch ausgehaucht. Er versuchte, zu sprechen, brachte aber nur ein paar gemurmelte Worte hervor.

»Ich liebe … vermisse dich.«

Und seine Erscheinung antwortete: »Schon gut, Sie kommen wieder auf die Beine.«

Sal versuchte, eine Hand hochzuheben, um die Stimme zu berühren.

»Ich … vermisse dich.« Er verzog sein Gesicht und fing an zu weinen, doch seine Augen blieben trocken. »… so leid …«

»Ihnen geht es bald wieder gut.« Die Stimme spendete Sal Trost, eine bloße Erinnerung daran, was er verloren hatte.

»Nicht ohne … dich. Niemals … wieder gutgehen. Lass mich sterben.«

Sie klopfte ihm weiter auf die Wange. »Nein, das kann ich nicht zulassen, bedaure.«

»Niemand … der es wert ist … niemand.« Er konnte sich nicht deutlich artikulieren, seine Gedanken waren wirr.

»Komm jetzt, Jordan, der Kerl will nicht mehr leben.«

Sie warf einen bösen Blick zurück. »Meinst du das ernst? Du könntest jemanden im Stich lassen, damit er stirbt?« Ihre Brüder bereiteten Jordan Kummer, sie kamen ihr so unmotiviert und egoistisch vor.

»Er sagte doch, dass er das will«, brummte der eine zu seiner Verteidigung.

Jordan widmete sich wieder dem großen Mann, hatte aber keinen blassen Schimmer, was sie tun sollte. »Ihr seht doch, dass er nicht richtig bei der Sache ist. Wir wissen nicht, ob er wirklich sterben möchte.«

»Und was sollen wir jetzt machen?«

Jordan schaute sich um. »Dort. Tragen wir ihn hinüber. Das ist ein wenig sicherer. Wir sollten ihm Wasser geben. Dann können wir ihn mit etwas zu essen und zu trinken alleinlassen, um ihm zu helfen.«

»Ja, das können wir tun.« Einer der Brüder seufzte, beide kamen ohne Begeisterung zu ihr.

Den schweren Mann vom Highway ins Gras zu ziehen, bereitete ihnen einige Mühe. Jordan setzte sich neben seinen Kopf und flößte ihm ein wenig Wasser ein, wozu sie den Deckel einer Flasche verwendete. Nachdem sie das mehrmals wiederholt hatte, fiel ihr auf, dass er nicht schluckte, sondern die Flüssigkeit aushustete. Er hätte selbst an dieser geringen Menge ersticken können, zumindest war ihr so etwas einmal zu Ohren gekommen. Sie musste seinen Kopf zur Seite drehen, damit er Luft bekam.

Die Jungs stellten ein paar Flaschen und zwei Suppenkonserven neben ihn. Jordan fuhr damit fort, geringe Mengen Wasser in seinen Mund zu träufeln, bis er aus eigenen Stücken etwas davon schluckte. Sie fragte sich, wer er war, woher er kam und wohin er wollte. Der Highway 17 schlängelte sich viele Meilen weit durch die Berge und entlang der Strecke lebte so gut wie niemand, also war er vielleicht aus dem gleichen Grund wie sie hergekommen – um den Zombies zu entrinnen. So jedenfalls nannten ihre Brüder sie, und das waren sie allem Anschein nach auch.

Während sie sich bemühte, den Mann zum Trinken zu bewegen, musste sie unweigerlich die schrecklichen Ereignisse der vergangenen Tage Revue passieren lassen. Sie hatte sich auf der Arbeit eingefunden – einem IT-Betrieb – und sich vor dem Wahnsinn eingesperrt, um ihren Geist beschäftigt zu halten. Dann, nachdem die grässlichen Schreie verklungen und anscheinend alle gestorben waren, hatte sie sich zu Fuß auf den Nachhauseweg gemacht. Sie war die Straße hinuntergegangen, in der sie gewohnt hatte, als die Toten sich erhoben.

Entsetzt hatte Jordan beobachtet, wie sich die Leichen überall in der Umgebung regten. Nackt waren sie gewesen, dreckig und schwerverletzt. Ein Mann hatte sich wenige Yards vor ihr aufgerafft und ihr den Rücken zugekehrt. Während er davonging, hatte sie ein paar Fuß seines Enddarms aus dem Anus hängen sehen wie einen dicken, roten Schwanz.

Einige Nachbarn waren draußen gewesen und schafften Leichen von ihrem Rasen. Sie zählten zu den ersten Opfern. Die Toten ergriffen sie und begannen, sie zu beißen. Sie schaute zu, wie einem Mann ein Stück Fleisch von einem Toten aus der Wade gerissen wurde, der neben ihm auf der Erde lag.

Bei diesem Anblick hatte sich ihr Magen aufgebäumt und ihr Herz heftig geklopft. Der Gebissene stieß einen grässlichen Schrei aus. Sie wollte davonlaufen, blieb aber wie angewurzelt stehen. Dann sah sie mit an, wie eine alte Dame verzweifelt versuchte, in ihr Haus zurückzulaufen. Ein dicker, nackter Mann packte sie von hinten und zwang sie zu Boden. Er biss ihr ein Stück aus der Schulter, und sie kreischte auf. Diese Laute waren das Schlimmste. *Zu hören,* wie jemand gefressen wurde, kam Jordan fast schlimmer vor, als dabei *zuzusehen*.

Die Frau wurde am Boden festgehalten, als eine weitere Leiche, ein Teenager mit langem Haar, in seiner Hast, an das frische Fleisch zu gelangen, auf den Bauch fiel. Jordan kam sich hilflos vor, während sie das sah. Der knabenhafte Tote biss in ihren Schenkel und riss ihr die Kleider vom Leib, ehe er seine Zähne noch einmal in ihr vergrub. Die Frau brüllte. Jordan hielt sich die Ohren zu, doch es war zu laut. Die Alte schrie noch lange, weil die Leichen, die sie zerpflückten, eine gewisse Zeit benötigten, um an ihre lebenswichtigen Organe zu gelangen. Der dicke, schwarze Mann aß Fleisch, das er ihr mit den Zähnen vom Rücken riss. Er trennte jeweils einen Streifen heraus und kaute gründlich, bevor er fortfuhr. Sie schlug um sich und kreischte unter seinem Gewicht. Während sie dies tat, warfen sich weitere Tote auf sie, bissen zu und zerrten an ihrem Körper. Sie kauten langsam, während sie sie am Boden festhielten. Sie schrie noch immer, als Jordan wegrannte.

Sie schaffte es zu ihrem Haus, wo sie nicht glauben konnte, dass ihre dämlichen Brüder noch lebten und wohlauf waren, auf dem Sofa saßen und sich mit Essen vollstopften. Als sie zuletzt mit ihren Eltern gesprochen hatte, waren beide wohlbehalten in ihrem Wochenendhaus gewesen, also hatte sie mit ihren Brüdern dorthin fahren wollen, aber da war kein Durchkommen. Nun versuchte sie schon seit Tagen, sich an den wandelnden Leichen vorbei zu stehlen und schleifte die beiden Dummköpfe mit. Sie schienen nicht zu begreifen, wie groß die Gefahr ringsum war.

Die Sonne ging langsam unter. Sie mussten ihren Weg fortsetzen, um nicht im Finsteren durch den Wald gehen zu müssen. Selbst in einer mondhellen Nacht sah man wegen der hohen Bäume und ihres dichten Blätterdachs die Hand vor Augen nicht, weshalb man nur schwerlich vorankam, ohne zu stolpern oder irgendwo anzustoßen. Jordan zog eine Decke aus ihrem Rucksack und wollte sie über dem bewusstlosen Riesenkerl ausbreiten.

»Wirklich?« Ihr Bruder klang verstimmt.

»Ja! Wir lassen diesen armen Mann nicht hier mitten im Nirgendwo herumliegen, und das nachts, damit wir weiter zu einem warmen, sicheren Haus gehen können. Ihr wisst, wie kalt es hier ist, wenn es dunkel wird. Gebt euch einen Ruck.« Sie packte den großen Kerl sorgfältig ein und nahm sich vor, wenn möglich, zurückzukehren, um nach ihm zu schauen.

Ihre Brüder machten sich bereits auf den Weg. Jordan schob dem großen, traurigen Mann immer noch ihre Decke unter.

»Ich wi… Ich will sterben«, nuschelte Sal wieder.

Sie tätschelte sein Gesicht noch einmal und beugte sich über ihn, während sie die Enden der Decke unter seinen Körper stopfte. »Ich habe dich nicht aufgelesen, damit du dich umbringst, okay?«

Sal nahm kaum wahr, was in seiner Umgebung geschah. Er sah Maria – beziehungsweise ihren Geist. Sie wuselte um ihn herum, ihr Haar streifte und kitzelte sein Gesicht. Das brachte ihn ein Stück weit zur Besinnung, und er erkannte, dass sie ihn rettete. Dann klopfte sie ihm wieder auf die Wangen und redete auf ihn ein, doch erst, kurz bevor er zurück ins Dunkel abdriftete, gelang es ihm, zu verstehen, was sie sagte.

***

Sal kam mitten in der Nacht zu sich. Den Himmel über ihm umrahmten die Umrisse von Ästen. Die Sterne leuchteten hell. Er zitterte, weil die nächtliche Luft kalt war – so sehr, dass es wehtat. Er blieb einen Moment lang still liegen und rekapitulierte seinen Traum. Maria hatte ihn gerettet, ja sogar mit ihm gesprochen: *Ich habe dich nicht aufgelesen, damit du dich umbringst, Sal.* Genau diese Worte hatte sie gesagt, dessen war er sich sicher.

Er setzte sich aufrecht hin, eine Decke rutschte von seinem Körper. Sal entsann sich, auf der Straße zusammengebrochen und vor Erschöpfung in Ohnmacht gefallen zu sein. Wenngleich er bäuchlings liegengeblieben war, hatte er sein Bewusstsein auf dem Rücken wiedererlangt. Er befühlte die weiche Decke. Woher kam sie? War ihm Maria wirklich erschienen? Er faltete den Stoff und legte sie über seine Schultern. So war ihm viel wärmer, und er schlief weiter, bis in die Früh.

Kurz bevor die Sonne aufging, wachte er auf. Die Kälte dauerte an, und Morgentau benetzte alles. Er fühlte sich jämmerlich, und als er aufstehen wollte, waren seine Glieder zu steif, zu wund, zu schwach. Seine Füße quälten ihn. Er hatte einen Schuh verloren, während der andere locker mit abgelöster Sohle auf seinen Zehen steckte. Nachdem er ihn abgestreift hatte, legte er sich wieder hin – eingewickelt in die Decke – und wartete darauf, dass sich die Sonne zeigte.

Er war hungrig und durstig, vor allem Letzteres. Was ihn zugedeckt in einen Wald verschlagen hatte, blieb ihm schleierhaft, doch der Traum, er kam ihm wirklich vor. Endlich war die Sonne so weit aufgestiegen, dass sie die Erde wärmte und bald auch trocknen würde. Sal wälzte sich herum, damit er auf allen Vieren hochkommen und schließlich versuchen konnte, sich hinstellen, als er zwei Dosen Suppe und Wasserflaschen entdeckte.

»Maria?«, fragte er leise in der Hoffnung, sie würde antworten, obwohl er wusste, dass dies nicht geschehen würde. Er war überzeugt davon, dass sie ihn gerettet hatte, und zweifelte doch an seinem Verstand.

Nachdem er beide Konserven aufgemacht und verzehrt hatte, trank er eine halbe Flasche Wasser. Zuerst wurde ihm davon übel, weil er so lange nichts zu sich genommen hatte, doch es dauerte nicht lange, bis er sich besser fühlte und wieder losmarschierte, die Flaschen an die Brust gedrückt und die Decke über die Schultern gelegt.

Als ihn etwas am Hals kitzelte, fuhr er sich mit einer Hand über die Haut und bekam ein langes, dunkles Haar zu fassen. Nun betrachtete er die Decke genauer; daran hafteten weitere Haare – Marias Haare. Sie musste ihn gerettet haben, daran bestand nun kein Zweifel mehr, und er zog sich den Stoff fester um den Oberkörper. Er vermisste sie und war immer noch traurig, ja totunglücklich, aber sie war zu ihm gekommen und hatte sein Leben gerettet. Zu überleben und das Glück wiederfinden, das musste er für sie tun. Er würde sie in Ehren halten, ihr ungeheures Geschenk an ihn. Deshalb begann er wieder, auf dem Highway 17 voranzuschreiten, und gelangte so nach San José.

7

Auch mit geschlossenen Augen spürte er, wie sich sein Kopf drehte. Speichel sammelte sich in seinem Mund, während sich sein Körper darauf einstellte, den Mageninhalt abzustoßen, doch Cooper hielt es zurück. Als er die Lider aufschlug, war es noch dunkel, und alles rotierte weiter. Da wusste er sofort, dass er sich an einem Ort befand, an dem er nicht sein wollte.

Als er sich aufrecht hinsetzte, zuckte er vor Schmerzen zusammen. Er fühlte sich, als sei jede einzelne Muskelfaser in seinem Körper gezerrt. Es war wie Muskelkater, nachdem man tags zuvor zermürbend hart trainiert hatte, bloß viel schlimmer. Er atmete mehrmals bewusst ein und aus, was es aber nur wenig besser machte. Wo auch immer er saß, es roch muffig und alt. Die Luft war abgestanden, warm und stickig, als wäre sie lange verbraucht. Doch stärker als diese Eindrücke tat sich ein beißender Gestank hervor, den er zuerst nicht genau zuordnen konnte. Er war so intensiv, dass Cooper Kopfschmerzen und ein brennendes Gefühl in der Nase bekam. Dann dämmerte es ihm: Bleiche.

Er klopfte sich ab, knetete seine Muskeln und suchte nach Verletzungen. Alles schien heil zu sein, abgesehen von einer schmerzenden Beule an seinem Hals; eine Spinne musste ihn gebissen haben. In Kalifornien konnte man sich vor bissigen Insekten wie der Braunen Einsiedlerspinne oder der Schwarzen Witwe kaum retten. Es wäre nicht sein erster Biss gewesen. So etwas tat stets höllisch weh und die Heilung dauerte ewig.

Cooper tastete in der Finsternis herum. Er saß auf einem groben Kurzhaarteppich. Ihm schwirrte zwar immer noch der Kopf, doch das ließ nach. Er überlegte, was er jetzt tun sollte, als ihn ein lauter Knall aufschreckte. Gedämpftes Licht fiel aus einer geöffneten Tür vor seinen Füßen ein. Er steckte im Frachtraum eines Kleinbusses. Das Licht kam von einer elektrischen Lampe, die jemand vor der offenen Tür hochhielt.

»Sag ich's doch, du hast es versaut ...« Der Mann, dessen Stimme er hörte, schien mit jemand anderem zu sprechen, richtete seine Aufmerksamkeit aber gleich ins Innere des Busses und auf Cooper. »Hab' ich doch richtig gehört, du bist wach.« Der Fremde trug Dreadlocks. Er sah aus wie der Eremit auf Tarotkarten, während er die Laterne über seinen Kopf hielt.

Eine junge Frau tauchte neben ihm auf.

»Hey, alles in Ordnung mit dir?«

Sie schien Anfang 20 zu sein, wirkte aber grob, was sie älter aussehen ließ. Ihr Blick war nicht ganz klar, während sie ihn anschaute, ihr Schopf ein ungepflegtes, verfilztes Nest, das sie mit alten Haargummis zurückgebunden hatte. Ihre Haut glänzte fettig im Schein der Lampe. Sie trug ein enges, weißes Muskelshirt, durch das sich große Ringe an beiden Brustwarzen abzeichneten.

Der Kerl stand ihr in nichts nach, was sein Erscheinungsbild und Verständnis von Hygiene anging. Er war größer und stand da, als halte er sich für einen harten Typen, was einen Widerspruch zu seinem hippieartigen Aufzug darstellte. Er blickte ausdruckslos glasig drein – eindeutig bekifft, und so klang es auch, wenn er redete. »Ja, Mann, alles senkrecht bei dir? Wir hatten echt Bedenken deinetwegen.«

Er lehnte sich an die Hecktür und versperrte somit den Ausstieg, denn als Cooper ins Freie wollte, schien er sich nicht bemüßigt zu sehen, Platz zu machen. Vielleicht war er zu stoned, um es zu bemerken, aber die junge Frau zog ihn am Arm zur Seite.

»Lass ihn raus«, sagte sie in einem Ton, der keinen Widerspruch duldete. Cooper dachte, er sei womöglich bloß wegen des Autowracks paranoid – zum Teufel, beim Zustand der ganzen Welt konnte einem angst und bange werden.

Er sprang hinaus an die Nachtluft. Es war kalt und frisch, weshalb er sich gleich besser fühlte. Er atmete tief ein und spürte dabei, wie die Benommenheit nachließ, nicht aber der Schmerz in seinen Muskeln und der Bissverletzung. Er stand am Rande einer Waldlichtung, umringt von hohen Tannen. Der Bus parkte so, dass die Tür des Laderaums auf die Bäume zeigte. Cooper konnte überall in einem Gebiet entlang der Küste sein, das sich über Hunderte von Meilen hinweg erstreckte.

Unter anderen Umständen hätte er den Ort hübsch gefunden. Dieser freie Platz war eine Oase schummriger Lichter in einem ansonsten pechschwarzen Gehölz. Ringsum standen Kerzen und Laternen, wohingegen in der Mitte ein Feuer brannte, das für gleichmäßige, angenehme Helligkeit sorgte.

»Was ist passiert?«, fragte Cooper.

Der Kerl war nicht allzu weit zur Seite getreten und stand nun mit verschränkten Armen da, ohne seine emotionslose Miene zu verziehen, während er seine Version der Ereignisse wiedergab: »Du hast die kleine Mühle zu Schrott gefahren, Mann. Totalschaden, ohne Scheiß.«

»Ja, das ist mir auch klar. Ich meine … wo kommt ihr beide her? Wo sind wir?«

Die Frau antwortete gelassen, klang aber auch ein wenig trügerisch: »Wir haben im Park herumgegammelt und wollten uns fernhalten von, du weißt schon, den Toten.«

»Wo befinde ich mich jetzt?«

»An einem sicheren Ort.« Auch sie stand dicht bei ihm und streckte nun eine Hand aus, um seine Schulter zu reiben. Ihr Begleiter nickte bloß. Cooper fiel auf, dass sie ihm sehr nahe auf den Leib gerückt waren, statt Abstand zu wahren und ihm zumindest ein wenig Freiraum zu gewähren.

»Genau, wirklich sicher. Keine Kaputten weit und breit, keine anderen Menschen, nichts.«

Cooper lehnte sich zurück und nahm auf der Stoßstange des Busses Platz.

Der Kerl blieb mit den Armen vor der Brust stehen. Als die Frau fortging, um ihm Wasser zum Trinken zu holen, bemerkte Cooper, dass der Mann noch weiter heranrückte. Das machte ihn stutzig.

Sie brachte ihm das Wasser in einem alten Plastikbecher. Er trank es nicht, was sie offensichtlich auffällig fand. Dann zog sie irgendwo aus den Falten ihres schmutzigen, bunten Rocks einen Joint. Nachdem sie ihn angezündet hatte, bot sie Cooper einen Zug an. Er schlug ihn dankend aus. Nun sah sie ihn an, indem sie den Kopf zur Seite neigte und lächelte.

»Ich werde schon noch schlau aus dir«, sagte sie vergnügt. »Kommt, machen wir es uns im Van gemütlich.«

Cooper hasste es, wenn sich Leute so ausdrückten. War er so schwer zu durchschauen? *Ich trinke kein Dreckwasser und rauche keinen Shit, den mir irgendeine Schnalle aufdrängen will, was ist daran unklar?*

Er bestand darauf, als Letzter in den Bus zu steigen. Nachdem er sich an der Tür niedergelassen hatte, ohne sie zu schließen, gab er vor, er brauche die frische Luft, weil er unter Platzangst leide.

So saß Cooper auf der Schwelle der offenen Tür und nur halb im Frachtraum. Jetzt waren sie sich noch näher, so dass er die Gesichter des Paares im Licht der elektrischen Lampe deutlicher sah. Er erkannte, wie verlottert die beiden wirklich waren. Sie fuhren allem Anschein nach schon sehr lange durch die Weltgeschichte. Für sie handelte es sich um einen Lebensstil, nicht um ein vorübergehendes Abenteuer. Sie trugen keine Schuhe. Die junge Frau hatte mehr Haare an den Beinen als ihr Kompagnon und einen Nasenring, während er sich einen dürftigen Bart stehenließ, der den Eindruck vermittelte, schon seit Jahren zu wachsen, aber einfach nicht voll werden wollte. Müßig zu erwähnen, dass die beiden stanken wie Ziegen.

»Ich bin Willow.« Sie lächelte wieder. »Das ist Ben.«

»Ich heiße Cooper. Wie bin ich an euch geraten?«

Er wollte direkt zur Sache kommen. Für schmuddelige Kiffer fehlte ihm die Geduld. Sie mochten zwar versuchen, nett zu sein, wobei er sich kein vorschnelles Urteil bilden wollte. Er hatte noch niemanden kennengelernt, der so aussah und in irgendeiner Hinsicht normal war. Nicht, dass Cooper kein Verständnis für Notdürftige an den Tag legte; er hatte in der Schule und bei den Pfadfindern viele, viele Stunden damit verbracht, wirklich unglückseligen Menschen unter die Arme zu greifen. Diejenigen, die dringend Hilfe brauchten, fielen für gewöhnlich weniger augenscheinlich auf als solche, denen man auf der Straße begegnete, wo sie täglich zu allen Zeiten um Geld bettelten.

Cooper war in der behüteten Kleinstadt Monterey aufgewachsen, die als Zwischenstation für Durchreisende auf dem Weg die Küste hinunter fungiert hatte. Deshalb kreuzten dort je nach Jahreszeit Fremde auf, vornehmlich abenteuerlustige Jugendliche, und die meisten reisten mit negativen Beweggründen, etwa weil sie missbraucht oder im Stich gelassen worden waren, Drogen nahmen oder unter psychischen Problemen litten. Er war in einem solchen Umfeld groß geworden, hatte eine Vielzahl dieser Menschen gesehen und oft mit ihnen zu tun bekommen. Deshalb konnte er sie mittlerweile gut durchschauen, und obwohl die Mehrheit freundlich war, durfte man niemandem von ihnen trauen, weil sie sich in einer verzweifelten Situation befanden.

Im Zentrum war es besonders drastisch gewesen, weil die Busse des Fernverkehrs eine große Haltestelle dort angesteuert hatten. Zwischen Los Angeles und San Francisco gab es abgesehen von Monterey und Santa Cruz keine wesentlichen Klein- oder Großstädte. An jenem Knotenpunkt waren viele Landstreicher ausgestiegen, um über Tage, manchmal auch Wochen hinweg herumzulungern, zu schnorren oder zu stehlen, und sich Ärger einzuhandeln.

»Wir haben deinen Arsch gerettet, Bruder«, betonte Ben todernst.

Willow nickte, während sie ihn anschaute und erneut ein verhaltenes Lächeln bemühte.

Selbiges beunruhigte Cooper, doch was ihn richtig fahrig machte, bemerkte er erst jetzt im Schatten hinter dem Kerl. Es wäre ihm nie aufgefallen, wenn er im Laderaum gesessen und Ben sich nicht zur Seite gelehnt hätte, um den Joint von Willow entgegenzunehmen. Es war ein Metallring – eine simple Vorrichtung, um Frachtstücke zu sichern – nahe an einer Wand an den Boden des Busses geschweißt. Man hätte ihn als relativ normal für ein solches Fahrzeug erachten können, doch daran befestigt war eine silbern verchromte Kette, die unter dem Teppichboden hindurchführte. Sie erinnerte an jene Ketten, die Handschellen miteinander verbanden. Cooper versuchte sich einzureden, dass er Gespenster sah, aber das waren zu viele kleine Warnsignale – ungute Gefühle, was diese beiden anging. Sie kamen ihm nicht koscher vor und hatten eine Ausstrahlung, die ihm nicht gefiel. Möglicherweise lag es daran, dass er während der Apokalypse in einem dunklen Wald erwacht war, doch er spürte, dass es nichts damit zu tun hatte. Nein, irgendetwas stimmte nicht mit diesen beiden.

»Wir haben gesehen, wie du beschossen wurdest und dann in dieses Auto gekracht bist. Da mussten wir helfen.«

»Habt ihr gesehen, von wem ich angegriffen wurde?«

»Nö, aber wer auch immer es war, hatte es den ganzen Tag lang getan. Wir haben beobachtet, wie mehrere Leute getroffen wurden, und verhalten uns deswegen unauffällig, bis dieser Mist vorbeigeht.«

»Wisst ihr denn, mit wem ich zusammengestoßen bin?«

Ben kicherte. »Irgendeine blöde Fotze. Wir haben getrampt, aber sie wollte uns nicht mitnehmen. Wir wären zu dreckig. Kannst du dir das vorstellen? Das ist das verdammte Ende der Welt und die macht sich 'nen Kopf über Flecken auf ihren Sitzen.«

Willow nickte nur. »Wohin wolltest du?«

»Nach Norden, San José«, antwortete Cooper, während er sich fragte, warum sie trampen wollten, wo sie doch einen Bus besaßen.

»Das kannst du abschreiben. Alles ist über Meilen hinweg blockiert.« Sie zwirbelte ihre Zöpfe mit einem Finger. »Wir haben ein paarmal versucht, aus der Stadt zu kommen, und wären dabei fast kaltgemacht worden. Nach Washington wollten wir.«

Ben legte sich auf den Boden. Er sah aus, als sei er eingeschlafen, doch dann redete er weiter: »Du darfst gerne mit uns abhängen, solange du Bock hast.«

»Danke, aber ich muss mich wieder auf den Weg machen. Habt ihr mitbekommen, wer auf die Leute ballert?« Cooper stellte die Frage erneut, weil er den Schießwütigen tunlichst meiden wollte.

»Nein, doch er lauert schon mindestens seit gestern auf der Überführung«, gab Ben an, während Willow die Augen schloss.

»Mindestens«, bekräftigte sie. »Ich schätze, wir hauen uns jetzt aufs Ohr.« Sie schienen beide einzunicken.

Bekloppte Drogenfreaks, dachte Cooper. Er fühlte sich unwohl in ihrer Gegenwart, doch seine Schmerzen machten ihm zu schaffen. Als könne sie seine Gedanken lesen, schlug Willow die Augen wieder auf. »Der Unfall hat dir zugesetzt, was? Brauchst du irgendetwas?«

»Habt ihr Schmerzmittel?« Noch während er danach fragte, wurde ihm bewusst, wie dumm das war, weil er im Leben nichts zu sich nehmen würde, was diese beiden ihm gaben.

»Aber hallo.« Ihre Augen funkelten.

»Aber hallo«, wiederholte Ben.

Sie stand auf und griff nach einem Rucksack, der auf einem der Vordersitze im Bus lag. Heraus zog sie eine große Einkaufstüte, die aussah, als stecke sie voller Süßigkeiten. Darin enthalten waren bestimmt mehrere Tausend Tabletten. Sie begann, darin zu wühlen.

»Ich dachte eher an Tylenol oder Advil.«

Sie rümpfte die Nase.

»Das Zeug ist nicht gut für dich. Ich hab Oxycodon, Percocet …«

»Klappt auch so, danke.«

»Eine halbe Codein bringt dich wieder runter, damit du pennen kannst.«

»Ich komm klar.«

Er wollte nicht unhöflich werden, aber sie ließ nicht locker.

»Ich sehe doch, wie nötig du es hast. Warum quälst du dich so?«

»Wirklich, mir geht es gut.« Er versuchte, das Thema zu wechseln. »Woher stammt ihr zwei überhaupt?«

»Komm schon, Hasenfuß.« Ben ließ sich dazu hinreißen, die Augen zu öffnen. »Sei kein solcher Hosenscheißer.«

»Hör auf Ben.« Willow kroch dichter zu Cooper hinüber. »Achte nicht auf ihn, er hat bloß schlechte Laune.« Nachdem sie einen Arm um ihn gelegt hatte, drückte sie ihre Brust gegen seine Schulter. Hätte sie sich gewaschen, wäre sie echt heiß gewesen, doch sie war so verstrahlt und schmierig, dass es ihn abstieß. »Mensch komm, Süßer, nur eine Halbe. Willst du mit mir Party machen?«

Sie hielt eine Tablette zwischen zwei Fingern vor Coopers Gesicht. »Bitte.«

Er sollte seinen Mund aufmachen.

Ihr Atem stank. Er konnte jeden einzelnen Mitesser in ihrem Gesicht sehen. Ben lag nach wie vor auf dem Rücken, beobachtete aber nun aufmerksam wie ein Raubtier, was vor sich ging. Coopers Alarmglocken läuteten laut, und er wollte Reißaus nehmen, befürchtete aber, sie könnten versuchen, ihn zu überwältigen und zurück in den Bus zerren. Sie bemühte sich eindeutig, ihn zu verführen, und keiner der beiden hatte sich, seit er wachgeworden war, weiter als drei Fuß von ihm entfernt.

Er lächelte und entgegnete: »Lass mich zuerst pinkeln gehen. Wenn ich mich zu sehr entspanne, mache ich euren ganzen Bus nass.« Sicherheitshalber streckte er eine Hand aus. »Meine Fresse, eine halbe Tablette … mir tut alles weh, und ich hätte nichts dagegen, mir die Lichter so richtig auszublasen.«

»Gute Idee.« Sie lächelte abermals und rieb seine Schulter. Dann brach sie die Tablette in der Mitte durch und hielt sie an seinen Mund. Er grinste, und ließ sie sich in den Mund legen, wobei er sich hinter die Ohren schrieb, sich später die Zunge abzuschrubben, wo ihre bitter schmeckenden Fingerspitzen sie berührt hatten.

Als er sich abwandte, war er verblüfft, denn in seinem Mund lag nun eine ganze Tablette. Irgendwie musste sie die Halbe im Bruchteil einer Sekunde ausgetauscht haben, während sie miteinander gesprochen hatten. Er hielt sie auf der Zunge, doch sie begann sofort, sich aufzulösen, und war sauer – nein, eigentlich nicht das, sondern ätzend wie eine Chemikalie. Sie brannte in seinem Mund und regte umgehend seinen Speichelfluss an, heftig sogar. Er wollte vor den beiden verbergen, dass er die Tablette nicht schluckte, also widerstand er dem Impuls und ließ sie einfach gemeinsam mit seiner Spucke heraus und an seinem Kinn hinunterlaufen. Nach ein paar Schritten wischte er sich mit dem Handrücken darüber; er konnte kaum erwarten, den Geschmack loszuwerden – irgendwie, mit was auch immer.

Während er auf eine Baumgruppe im tiefen Schatten zuging – er wollte diesen Weg beibehalten, schnurstracks in die Finsternis und fort von diesem Irrsinn – hörte er rasche Schritte hinter sich und fuhr herum, erschrocken und gefasst. Ben war noch ein paar Yards von ihm entfernt, kam aber schnell näher. Cooper blieb stehen und lächelte. Er würde ihm nicht den Rücken zukehren.

»Ich musste auch gehen«, erklärte Ben grinsend.

Als er geradewegs auf Cooper zukam, bemerkte dieser, dass er die Hände hinter seinem Rücken verbarg. Weil er weder überängstlich daherkommen noch ein Auge von ihm lassen wollte, improvisierte er:

»Gibt es hier draußen Bären oder so – vielleicht einen Berglöwen, der mir die Klöten abbeißen könnte?«

Ben wieherte. »Nein, du bist sicher.«

Cooper fiel auf, dass Willow hinten am Bus stand und sie beobachtete, als erwarte sie, dass etwas passieren würde. Ben beschrieb einen Bogen und stellte sich vor einen Baum, doch es sah nicht so aus, als würde er dort irgendetwas Bestimmtes tun. Willow machte sich auf den Weg zu Cooper und schien sich neben ihn stellen zu wollen. *Hm, lästige Schlampe,* dachte er.

»Ich muss auch pinkeln.« Sie schaute wiederholt zu Ben hinüber. Mittlerweile war völlig klar, dass die beiden eine krumme Tour vorhatten.

»Hey, komm hier rüber.« Sie strahlte und winkte Cooper. »Ich will, dass du mich beschützt.« Sie machte auf kokett, lockte ihn mit Handbewegungen. »Komm ruhig, Ben macht das nichts aus.«

Es reicht! Er sah zu Ben. Der Kerl erwiderte seinen Blick. Er hatte den Kopf gedreht, stand aber immer noch vor dem Baum. Cooper spielte mit dem Gedanken, wegzulaufen, doch Ben versteckte seine Hände nach wie vor, und falls er eine Schusswaffe hielt, fiel es ihm leicht, ihn zu jagen. Hatte er jedoch nur ein Messer, so war Cooper besser dran, wenn er die Beine in die Hand nahm. Die Entscheidung wurde ihm jedoch abgenommen.

Wieder hörte er schnelle Schritte und drehte sich um. Willow stürzte mit einem langen Küchenmesser, das sie über ihrem Kopf hochhielt, auf ihn zu. Ihr Gesicht war hassverzerrt, sie bewegte sich flink und würde ihn vor Ben erreichen, also widmete er sich zuerst ihr. *Hat sie das bis zum Ende durchdacht? Vielleicht glaubt sie, ich würde bald umfallen, weil ich die Pille geschluckt habe.* In jedem Fall war ersichtlich, dass sie ihm etwas zuleide tun wollte.

Als sie ihn erreichte, schlug er mit einem Arm aus und blockte ihre Rechte ab, in der sie das Messer hielt. Gleichzeitig holte er rechts aus, seine Faust schnellte hervor und traf sie mitten im Gesicht. Unter normalen Umständen hätte er nie eine Frau schlagen können, doch angesichts eines Verrückten hinter ihm, der weiß Gott was machte, und einer mordlustigen Zicke, die mit einem Messer gerannt kam, was sollte er tun? Nein, er empfand keine Reue und zauderte nicht. Sein Schlag war hart und zielte entschieden darauf ab, Willow niederzustrecken.

Ihr Kopf knickte nach hinten weg. Sie verlor ihre Balance, fiel unsanft mit dem Rücken auf die Erde, und noch im selben Augenblick drehte sich Cooper zu Ben um.

Der zielte nun mit einer Pistole auf ihn, die er mit gerade ausgestreckten Armen in beiden Händen hielt, wobei Cooper erkannte, dass er dies mit zittriger Hand tat und den Anschein erweckte, wie vom Donner gerührt zu sein. *Das nennt man Überraschungsmoment, Wichser.*

Das ungute Gefühl, mit dem Cooper die beiden betrachtet hatte, war so stark gewesen, dass er sich jederzeit zum Kampf stellen konnte. Er beschloss, lieber abgeknallt zu werden als angekettet im Laderaum des Busses liegen zu müssen. Zwei große Schritte, und er stand vor Ben.

Der Kerl war so verdattert, dass er die Waffe wegwarf und die Hände hochheben wollte. Er versuchte, sich zu ergeben, doch zu spät: Cooper ließ sich nicht aufhalten, sondern duckte sich nach dem letzten Schritt und versetzte seinem Gegenüber einen Schlag in die Magengrube. Ben krümmte sich, und als er wieder hochfuhr, blieb ihm die Luft weg. Er stürzte unter seinem Angreifer rückwärts. Als er wieder aufstehen wollte, stieß ihm Cooper ein Knie in den Schritt, um ihm die Hoden zu quetschen. Zwar schien er sie zu verfehlen, doch wenigstens blieb der Drecksack liegen.

In Bens Dreadlocks hingen nun Zweige und Laub, was Cooper – warum auch immer – ein Gefühl der Überlegenheit vermittelte. Er trat ihm in die Rippen, bevor er wieder auf die Beine kommen konnte. Dann bückte er sich nach ihm, packte sein Shirt mit beiden Händen und hob ihn hoch, um ihn gegen einen Baum zu schleudern.

Cooper wusste, er hätte fliehen sollen, war aber wütend und wollte dem Arschloch ordentlich die Fresse vermöbeln. Er drosch auf sein Gesicht ein, so fest er konnte, nicht ohne zur Kenntnis zu nehmen, dass er sich seine Hand dabei verletzte. Zähne schnitten in sein Fleisch, wie er spürte, und falls ein, zwei Knochen dabei zu Bruch gingen, würde es ihn nicht wundern. Nach ein paar satten Hieben fehlten Ben mehrere Zähne, und Blut tropfte ihm vom Kinn. Seine Augen waren bereits zugeschwollen, doch Cooper setzte mehrmals nach und wollte gerade aufhören, als ihn ein Knall zusammenzucken ließ. Baumrinde spritzte in sein Gesicht.

Da packte er Ben erneut am Kragen und zog ihn hoch, um sich hinter ihn zu stellen. Nun hielt er ihn am Genick fest und verwendete ihn als Schutzschild.

Willow hatte die Pistole aufgehoben. Blut strömte aus ihrer gebrochenen Nase. Sie torkelte und heulte gequält.

»Warum hast du ihm wehgetan? Warum hast du Ben geschlagen?«

»Mach ihn nieder«, knarrte ihr Komplize mit gurgelnder Stimme.

Willow brüllte auf und stocherte mit der Waffe in der Luft herum, doch ihr Freund blockierte die Schussbahn auf Cooper.

»Mach ihn nieder«, wiederholte Ben.

Cooper hielt ihn mit beiden Armen um den Hals fest und schleifte ihn langsam rückwärts. »Wirf die Knarre in den Wald, dann lasse ich Ben am Leben.« Cooper zog sich mit ihm von der Lichtung und damit aus dem spärlichen Licht zurück.

»Ich knall dich ab, Mann!«, schrie Willow.

»Also gut, drei Sekunden. Eins, zwei …« Sie warf die Waffe ins Unterholz und kam auf die beiden zugelaufen. Cooper ließ von Bens Hals ab und stieß ihn zurück auf die Wiese so fest er konnte. Die beiden knallten gegeneinander und fielen hin.

»Du dusselige Kuh!«, lispelte Ben verärgert mit dem Mund voller Blut durch seine Zahnlücken. Willow versuchte, sich an ihm festzuhalten, doch er riss sich los und stand auf. Cooper war ein Stück weit in den Wald gelaufen und blickte nun zurück, um sich zu vergewissern, dass Ben ihm nicht nachstellte.

»Du bist tot!«, drohte der Geprügelte.

Cooper ignorierte ihn und wandte sich ab, um zu verschwinden. Die Schüsse und das Geschrei hatten die Toten angelockt. Er konnte hören, wie sie sich näherten. Sie waren nicht mehr weit entfernt, schienen aus allen Richtungen zu kommen. Ausgehend von dem Lärm, den sie veranstalteten, dauerte es wohl nicht mehr lange, bis sie die Lichtung erreichten. Cooper musste sich sputen, um ihnen nicht in die Quere zu kommen, vernahm dann aber etwas, das ihm das Blut in den Adern gefrieren ließ. Menschliche Stimmen.

»Ben! Willow! Seid ihr okay?« Es waren viele Personen, die das fragten. Ben drohte Cooper weiter, während Willow den Menschen, die durch den Wald stapften, Richtungsanweisungen zurief, damit sie ihn schnappen konnten. Dann erwachte die Umgebung zum Leben. Das Geraschel wurde hektischer und lauter, Lichtkegel von Taschenlampen und Laternen zerschnitten die Dunkelheit. Unmittelbar vor Cooper flackerte ein Licht auf. Der freie Platz lag hinter ihm.

Er war umzingelt.

8

Es donnerte – leise und in der Ferne –, woraufhin Sal sofort stehenblieb. Die Stadt war so still gewesen, so leer und tot, dass ihm dieses Geräusch Sorgen machte, wenn auch nur kurzzeitig. Zuerst zweifelte er daran, überhaupt etwas gehört zu haben, doch dann wurde es lauter und erstarb zur Gänze. Sal ging immer noch ziellos weiter, fand aber jetzt seinen Lebenswillen wieder, wenigstens zum Teil.

Der Ort war eine Geisterstadt. Gern hätte er gewusst, wo die Bewohner dieser Gegend abgeblieben waren. Allein in den Wohnungen der wenigen Häuserblocks, die ihn umgaben, mussten Tausende gelebt haben. Er vernahm keine Schreie, nichts deutete auf Kämpfe oder Tänze hin. Ein paar Autowracks, an denen er vorbeikam, sahen richtig übel aus. Auch stieß er auf Leichen – Anhaltspunkte dafür, dass hier das Gleiche wie in Monterey passiert war, allerdings nicht annähernd in dem Ausmaß. Vielleicht waren sie anderswohin abgewandert. Er suchte weiter nach Lebenszeichen, wurde aber nicht fündig.

Sal blieb auf dem Highway 17, der in Nummer 880 überging, und näherte sich gegen Mittag dem Flughafen von San José. Unterwegs hatte er mehrere riesige Leichenberge gesehen, und Straßen, die über Meilen hinweg mit einem Teppich toter Leiber bedeckt waren. Als er sich nun dem Flughafen näherte, bemerkte er Menschen, die sich bewegten. Von der Hochstraße aus konnte er fernab große Scharen ausmachen.

Als er eine Einkaufspromenade erreichte, ging er zur Brüstung des Freeways, um hinabzuschauen, und war schockiert, was er dort sah. Unter ihm entspann sich ein dichtgedrängter Ozean von Leibern. Dieser erstreckte sich so weit das Auge reichte. Sal blieb stehen, um sie genauer zu betrachten, weil mit ihnen eindeutig etwas nicht stimmte. Sie schwankten langsam im Einklang, was wie ein merkwürdiges Kräuseln anmutete.

Er ging weiter, wurde aber bald müde. Nun trank er den Rest des Wassers. Alles blieb ruhig. Er hatte die gewaltige Menge hinter sich gelassen, die anscheinend auf das Zentrum der Promenade fixiert gewesen war. Als er zu einer Ausfahrt gelangte, sah er ein paar Gestalten auf der Straße, die entweder herumstolperten oder gingen, aber nicht tanzten oder sich vergnügt aufführten. Er wusste, dass etwas im Argen lag, und nahm sich vor, von ihnen fernzubleiben, egal was geschah.

Schließlich verließ er den Highway, um etwas zu essen und zu trinken zu suchen. Während er eine Abfahrtspur hinunterging, kam er auf eine große Kreuzung, die vielversprechend wirkte. Doch fielen ihm auch dort einige wenige Personen auf, die sich schlurfend näherten. Da er weder eine Waffe noch eine Vorstellung davon hatte, was mit diesen Menschen los war, drehte er nach rechts ab und schlug sich in eine hohe Wiese. Durch sie gelangte er zu einem Fastfood Restaurant am Rande des Highways und setzte seinen Weg die Straße hinunter fort. Die langsamen Wanderer folgten ihm, und weitere, die aus allen Richtungen kamen, schlossen sich an. Dass diese Menschen ihm einfach stillschweigend und schweren Schrittes nachliefen, war unheimlich, ja regelrecht beängstigend. Er fühlte sich unwohl mit ihnen im Nacken, machte sich aber noch keine allzu großen Sorgen, weil sie immer noch weit entfernt waren.

Sal lief weiter, und die Menge wuchs. Mittlerweile musste er gut einhundert Anhänger haben, die allmählich zu ihm aufschlossen. Er schlug einen schnelleren Schritt an. Dabei passierte er einige geplünderte Geschäfte und überquerte noch eine breite Straße. Seine trägen Verfolger ließen nicht ab, und ihre Zahl wuchs beständig.

Sal setzte zu einem gemächlichen Lauf an. Überall standen demolierte Fahrzeuge, und Müll lag herum, doch die Stille dauerte an. Er näherte sich einem großen Lebensmittelladen. Räuber hatten die Schaufenster eingeschlagen, und ein großer Teil ihres Diebesguts lag verstreut auf dem Parkplatz. Sal hoffte, dennoch dort etwas zu essen und Wasser zu finden.

Auf dem Platz standen auch ein paar Autos. Er hatte Bedenken, das gewaltige Gebäude zu betreten, während diese Menge ihm auf den Fersen war. Er konnte nicht abschätzen, ob sie eine Gefahr darstellten, dennoch war es ihm lieber, sie möglichst bald abzuhängen.

Als er zwischen einen Van und einen Lieferwagen trat, packte ihn eine Hand an der Schulter, eine andere am Arm, und er spürte etwas Spitzes, Gezacktes an seinem Hals kratzen. Das erschreckte ihn so sehr, dass er sich fast in die Hosen machte. Ein paar Sekunden lang bewegte er sich gar nicht, während die Hände beharrlich zogen. Weitere hielten ihn fest und zerrten noch kräftiger.

Sal war sich nicht sicher, was er tun sollte. Handelte es sich um eine Waffe in seinem Genick?

»Shit, der Kerl ist ein verdammter Schrank!«, sagte eine Männerstimme.

»So viel zum Auflauern und Überraschen«, bemerkte ein anderer lapidar.

»Umdrehen, und zwar plötzlich!«

Die Hände ließen ihn los. In der offenen Tür des Vans kauerten drei Männer. Einer hielt eine Pistole und schaute finster drein, die beiden anderen wirkten heiter.

»Alter, woraus bist du gemacht? Bleistahl?«, fragte einer, ein Schwarzer. Er lächelte und war mit einem Schürhaken bewaffnet. Sal fiel auf, dass dessen Ende feucht aussah.

»Steig ein, los.« Ein weißer Jungspund winkte ihn hinein. »Du lockst sie herüber, komm rein.« Der Kerl trug einen dunklen Mantel und eine Wollmütze.

»Oh je, die Kiste ist viel zu klein.« Der ältere Weiße zielte weiter mit einer Pistole auf Sals Brust. »Tut mir leid, wegen der Wumme, aber wir wollen dir eigentlich helfen. Bleib ruhig sitzen, dann reden wir, außer, du willst wieder raus. Versuch irgendwas Dummes, und ich perforiere dich.«

Der Schwarze erhob sich, schaute aus der Schiebetür des Vans und zog den Kopf rasch wieder ein. »Kacke, das ist 'ne ganze Menge, die da aufmarschiert. Wir müssen abhauen.« Daraufhin setzte er sich hinters Steuer und startete den Motor.

Sal saß im Gepäckraum auf dem Boden. Der Ältere mit dem Schießeisen blieb ebenfalls sitzen, während der Jüngere auf die Beifahrerseite kletterte.

Sals Blick fiel gebannt auf eine Kiste mit Nahrungsmitteln und mehrere Kästen Wasser, die neben ihm standen.

»Bediene dich«, bot ihm der Alte an.

Das ließ sich Sal nicht zweimal sagen. Er nahm eine Flasche Wasser und leerte sie in einem Zug.

»Ich bin Bill, der Kleine heißt Jeff, und der andere Ron.«

Bill war ungefähr so alt wie Sal, aber bereits ergraut. Er trug sein Haar fast militärisch kurz, allerdings mit etwas mehr Stil.

Jeff schaute Ron mit amüsierter Miene an.

»Klar, das 23-jährige Kind.«

»Na ja, verglichen mit Bill und mir eben.« Ron, der Fahrer, schaute gelegentlich in den Rückspiegel, um Bill und Sal zu sehen. Jeff drehte sich zur Seite und starrte aus dem Fenster. Ron redete weiter: »Besser bekannt als Brummbär, Schlafmütze und Hatschi. Letzterer bin ich, weil der Name am besten zu meinem Beruf passt – Zahnarzt. Jeff grübelt und liest viel, kann aber auch überall einschlafen, daher Schlafmütze. Bill hingegen ist einfach nur ein Arschloch.« Ron lachte laut über seinen eigenen Witz. Bill setzte ein Grinsen auf.

»Wenn du mich jetzt schon Arschloch nennst, musst du mich erst noch kennenlernen«, konterte er süffisant. »Wie dem auch sei, wir versuchen, an einem Strang zu ziehen, weil wir einsehen, dass niemand von uns eine bessere Wahl hat. Falls du uns magst und wir nichts gegen dich haben, darfst du unserem kleinen Club hier beitreten, aber keine Bange, wir halten uns nicht wirklich für die Sieben Zwerge oder so.«

Sal entgegnete kein Wort. Er aß, trank und fragte sich, ob er bei diesen Typen bleiben oder weiterziehen sollte.

»Mensch, müssen wir dich erst Seppel nennen?«, frotzelte Ron.

»Warum nicht Pimpel«, entgegnete Jeff.

Sal grunzte. »Was passiert, wenn wir die Sieben vollmachen?«

»Sollte es überhaupt so viele Überlebende auf der Welt geben, kriegen wir das schon hin«, antwortete Ron, während er wieder in den Spiegel schaute.

»Nicht so voreilig«, lenkte Bill ein. »Wir lernen einander wohl erst besser kennen – und hört mit den Zwergennamen auf.«

Nachdem sie vor den Toten davongefahren waren, hielten sie auf einem abgelegenen Parkplatz an und schoben die Tür wieder auf. Dann luden sie Essen, Wasser und mehrere Klappstühle aus, ehe sie einander erzählten, was sie erlebt hatten, ausgenommen Jeff. Ron und Bill waren schon lange befreundet, gemeinsam in San José aufgewachsen und zur Highschool gegangen. Sie hatten einander für ungefähr zehn Jahre aus den Augen verloren und dann auf einmal Tür an Tür gewohnt. Beide mochten sowohl Football als auch Bowling und hatten jüngst versucht, in Rons Garage Bier zu brauen. Jeff war ihnen erst vor ein paar Tagen über den Weg gelaufen, nachdem er die Flucht vor einer Horde Toter ergriffen hatte. Er war vollbeladen mit Nahrungsmitteln aus einem Supermarkt gekommen.

Ron lachte. »Ich hab noch nie jemanden gesehen, der sich an Cheetos festklammert, als ob sie aus Gold seien, und sein Leben für Junkfood aufs Spiel setzt.«

»Zunächst einmal«, konterte Jeff, »waren es Doritos mit Ranch-Geschmack. Weißt du, wie schwierig es ist, die während des Weltuntergangs zu finden. So wie es aussah, waren sie das Erste, worauf es alle Plünderer abgesehen hatten. Zweitens sind sie jetzt theoretisch sogar wertvoller als Gold, das dir heute eigentlich gar nichts mehr bringt. Lebensmittel generell sind ein kostbares Gut, und ach ja, noch etwas: Doritos fallen nicht unter Junkfood, sondern Hirnnahrung.«

»Helft mir mal auf die Sprünge.« Ron schaute zu Jeff hinüber. »Sollte das gerade lustig sein?«

Der Jüngere grinste ihn an. »Hast du das nicht erkannt?«

»Na gut, du musst mir bei Gelegenheit erklären, wie ich unterscheiden kann, ob du es ernst meinst oder Witze reißt.« Ron schüttelte den Kopf. »So ist Jeff jedenfalls zu uns gestoßen, und da wären wir.«

Sal gab ihnen einen schnellen Abriss seines Lebens, von der Panikmache um den Asteroiden über den Ausbruch des Virus bis zur Gegenwart.

»Du hast die letzte Phase der Seuche also verpasst«, schlussfolgerte Ron.

»Da kannst du aber froh sein«, versetzte Bill.

»Du warst einen ganzen Tag lang besoffen, am nächsten verkatert, und dann zwei weitere unterwegs?« Ron staunte. »Ich kann nicht fassen, dass du noch lebst.«

»Du hast das ganze Gerenne, Geschreie und Verrecken verpasst«, gab Jeff an. »Glückspilz.«

Sal traute seinen Ohren kaum. Er durfte froh darüber sein, dass seine langsamen Verfolger ihn nicht geschnappt hatten.

Als die Sonne unterging und die Temperatur fiel, wurden die Männer still. Sie hielten ihre Augen nach den Toten offen.

»Warum habt ihr versucht, mich festzuhalten?«, fragte Sal nach langem Schweigen.

»Damit du nicht hopsgehst«, antwortete Jeff unumwunden.

Bill hustete. »Wir können niemanden sterbenlassen, doch während der letzten Tage kam es mehrmals vor, dass uns jemand, als wir ihm helfen wollten, mit einer Waffe bedrohte und unser Essen klaute, egal was wir gerade bei uns hatten. Deshalb versuchten wir etwas Neues: Dich zu retten, ohne dir die Chance zu geben, uns auszunehmen.«

»Und was jetzt?«, wollte Sal wissen.

Bill zuckte mit den Achseln. Seit Neuestem konnte man keine Frage stellen, die deprimierender war als diese.

»Ron hat da so seine Vorstellungen«, deutete Jeff an, während er in den Himmel schaute. »Ein paar richtig tolle Ideen.«

9

In dem Moment, als Cooper hörte, wie Ben und Willow bei ihren Namen gerufen wurden, dämmerte ihm, dass aus irgendeinem abgefuckten Grund draußen im Wald eine Gruppe ausharrte. Diese hatte es nun auf ihn abgesehen und kesselte ihn ein. Zweierlei brauchte er ganz dringend – eine Fluchtmöglichkeit und eine Lampe.

Er bewegte sich in nahezu vollkommener Dunkelheit, als er versuchte, sich rasch davonzustehlen. Um nicht zu stolpern oder Lärm zu verursachen, streckte er beide Arme vor sich aus und tastete nach Bäumen auf seinem Weg. Plötzlich ging unmittelbar vor ihm ein gleißendes Licht an, sodass er nichts mehr sah. Es blendete jedoch auch den spindeldürren Hänfling, der genau hineinsah, als er es anschaltete. Die Quelle befand sich nicht zwischen ihnen, in Wirklichkeit blickten sie beide ungefähr in die gleiche Richtung. Der junge Mann stand vor Cooper und schaute nun knapp links an ihr vorbei. Cooper machte ihn zuerst aus und reagierte sofort.

Er stürzte sich auf den Kerl, griff mit einer Hand zur Lampe und schlug ihm den Ellbogen gegen den Unterkiefer, so fest er konnte. Der Getroffene gab keinen Ton von sich, als er rücklinks zu Boden ging. Cooper befürchtete, ihn umgebracht zu haben, weil sich sein Kopf so weit zur Seite gedreht hatte.

Mithilfe der Lampe legte er noch ein paar Yards zurück, ehe er sie ausschaltete. Dann lehnte er sich mit dem Rücken an einen Baum. Er wollte nicht, dass seine Gegner ein Licht sahen, das sich im Finsteren von ihnen entfernte, konnte seinen Weg aber auch nicht blind fortsetzen. Deshalb musste er warten, bis sich seine Augen anpassten und seinen Körper wieder zur Ruhe bringen. Adrenalin und Herzklopfen machten es schwierig, sich aufs Hören und Sehen zu konzentrieren.

Er versuchte, wieder gleichmäßig Luft zu holen. Der Schweiß ließ ihn frösteln, und seine Hand tat weh, nachdem er Ben vermöbelt hatte, nicht zu vergessen die Tatsache, dass er sich immer noch benommen und angeschlagen fühlte. Trotzdem dachte er nicht im Traum ans Aufgeben. Er erkannte nicht nur, dass diese Menschen Übles verhießen, sondern hatte auch gesehen, dass der junge Kerl einen schwarzen Umhang mit Kapuze und einen großen Anhänger mit Ziegenkopf um den Hals trug. Viele Leute mochten solche Zusammenkünfte ins Reich moderner Sagen verweisen, doch er hatte manchen gekannt, der andere gekannt hatte, die darin verstrickt gewesen waren. Er erinnerte sich an Fotos und hatte sogar einmal während eines Campingausflugs aus der Ferne eine der besagten Gruppen gesehen, aber wohlweislich weiten Abstand gehalten. Obwohl die meisten dieser Verbände harmlos waren, schienen diese Verrückten nicht davor zurückzuschrecken, Menschenopfer zu bringen.

Die raue, kratzige Baumrinde an seinem Rücken gab ihm ein Gefühl von Sicherheit. Indem er die Augen schloss, stellte er sich auf die Dunkelheit ein und lauschte. Wie es sich anhörte, bewegten sich diese Typen auf die Lichtung zu, schlugen weiter Breschen und sahen aufgrund ihrer eigenen Lampen nichts, weshalb sie einander zubrüllten. Es war nur eine Frage von Minuten, bis sie bemerken würden, dass einer aus ihren Reihen fehlte.

Er öffnete seine Augen wieder. Ihm war es gelungen, sich über den Kreis hinwegzusetzen, in dem sie ihn hatten einschließen wollen. Er schaltete die Lampe nicht wieder ein und ging so behutsam weiter, wie er konnte.

***

Mindestens eine Stunde war verstrichen. Nichts deutete mehr darauf hin, dass er verfolgt wurde, also zog er die Lampe hervor und schaltete sie ein. Jetzt kam er viel schneller voran. Nachdem er einen Hügel in der Nähe erklommen hatte, schaute er sich um. Von der Bucht oder dem Ozean fehlte jegliches Zeichen, und da allerorts der Strom ausgefallen war, ließen sich keine von Menschen geschaffenen Orientierungspunkte ausmachen. Wenigstens hatte er nun ein Ziel: Das Tal auf der anderen Seite der Anhöhe, die er gerade heraufgestiegen war.

Auf halbem Weg hinunter stieß er auf eine asphaltierte Straße und folgte ihr bis an den Fuß des Hügels. Hier war er leichter und sicherer zu gehen, zumal er vermutlich auch schneller herausfinden würde, wo er war, was andererseits aber auch bedeutete, dass Menschen in der Nähe sein konnten, und momentan wollte er niemandem begegnen, ob tot oder lebendig.

Kurze Zeit später erreichte er eine breitere, zweispurige Straße, von der er annahm, dass es die Carmel Valley Road sei. Auf ihr wanderte er noch ein paar Stunden durch die Nacht und war froh, keinem anderen Menschen, egal welcher Verfassung, zu begegnen. Irgendwann fühlte er sich erschöpft. Sein Adrenalinschub hatte längst nachgelassen, und quälender Hunger plagte ihn. Immer noch fühlte er sich angreifbar, obwohl er die Lichtung und den gruseligen Scheiß dort weit hinter sich gelassen hatte. Er musste irgendwo in einer entlegenen Gegend nördlich von Big Sur sein.

Binnen kurzer Zeit entdeckte er mehrere Gebäude in der Ferne, bis zu welchen es von der Straße aus geschätzte zehn Meilen waren. Bis er dorthin zurückkehrte, wo er in Monterey aufgebrochen war, würde er mehrere Stunden gehen müssen. Vor ihm lag noch ein weiter Weg, und dieser blöde Zwischenfall hatte ihn aufgehalten. Wie lange er bewusstlos in dem Bus gesessen hatte, konnte er nur erahnen.

Ungefähr zum Morgengrauen näherte er sich dem Ende des Tals und somit auch einem Ballungsraum. Deshalb entschied er, sich ein Versteck für den Tag und die kommende Nacht zu suchen. Er brauchte etwas zu essen und vor allem Ruhe. Seine Hand tat empfindlich weh und fing zu klopfen an, doch der Biss an seinem Hals setzte ihm richtig übel zu. Er musste seine Wunden säubern und wünschte sich, schon viel früher dazu gekommen zu sein.

Er verließ die Straße und stieg einen kleinen Berg hinauf. Dort oben gab es eine kleine Siedlung, eine Gruppe von etwa 30 Häusern um mehrere Sackgassen. Dabei hoffte er, dass die Bewohner wie vielerorts verschwunden waren. Er fand ein Haus, dessen Eingangstür nicht verschlossen war. Anscheinend hatten sich die Besitzer tatsächlich Hals über Kopf davongemacht. Drinnen überprüfte er, ob sich wirklich niemand mehr in den Räumen aufhielt, und stellte sicher, dass Türen und Fenster allesamt verriegelt waren. Im Obergeschoss endlich ließ er sich auf ein Bett fallen und schlief sofort ein.

***

Nur wenige Stunden später weckte ihn die Sonne. Nach etwas Schlaf fühlte sich Cooper zwar besser, doch die Schwellungen an Hand und

Hals fühlten sich heiß und verhärtet an. *Scheiße, entzündet. Hätte sie direkt desinfizieren sollen.* Er durchstöberte ein Medizinschränkchen und Schubladen im Bad, wobei ihm eine Tube antibiotischer Salbe in die Hände fiel. Dazu nahm er Wasserstoffperoxid und Seife heraus. Als er den Hahn am Waschbecken aufdrehte, stellte er zu seiner Freude fest, dass die Leitung noch funktionierte. Nachdem er seine Hand gereinigt hatte, strich er die Salbe auf die Wunden und verband sie. Glücklicherweise hatte er sich nichts gebrochen.

Daraufhin fing er an, seinen Hals mit einem in Alkohol getränkten Bausch Toilettenpapier abzuwischen, und blieb irgendwo hängen, sodass er an der Haut zog, was wehtat. Er hielt inne, tastete die Beule vorsichtig ab und fühlte etwas Festes, Spitzes. Er packte es mit den Fingernägeln und zog daran. Gleich darauf drehte er ein hauchdünnes Metallstäbchen von einem halben Zoll Länge zwischen den Fingern. *Du liebe Zeit, eine Injektionsnadel. Die haben versucht, mir irgendeinen Dreck zu spritzen.* Er warf sie ins Becken und war noch einmal froh darum, lebend davongekommen zu sein. Dass die Nadel abgebrochen war, hatte ihm wahrscheinlich das Leben gerettet. Er war wohl der vollen Dosis dessen entronnen, was sie verwendet hatten, um ihn zu betäuben, und früher als erwartet wachgeworden.

Er aß etwas, schluckte mehrere Schmerztabletten, legte sich wieder hin und schlief bis zum späten Abend. Als er aufwachte, wechselte er den Verband, aß wieder und ruhte sich weiter aus. Am nächsten Morgen war er bereit zum Aufbruch. Im oberen Fach eines Schranks fand er eine Sportpistole vom Kaliber .22, die er mitnahm. Sie wirkte auf absurde Weise unterdimensioniert. Verglichen mit den meisten Schusswaffen kam sie einem Pusterohr gleich, war aber immer noch besser als nichts.

Die Fächer seiner Jacke und Armeehose füllte er mit Dingen, die er hier und dort im Haus fand: einem Taschenmesser, mehreren LED-Leselämpchen, Müsliriegeln und medizinischen Hilfsmitteln jeglicher Art, die er in die Finger bekam.

Wieder unterwegs achtete er darauf, sich von den Straßen fernzuhalten. Er schlug sich ungefähr eine Stunde lang von einem Tannenwald aus auf kleine Hügel und wieder hinunter sowie durch dichtes Gestrüpp. So kam er zu der Ausfahrt, an der er entführt worden war.

Er kletterte auf eine steile Anhöhe, um sich umzuschauen. Die Untoten waren immer noch da, dicht an dicht um zerstörte Autos gedrängt. Cooper graute davor, die Stelle noch einmal aufzusuchen. *Finden sich Verbrecher nicht wieder am Tatort ein? Was, wenn Ben und Willow zurück sind? Wenn sie ihre ganze Bagage mitgebracht haben?*

Er stieg auf der abschüssigen Seite hinunter, die nicht zur Auffahrt zeigte, und machte einen weiten Bogen darum. Sein Ziel war jetzt der Highway 68, dem er etwas abseits folgen wollte.

Stundenlang kämpfte er sich über unwirtliches Terrain. Direkt am Rand der meisten Straßen in Monterey fielen steile Canyons ab, in denen hohe Tannen standen, dichte Büsche wuchsen und umgestürzte Bäume lagen. Feuchte Kiefernnadeln bedeckten Unwägbarkeiten wie hervorstehende Felsen oder Löcher im Boden. Es gab keinen geraden, leichten Pfad. Er lief andauernd Gefahr, steile Böschungen hinunterzurutschen. Die Nadeln waren glitschig und wenn Cooper ins Rutschen geraten sollte, ging es sehr schnell haltlos abwärts. Dennoch wollte er sich lieber barfuß mit verbundenen Augen durch den brutalsten Canyon kämpfen, als sich den Toten zu stellen.

Als er zu einer Schlucht kam, in der es vor Leichen wimmelte, musste er sie überqueren, indem er auf einem Baumstamm balancierte. So ging er nur einen oder zwei Fuß über ausgestreckten Händen hinweg. Nach dieser Gratwanderung war er gezwungen, einen besonders steilen Hang zu bewältigen. Oben gönnte er sich eine Verschnaufpause und verschaffte sich einen Überblick über die nächste Schlucht.

Diese war nicht sonderlich tief, aber breit. Sie hinter sich zu bringen, würde ihm leicht fallen, obwohl ihm das Dickicht am Boden zu denken gab. Als er einen Stein hineinwarf, geschah nichts. Immer noch hörte er die Toten, die sich hinter ihm tummelten, zischelnd und ächzend. Beim Aufstieg hatte er bemerkt, dass sie auf Geräusche reagierten, speziell solche, die eindeutig nicht natürlich in der Umgebung entstanden. Gerade die menschliche Stimme brachte sie in Wallung. Cooper wagte sich ein Stück weiter ans nächste Gefälle und bildete mit beiden Händen einen Trichter vor seinem Mund.

»Hallo?« Er bemühte sich um einen ebenmäßigen Tonfall, weder zu leise noch zu laut.

Da kam Leben ins Unterholz am Fuß des Canyons: Es wackelte und raschelte, als nackte, schmutzige Leiber hervorstürzten, hinfielen und sich wieder erhoben, das Gleichgewicht verloren und wieder zu Boden gingen, sich aber immerzu fortbewegten. Sie näherten sich Cooper, erklommen die Steigung, was eine ausgesprochen schlechte Nachricht darstellte.

Sie knurrten und stöhnten, wodurch sie andere in ihrer Nähe darauf stießen, dass frisches Fleisch in Aussicht stand. Es glich einer Kettenreaktion. Cooper bekam Angst. Innerhalb weniger Augenblicke sah er sich einer Horde Untoter gegenüber, die ihn einzukesseln drohte.

Er grübelte händeringend nach einer Lösung. Auf Bäume zu klettern, kam nicht infrage. Weiter unten am Hang und etwa 30 Yards rechts war etwas, das ihm ins Auge fiel: Eine Betonkonstruktion, also etwas vom Menschen Erschaffenes und eventuell ein Fluchtpunkt oder Unterschlupf. Als ihm dämmerte, worum es sich handelte, lief er schleunigst darauf zu. Es war der Wartungszugang eines Regenwasserablaufs. Diese fünf Fuß hohen Säulen sah man überall auf der Halbinsel. In mehreren Schluchten verliefen große Kanalrohre, in denen man Wasser sammelte, bevor es die Steilwände der Canyons hinunterlaufen konnte, um Erosion zu vorzubeugen.

Während er darauf zueilte, hoffte er, dass der Einstieg nicht verriegelt war, und wusste, dass der Versuch, ihn zu öffnen, selbst in einem solchen Fall eine Herausforderung sein würde. Auf dem Weg hinderte ihn ein großer, nackter und vor Dreck strotzender Toter mit Bierbauch am Weiterkommen. Sonderbare Einstiche, die den Anschein erweckten, er sei mit einem Rechen verprügelt worden, übersäten seinen Körper.

Cooper blieb stehen, um ihm in den geschwollenen Wanst zu treten und damit zu Fall zu bringen. Sein Fuß brachte den Bauch jedoch zum Platzen, woraufhin die Eingeweide durch den Riss spritzten. Die Leiche fiel um und rollte weg, wobei sie drei weitere mitriss, ehe sie sich in ihrem eigenen Gekröse verhedderte.

Dann stolperte eine Frau mittleren Alters auf Cooper zu. Jemand hatte große Stücke Fleisch aus ihren Armen gebissen. Ihr Haar war ein nasses Gewirr von Knoten und Laubblättern, das ihr ins Gesicht hing, aber am schaurigsten sah ihr Mund aus: Der Unterkiefer war gebrochen und hing nun herab, durch ihre zerrissenen Wangen sah man die Kronen der unteren Zahnreihe. Sie näherte sich mit ausgestreckten Fingern, deren Knochen an den Spitzen freilagen, was sie wie Krallen aussehen ließ, blutig und roh.

Er wich ihr aus und lief weiter, doch sie bekam seinen Ärmel zu fassen, packte fest zu und drehte ihn mit einem Ruck herum. Dabei fiel sie vornüber, und als Cooper auf ihren Schädel stampfte, spürte er, dass der Knochen nachgab. Sie versuchte aber, erneut aufzustehen. Andere kamen hinzu. Als er sich umdrehte und fliehen wollte, standen vier weitere vor ihm.

Cooper brauchte schnellstmöglich eine Waffe, er ging in die Hocke. Heftige Schmerzen flammten in seiner malträtierten Hand auf, während er seine Finger unter einen Stein schob, um ihn aus der Erde zu hebeln. Dann richtete er sich wieder auf, hob den Wacker über seinen Kopf und ließ ihn gerade rechtzeitig auf den ersten Zombie niedersausen. Dessen Kopf barst wie eine Melone. Cooper holte wieder aus und knallte den Stein gegen den Schädel eines fetten Kindes. So konnte er nicht lange durchhalten: Der Brocken war schwer, und die Toten kamen ihm zu nahe. Indem er sie so niederstreckte, ging er ein Risiko ein, weil er sich bis in Greifweite vorwagen musste. Ein Fehler, und sie würden ihn schnappen.

Er verfluchte sich selbst dafür, kostbare Sekunden zu vergeuden, weshalb er den Stein beidhändig gegen die Brust eines Mannes warf. Dieser geriet durch den Aufprall zwar ins Taumeln, ließ sich aber nicht zurückdrängen.

Cooper erreichte die Betonsäule, gerade als ihm ein paar torkelnde Leichen sehr nahe kamen. Er rammte einer den Ellbogen gegen die Schläfe, sodass ihr Kopf gegen die Wand schlug.

Nun fand er sich Auge in Auge mit einem jungen Kerl wieder, den er von der Highschool her kannte. Der Tote hob die Arme und öffnete seinen Mund, während er sich nach ihm ausstreckte. Er trug eine Jogginghose, die jedoch hinuntergerutscht war, weshalb er nur kleine Schritte gehen konnte. Während der flüchtigen Augenblicke, in denen Cooper stockte, sah er die Verletzungen des Typen. Sie waren fast allen Untoten gemein, zugezogen beim Sex in den irren Orgien: abgebissene Genitalien und Brüste. Dem Kerl fehlten die Fortpflanzungsorgane, und an ihrer Stelle klaffte nichts als ein großes, blutiges Loch. Er hatte Finger verloren, zertrümmerte Zähne und milchige Augen, trübe geworden nach seinem Tod. Er schnappte nach dem Lebenden, fauchte und versuchte, ihn zu packen. Cooper jedoch schwang sich um die Säule und trat ihm ins Gesicht.

Als der Junge zusammenbrach, richtete sich Cooper auf, stellte sich mit gespreizten Beinen über dem Deckel auf, und bückte sich, um in die Grifflöcher zu fassen. Dann wuchtete er das gusseiserne Rund über seinen Kopf. Es wog wohl annähernd 100 Pfund, doch es zu stemmen, bereitete ihm keine Mühe, was unter gewöhnlichen Umständen wahrscheinlich nicht funktioniert hätte.

Er war versucht, den schweren Deckel auf die Toten zu werfen, doch wenn er den Schacht nicht über sich schloss, würden auch sie mit Leichtigkeit hineinsteigen. Deshalb zog er seine Füße zusammen und ließ sich in der Hoffnung, das Rohr würde nicht zu tief sein, in die Dunkelheit fallen. Innen befanden sich gusseiserne Sprossen, die im Beton eingefasst waren. Cooper rutschte ein ganzes Stück, bevor er eine zu fassen bekam. Nun hing er nur wenige Fuß unter dem Deckel. Dieser war nicht richtig zugefallen; ein schmaler, sichelförmiger Lichtstreif zeichnete sich über Coopers Kopf ab. Faulige, krumme Finger schoben sich in die Lücke, als die Leichen versuchten, ihm nachzustellen. Als sich mehrere tote Finger in den Spalt zwängten, wackelte der schwere Verschluss. Über kurz oder lang würden sie ihn anheben, falls es Cooper nicht gelang, ihn passgenau in die Einfassung zu bugsieren.

Er streckte sich nach oben aus, um den Deckel zu bewegen. Dabei langte er in etwas Schleimiges, Wulstiges, und verzog angewidert sein Gesicht. *Müssen Schnecken sein; fast schlimmer als diese Zombies,* dachte er. Endlich konnte er den Deckel verschieben. Der helle Halbmond verschwand, und die Öffnung war dicht.

Cooper konnte kaum glauben, dass er noch lebte. Er ruhte sich kurz aus, bevor er den Abstieg in die Finsternis begann. Etwa 20 Fuß tiefer ertastete er keine weiteren Sprossen mehr. Jetzt machte er sich eine der LED-Leselampen zunutze: Unter ihm befand sich ein Kanalrohr mit einem Durchmesser von fünf Fuß und ein paar Zoll hohem Wasser darin, das träge dahinfloss. Alle Regenabläufe führten in die Bucht, also machte er sich auf den Weg gegen die Strömung. Er war froh, noch einmal heil davongekommen zu sein, doch während er vornübergebeugt mit dem Licht in der Hand weiterging, stellte er sich mit Grauen vor, auf diesem engen Raum an Untote zu geraten.

Nach etwa einer Stunde sehnte er sich nach Sonne, frischer Luft und vor allem der Möglichkeit, wieder aufrecht gehen zu können. Deshalb nahm er sich vor, an der nächsten Leiter hinaufzuklettern, die er fand. Nach einiger Zeit tat sich ein dunkler Schacht über ihm auf, und er sah die untere Sprosse im Schein der kleinen Leselampe. Als er aufschaute, erkannte er zwei kleine Lichtpunkte über sich, die das Ende des Rohrs markierten, wo wiederum ein Kanaldeckel lag. Er schätzte die Höhe auf knapp 30 Fuß.

Als er oben ankam, drückte er gegen die Scheibe und schob sie beiseite. Sie klapperte laut, als sie über Asphalt rutschte. Nachdem er so lange durchs Dunkel gegangen war, blendete ihn das Sonnenlicht. Instinktiv duckte er sich wieder in den Schacht, bis sich seine Augen an die Helligkeit gewöhnt hatten. Als er den Kopf erneut herausstreckte, fand er sich auf einer einspurigen, befestigten Straße wieder. Zu beiden Seiten ragten Bäume auf.

Bald entdeckte er, dass er nicht allzu weit vom Weg abgekommen war. Er lief von der Straße aus eine gleichmäßig abfallende Böschung hinunter, die zwar stark bewaldet, aber kaum mit Sträuchern bewachsen war. Die Luft schien rein zu sein, bis er wenige Minuten später leises Stöhnen in der Ferne hörte. Cooper ging weiter, allerdings langsam und vorsichtig, um keinen Lärm zu erzeugen. Dann wieder das Stöhnen, diesmal lauter. Er fragte sich, ob er eine lebende Person oder einen Toten hörte. Irgendetwas an dem Laut, das er nicht bestimmen konnte, verleitete ihn zu der Annahme, es nicht mit einem Untoten zu tun zu haben. Er blieb stehen und erblickte ein Paar Beine. Jemand in mit Schlamm besudelter Jeans und noch schmutzigeren Tennisschuhen saß gleich hinter dem Baum, vor dem Cooper stand.

Eine schwache, heisere Stimme fragte: »Hallo?«

Als Cooper vortrat, hockte dort ein alter Mann mit dem Rücken am Stamm. Sein fast gänzlich ergrautes Kopfhaar war verklebt und zerzaust. Er trug abgewetzte Kleider, und neben ihm stand ein zum Bersten gefüllter Rucksack, doch was Cooper direkt ins Auge fiel, war eine

Flinte, die der Kerl auf ihn richtete und dabei schief grinste. »Ha, ich dachte, du wärest eines dieser kranken Arschlöcher!« Er hob die Waffe höher und schwenkte sie. »Jetzt gib mir alles, was du hast!« Sein Finger ruhte am Abzug, was Cooper umso mehr entsetzte, als sich der Alte mühevoll aufraffte. Er schien sich ein Bein verletzt zu haben, seine Hose war aufgerissen und blutgetränkt. Er schnitt eine gequälte Grimasse und achtete darauf, nicht mit dem ramponierten Bein aufzutreten. Als er stand, lehnte er sich gegen den Baum.

Ungefähr zehn Fuß hinter dem Alten begann ein großer Parkplatz. Rechterhand befand sich die riesige Filiale einer Supermarktkette, und links der Highway, nach dem Cooper gesucht hatte. Gerade stießen mehrere Zombies aus dem Gehölz und stolperten auf die andere Seite des Platzes. Weitere folgten, und es dauerte nur ein paar Sekunden, bis sich eine wahre Flut von Untoten über das Gelände ergoss. Die meisten trugen keine Kleidung, was zutiefst verstörend aussah. Selbst aus der Ferne konnte Cooper ihre Verletzungen sehen: Schürfwunden, Beulen und Entstellungen. Aus der Nähe wirkte das noch entsetzlicher, insbesondere die Augen. Sie ließen ihn nie kalt, ja versetzten ihn in Panik – glasig und angelaufen, doch sie bewegten sich und beobachteten, als steckte noch Intelligenz dahinter.

»Los du Dämlack! Rück's raus – deine Brieftasche, Uhr, alles«, blaffte der Alte ungeduldig.

Cooper fasste mit der rechten Hand in seine Gesäßtasche, während er mit der Linken auf die Leichenhorde zeigte. »Drück ab, und die Toten werden uns überrennen.«

Der Mann ließ sich nicht darauf ein. »Ich bin schneller als die. Außerdem siehst du mit der Jacke aus wie eine beschissene Piñata.«

Cooper trug seine Brieftasche tatsächlich bei sich, aus schierer Gewohnheit. Das Bargeld, Kreditkarten, sein Personalausweis – das alles war nutzlos, doch ebenso gewohnheitsmäßig kam es ihm vor, als händige er etwas Wertvolles aus.

»Du glaubst, du seist schneller als sie?« Cooper trug wirklich etwas buntere Kleidung und fragte sich, ob das die Toten anlockte. Dass kräftigere Farben Bewegungen auffälliger machten, lag auf der Hand.

»Natürlich bin ich das, aber Schluss jetzt mit dem Scheiß! Brieftasche her!«

Cooper warf sie ihm wütend zu. Der Mann ließ die Flinte fallen und humpelte lachend los. Die Toten kamen näher.

»Hey, was machst du da?« Copper wollte ihn warnen, doch der Alte ignorierte ihn und betrat den Parkplatz, während er in dem Geldbeutel kramte. Zwei Zombies schnappten ihn, und er sah verwundert aus, als sie ihn niederrangen. Er fing an zu schreien, während sich auch andere auf ihn stürzten.

Cooper blieb wie erstarrt stehen. Der alte Mann hörte auf zu brüllen, ächzte und gurgelte aber zu Coopers Entsetzen weiter. Ihm wurde übel, da das Opfer bei lebendigem Leib gefressen wurde. Er erwog, ihm einen Gnadenschuss zu versetzen, doch der Platz war bereits übervoll mit Untoten. Fünf von ihnen knieten rings um den Alten. Cooper hörte, wie sie ihm die Kleider vom Leib rissen, und sah, wie Stofffetzen über ihre Köpfe flogen. Bald klang das Reißen anders – schmatzend, nass –, als sie dazu übergingen, ihm das Fleisch in langen Streifen von den Knochen zu reißen. Das Geräusch war abartig.

Sie fraßen mit Wonne, sperrten ihre Münder weit auf und bissen so große Brocken heraus, dass sie die Kiefer kaum mehr schließen konnten. Die Stimme des Alten versagte, doch die Toten zupften und rupften weiter an seinem Körper. Cooper vernahm ein Knirschen und Glucksen, dann stand einer mit einem Unterarm in den Händen auf. Das Fleisch war bereits abgestreift, und er hielt ihn fest, um daran zu knabbern wie ein dickes Kind auf einem Mittelaltermarkt am Schenkel eines Truthahns.

Ein zweiter Zombie erhob sich mit einem aufgedunsenen, rosafarbenen Organ und vergrub die Zähne darin, sodass es platzte. Flüssigkeit strömte an seinem Kinn und den Armen hinunter, bevor er den Bissen aus seinem Mund und den glibberigen Rest in seinen Händen fallenließ.

Auf dem Parkplatz tummelten sich eine Menge Toter, doch nur wenige waren nahe genug, um Cooper zu bemerken. Drei blieben stehen und stierten ihn direkt an, blieben aber still und fielen auch nicht über ihn her. Cooper konnte sich das nicht erklären, blieb aber auch nicht länger, um es herauszufinden. Stattdessen wandte er sich ab und lief los. Er konnte nicht voraussehen, ob es auf dem Highway sicherer war, doch nun blieb ihm keine andere Wahl mehr.

10

Auf der obersten Ebene des fünfstöckigen Parkhauses war es ruhig. Ein kalter, kräftiger Wind wehte, und man genoss einen weiten Ausblick. Alle waren aus dem Van gestiegen und an der Brüstung zusammengekommen, um auf die Dauerparkplätze des internationalen Flughafens von San José hinabzuschauen. Alle, dazu zählten nun auch Donna und Mary, Rons beziehungsweise Bills Ehefrau.

Die Sechs blieben einen Augenblick lang stehen und streckten sich. Alles war still. Die Kulisse mutete hübsch an, obwohl oder vielleicht gerade, weil es schlecht um die Welt stand. Nach nur einer Woche und ohne Tausende von Autos und Flugzeugen war die Luft gleich umso frischer. Egal was man von Erderwärmung und Umweltverschmutzung hielt, es ließ sich nicht abstreiten, dass es ohne den ganzen Lärm und die Abgase viel angenehmer war. Die Umgebung wirkte so gelassen, der Anblick so unbeschreiblich, dass die Gruppe mehrere Minuten lang nichts anders tat, als sich daran zu erfreuen, wobei sie fast vergaßen, welche fürchterlichen Dinge sie in den vergangenen Wochen erlebt hatten.

»Am schwierigsten zu erklären ist das himmelschreiend Offensichtliche, in Anbetracht dessen alle Welt entschieden hat, es nicht zur Kenntnis zu nehmen.«

Sals Stimme klang herb. Sein Äußeres machte sie noch immer nervös, wie es schon zuvor bei vielen Menschen der Fall gewesen war, doch jetzt hatte er sich weder rasiert noch gekämmt und wirkte noch wilder. Früher hätte er sich darum bemüht, sie mit einem Lächeln zu beruhigen, doch das war ihm jetzt egal. Sein Gesicht entsprach dem eines Unmenschen, eines düsteren, einschüchternden Rüpels, der Männern Angst einjagte und Frauen entsetzte.

»Was?« Alle sahen ihn an, doch es war Bill, der die Frage mit einem abschätzigen Blick stellte.

Seine Frau Mary antwortete: »Das stammt von Ayn Rand«, sagte sie mit einem Lächeln. Sie war eine attraktive Blondine, Unterstufenlehrerin – oder war es gewesen, als es noch solche Jobs gegeben hatte. Mit ihrem dicken Rollkragenpullover sah sie ein paar Jahre jünger aus als ihr Ehemann.

»Na ja, ein ungefähres Zitat«, relativierte Sal plump, während er über die Stadt schaute.

Mary sah ihn an und musste schmunzeln.

Bill, dem ihr Blick auffiel, wurde argwöhnisch. Die beiden hatten sich im Lauf der Jahre immer weiter auseinandergelebt, besonders nachdem sie ihm gestanden hatte, dass sie keine Kinder bekommen konnte. Er war Anstreicher gewesen, hatte Bier trinken und Football schauen wollen, wohingegen sie sich für Bücher und alte Filme begeistert hatte. Zwar war sie unfruchtbar, doch er grämte sich damit, dass dies ein schlechtes Licht auf ihn als Mann werfen könnte. Deshalb war er darauf bedacht gewesen, dass jeder erfuhr, es sei ihr Defekt und nicht der seine. Bei jeder Gelegenheit, da das Thema Nachwuchs zur Sprache gekommen war, hatte er gemeinhin bemerkt, er feure aus allen Rohren, doch es gäbe kein Ziel zu treffen.

Mary hatte das über sich ergehen lassen und in Wahrheit schlicht verhütet. Sie war nie darauf aus gewesen, ein Kind mit Bill zu zeugen.

Rons Frau Donna war ebenfalls attraktiv und sportlich gebaut – eine Marathonläuferin, die wirklich jeden Tag trainiert hatte.

»Hier soll es also sein.« Sie klang nicht skeptisch. Donna vertraute ihrem Mann.

»Ich denke schon«, entgegnete Ron. »In Anbetracht dessen, was wir kürzlich erlebt haben, halte ich die Entscheidung für richtig.«

Bill lehnte sich übers Geländer, um nach unten zu schauen. »Die Rollen sind klar verteilt. Sal, bist du bereit, das durchzuziehen?«

Der Angesprochene nickte und grunzte bejahend. Er hatte sich einige von Rons Ideen angehört und war froh, auf diese Gruppe von Menschen gestoßen zu sein. Vielleicht war er deshalb verschont geblieben, hier fühlte er sich gebraucht, nützlich.

Auf dem Weg zum Parkhaus hatte der Van eine Schar von Verfolgern hervorgelockt. Ungefähr fünfzig träge Geher aus dem angrenzenden Gewerbegebiet befanden sich auf dem Weg zu ihnen und mussten demnach als erster Punkt der Tagesordnung abgehakt werden. Die vier Männer fuhren die Rampen hinunter, um sie auszuschalten, bevor sie das Gebäude erreichten.

Sie stiegen ein Stück weit vor den herankommenden Toten aus dem

Van, und Ron sagte zu Sal: »Wir haben ein paar simple Regeln: Nicht trennen, nicht in die Enge treiben lassen und …«

»Nimm es nicht persönlich, wenn du gebissen wirst, schlagen wir dir den Schädel ein«, ergänzte Jeff.

»Eigentlich wollte ich sagen, dass es am wichtigsten ist, immer auf die Köpfe zu zielen. Tut mir leid, falls du das alles schon weißt. Ich werde dabei immer noch nervös.« Ron packte seinen Schürhaken noch fester.

»Nein, das ergibt schon Sinn. Ich habe so etwas noch nie getan.«

»Wirklich? Das musst du mir nachher erklären. Oh, und Bill meint, er spiele Golf, also musst du ihm viel Platz lassen. Er hat mir einmal fast die Rübe abgeschlagen.« Ron sah nicht aus, als mache er einen Scherz, vielmehr wirkte er verärgert.

Sie erreichten die Leichen. Bill näherte sich der Ersten mit seinem Schläger, einem Callaway Big Bertha. »Das Ding hat 500 Dollar gekostet. Ich kaufte ihn mir erst vor ein paar Wochen, ehe alles vor die Hunde ging, und bin nie dazu gekommen, ihn zu benutzen.« Er nahm die Haltung eines Golfers an, als stehe er auf einem Übungsplatz. Dabei stellte er sich übertrieben breitbeinig auf, beugte sich über den Schläger, fasste sein Ziel ins Auge und holte einmal probehalber aus. Das sah verdammt albern aus.

Die Toten waren ausnahmslos nackt, unterschiedlicher Rasse und beiderlei Geschlechts. Einige hatten noch ein paar Kleiderfetzen am Leib, eine Art von Montur, als hätten sie in der Gegend gearbeitet oder sich dort versteckt.

Jeder der Männer nutzte einen anderen Kampfstil, der seine Persönlichkeit widerspiegelte. Ron wählte sein Ziel jeweils ausgehend davon, für wie bedrohlich er es hielt, und ging dann zügig vor, indem er einen wohlplatzierten Schlag landete, der den Gegner stets fällte. Dann zog er sich kurz zurück und pickte sein nächstes Ziel heraus.

Jeff verwendete ein Brecheisen, das er mit einer Hand schwang, um die andere freizuhaben. Er neigte dazu, falls der Platz es zuließ, langsam rückwärtszugehen, nachdem die Toten gefallen waren. So bekamen die gefährlicheren und schnelleren Zombies Gelegenheit, sich nach vorne zu drängen, wo er sie beseitigen konnte, solange er noch bei vollen Kräften war.

Sal trug die Axt und hatte seinen ersten Mord an einem Untoten noch vor sich. Für ihn war das ein heikler Moment, da er die sich nähernden Gestalten noch immer als Menschen betrachtete, nicht als Monster. Er fragte sich: *Bringe ich es wirklich fertig, einem den Schädel zu zertrümmern?*

»Benutze die stumpfe Seite des Blattes«, riet ihm Ron, während sie zum Angriff übergingen. »Sie bleibt sonst hin und wieder stecken.«

Er schlug zuerst zu und traf einen großen, fettleibigen Weißen zwischen die Augen. Als der zusammenbrach, trat Ron bereits zurück. Ein anderer großer Mann kam auf ihn zu, ein Schwarzer mit abgerissenen Lippen, sodass man die Zähne sah. Er klapperte damit und schnappte in seiner Gier nach Frischfleisch ins Leere. Ron graute vor dem Geräusch, das entstand, als der Mann zubiss, seinen Schmelz zugrunde richtete, Zahnbeine und Wurzeln freilegte. Im Hinterkopf bewertete er als Zahnarzt den Schaden und überlegte, was zu tun wäre, um ihn zu beheben.

Dann die Augen ... er tat sich schwer damit, ihnen nicht in die Augen zu sehen. Das brachte ihn immer aus der Fassung. Farbe und Ausdruck verstörten ihn – bereiteten ihm eine Heidenangst. Ron richtete seine Aufmerksamkeit auf einen kahlköpfigen Latino, der fast gar keine Haut mehr an den Armen und der Brust hatte.

Bill holte weit aus und drosch einem Zombie auf den Schädel, doch der Golfschläger rutschte weg, wobei er einen breiten Lappen Kopfhaut abschälte. »Fett!«, rief er. Die Gestalt, eine Frau, war jetzt zu nahe, um Golf mit ihr zu spielen. Der Hautfetzen hing über ihrem Ohr, sodass man den weißen Schädelknochen sah. Sie streckte ihre Hände nach Bill aus. Mehrere Fingernägel waren abgerissen, doch einige ragten noch schartig von den Spitzen hoch.

Bill musste sich eines ungelenken Schlags nach unten behelfen, um sie plattzumachen. Es sah so aus, als ob ihn mehr Zombies als die anderen bedrängten, doch eigentlich machten sie ihren Gegnern schlichtweg schneller den Garaus. Fast mussten sie Bill beispringen, weil er so viel Aufhebens darum machte, es elegant aussehen zu lassen, statt es einfach hinter sich zu bringen.

Dank Sal ging es überhaupt zügig vonstatten. Er hatte allein beinahe die Hälfte der Untoten niedergemacht. Der Zahnarzt wollte sich nicht mit Bill anlegen, doch dessen Herangehensweise gefiel ihm nicht. Er fand sie gewagt, unreif und respektlos.

Auf dem Rückweg zum Parkhaus fasste Ron seine Idee – seine Vision – noch einmal schnell für Sal zusammen. Er wollte das Gebäude in einen Hochsicherheitskomplex, eine Festung verwandeln – einen Ort, an dem sie bleiben konnten, statt von Loch zu Loch fliehen zu müssen, nur um nicht getötet zu werden. Während sie das gemeinsam diskutierten, nahm das Vorhaben Gestalt an, und sie konnten es kaum erwarten, damit zu beginnen.

Sal stellte eine Frage, die sich jedem aufdrängte, sobald er Rons Idee kennenlernte: »Warum verschanzen wir uns nicht einfach in einem normalen Gebäude?«

»Dort ist die Aussicht begrenzt, weil andere Häuser ringsherum stehen. Wir könnten nicht sehen, wenn Gefahr im Verzug ist.«

Sal nickte.

»Und was ist mit –«

Ron schnitt ihm das Wort ab, er war nun in seinem Element. Über all dies hatte er sich lange den Kopf zerbrochen. »In einem gewöhnlichen Haus zu leben, wäre langfristig eine trostlose Angelegenheit. Flure und Zimmer sind eng, geschlossen und sogar tagsüber dunkel. Was mir an einem Parkhaus besonders gut gefällt, ist die Möglichkeit, es zu sichern, indem man einfach den Zugang auf die höheren Ebenen versperrt.«

»Klingt wirklich gut«, stimmte Sal zu, obgleich er nicht wusste, ob er selbst auf irgendeines von Rons Argumenten gekommen wäre.

»Wir müssen vorsichtig sein.« Jeff trat hinter sie. »Ich denke, wir sollten uns unauffällig verhalten und diesen Ort sogar tarnen. Vielleicht ist es nicht klug, jemanden herzulocken, solange er nicht sicher ist.«

»Du hast Recht«, erwiderte Bill.

Ron fügte hinzu: »Letzten Endes brauchen wir nicht nur eine Bleibe oder ein Fort, sondern eine Stadt – einen Platz, an dem wir leben können, nicht bloß überleben.«

Das Erste, was er umsetzen wollte, war die Absicherung der oberen Ebenen. Sie steckten erneut die Köpfe zusammen, um das Projekt zu besprechen. Jeff steuerte mehrere Vorschläge bei, doch Bill fiel ihm ständig ins Wort. Da Jeff einen Zwist vermeiden wollte, hielt er sich einfach zurück. Bill wollte einen großen Bagger für das Unterfangen einzusetzen, den sie ungefähr eine Viertelmeile vor dem Flughafen entdeckt hatten. Er wusste, wie man solche Geräte bediente, und schlug vor, die Treppen und Auffahrten der massiven Struktur niederzureißen.

Sal und Ron sollten mit dem Van losfahren, um Material zu beschaffen: Holz, Nägel, Farbe sowie alles andere, was sie finden konnten. Mary und Donna begannen, das Gelände ringsum vom Dach aus zu beobachten, und machten sich dabei Notizen. Sie benutzten Rons Feldstecher, um eine Karte der Umgebung anzufertigen und alles anzumerken, was vielleicht wichtig war, etwa Feuer, andere Gebäude sowie jegliche Umtriebe Toter und Lebender. Am Ende sollte ihnen ein richtiger Lageplan zur Verfügung stehen.

Während Bill der Gruppe seinen Vorschlag regelrecht aufdrängte, stand Jeff auf und verschwand. Ron wollte eine Frage stellen, doch Bill beendete die Debatte: »Ich brauche deine Erlaubnis nicht, Ronny.« Er fühlte sich angegriffen und war aggressiv, ohne dass es einen ersichtlichen Grund dafür gegeben hätte.

Ron seufzte. »Das wird nicht funktionieren, wenn jeder so dünnhäutig ist.«

***

Fast 40 Minuten später kam der Bagger aufs Parkhaus zugerollt. Das Gebäude war sehr groß und stand auf einem weitläufigen Areal in einiger Entfernung zum Flughafen. Drinnen gab es neben mehreren Treppenhäusern zwei Fahrstühle und ebenfalls zwei Auffahrten. Um Reise- oder Shuttlebusse und Campingwagen unterzubringen, war die Decke der unteren Ebene mit knapp 15 Fuß fast doppelt so hoch wie jene der darüber liegenden.

Ron ärgerte sich. Zuerst war Jeff abgehauen, dann hatte Bill einen Rappel bekommen. Er wollte kein Anführer sein oder den Ton angeben, aber das war lächerlich. Jemand musste die Initiative ergreifen und die Arbeit organisieren. Er stöhnte und wandte sich an Sal. »Macht es dir was aus, wenn ich die Führung übernehme? Nur damit wir eine eindeutige Richtung verfolgen und nicht aneinander vorbeireden.«

Sal zog die Schultern hoch. »Nein, es wäre klasse. Ich denke, wir brauchen das.«

»Danke. Ich habe Bedenken, Bill könnte Ärger stiften, dann läge es an dir und mir, mit ihm fertig zu werden. Ich möchte vorbereitet sein, falls das passiert.« Er ließ den Blick übers Gelände schweifen.

»Okay.« Sal mochte Bill nicht, er hielt ihn für einen Deppen.

Der Lärm, den der Bagger verursachte, bereitet sowohl ihm als auch Ron Unbehagen. Plötzlich donnerte es laut im Gebäude. Der Motor heulte auf, mehrere Erschütterungen waren zu spüren.

Ron fuhr erschrocken zu Sal herum. »Wir müssen ihn aufhalten.«

Er war schon unterwegs zur Treppe. Sal lief hinterher und rief, dass er gerade gesehen hatte, wie sich eine große Anzahl Toter vom Verwaltungs- und Gewerbebereich her auf sie zubewegte, der auf der dem Flughafengelände abgekehrten Seite des Parkhauses lag.

Die beiden mussten an der Längsseite des Gebäudes vorbeilaufen, als sie das Parterre erreichten. Sal fragte: »Ich will niemandem zu nahetreten, aber war er schon immer so? Starrsinnig und unangenehm, meine ich.«

»Nicht so schlimm, wie er sich jetzt aufführt. Ich vermute, der Stress der letzten Tage lastet wohl schwer auf ihm.«

»Möglicherweise müssen wir ihn gewaltsam aufhalten. Das könnte hässlich werden.« Sal suchte Rons Blick und wartete auf eine Reaktion.

Ron machte aber keinen empörten oder wütenden Eindruck. »Vielleicht können wir einfach den Bagger lahmlegen. Das nimmt er uns zwar sicherlich übel, aber so lässt sich das zumindest unterbinden.«

Sal atmete auf. Den Rest des Wegs legten die beiden im Lauf zurück.

***

Bill hatte damit begonnen, die beiden hinteren Treppenhäuser einzureißen. Das ging dank des Baggers zügig und mühelos vor sich. Als Anbaugerät verfügte er über eine Abrissbirne, bei der es sich praktisch um einen dicken Vorschlaghammer handelte, der den Beton ohne weiteres in kleine Stücke zerbrach. Die Treppen bestanden aus Metall und waren mit der Struktur verschraubt, also konnte er die Birne dort einhängen und das Gestänge einfach wegreißen. Er kam rasch voran. Zu dem Zeitpunkt, als Ron und Sal eintrafen, hatte er beide Treppen entfernt und ein Stück weit weggezogen.

Die Arbeit war außerdem laut. Er wusste, dass er einige Untote anlocken würde, aber die Sache musste eben erledigt werden. Den ganzen Tag nur darüber zu reden, führte zu nichts, und davon abgesehen war er völlig sicher, weil er in einer geschlossenen, verriegelten Kabine acht Fuß über dem Boden hockte, nicht zu vergessen die breiten, an Panzer erinnernden Kettengetriebe zu beiden Seiten des Führerhauses.

Als Sal und Ron unten ankamen, war der Schwarm schon auf dem Weg zwischen dem Bürokomplex und dem Parkhaus, aber immer noch Minuten entfernt. Die beiden Männer winkten, um Bill auf sich aufmerksam zu machen. Er sah verdrossen aus, als er den Motor abstellte.

»Du musst aufhören!«, rief Ron.

»Willst du mich gemeinsam mit deinem starken Freund aufhalten?«, fragte Bill trotzig.

»Mensch, komm schon, du ziehst alle Toten der Stadt an. Das darf nicht weitergehen.«

»Wenn du es mich zu Ende führen lässt, wird das kein Problem sein.« Bill neigte sich nach vorne, um den Bagger wieder zu starten.

Da trat Sal vor. »Hey, glaubst du, dass du das irgendwie noch rechtzeitig schaffen kannst?« Er zeigte auf die sich nähernde Meute.

Bill schaute nur kurz auf. »Jawohl.« Er griff zum Zündschlüssel.

»Warte!«, rief Ron. »Du schaffst es nicht rechtzeitig, das weißt du genau – und falls doch, was dann? Wir können uns vor Zombies nicht mehr retten. Du hast den Van weit weg geparkt. Was tun wir, wenn wir hier eingesperrt werden?«

Bill rührte sich nicht. Zwar startete er den Bagger nicht wieder, doch aussteigen wollte er genauso wenig. Ron befürchtete schon, dass kein Weg daran vorbeiführen würde, ihn mit Sals Hilfe zu überwältigen.

***

Jeff war nicht nachtragend, brachte aber auch kein Verständnis für solche Dummheit auf, wie Bill sie an den Tag legte. Der Kerl hielt sich für schlau und zögerte nicht, unvernünftige, gefährliche Maßnahmen zu ergreifen, um das zu beweisen. Jeff kannte diesen Schlag Mensch.

Er hatte kommen sehen, wie Bill handeln und dass der Bagger über Meilen hinweg alle Toten anlocken würde, weshalb er zu einer Lagerhalle in der Nähe geeilt war, um eine Idee umzusetzen. Jeff konnte von Glück reden, das getan zu haben, denn er hatte den Weg zu dem riesigen Hangar nicht einmal zur Hälfte hinter sich gebracht, als er sah, wie Bill mit dem Van losfuhr.

In dem Moment, da er den Bagger aufs Parkhaus zurollen hörte, war er fast soweit. Ihm blieben nur noch wenige Minuten, in denen er hastig die Büroräume in der Halle durchstöberte, um zu finden, was er benötigte. Dann wartete er. Kurz nachdem er sich mit Blick auf das gewaltige, offene Tor in den hinteren Teil der Halle gesetzt hatte, schleppte sich eine Flut von Leichen daran vorbei. Sie bewegten sich aufs Parkhaus zu.

Jeff wartete darauf, dass der Motor des Baggers ausging. Sal und Ron würden Bill Einhalt gebieten, darauf zählte er. Als die Maschine endlich Ruhe gab, durfte er keine Zeit mehr verlieren und setzte alle Hebel in Bewegung: Er schaltete einen alten CD-Spieler ein, den er entdeckt hatte. Der war voll aufgedreht und plärrte miese Musik, erfüllte aber seinen Zweck. Batterien zu finden, die noch Saft hatten, war schwieriger gewesen, als das Gerät aufzutreiben.

Daraufhin machte der Schwarm kehrt und steuerte auf die große Halle zu.

Ron und Sal hörten die Musik leise, nachdem Bill den Bagger abgestellt hatte. Sie beobachteten, wie die Toten in die Richtung zurückschwenkten, aus der sie gekommen waren, und bald außer Sicht gerieten. Diese Gelegenheit ergriffen die beiden, um zum Van zu laufen.

Ron fuhr. »Das muss Jeff getan haben«, bemerkte er lächelnd. »Der Kerl ist echt clever. Ich hätte nie zulassen dürfen, dass Bill ihn so unterbuttert.«

Sal stimmte zu. Er ertappte sich dabei, immer noch wegen Maria zu grübeln. Ron war zuversichtlich, mit dem Umbau des Parkhauses zu einem sicheren, behaglichen Hort zu beginnen, in dem so viel Raum zur Verfügung stand, wie man brauchte, um einzelne Wohnungen abzutrennen, Nahrungsmittelvorräte anzulegen und schließlich weitere Überlebende aufzunehmen oder anderen dabei zu helfen, selbst Gemeinschaften zu gründen. Er dachte sogar schon so weit, dass er sich fragte, was man mit all den Toten anstellen sollte: sie zunichtemachen, einsperren … Damit waren viele Schwierigkeiten verbunden, und vermutlich griff er zu weit voraus.

Sal riss ihn aus seinen Erwägungen: »Ist das ein Feuer?« Eine dunkelgraue Rauchsäule stieg an einer Stelle empor, die nur wenige Gebäudeblocks entfernt zu sein schien.

»Sieht so aus. Willst du nachsehen?«

»Ja, ich würde nur ungern sehen, dass die Stadt von einem Brand zerstört wird, den wir hätten verhindern können.«

Ron fuhr direkt auf den Flammenherd zu, über dem der dunkle Qualm langsam nach oben waberte. »Sieht nicht allzu groß aus.«

Unterwegs bemerkte er, dass das Feuer auch die Toten anlockte. Vielleicht waren dort Überlebende eingekesselt.

Als sie den Ursprung des Rauchs erreichten und das letzte Gebäude passierten, das die Sicht darauf versperrte, bot sich ihnen ein Bild, das sie beileibe nicht erwartet hätten.

»Donnerwetter!« Sal rutschte auf dem Sitz nach vorne, um zu ergründen, was auf dem Parkplatz vor sich ging.

Ron bremste. Er schwieg, weil auch er zu begreifen suchte, was er sah.

Der Van stand auf der Straße vor der Einfahrt eines weitflächigen Parkplatzes. Gegenüber befand sich ein ›Big Box‹-Getränkemarkt, und vor dessen Türen loderte das Feuer. Geschürt wurde es von einem hohen Stapel Holzpaletten, doch am unheimlichsten an dieser Szene waren die fünf Gestalten, die lichterloh brennend herumgingen. Sie mussten tot sein, da sie nicht den Eindruck machten, Schmerzen oder Panik zu empfinden.

Einer brach zusammen, die übrigen vier wandelnden Fackeln zuckelten weiter über den Parkplatz. Das Feuer schien sie zu verwirren.

Sie bewegten sich langsam und schlingernd ohne Muster, indem sie alle paar Schritte willkürlich ihre Richtung änderten.

Drei Biker gossen, wie es aussah, Spirituosen auf die Leichen und zündeten sie an. Zwei weitere Tote gingen in Flammen auf. Die Männer lachten und traten nach den schwelenden Körpern.

Ron und Sal beobachteten das Schauspiel einige Augenblicke lang und setzten wieder zurück. Ron schaute in den Rückspiegel, während sie langsam auf gleichem Wege in die Gegenrichtung fuhren. Schweißperlen glänzten auf seiner Stirn, und sein Herz klopfte so heftig, dass er es im Hals spürte.

»Ich wäre fast auf den Parkplatz gerast, weil ich helfen wollte. Ich dachte doch tatsächlich, diese Gestalten seien noch am Leben.«

»Ich bin froh, dass du es nicht getan hast. Sind dir die Westen der Biker aufgefallen?«

»Ja.« Ron konzentrierte sich darauf, ruhig zu fahren. Er wollte mit Vollgas abhauen, doch die Biker hätten den Motor aufjaulen und die Reifen quietschen gehört.

Sal blickte zurück. »Ich glaube nicht, dass sie uns gesehen haben.«

»Da bin ich mir ziemlich sicher, aber wir werden nicht umhinkommen, die Augen nach diesen Typen offenzuhalten.« Ron schaute andauernd in den Rückspiegel, bis er das Gefühl hatte, dass sie in sicherer Entfernung waren. Er hoffte, dass diese Typen nur auf der Durchreise waren. Wahrscheinlich handelte es sich um Gesetzlose, also niemandem, der von ihrer Anwesenheit erfahren sollte.

***

Die Toten füllten jeden Winkel, jede Nische der riesigen Lagerhalle aus. Sie standen derart eingezwängt da, dass sie ihre Arme nicht bewegen konnten. Alle schauten hinauf an die gleiche Stelle: zu Jeff.

Er harrte auf einem breiten Lüftungsschacht aus, der dankenswerterweise eckig war. Hoffentlich, so dachte er, würde die Konstruktion sein Gewicht aushalten, denn sie wackelte an den Metallseilen, mit denen sie hoch oben unter der Decke befestigt war. Sachte ließ er sich auf allen Vieren nieder, wobei seine Hände in gut einem Zoll hohen Staub einsanken. Dann kroch er langsam darauf entlang. Das Metall des Schachts gab unter ihm nach und knarrte, während er die Knie darauf setzte. Auf diese beschwerliche Weise musste er die gesamte Distanz von einem Ende des Hangars zum anderen zurücklegen. Jedes Mal, wenn ein Element laut unter ihm knarrte oder eines der Seile unter Spannung surrte, rutschte ihm das Herz in die Hose. Was sollte er tun, wenn die Aufhängung abstürzte?

Er wagte einen Blick über die Kante. Die Zombies glotzten ihn mit kalten Augen an wie Hunde, die darauf warteten, dass ein Happen Essen vom Tisch fiel. Letztlich schaffte er es bis zur Vorderseite der Halle. Zum Glück führte der Schacht bis zur Frontwand, sodass er die Kette erreichen konnte, die das große Tor öffnete und schloss. Er griff danach und fing an, es zuzuziehen, um die Toten einzuschließen.

Was eine Vielzahl von ihnen betraf, so gelang ihm das tatsächlich, aber draußen hielten sich noch viele mehr auf. Er verbrachte die nächsten Stunden damit, sie in andere Lager zu locken und einzuschließen. Hunderte waren es, um die er sich kümmern musste, falls nicht Tausende, doch er durfte froh sein, dass die Zahl derer, die aufgekreuzt waren, verglichen mit dem, was in der Nähe einer dicht besiedelten Stadt wie San José durchaus möglich gewesen wäre, relativ niedrig blieb.

Jeff musste sich an dicken Kabeln zwischen den Hallen entlanghangeln, um sich fortzubewegen. Einen anderen Weg zum jeweils nächsten Bau gab es nicht.

Irgendwann waren alle Toten eingeschlossen oder abgewandert. Daraufhin nahm er sich ein wenig Zeit, um die Büroanlage zu durchsuchen. Nachdem er einen verwaisten Einkaufswagen gefunden hatte, schob er diesen durch mehrere Räumlichkeiten und bediente sich.

***

Als Jeff kurz vor Sonnenuntergang zurückkehrte, stieß er auf Bill, der gerade hinter dem Parkhaus hervorkam. Er hatte sich stundenlang abgerackert, um die Trümmer von Hand wegzutragen.

»Was willst du mit dem ganzen Müll?«, fragte Bill und spielte sich auf, als würde Jeff verrottenden Abfall vor sich herschieben, und er selbst müsse sich darum kümmern.

»Ist bloß Zeug, das wir vielleicht zum Überleben brauchen. Nahrung und Wasser genügen nicht.«

»Okay«, räumte Bill ein, auch wenn es eher klang wie: »Ist mir scheißegal.«

»Ich habe Sachen mitgebracht, von denen ich glaube, dass sie jedem von uns was bringen: Bücher, Süßigkeiten, Stifte und Blöcke für Mary. Für dich gibt's sogar Trockenfleischchips.«

»Warum denkst du, dass ich auf so was stehe?«

»Na gut, du mich auch.«

»Wie war das?«

»Ich sagte: Gern geschehen. Was du, glaube ich, hättest antworten sollen, war *Danke* und nicht der Mist, den du von dir gegeben hast.«

»Sackgesicht«, raunte Bill, während er die Rampe hinaufging und Jeff den schweren Wagen alleine schieben ließ. Dann rief er zurück: »Hey, Kleiner. Glaubst du wirklich, man überlebt, indem man anderen Geschenke macht?« Er streifte sich in einer dramatischen Geste sein Shirt über den Kopf und ließ es auf den Betonboden fallen.

Jeff erreichte die obere Ebene Minuten später. Als Donna ihn kommen sah, lief sie zu ihm, um ihm dabei zu helfen, den Wagen das restliche Wegstück zu schieben.

»Danke.« Jeff gab Donna die Packung Trockenfleischchips. »Hoffentlich mögen Sal oder Ron dieses Zeug.«

»Ich glaube, es gibt keinen Mann, der es nicht mag, und außerdem ist das, was zählt, der Gedanke. Du bist wirklich lieb.« Sie küsste ihn auf die Wange. Dann rief sie Mary, und zu dritt stöberten sie dankbar durch Jeffs Ausbeute, nicht nur wegen der nützlichen Gegenstände, sondern auch um der Ablenkung willen, die sie nötig hatten. Mary gefiel besonders der Stapel Taschenbücher. Jeff hatte ihr außerdem Notizblöcke, Kugelschreiber und Bleistifte besorgt.

»Du hast sogar an den Spitzer gedacht!«, meinte sie freudestrahlend.

»Also, Santa-Jeff, so tolle Weihnachten hatte ich noch nie!«, versetzte Donna mit einem Lächeln. »Das meine ich ernst. Das war unheimlich lieb und eine sehr schöne Überraschung. Vielen Dank.«

»Ja, danke sehr, Jeff.« Mary hielt inne, um kurz über ihre Schulter zu schauen.

Donna bemerkte es nicht, er schon. »Scheiß auf ihn«, sagte er und verwies mit einem Nicken zum Dach, wohin sich Bill zurückgezogen hatte.

Donna betrachtete die sonderbare, aber nützliche Ansammlung von Geschenken, die ihr Jeff gemacht hatte, und schmunzelte, weil er so umsichtig war. Er hatte sich bei der Übergabe dessen, wofür er sein Leben hätte lassen können, sogar dafür gerechtfertigt, nicht gewusst zu haben, was er für sie mitnehmen sollte. Während sie einen Schal hochhielt, musste sie wieder lächeln, weil sie wahrscheinlich steinalt werden musste, um das Stück zu einem anderen Anlass als der Apokalypse tragen zu können. Da waren auch noch ein Reisekissen, das unbenutzt aussah, eine große Packung Kaugummi und anderer Kram.

Mit einem Mal fuhr sie auf und ließ eine Konserve Pfirsiche auf den Beton fallen, die sie gerade zur Hand genommen hatte. Ron und Sal waren schon seit Stunden fort. Dass sie ihren Ehemann nicht erreichen konnte, versetzte sie in Panik. Sie lief zur Brüstung und schaute durch den Feldstecher hinaus, um in der zunehmenden Dunkelheit nach ihm zu suchen.

11

Cooper eilte durch den Wald. Die Toten lauerten überall im Gehölz, doch der Weg voraus schien frei zu sein. Sie waren immer noch weit entfernt und bemerkten ihn bislang nicht.

Er wollte nicht riskieren, umzingelt zu werden, und setzte deshalb zu einem lockeren Lauf an. Er war gerade 20 Schritte weit gekommen, als ein alter Mann hinter einem Baum hervortrat. Reflexartig hob Cooper einen Arm, winkelte ihn an und stieß dem Fremden den Ellbogen kräftig gegen eine Seite seines Kopfes. Die Reaktion erfolgte so rasch, dass er sich gar nicht gefragt hatte, ob er Gewalt gegen einen lebenden oder toten Menschen anwendete. Doch der Alte war wirklich ein Zombie. Knurrend versuchte er, wieder aufzustehen. Cooper lief weiter, in der Hoffnung, ihn abzuhängen.

Nach kurzer Zeit erreichte er den Waldrand und fand sich auf einer einspurigen Straße wieder, einem schmalen Streifen Asphalt, der sich durch die Hügel schlängelte. Vor ihm ragte eine Wand erodierter Erde auf, wo man den Hügel abgetragen hatte. Diese Richtung blieb ihm also verwehrt. Er schaute sich nach links und rechts um. Die Straße sah nach beiden Seiten frei aus.

Er wandte sich nach rechts und legte nur wenige Yards zurück, als er jemanden aus dem Dickicht auf die Fahrbahn treten sah, dicht gefolgt von einer weiteren Person. Als er sich umdrehte, erkannte er, dass die Leichen den Wald in größerer Zahl verließen und auf die Straße strömten. Jetzt galt es, die Beine in die Hand zu nehmen.

Während er lief, hörte er Äste peitschen und gelegentlich einen dumpfen Knall, wenn eines der Biester das Gleichgewicht verlor und fiel. Ihre Zahl war ungeheuerlich, und die meisten blieben vorerst noch Schattenrisse im tieferen Unterholz. Ohne abzubremsen, stieß er einer Untoten beide Hände ins Kreuz, die vor ihm auf die Straße stolperte. Durch den Schwung flog die nackte Frau in den Graben am Straßenrand. Sie fauchte.

Cooper wollte sie nicht ansehen. Sie schien annähernd so alt zu sein wie er, also bestand eine gewisse Wahrscheinlichkeit, dass er sie kannte. Wenige Schritte weiter hatte er die nächste Leiche vor sich, ein Mädchen im Teenageralter. Es drehte sich um und hob die Arme. Ihr

Ächzen löste eine erschreckende Kettenreaktion aus, der Wald bebte geradezu vom Stöhnen der Untoten.

Die junge Frau war groß, ihre Arme sahen aus, als seien sie zu lang für den Körper. Cooper hielt es für möglich, dass ihm seine Sinne einen Streich spielten. Sie stürmte auf ihn zu. Ihre beiden Brüste waren bis auf die Rippen abgebissen, und ihr Mund klaffte auf wie ein ausgefranstes Loch. Mit den Zähnen schnappte sie geräuschvoll. Er rannte ihr entgegen und drehte im letzten Moment scharf zur Seite ab, um ihr auszuweichen. Ihrer Kehle entstieg ein Zischen. Er duckte sich an ihr vorbei, doch dahinter traten weitere Untote zwischen den Bäumen hervor.

Cooper drehte sich um. Die Leichen füllten die Straße bereits aus. Er musste weiter vorankommen, eine andere Wahl blieb ihm nicht. Die Erdwand erstreckte sich links von ihm, der Wald voller Toter zu seiner Rechten, und nur vor ihm war noch eine schmale Lücke, die sich aber bald schließen würde. Er wurde panisch. Weil sein Puls raste, spürte er ein schmerzhaftes Pochen an den wunden Stellen seiner Hand und am Hals.

Die Pistole fiel ihm ein, die er aus dem letzten Haus mitgenommen hatte, die .22er. Er zückte sie und rannte auf den nächsten Zombie zu. Diesen stieß er nieder, einen weiteren alten Mann mit großen schwarzen Flecken – Blutergüssen – und ebenso schwarzen Füßen und Händen. Seine Augen schienen ausgestochen worden zu sein. Er hatte keinen Unterkiefer mehr und war so dünn und gebrechlich, dass ein Stoß genügte, um ihn zu Fall zu bringen.

Doch als nächstes trat Cooper einem dicken Kerl entgegen. Dieser Mann war schmutzig. Er sah aus, als klebte getrocknetes Blut an seinem ganzen Körper, und am grausigsten war das riesige Loch in seinem Unterbauch. Es wurde von Metallklammern aufgehalten, die Eingeweide hingen heraus. Mehrere dünne Schläuche, die mit Pflaster an seinem Arm befestigt waren, schlackerten hinter ihm her. Sein Penis war seitlich fixiert worden, und im Schaft steckte ein Katheterschlauch. Er drehte sich um und zischte, doch Cooper schoss ihm in den Kopf. Zwei weitere Untote fällte er rasch auf die gleiche Weise. Dennoch wurde sein Fluchtweg zusehends enger.

Er drohte den Kopf zu verlieren, wusste aber, dass er ruhig bleiben musste, wenn er überleben wollte. Um wieder Luft zu bekommen, lief er langsamer weiter. Dazu blieben ihm nur wenige kostbare Momente. Er hatte wohl nur noch eine Wahl, nämlich auf gut Glück in den Wald zu stürzen und zu versuchen, den Untoten dort auszuweichen.

Er rannte zwischen die Bäume und kam zügig voran, bis er frontal mit einer Untoten zusammenstieß und auf die nackte alte Frau fiel, wobei er ihre kalte, graue Haut mit den Händen berührte. Sein Knie drückte auf ihren geschwollenen Bauch als sie niedergingen, und beim Aufprall am Boden hörte er es laut schmatzen. Die Gedärme platzten aus ihrem durchbrochenen Unterleib. Während er sich bemühte, ihren schnappenden Händen und Zähnen auszuweichen, hörte er es dumpf knacken, da ihre Knochen unter seinem Gewicht nachgaben. Das hielt sie jedoch nicht auf. Sie kam mit Mühe wieder hoch, kippte aber erneut vornüber, weil sie sich mit den Beinen in ihren eigenen Eingeweiden verhedderte. Cooper war aufgesprungen und lief bereits weiter, bevor sie sich befreien und ihm folgen konnte.

Drei weitere Untote kamen auf ihn zu. Der Sturz hatte wertvolle Zeit gekostet. Am Nächsten war ihm ein stämmiger Mann, der vermutlich einmal Krankenwärter oder -pfleger gewesen war. Cooper trat ihm zwischen die Beine, sodass er rücklinks in die anderen stürzte.

Als er eine Hand an seinem Arm spürte, wirbelte er herum und stand Auge in Auge mit einem weiteren Krankenwärter. Diesen hatte Cooper gar nicht bemerkt. Lange Fingernägel bohrten sich durch den Ärmel in seine Haut. Er schoss dem Kerl in den Kopf.

Nach mehreren langen Schritten sprang Cooper über einen verrottenden Baumstamm und lief weiter. Der liegende Stamm schien ein Hindernis darzustellen, das seine Verfolger vorerst aufhielt.

Er wollte nicht dorthin zurückkehren, wo er hergekommen war, und schlug sich deshalb nach Osten, falls ihn sein Orientierungssinn nicht täuschte. Einen Moment blieb er stehen, um zu Atem zu kommen. Er war schweißgebadet und hatte Schmerzen.

Heiliges Kanonenrohr, ich bin fast draufgegangen. Er sah etwas an seinem Shirt, einen Fingernagel, und schnippte ihn angewidert weg.

Auf seinem weiteren Weg war er vorsichtiger, ehe er endlich einen grünen Hang erreichte, der hinunter zum Highway 68 führte. Die

Sonne ging unter und verwandelte die Wolken am Himmel in bunte Schlieren. Cooper blieb kurz auf der Anhöhe stehen und blickte auf die Straße unterhalb. Es handelte sich um die Hauptstraße von und nach Monterey, die jedoch nur zwei Spuren besaß. Der städtische Flughafen befand sich auf der gegenüberliegenden Seite. Cooper bemerkte keine Bewegungen oder andere Auffälligkeiten. Er entfernte sich von den Ballungsgebieten und hoffte deshalb, seinen Weg vorübergehend ruhiger fortsetzen zu können.

Er folgte dem Highway ungefähr eine Stunde. Das Landschaftsbild wandelte sich von dichter Vegetation, die fast unmöglich zu durchdringen war, zu weit offenen Feldern und Golfplätzen. Dabei überquerte er Privatstraßen sowie schmalere öffentliche Verkehrswege und begegnete keinem Menschen, weder lebendig noch tot.

Er wagte es nicht, sich hinzusetzen, wenn er rastete. Da er erschöpft war, wusste er, dass er einschlafen würde, falls er sich niederließ. So trieb er sich weiter an und hoffte, einen sicheren Unterschlupf für die Nacht zu finden.

Einerseits schätzte er sich glücklich, noch am Leben zu sein, doch andererseits fragte er sich wozu: Um allein durch ein von Toten bevölkertes Ödland zu ziehen? Er beschloss, sich auf sein Ziel zu konzentrieren und keine weiteren Gedanken an seine Situation zu vergeuden. Während er parallel zum Highway ging, näherte er sich dem nächsten größeren Ort. Salinas. Um die Stadt zu meiden, musste er sich von der Schnellstraße abwenden und über eher unwegsames Terrain die Distanz zur 101 zurücklegen. Der Highway, so befürchtete er, würde ein Albtraum liegengebliebener Fahrzeuge und Zombies sein, je näher er Salinas kam.

Nach einem anstrengenden Marsch über mit Sträuchern überwucherte Hügel, gelangte er in ein breites Tal. Die Hänge führten an den Rand einer Straße, auf deren anderer Seite Äcker lagen – Agrarland, das sich über viele Meilen hinweg fortsetzte. Das Gelände war flach und offen. Cooper plante, weiterhin querfeldein zu gehen, um den Hauptverkehrsadern und größeren Siedlungen fernzubleiben. Er war froh, die raue Landschaft der Halbinsel von Monterey hinter sich gelassen zu haben, doch diese weitläufige Ebene bot keine Möglichkeit, sich zu verstecken. Das Tal bestand aus schier unendlichen Landwirtschaftsflächen, die Hunderte von Meilen weit bis in die Mitte des Staates Kalifornien reichten.

Cooper erblickte die Stadt Salinas in der Ferne und den dorthin führenden Highway, der verblüffend leer war. Während er weiterging, stieg er den Hügel hinunter und überquerte die Fahrbahn. Nur wenige Fuß dahinter betrat er die ersten Äcker.

Er hielt sich eine gute halbe Stunde in dieser Richtung, wobei er tiefe Furchen und Gräben überwinden musste. Niemand schien ihm zu folgen. Nach einer Weile näherte er sich einem kleinen Betongebäude mit Flachdach, das von einem hohen Maschendrahtzaun umgeben war. Es schien das Pumpenhaus eines Bewässerungssystems zu sein. Das Zauntor war abgeschlossen, also kletterte Cooper hinüber und dann auf das Dach des niedrigen Gebäudes, wozu er sich an breiten Rohren hochzog, die von innen herausführten. Zu dem Zeitpunkt, da er auf dem Häuschen einschlief, war die Sonne bereits untergegangen.

Am Morgen weckte sie ihn wieder. Er blieb einen Moment reglos liegen und atmete tief die frische Morgenluft ein, ehe er sich hinsetzte. Die Umgebung war still und wunderbar – kein Anhaltspunkt für die Ereignisse, die er während der vergangenen Tage erleben musste. Cooper wünschte sich, für den Rest seines Lebens auf dem Dach dieses kleinen Betonbaus zu bleiben. Schließlich aber rutschte er an den Rohren herunter. Er war hungrig und etwas verkrampft, nachdem er auf dem harten Untergrund geschlafen hatte, fühlte sich aber dennoch ausgeruht. Seine Beine und Füße taten weh, doch seufzend machte er sich wieder auf den Weg.

Nach ein paar Stunden erreichte er eine überschaubare Ansammlung von Gebäuden – eine Insel inmitten der riesigen Ackerflächen. Zu seinem Hunger gesellte sich nun auch Durst, und obwohl es noch früh am Tag war, beschloss er, die Gegend auszuspähen, ob sie sich als Schlafplatz für die kommende Nacht eignete. Der vorangegangene Tag hatte einem Gewaltakt geglichen, und er brauchte Ruhe, denn die Nacht auf dem Betondach war nicht genug gewesen.

Schon aus der Ferne erkannte er, dass es sich um ein Betriebsgelände handelte. In sicherer Distanz umrundete er das Gelände, doch nichts regte sich.

Dann näherte er sich vorsichtig. An einer Kreuzung zweier jeweils gerader, geteerter Wege standen vier Gebäude, eine verrammelte Tankstelle, ein leeres, teilweise eingestürztes Haus, eine große Lagerhalle und ein Haus mit breiten Fenstern, geschmückt mit Transparenten und Fahnen. Auf einem Schild stand: Landwirtschaftsgeräte – Verkauf und Reparatur. Davor parkten mehrere große Agrarfahrzeuge. Cooper verschaffte er sich einen schnellen Überblick über die ersten drei Gebäude, indem er durch Fenster schaute und an Türen rüttelte. Bei dem letzten Gebäude wurde er etwas vorsichtiger.

Erst als er genau davor stand, bemerkte er ein kleineres Schild, das zu einem Waffenladen auf der Rückseite führte. Als er sicher war, dass sich keine Menschenseele hier aufhielt, schickte er sich an, ein Fenster oder eine Tür aufzubrechen. Als er sich am Eingang des Waffenladens zu schaffen machte, ließ sich dieser ohne weiteres öffnen.

Sofort nachdem er eintrat, erkannte er, dass das Geschäft geplündert worden war. Glasscherben knirschten unter seinen Schuhen, während er zwischen den Auslagen hindurchging. Das gesamte Inventar war verschwunden oder lag zerstört auf dem Boden. Cooper durchschritt die Ladenfläche einmal, bevor er sich umdrehte und wieder nach draußen wollte.

Da fielen ihm ein paar Gegenstände am Boden auf, und er bückte sich danach. Dort lag ein kleines Multifunktionswerkzeug, das noch verpackt war. Er nahm es und hätte dabei fast ein Zielfernrohr übersehen, das er ebenfalls aufgriff und genauer betrachtete. Es war leicht, und als er hindurchschaute, staunte er nicht schlecht, weil es sehr stark vergrößerte. Er steckte es ebenfalls ein. Dann entdeckte er noch ein kleines, schwarzes Metallrohr, das nicht breiter als seine flache Hand war. An einem Ende baumelte eine kurze Schlaufe aus Nylon, das andere verjüngte sich zu einer kleinen Kugel, gleichfalls aus Metall. Cooper hielt es für eine Taschenlampe, bis er es hochhob. Es war ein ausziehbarer Schlagstock, perfekt geeignet zur Selbstverteidigung.

Als er gehen wollte, fiel ihm ein, dass es in Waffenläden immer Geheimräume gab. Oder war das nur in Filmen so? Er wusste es nicht genau, wollte aber sichergehen, nichts übersehen zu haben, deshalb nestelte er an den Regalen hinter der Verkaufstheke, in denen sich Bücher befanden. Dabei ging er in die Hocke, um nach etwaigen Klinken oder Knäufen zu suchen, und entdeckte sie – Scharniere, nahezu unauffällig und mattschwarz lackiert. Sie gehörten zu einer Tür direkt hinter einem der Schränke. Dieser rollte, als er daran zog, auf ihn zu. Die Tür an sich und die Wand waren schwarz wie die Scharniere gestrichen. Er drehte am Knauf und öffnete sie. Dann erstarrte er.

Nicht weit hinter der Tür stand, als habe er gewartet, ein Mann mit einer Pistole, die er auf Coopers Gesicht richtete. Er sah verärgert aus.

12

Ron dachte an Donna, während sich die Schlinge um seinen Hals zuzog. Er war allein gewesen, als man ihn gefangen hatte, und hoffte nun, Sal würde heil davonkommen.

Er fürchtete sich, war aber zugleich wütend darüber, dass er gelyncht werden sollte. Als schwarzer Amerikaner hatte man bisweilen noch immer vage Angst davor gehabt, zwar deutlich weniger als vor 50 Jahren, aber der Rassenhass war nicht ausgestorben. Er hatte in einer wohlwollenden Gemeinde gelebt, doch Ressentiments waren auch dort hin und wieder aufgekommen. Intoleranz hatte ihr hässliches Haupt erhoben, nicht ihm gegenüber, doch harte Kritik an Mexikanern, Asiaten, Christen und fast jeder anderen Gruppierung waren allgegenwärtig gewesen.

Nie hätte Ron damit gerechnet, so zu sterben. Das Atmen fiel ihm schwer, während der Strick straffer wurde. Er stand auf Zehenspitzen und rang nach Luft. Ihm wurde schwarz vor Augen. Er dachte daran, wie schmerzlich er Donna vermissen würde und empfand tiefe Trauer.

Seine Frau hatte mit ihm gearbeitet – als Zahnpflegerin. Sie waren einander begegnet, als Ron die Praxis eines pensionierten Arztes übernommen hatte, wo Donna bereits angestellt gewesen war.

Sie arbeitete bei Ron weiter, woraufhin sich die beiden ein Jahr lang verbissen bemühten, ein professionelles Verhalten an den Tag zu legen, was bis zu einer betrieblichen Weihnachtsfeier gutging. Dort waren beide beschwipst gewesen und machten einen langen Spaziergang, wobei Donna seine Hand nahm. Er hatte sich ihr zugewandt und gesagt: »Ich muss Sie feuern.«

»Was?«

»Na ja, es würde sich für mich als Ihr Boss nicht schicken, Sie zum Essen auszuführen.«

»Ach so«, hatte sie mit einem Lächeln erwidert. »Dann gehe ich mit Ihnen aus, doch Sie müssen gleich nach unserer ersten Verabredung einen neuen Vertrag für mich aufsetzen.«

Seitdem waren die beiden ein Paar.

Ron keuchte, um nach Luft zu schnappen. Lichtpunkte schwammen in seinem Gesichtskreis, seine Augen schmerzten.

Er befand sich in einem Heimwerkermarkt, einer geräumigen Halle, die dunkel wie eine Höhle war. Die Entführung fiel ihm wieder ein. Er hatte Schritte gehört und geglaubt, es wäre Sal. Dann war er hinterrücks von zwei Männern gepackt und gefesselt worden. Sie hatten einen Strick über eine Deckenstange geworfen und ihm die Schlinge um den Hals gelegt. Zuerst waren sie außer Sicht geblieben, doch als sie sich dann zeigten, verlor er jegliche Hoffnung, diese Marter zu überleben. Bei diesen Männern handelte es sich um gesetzlose Biker, Mitglieder der Satan's Angels, einer berüchtigten Bande von gewalttätigen Rassisten.

Die Schlinge lockerte sich ein wenig, sodass Ron ruckartig einatmen konnte. Er weinte; spürte, wie die heißen Tränen an seinen Wangen hinunterliefen. Dass diese Wichser die Genugtuung bekamen, ihn heulen zu sehen, machte ihn wütend.

»Sieht so aus, als hätten wir einen Buschmann erwischt, einen verdammten Nig–«

»Hey! Hey! Jetzt mal langsam, Bruder. Das Wort darfst du nicht benutzen. Das ist rassistisch.«

Sie lachten.

»Also, Jeeter, willst du mir weismachen, dass ich nicht Nig–«

Diesmal würgte ein Schlag auf den Mund des Sprechers das Wort ab.

Jeeter lachte hysterisch. Er war groß und trug trotz der Dunkelheit in der Halle eine verspiegelte Fliegersonnenbrille. Dass er die Haare kurz trug und sich glattrasiert hatte, war ungewöhnlich für einen Biker.

»Banjo, du Arsch, warum hörst du nicht auf mich, Mann?« Er zwinkerte Ron zu. »Ich steh hinter dir, schwarzer Bruder.« Jeeter lallte und torkelte beim Gehen.

Banjo war ein sehr großer Kerl. Nachdem er Blut auf den Boden gespuckt hatte, zog er sich einen wackelnden Zahn aus dem Mund. Er warf seinem Begleiter zwar einen finsteren Blick zu, schwieg aber. Jeeter war sein Anführer und Freund, und auch wenn dessen Hirn vor lauter Drogen und Alkohol zerrüttet war, bedeutete das nicht, das

Banjo ihm weniger treu ergeben war. Im Grunde genommen war er selbst derjenige, dem die Gang gehörte. Jeeter fungierte bloß als Aushängeschild, doch Banjo lag es fern, seinen Kumpel vom Thron zu stoßen. Er nannte Jeeter gern seinen Boss.

Beide trugen identische Lederwesten mit dem gleichen großen Rückenaufnäher. Sie bezeichneten sie oft als Kutten, obwohl es eigentlich Jacken mit abgeschnittenen Ärmeln waren. Der Schriftzug ›Satan's Angels‹ war auf eine breite, halbrunde Flicke – auch Patch genannt – gestickt und prangte über einem Totenschädel, darunter wiederum der Name Kalifornien auf einem zweiten langgezogenen Patch. Diese drei separaten Aufnäher wiesen darauf hin, dass die Männer zu einer Bande verbrecherischer Motorradfahrer gehörten, wobei Kalifornien ihr Einzugsgebiet markierte. Banjo hatte längeres Haar und einen ebensolchen Bart. Er trug einen deutschen Stahlhelm aus dem Zweiten Weltkrieg mit Nazisymbolik an den Seiten. Ihm zufolge habe er seinem Großvater gehört, doch niemand glaubte das, obwohl man ihm dies natürlich nie ins Gesicht gesagt hätte.

»Komm schon, lass gut sein, Mann.« Jeeter begann, am Strick zu ziehen, sodass sich Ron wieder auf seine Zehenspitzen stellen musste. »Wir müssen ihn festmachen und Fats holen, der sollte sich darum kümmern.«

»Stimmt, wir brauchen seinen fetten Arsch, um diesen Nig– … Bastard hochzuziehen.«

Fats gehörte ebenfalls zur Gang und verdiente nicht weniger Loyalität als Jeeter, obwohl er ein fetter Volltrottel war, also eher so etwas wie ein Schoßhund und weniger ein Freund.

Die beiden Biker knoteten den Strick an einer dicken Trägerstange aus Metall fest und gingen fort. Ron fing an, sich zu winden, als kurz darauf jemand seine Handgelenke packte.

»Halt still«, flüsterte Sal. »Ich will dich nicht schneiden.«

Es schnappte laut, als die Kabelbinder entzweigingen, Ron streifte sich die Schlinge über den Kopf und warf sie zu Boden. Dann fuhr er sich mit einem Ärmel durchs Gesicht. Er war davon überzeugt gewesen, sterben zu müssen und jetzt umso froher, am Leben zu bleiben. Doch sein Zorn überraschte ihn. Er wollte diese Scheißkerle umbringen.

»Schnell, wir müssen verschwinden«, sagte Sal.

Als sie den hinteren Teil der großen Halle erreichten, war noch alles ruhig. Zum Glück hatten sie das breite Rolltor bereits geschlossen, und ihr vollbeladener Van stand davor.

Ron zupfte Sal am Ärmel. »Wir können nicht fahren. Der einzige Weg führt an der Vorderseite vorbei. Ich weiß nicht, wo sie jetzt sind und mit wie vielen wir es zu tun haben. Die beiden wollten einen anderen Typen holen. Fats haben sie ihn genannt. Vielleicht sind noch mehr da.«

»Aber Hierbleiben steht außer Frage.«

»Verstecken wir uns, bis sie abhauen«, schlug Ron vor.

Darüber dachte Sal einen Moment nach. »Lass uns über den Zaun klettern und auf der anderen Straßenseite ein Versteck finden, um sie zu beobachten. Sobald sie verschwinden, kehren wir zurück und holen den Van.«

»Gute Idee.«

***

Die beiden brauchten fast eine Stunde, um sich in weitem Bogen um den Markt durch die Straßen zu schlagen, weil sie weder auf Zombies noch Biker stoßen wollten. Zur Beobachtung zogen sie sich aufs Dach eines Restaurants zurück. Zwischen ihnen und der Gang lagen eine vierspurige Fahrbahn mit breiter Leitplanke in der Mitte und ein Parkplatz. Sie konnten die Männer genau sehen. Das Trio harrte vor dem Eingang des Heimwerkermarkts bei seinen Motorrädern aus.

Ron fragte sich, ob sie schon bemerkt hatten, dass er geflohen war. Hatten sie die Halle bereits durchsucht und aufgegeben? Ihm fiel auf, dass mehrere Türen weit offenstanden. Welche Pläne oder Absichten sie verfolgten, darüber konnte er nur rätseln. Sie saßen auf Klappstühlen auf dem Parkplatz und tranken Bier. Direkt bei ihnen auf dem Gelände brannte ein großes Feuer. Ihre Maschinen standen gleich neben dem Eingang in einer Reihe. Es sah so aus, als wollten sie es sich eine Weile hier bequem machen. Die ganze Zeit über blieben Jeeter und Banjo sitzen und tranken, während ein dritter Mann – es konnte sich nur um Fats handeln, zumal er tatsächlich dick war – ab und an aufsprang, um sich ein paar Untote vorzuknöpfen. Er schlug ihnen die Schädel ein, schleifte ihre Leiber weg und legte frisches Holz aufs Feuer.

Nach mehreren Stunden flüsterte Ron: »Jetzt wird es dunkel, und ich denke nicht, dass diese Typen noch irgendwo hinfahren. Vielleicht sollten wir uns den Van schnappen und es darauf ankommen lassen.«

»Nein, sie würden uns jagen und einholen. Wir könnten sie mit dem Van nie abhängen, selbst wenn er leer wäre.«

Ron schwieg einen Moment, ehe er fortfuhr: »Hey, und was würden sie tun, wenn sie ihre Öfen nicht mehr hätten? Sie sitzen so weit davon entfernt, dass ich glaube, wir könnten sie unbrauchbar machen.«

Sal überlegte.

»Ich hab's. Wir gehen außen herum zurück. Ich schleiche in die Halle und kümmere mich um die Motorräder, während du im Van wartest. Wenn ich hinten rauskomme, startest du den Motor, und wir verziehen uns.«

»Was wirst du mit ihren Feuerstühlen anstellen?« Sal flüsterte, weil er befürchtete, gehört zu werden, obwohl das unmöglich war.

»Vertrau mir, es wird dir gefallen, und mir umso mehr.«

Sie machten sich auf den Weg durchs Dunkel, langsamer diesmal und noch achtsamer. Eine Stunde später standen sie wieder hinter dem Markt. Sal setzte sich hinters Steuer des Vans, während Ron sachte die Nebentür öffnete und eintrat. Nach dem, was zuvor geschehen war, ließ Sal ihn nur ungern alleine zurückkehren. Er wusste, falls Ron noch einmal eine Schlinge um den Hals gelegt bekäme, würde er nicht davonkommen. Der Kerl bestand jedoch mit vor Rachsucht funkelnden Augen darauf. Er lächelte und ließ keine Angst durchblicken, wie er sie in dieser Situation eigentlich hätte empfinden sollen. Sal einigte sich widerwillig mit ihm darauf, zehn Minuten abzuwarten, bevor er ihn suchen würde.

Nach den längsten zehn Minuten seines Lebens stieg Sal wieder aus. Er erstarrte, als er sich vorstellte, die große, finstere Halle betreten zu müssen, während die Biker dort umgingen, fürchtete sich aber umso mehr vor dem, was drinnen womöglich von der Decke baumelte. Weil es im Markt so still war, harrte er noch weitere qualvolle 90 Sekunden aus. Als er in den Schatten des hinteren Eingangs trat, tauchte Ron auf und hielt sich einen Zeigefinger vor die Lippen. Nachdem sie die Tür leise geschlossen hatten, gingen sie zum Wagen.

Ron konnte kaum glauben, dass es ihnen gelungen war. Noch nie in seinem Leben hatte er sich so gefürchtet, doch die brennende Haut an seinem Hals, sowie seine aufgeschürfte, wunde Kehle erinnerten ihn ununterbrochen daran, dass diese Schweine verdienten, was nun auf sie wartete. »Das wird eine Riesenschau«, kicherte er bei sich.

Sal hatte keine Ahnung, was nun geschehen würde, und war mehr als nur ein wenig nervös.

13

Cooper stockte ... exakt zwei Sekunden lang, denn so lange dauerte es, bis er begriff, dass der Mann mit der Waffe im dürftigen Licht des Raumes hinter der Tür auf einem Poster abgedruckt war, das jemand an die hintere Wand geheftet hatte.

Der Raum schien einmal eine Toilette gewesen zu sein. Die Wand zu seiner Linken hatte man grob durchbrochen, und dahinter befanden sich eine weitere Toilette, die auch als solche diente, sowie eine Küche und eine Vorratskammer. Der ursprüngliche Eingang zu dieser Toilette war unzugänglich und wurde von einem kleinen Kühlschrank versperrt. Cooper entdeckte ein paar Päckchen mit der Aufschrift ›MRE‹, Einmannpackungen der US Army. Eine davon öffnete er und fing zu essen an, während er sich weiter umschaute. Als er mit einer Plastikgabel klebrige Masse in seinen Mund stopfte, kam es ihm vor, als hätte ihm noch nie etwas so gut geschmeckt. Er entsann sich, dass vor dieser Tür im Laden eine große Vitrine stand, die ein Durchkommen völlig unmöglich machte.

Cooper trat durch das behelfsmäßige Loch in der Wand und durchstöberte die Werkstatt. Auf Regalböden an den Wänden standen reihenweise Handbücher für unterschiedliche Waffen, Einzelteile stapelten sich in Schachteln oder anderen Behältern, und Munition in Kästen war ebenfalls vorhanden. Auf der Werkbank verstreut lagen die Teile eines halb vollendeten Projekts, dessen Pläne an der Wand darüber aufgehängt waren. Allem Anschein nach hatte jemand einen Schalldämpfer für eine Pistole bauen wollen.

Nachdem er die Tür hinter sich geschlossen hatte, entdeckte er ein Paar Holzgriffe, von welchen ausgehend Drähte unter ihr hindurchführten. Damit konnte man den Schrank auf der anderen Seite der Wand zurückbewegen. Cooper atmete erleichtert auf. Er fühlte sich vorerst sicher. Während er aß, las er die Pläne für den Schalldämpfer durch.

Später, als die Sonne unterging, durchsuchte er den Laden, trieb mehrere Kerzen auf und suchte Kleider, die ihm passten. Der alte Obdachlose hatte Recht gehabt – seine Klamotten machten ihn zu einer Piñata, einem bunten Hund. Nun fand er trockene Socken, eine schwarze Hose, ein olivgrünes T-Shirt und einen ebenfalls schwarzen Kapuzenpulli, der ihm aber viel zu groß war. Da er keinen passenden Pullover in der gleichen Farbe fand, griff er zu einem dunkelgrauen.

Als er sich dann in einer Glasscheibe betrachtete, fühlte er sich wegen der breiten Kapuze an den personifizierten Schnitter erinnert. Er besaß nun zwei Waffen sowie dazu passende Munition an Gürteln und in Taschen, nicht zu vergessen ein langes, scharfes Messer, das er sich ans Bein geschnallt hatte, und den ausziehbaren Schlagstock, der mit dem Nylonband um sein Handgelenk im rechten Ärmel des Pullis steckte.

Am Morgen, als die Sonne aufging, war er marschbereit. Zunächst griff er aber zu einer weiteren Einmannpackung und riss sie auf. Diesmal untersuchte er den Inhalt genauer und stieß auf einen sogenannten flammenlosen Erhitzer. Er folgte der Anleitung und staunte nicht schlecht, dass das Essen heiß wurde. Nachdem er sich noch einmal in der Werkstatt umgesehen und nichts Brauchbares mehr gefunden hatte, marschierte er los.

Cooper ging hinaus, kletterte aufs Dach des Gebäudes und fasste die Umgebung ins Auge – doch nichts Ungewöhnliches war zu sehen.

Unter seinem Kapuzenpullover steckten zwei .22er Pistolen mit Schalldämpfer. Er testete sie und hörte ein klagloses Klicken, als der Hahn nach vorne schlug. Es gab ihm ein sicheres Gefühl, sie zu tragen. Sie hingen an Bändern, die er sich um die Schultern gelegt hatte, um sie leicht ziehen und wieder verstecken zu können. Beim Gehen nahm er sie kaum wahr.

***

Cooper brachte einige Meilen des gewaltigen Ackerlands hinter sich. Es verliefen zahlreiche unbefestigte Straßen zwischen den Feldern, was das Vorankommen deutlich vereinfachte.

Gelegentlich sah er ein Haus oder größere Gebäude, hielt aber Abstand. Einmal, als ihm anhand einer aufgewirbelten Sandwolke ein Fahrzeug auffiel, ging er in Deckung und sah ihm hinterher, bis es verschwunden war. Er nahm mit den Äckern vorlieb, um die Hauptstraßen und Highways in der Gegend zu meiden.

Am Nachmittag erreichte er eine zweispurige Straße – die 156, den Verbindungsweg vom Küstenhighway zur 101. Er musste sie überqueren und in Richtung Prunedale vorstoßen. Nach Norden hin wollte er versuchen, sich dicht an der 101 zu orientieren. Da ihn eine direkt dorthin verlaufende Strecke in zerklüftete hügelige Gefilde voller Kleinstädte bringen würde, ehe das Land in Wildnis und Berge überging, wäre es schneller, wenn er die Santa Cruz Mountains auf längerem Umweg aussparte. Sie zu überwinden, konnte Wochen dauern, zumal er sich dort leicht verirren oder verletzen konnte. Am besten beraten war er, wenn er im Tal und in der Nähe der Schnellstraße blieb, die durch dessen Mitte führte.

An der Kreuzung von 156 und 101 blieb er stehen, um sich gründlich umzusehen. Niemand, ob Zombie oder lebendig, schien sich hier aufzuhalten. Ihm fiel ein, wie unglaublich es war, dass er die Entfernung hierher mit einem Auto je nach Verkehrslage in rund 20 Minuten zurückgelegt hätte. Weil er die Toten meiden musste, hatte es Tage gekostet, einen Fußweg hierher zu finden. Nachdem er den Highway 156 vorsichtig überquert hatte, gelangte er durch einen lichten Wald zu einem Parkplatz. Durch die Bäume machte er ein Einkaufszentrum aus, hatte aber bereits entschieden, es zu meiden.

Da fiel ihm eine Bewegung auf. Beim Einkaufszentrum trieben sich Menschen herum, doch ob lebend oder tot, konnte er auf die Entfernung nicht sehen. Er stand etwa 100 Yards entfernt und benutzte das Zielfernrohr, um herauszufinden, was da vor sich ging.

Ein Mann und eine Frau knieten am Boden. Zwei weitere Männer, jeweils mit einer Flinte, standen hinter ihnen. Die Waffen donnerten durch die Stille, und die Köpfe der beiden explodierten wie reife Tomaten. Die Körper kippten leblos nach vorn. Ringsum standen noch mehr Männer. Sie lachten. Einer hielt ein junges Mädchen an den Armen fest.

Cooper nahm das Fernrohr herunter und überlegte, was er tun sollte. Nicht zu fassen, was er gerade gesehen hatte … Obwohl er wie festgewachsen stehenblieb und den Geschehnissen nicht mit rationalen Gedanken beikam, stellte sein Unterbewusstsein bereits mehrere schnelle Verknüpfungen her. *Du weißt, du kannst das Mädchen nicht im Stich lassen, also was tun?* Sein Körper setzte sich in Bewegung, während sich sein Geist weiter mit dieser Frage beschäftigte. Der vernünftige Teil seines Gehirns schrie: *Stopp! Denk doch mal nach, Mann! Kehr um! Du wirst sterben!*

Cooper lief geduckt zwischen stehengelassenen Autos über die Fahrbahnen der 101. Als er sich dem Parkplatz näherte, sah er insgesamt acht Mann herumstehen, die sich ausgiebig betranken. Ringsum lagen eine Menge Leichen. Anscheinend hatten die Kerle die Einfahrten mit Autos und Trümmern verbarrikadiert, um sich zu schützen. *Die arme Familie kam wahrscheinlich her, um Lebensmittel zu erbetteln,* schlussfolgerte Cooper. Das Mädchen kreischte, doch einer der Männer brachte sie mit einer Ohrfeige zum Schweigen. Cooper pirschte sich weiter an, stand dabei Ängste aus, verspürte aber auch eine unbändige Wut.

Das Mädchen konnte nicht älter als 16 sein. Welcher Mann war imstande, eine so junge Frau zu schlagen? Cooper wollte gar nicht weiterspinnen, was die Kerle noch mit ihr anstellen würden.

Der Mann, der sich an dem Mädchen vergriff, schleifte es über den Parkplatz, weg von den anderen, hinter ein Fastfood Restaurant. Cooper folgte ihm auf gleicher Höhe an der dem Highway zugewandten Seite des Gebäudes.

Er zielte aus einer Entfernung von nur wenigen Zoll mit beiden Pistolen auf den Kopf des ahnungslosen Mannes. Der schwitzende Rotnacken fummelte unwirsch mit einer Hand an seinem Gürtel, um sich die Hose herunterzuziehen, während er das Mädchen mit der anderen zu Boden drückte. Sie hatte ihre Augen vor Angst weit aufgerissen. Der Kerl kicherte vor sich hin, und von hinten sah Cooper seinen weißen Hintern. Dann begann er, an der Jeans seines Opfers zu nesteln. Dem Mädchen drohte eine brutale Vergewaltigung, doch es war so entsetzt, dass es sich nicht bewegen konnte.

Cooper ging es genauso. Eiskalter Schweiß war ihm am ganzen Körper ausgebrochen, und seine Hände zitterten, während in seinem Kopf enorme Kräfte im Widerstreit lagen. Eine junge Frau stand unmittelbar vor einer furchtbaren, unter diesen Umständen um ein Vielfaches schlimmeren Erfahrung, und Cooper selbst wurde in wenigen Sekunden entdeckt. Er hatte nur einen Ausweg – eine einzige Aktion ergab Sinn. Sollten das Mädchen und er dies heil überstehen, blieb ihm keine andere Wahl, aber trotzdem war er handlungsunfähig. Dieser wertlose Abschaum verdiente den Tod, doch Cooper konnte nicht abdrücken.

Zudem war er außerstande, einen klaren Gedanken zu fassen. In seinem Kopf herrschte Leere. Er starrte auf die wackelnden Spitzen beider Pistolenläufe und spürte, wie ihm der Schweiß über den Rücken und an den Beinen hinunterlief. Dann holte er tief Luft.

Das hörte der Widerling und drehte ruckartig seinen Kopf. Er blickte auf eine schwarz verhüllte Gestalt, die ihm zwei Pistolen direkt vors Gesicht hielt. Weil ihm die Hose bis zu den Fußgelenken hinuntergerutscht war, konnte er keine raschen Bewegungen machen. Deshalb hielt er eine Hand hoch, während er sich mit der anderen aufstützte.

Die Kopfbewegung, der kalte Blick, das Grinsen mit abgebrochenen Zähnen holten Cooper in die Realität zurück. Allerdings konnte er immer noch nicht handeln.

14

Jeeter dämmerte vor sich hin und murmelte dabei. Fats schnarchte wie eine betrunkene, fette Frau. Banjo war aufgestanden und wärmte sich am Feuer, aber auch er war müde. Zu diesem Zeitpunkt hielt er es für unnötig, noch Wache zu schieben. Er hatte schon einmal vorgeschlagen, nach drinnen zu gehen, doch Jeeter wollte nicht.

Eine Handvoll der verpeilten Bastarde war während der letzten Stunde in Banjos Wachbereich vorgestoßen, doch ein Kuss von Old Crow hatte sie rasch ausgeschaltet. Old Crow, so nannte er eine äußerst wuchtige Brechstange, die er aus dem Markt entwendet hatte. Wenn er keinen Gebrauch davon machte, legte er sie auf seine rechte Schulter, doch begann er erst einmal, das zehn Pfund schwere und 36 Zoll lange Werkzeug aus Stahl zu schwingen, zerbrachen Schädel wie Eierschalen.

Er ging im Kreis über ihr kleines Lager, hob zwei Kisten Brennholz von einer breiten Auslage neben dem Eingang und warf sie aufs Feuer. Dann ließ er sich wieder auf seinen Stuhl fallen und griff zu einem Bier. Nachdem er es ausgetrunken hatte, warf er die Dose in die Flammen, erhob sich abermals und drehte eine Runde, um wach zu bleiben. Banjo war Jeeters ergebener Handlanger und würde nicht klagen. Theoretisch hätte er Fats dazu verdonnern können, den Wachdienst zu übernehmen – theoretisch. Fats war geistig behindert oder so gut wie, weshalb er es vermasseln würde. Fats eignete sich trefflich als Rückendeckung im Kampf, taugte aber sonst zu nichts. Er konnte mit Ach und Krach sein Motorrad im Gleichgewicht halten.

Banjo fragte sich, ob der schwarze Affe noch in der Halle oder durch die Hintertür getürmt war. Fats und er hatten beide Ausgänge bewacht, während Jeeter knapp eine Stunde lang drinnen gewesen war, um ihn aufzuspüren. Der Typ musste sich verpisst haben. Plötzlich hielt Banjo still und vergaß alles, woran er gerade gedacht hatte.

War das gerade ein aufheulender Motor gewesen? Es kam irgendwoher aus dem Dunkeln, doch genau konnte er es nicht bestimmen. Jetzt klang es, als würde ein Wagen beschleunigen, und das Geräusch wurde lauter, während es näherkam. Ein großer Van schoss hinter dem Baumarkt hervor. Er beschrieb einen Bogen und rollte geradewegs auf die Biker zu, ehe er nur wenige Fuß vor ihnen vorbeiraste. Zu diesem Zeitpunkt johlte Banjo bereits und setzte sich auf sein Motorrad. Er drehte den Zündschlüssel um, woraufhin es knatternd ansprang.

Als Sal das Brummen hörte, fragte er: »Ich dachte, du hättest irgendwas mit den Rädern angestellt?«

Ron lächelte. »Habe ich auch. Keine Bange, warte mal ab.«

Jeeter stand mit Müh und Not auf, während Fats weiter sägte, weshalb er ihm einen Tritt gegen den Kopf versetzte. Schließlich liefen beide Männer zu ihren Maschinen. Als der Van an ihnen vorbeifuhr, bremste der Fahrer ein wenig. Der Schwarze saß auf der Beifahrerseite und rief durchs Fenster: »Master, ich froh, ich nicht muss hängen!« Ron hielt stolz einen ausgestreckten Mittelfinger hoch.

Die Wut im Bauch verlieh ihm Mut, während Sal Todesängste ausstand und aufs Gas trat. Ron streckte den Kopf immer noch weit aus dem Fenster und schaute zurück. »Sal, bleib stehen. Stopp! Wir müssen sehen, ob es geklappt hat.«

»Und wenn nicht?«

»Tja, dann sind wir sowieso am Arsch, egal ob wir warten oder weiterfahren.«

Sal ließ den Van langsam vorwärtsrollen, ohne den Gang herauszunehmen. Endlich brausten auch die anderen beiden Motoren auf. Banjo wartete darauf, dass Jeeter die Führung übernahm. Jeeter gab Gas, ließ die Kupplung kommen und schoss wie eine Rakete los. Banjo folgte sofort, da bockte die Maschine seines Anführers plötzlich, als wäre er gegen eine unsichtbare Mauer gefahren. Jeeter segelte über die Lenkstange durch die Luft. Banjo reagierte sofort, indem er eine Vollbremsung machte, das Rad herumriss und seitlich schlitternd stehenblieb. In diesem Augenblick entdeckte er ein dünnes Metallkabel, das durch den Rahmen der Maschine und zurück in die Dunkelheit führte, wo es zweifellos an einem der vielen Betonpfosten entlang des Markteingangs befestigt war. Sein rasches Abbremsen hatte ihn vor Jeeters Schicksal bewahrt, doch Fats in seiner Begriffsstutzigkeit, der gleich hinter ihm gerast kam, ging weder in die Eisen oder wich aus, noch dämmerte ihm überhaupt, was passierte, bis es zu spät war. Er beschleunigte noch, als er Banjo in die Seite fuhr.

Der schaffte es kurz vor dem Zusammenstoß der beiden Motorräder, sich in Sicherheit zu bringen. Als Fats seine Maschine rammte, überrollte es sie glatt, blieb dann aber genauso ruckartig stehen wie Jeeter zuvor. Der Dicke flog über seinen Lenker und klatschte auf die Straße wie ein Sack nasser Lumpen. Jeeter lag ein Stück weit vor seinem Rad mit dem Gesicht auf dem Asphalt und rührte sich nicht.

Banjo setzte sich in Bewegung. Der Van war schon weit die Straße hinuntergefahren, und die roten Heckleuchten wurden im Dunklen immer kleiner. Er glaubte zu erkennen, dass sie abbogen, doch vielleicht versperrte bloß ein Gebäude die Sicht. Jeeter blieb reglos liegen, während Fats vor Schmerz jammerte und brüllte. Banjo lief zu seinem Boss hinüber und klopfte ihm auf die Wangen, damit er zu sich kam. Jeeter hatte sich ein paar üble Schrammen und Abschürfungen zugezogen, kam aber fluchend wieder auf die Beine. Er war stark betrunken und spürte kaum etwas. Banjo schlug auch Fats ins Gesicht, allerdings um ihn ruhigzustellen. Wie es aussah, hatte er sich ein Bein gebrochen und ein Handgelenk verstaucht, denn es war stark angeschwollen.

Am übelsten erwischt hatte es ihre Motorräder. Alle drei sahen verdammt nach Totalschaden aus.

Jeeter nuschelte etwas, Fats wimmerte. Banjo hingegen starrte ins Dunkel, wo der Van verschwunden war, und sah nichts als rot. Er kochte vor Wut.

Diese Arschlöcher waren so gut wie tot.

15

Cooper ließ die Pistolen fallen, sodass sie an ihren Bändern baumelten. In einer flinken Bewegung zog er den Schlagstock auf und ließ ihn auf den Schädel des Vergewaltigers sausen. Der gedrungene Scheißkerl ging bewusstlos zu Boden. Das Mädchen blieb liegen, noch immer mit aufgerissenen Augen und zerzaust, aber bekleidet. Cooper hoffte, dass die Kleine nicht losschreien würde, während er den Stock zusammenschob. Dann bückte er sich, um ihr aufzuhelfen.

Als er ihre Hände nahm und sie hochzog, bemerkte er entsetzt, dass eine Pistole in der Hand seines Gegners lag. Hätte Cooper eine Sekunde länger gezögert, wäre er womöglich erschossen worden. Er hob die Waffe auf und führte das Mädchen fort. Dabei hörte er die Männer auf der anderen Seite des Gebäudes grölen und lachen. Der Typ am Boden fing an zu stöhnen. Sie mussten von hier verschwinden.

Cooper flüsterte ihr zu, dass sie ihm folgen sollte, doch sie blieb einfach stehen und starrte ihn an, wahrscheinlich unter Schock. Erst als er sie wieder an der Hand nahm, ließ sie sich leiten. Er nahm sie mit auf dem gleichen Weg, den er zum Parkplatz gekommen war, wobei sie sich zwischen den Autos duckten. Jeder Schritt, mit dem sie sich weiter entfernten, kam einer Erleichterung gleich, nur dass sie sich Coopers Empfinden nach nicht schnell genug weit genug absetzen konnten. Er warf einen flüchtigen Blick zurück und stellte sich mit Grausen vor, wie sie um die Ecke auf sie zugelaufen kamen.

Ihm war nach dem inneren Konflikt, den er gerade erlebt hatte, immer noch schwindlig. Er fragte sich, was er nun empfinden würde, hätte er abgedrückt.

Sie erreichten den gegenüberliegenden Rand der Schnellstraße. Kurz darauf schlugen sie sich unter eine Gruppe Kiefern, wo sich Cooper so sicher wähnte, dass er innehalten konnte, um sich umzusehen und zu horchen. Bisher waren keine Verfolger in Sicht, und Alarm geschlagen hatte auch noch niemand. Nach ein paar Augenblicken führte er das Mädchen weiter von den Männern fort, die soeben ihre Eltern umgebracht hatten.

Nach dem kleinen Wäldchen befanden sie sich wieder auf den Feldern. Nachdem sie mehrere Hundert Yards über die Ackerfurchen hinter sich gebracht hatten, blieb Cooper erneut stehen und blickte durch sein Zielfernrohr. Die Luft schien immer noch rein zu sein, also ließen sie sich zwischen Spinatpflanzen nieder. Er schaute sie an, während sie die Arme um ihre angezogenen Beine schlang. Er hatte sie auf 16 geschätzt, aber sie konnte durchaus älter sein. Ihr langes, schwarzes Haar trug sie zu einem Pferdeschwanz. Aufgrund ihrer dunklen Hautfarbe und Gesichtszüge, vermutete Cooper, dass sie Mexikanerin war. Ob sie überhaupt Englisch sprach?

Cooper wusste nicht, was er mit ihr anfangen sollte. Er war eingeschritten und hatte geholfen, musste aber weiter nach Norden gehen. Tage waren vergangen, um allein so weit zu kommen, und mit ihr im Schlepptau würde er noch langsamer vorankommen. Eine Weile betrachtete er seine eigenen Füße. Immer noch klang sein Adrenalinschub ab, immer noch musste er seine Atmung beruhigen, und immer noch schwirrte ihm wegen der Zwickmühle, in die er sich vorhin bugsiert hatte, der Kopf. Er kam nicht davon los, weil er voraussah, dass so etwas wieder geschehen könnte. Was würde er beim nächsten Mal tun? Ins Gras beißen? Die Gewissheit, sein Leben lassen zu müssen oder ein anderes zu nehmen, war eine schwere Bürde.

Letztlich gelangte er zu dem Schluss, das Mädchen mitzunehmen, zumindest vorübergehend. Bisher hatte sie nicht gesprochen, und was aus ihr werden sollte, blieb ungewiss.

Sie gingen noch ein Stück weiter, vergrößerten die Distanz zu dem Einkaufszentrum. Sie folgten dem Spinat, der in Reihen von dem Parkplatz fortführte, und trafen so in einem schrägen Winkel auf den Highway 101. Die Bewaldung am Rand der Felder war licht. Cooper näherte sich behutsam. Er erkannte durch das Fernrohr, dass sich eine große Zahl Toter aus der Umgebung dort sammelte, wo sie hergekommen waren. Zweifellos hatten die Schüsse sie angelockt. Cooper konnte sechs Männer ausmachen – darunter auch das Schwein, dem er eins übergebraten hatte –, die sich auf dem Parkplatz zusammendrängten.

Cooper fühlte sich mit dem Mädchen angreifbar, obwohl sie still war und ihm einfach folgte. Nach einem 20-minütigen Marsch, als er sicher sein konnte, nicht verfolgt zu werden, rasteten sie abermals zwischen den Spinatpflanzen. Er bot ihr etwas zu essen aus einer

Einmannpackung an, doch sie schlug es kopfschüttelnd aus. Genauso reagierte sie, als er ihr Wasser geben wollte.

»Ich habe gesehen, was passiert ist, und es tut mir leid.« Das klang so schwach wie dumm, doch mehr gab es nicht zu sagen. »Hast du noch Verwandte? Gibt es Freunde, zu denen ich dich bringen könnte?«

Das Mädchen schwieg weiter. Cooper blieb lange Zeit still neben ihr sitzen. Er ging davon aus, dass sie kein Englisch verstand. Schließlich stand er auf. »Wir müssen weiter.«

Sie blieb sitzen. Er streckte eine Hand aus. »Komm schon, hier dürfen wir nicht bleiben.« Sie schüttelte den Kopf, ohne aufzuschauen.

Er kniete sich zu ihr. »Ich kann dich nicht hierlassen, jetzt komm.«

Cooper nahm ihren Arm und zog sie hoch.

Der Ackerboden, auf dem der Spinat wuchs, war fett und lehmig. Er schmatzte unter ihren Füßen, was das Gehen erschwerte. Schon zuvor hatte Cooper nicht genau gewusst, wohin er wollte; jetzt mit dem Mädchen an der Hand war er noch ratloser. Er stieg mit ihr über die Furchen, bis sie eine Straße erreichten, die nicht asphaltiert war.

Ihr folgend, gelangten sie wieder zur 101, aber ein gutes Stück weiter nördlich. Cooper bemühte erneut das Fernrohr. Die Toten scharten sich um das Einkaufszentrum, wo sie versuchten, die Barrieren zu überwinden. Massenweise kamen sie aus dem Umland zusammen und zogen zu dem Parkplatz. Vier der Männer erspähte Cooper nun auf dem Dach des Supermarkts. Er nahm das Zielfernrohr wieder herunter. In diesem Fall bedauerte er es nicht, jemanden zurückgelassen zu haben. Hoffentlich, so dachte er, starben sie einen langsamen, qualvollen Tod.

Der Highway war frei und über mehrere Meilen hinweg einsehbar, ehe er seitlich hinter einem Hügel verschwand. Ein kräftiger Windstoß fegte über die Felder.

Sie bewegten sich auf einer einspurigen Fahrbahn, die praktisch parallel zum Highway verlief, aber schmal und kurvenreich war, weshalb Cooper nicht so weit vorausschauen konnte wie auf der Schnellstraße. Gerne hätte er eine Abkürzung durch die Bäume und wieder über die Felder genommen, solange er noch konnte, doch das Mädchen tat sich bereits schwer damit, selbst auf dem ebenen Weg schrittzuhalten.

Er blieb häufiger stehen, um zu lauschen, sich umzusehen und seine Mitreisende ausruhen zu lassen. Ihm graute vor dem Gedanken, was geschehen mochte, falls sie zur Hast gezwungen wurden. Gut möglich, dass er sie dann tragen musste. Bisher allerdings waren sie weder Zombies noch Überlebenden begegnet, sondern hatten nur ein paar Leichen gesehen.

So ging es über eine Stunde lang weiter. Er behielt den Highway unentwegt im Auge, genauso aber auch die Bäume. Vor ihnen tat sich das Ende eines Massenauffahrunfalls auf. Ihm kam es vor, als würden sie langsamer, während sie sich näherten. Plötzlich sprach das Mädchen.

»Können wir anhalten?«, fragte sie in einwandfreiem Englisch und ging zu einer Grünfläche am Rand der Straße. Sie setzte sich und zog die Schuhe aus.

»Natürlich.« Cooper blieb stehen und schaute zu, wie sie ihre Füße massierte. Dann streckte sie die Beine aus und wackelte mit den Zehen. Er ließ sich neben ihr im Schatten ins Gras fallen und überlegte, ob er seine Schuhe auch ausziehen sollte.

»Ich kann nicht mehr gehen.« Sie klang frustriert.

»Das ist okay, aber wir müssen heute noch ein kleines Stück weiterkommen, um über Nacht in Sicherheit zu sein.«

»Nein, es ist nicht okay. Ich bin … war in einer Leichtathletikmannschaft. Für mich ist das ein Klacks, aber es liegt an meinen Schuhen. Sie sind neu und ich habe Blasen.« Sie wandte sich ab und sah zurück die Straße hinunter.

Ihm fiel das Verbandszeug ein, dass er sich in die Taschen gesteckt hatte, und er nahm etwas davon heraus. »Hier.« Als er ihr Pflaster in unterschiedlichen Größen reichte, leuchteten ihre Augen auf, und sie lächelte. Sie war hübsch.

»Oh mein Gott, vielen Dank.« Sie öffnete mehrere Pflaster und klebte sie auf die Stellen an ihren Füßen, die wundgelaufen waren. Dann sprang sie auf und joggte auf der Stelle. »Das ist schon viel besser.«

»Also gut, nun da ich weiß, dass du reden kannst: Was hast du vor?«

Sie schaute auf ihre Füße.

»Darüber habe ich nachgedacht. Ich wollte abwarten und herausfinden, was du tust, wie du dich verhältst. Ich schätze, ich bleibe bei dir, falls ich darf.«

»Klar, bloß müssen wir schneller werden. Ich bin auf dem Weg in Richtung Norden, um nach meiner Schwester zu sehen.«

»Wie weit nach Norden?« Sie klang ein wenig beunruhigt. »Ich will mich von anderen Menschen fernhalten, auch von den Kranken.«

»San José.« Er nahm an, sie meinte die Untoten. »Ich heiße Cooper, und du?«

»Ana. Willst du laufen, um Zeit wiedergutzumachen?«

»Nein.« Er musste lachen. »Lass uns einfach ein bisschen flotter gehen.« Ihm war viel wohler zumute, nun da er wusste, dass sie schneller laufen konnte und ihn verstand. Dennoch bereitete sie ihm Sorgen, weil sie gerade mit angesehen hatte, wie ihre Eltern hingerichtet wurden. Was ging in ihrem Kopf tatsächlich vor? Als sie zu ihm aufschaute, bemerkte sie seine mitleidige Miene.

»Das waren nicht meine Eltern«, sagte sie, brach aber in Tränen aus. Sie schluchzte so heftig, dass sie eine Minute lang nicht sprechen konnte. »Ich bin ihr Pflegekind gewesen. Sie waren sehr nett.«

»Verstehe.«

Er sah sie besorgt an.

»Das wird schon wieder, denke ich. Wenn man so oft herumgereicht wird wie ich, lernt man, sich an niemanden zu binden.« Sie seufzte und wechselte das Thema: »Was nun?«

»Das ist eine gute Frage. Ich bin mir nicht sicher. Wir müssen einen sicheren Unterschlupf finden, an dem du dauerhaft bleiben kannst, bei einer Gruppe freundlicher Menschen.«

Sie wirkte verdrießlich, als sie antwortete: »Natürlich, das bin ich gewohnt.«

»Was?«, erwiderte Cooper in ungespielter Verwunderung.

»Umzuziehen an einen besseren Ort.«

Die letzten beiden Worte betonte sie mit beißendem Sarkasmus.

Ihm war nicht bewusst gewesen, dass er ihr vielleicht das Gefühl vermittelte, unerwünscht zu sein, wie sie es eventuell mit jedem Familienwechsel empfunden hatte. Jetzt kam er sich vor wie der letzte Arsch – eine weitere Person in ihrem Leben, die Ana abwies.

»Ich setze dich nicht einfach irgendwo aus. Du darfst bei mir bleiben, bis du einen Ort findest, der dir gefällt. Du wirst nicht gezwungen, irgendwohin zu gehen, wo du nicht sein möchtest.«

Sie zuckte mit den Schultern. Bestimmt hatte sie ihr ganzes Leben lang Lügen und Ausflüchte gehört.

»Ich will mit Gil und Marie nach Hause. Ich habe sie gemocht.«

Wieder weinte sie, aber ohne erschütterndes Schluchzen; es war nur ein kurzer emotionaler Ausbruch, der ihr Gesicht verzerrte.

Die Erwähnten waren wohl ihre Pflegeeltern gewesen.

»Verständlich. Ich wünschte auch, ich könnte ... zurückkehren.«

»Lass uns weitergehen«, schlug sie vor.

Sie gewannen Zeit, indem sie ein schnelleres Tempo anschlugen. Das Land rings um den Highway 101 flachte weiter ab. Verkümmerte Bäume und vereinzelte Gebäude prägten die Hügel in der Umgebung. Der Highway blieb leer, abgesehen von dem Wust von rund 30 Fahrzeugen, die in eine Massenkarambolage verwickelt gewesen waren. Cooper übersah fast eine Hand, die aus einem Sonnenverdeck winkte. Er zog sein Fernrohr heraus. Noch jemand in Not, dem er nicht den Rücken kehren konnte.

16

Es war dunkel und ruhig. Eine leichte Brise wehte. Sal dachte, lange genug gewartet zu haben, und startete den Motor. Die Lautstärke ließ ihn die Zähne zusammenbeißen. Es kam ihm vor, als hätte er damit eine Leuchtfackel in die Luft geschossen, um ihre Position preiszugeben. Während er vorwärtsrollte, dachte er, die Biker könnten irgendein Transportmittel gefunden haben und ihnen nachstellen.

Als sie davongefahren waren, hatte er einen von ihnen aufstehen sehen, offensichtlich unverletzt. In dem Moment war die geringe Wahrscheinlichkeit einer Verfolgung zu einer erschreckend realistischen Aussicht geworden. Er hatte darauf bestanden, einen langen Umweg zurück zum Parkhaus zu nehmen und dabei immer wieder anzuhalten, um Augen und Ohren offenzuhalten. Das kostete viel mehr Zeit, auch weil sie es mit ein paar Horden Untoter zu tun bekamen. Ferner wusste er, dass sich wohl alle am Flughafen Sorgen darüber machten, wie lange sie brauchten, insbesondere Rons Ehefrau Donna.

Nach ihrer Flucht hatte Ron erklärt, was er mit den Motorrädern angestellt hatte. Das war zwar amüsant für sie beide gewesen, doch der unverletzte Biker und die Möglichkeit, bis aufs Blut gejagt zu werden, hatte die Heiterkeit des Augenblicks zerstört.

»Im Ernst, ich hätte gerne vorher gewusst, was du machst, und dich vielleicht aufgehalten. Wäre aber wohl nicht infrage gekommen.« Sal wünschte sich, die Zeit zurückdrehen und Ron abhalten zu können.

»Tut mir leid, Mann, ich hab's in der Situation einfach für eine gute Idee gehalten, wirklich lustig, verstehst du?« Ron schaute aus dem Fenster. »Gott weiß, die haben es verdient, aber ja, jetzt fühle ich mich wie ein Vollidiot. Diese Wichser werden uns meinetwegen aufspüren und kaltmachen wollen.« Er hielt sich einen Handrücken vor den Mund und machte einen beklommenen Eindruck. »Es tut mir wirklich leid.«

»Mann, ich dachte, du würdest die Luft aus ihren Reifen lassen oder die Batterien abklemmen.« Jetzt musste Sal lachen. »Scheiße, mag sein, dass wir deshalb draufgehen, also verzeih mir, wenn ich sage, dass das ein Mordsspaß war. Du irrer Teufelskerl.«

Ron quittierte dies mit einem Lächeln. Dann wieherten beide los.

Nachdem sie sich beruhigt hatten, wollte Sal besprechen, was geschehen war, bevor sie zum Parkhaus zurückkehrten. »Mir ist ja klar, was sie getan haben – ich meine, natürlich hab ich es gesehen, und das tut mir leid.«

»Im Namen der weißen Rasse«, frotzelte Ron, doch der Witz kam nicht von Herzen.

»Nein, nein, ich bin nur … na ja … Also gut, die Welt ist zu kaputt, als dass man noch Zeit mit Taktgefühl verschwenden müsste. Die wollten dich aufknüpfen, das ist ziemlich beschissen, egal wer man ist. Als ich dich so sah, wurde mir echt übel – also buchstäblich, meine ich. Hast du je versucht, leise zu kotzen? Ich hatte schon genug Schiss, aber dieser Anblick … hat mich total verstört.«

»Jetzt mach aber mal 'nen Punkt!«

»Tja, ich rege mich eben auf. Heute Nacht ist eine Menge falsch gelaufen, und ich fand, darüber zu sprechen, wäre angebracht, bevor wir zurückkehren. Schließlich war das, was vorhin dort passierte, nicht bloß schauerlich, sondern … Keine Ahnung, dich muss es doch auch getroffen haben. Ich weiß nicht, tut mir leid, Mann.«

»Nein, schon in Ordnung, und ja, es war schauerlich, zum Ausrasten.«

Eine halbe Stunde später, als sie die Hälfte der Strecke über den riesigen Flughafenparkplatz hinter sich gebracht hatten, bremste Sal und stellte den Motor des Vans ab, um zu horchen. Es war mitten in der Nacht, und das Parkhaus zeichnete sich als dunkler Schattenriss gegen den Himmel ab. Die Stille mutete unheimlich an.

Ron nahm eine kleine LED-Taschenlampe heraus und richtete sie aufs Gebäude. Dann blinkte er dreimal. Auf der vierten Ebene, gleich unterm Dach, flackerte viermal ein kleines Rotlicht auf, je zweimal mit einer kurzen Pause dazwischen.

»Alles sicher«, sagte Sal, als er die Zündung wieder betätigte. *Es sei denn, die Biker lauern dort oben und halten Donna ein Messer an die Kehle.*

»Haben wir ein Zeichen für: Wir werden von einer Motorradgang gejagt?«, fragte Ron ohne humorvollen Unterton.

Sal fuhr weiter, ohne die Scheinwerfer einzuschalten. Die Gruppe hatte Sicherheitsvorkehrungen für ihre neue Bleibe besprochen, und eine der Kernideen diesbezüglich bestand darin, den uninteressanten Eindruck des Gebäudes für jedermann zu wahren, der es sah. Damit einher ging die Notwendigkeit, des Nachts Licht zu vermeiden.

Während sie sich dem Parkhaus näherten, erblickten sie eine gewaltige Schar Toter, schätzungsweise mehrere Hundert. Die beiden waren verwirrt. Laut Lichtzeichen sollte die Luft doch rein sein. Viele der Zombies kamen auf sie zu. »Irgendetwas hat sie angezogen. Gut möglich, dass oben noch niemandem aufgefallen ist, dass sie hier sind.« Ron neigte sich im Beifahrersitz nach vorne.

Sie hatten alle Scheiben geschlossen, doch es stank trotzdem intensiv. Schon knallten die ersten Leiber gegen den Van, und die Erschütterung der Metallkarosserie dröhnte im Innenraum. Sal unterdrückte einen Anflug von Panik und begann, langsam zurückzusetzen, um die Zombies vom Gebäude fortzulocken.

Sal hatte keinen blassen Schimmer, wohin er die Meute locken sollte. Plötzlich sackte das Heck des Vans mit einem markerschütternden Knall ab, und sie blieben ruckartig stehen. Die Hinterräder schienen in der Luft zu hängen, denn sie drehten sich ungehindert weiter, ohne dass sich das Fahrzeug bewegte.

Den beiden Männern fiel keine Möglichkeit ein, den Van wieder zum Fahren zu bringen, ohne auszusteigen. Sie blieben schweigend sitzen und grübelten. Da sie nicht genau wussten, was geschehen war, konnten sie unmöglich zu einer Lösung gelangen, ohne draußen nachzusehen. Doch unzählige Leiber schlugen und stießen gegen die Seitenwände des Wagens.

Viel Platz hatten sie nicht, weil der Van vollgepackt war. Große Schachteln mit Nägeln und Schrauben standen sogar in Rons Fußraum. Die Fenster hinunterzulassen, um einen Blick hinauszuwerfen, kam nicht infrage, doch Ron meinte, er könnte etwas aus dem Weg räumen und über den Rest ihrer Fracht klettern, um durch die Hecktür zu schauen.

Da alle Fenster geschlossen waren, wurde es stickig und warm im Innenraum; beide Männer schwitzten. Ron zog Gegenstände von hinten nach vorne und gab sie Sal, der versuchte, sie auf dem verlassenen Beifahrersitz unterzubringen. Der Van war eng und dunkel, während die Toten ihn mit ihrem Hämmern vibrieren ließen.

Ron stand zwischen den Sitzen und arbeitete sich nach hinten, doch Sal saß nach wie vor am Fenster der Fahrertür. Die Gesichter der Toten klatschten und rutschten neben ihm übers Glas. Er bemühte sich, nicht hinzusehen, doch die Angst, die Scheibe könnte zu Bruch gehen, zwang ihn ab und an dazu. Während er Waren auf dem Sitz und am Boden neben sich stapelte, kam er nicht umhin, auf gegenüber ans Fenster gedrückte Fratzen zu sehen.

»Oh, Shit«, wisperte Sal, während er beobachtete, wie ein weißer Finger in einen schmalen Spalt gezwängt wurde, wo die Scheibe nicht bündig an den Rahmen reichte. Ein zweiter Finger kam hinzu, und dann drei weitere. Die Hand zog am Fenster, doch es blieb oben. Sal sprang von seinem Sitz auf, streckte sich über eine große, noch verpackte Bohrmaschine aus, griff den Fensterheber und kurbelte. Sein Herz blieb beinahe stehen, als sich die Scheibe um einen halben Zoll senkte. Zahllose tote Finger schoben sich in den Spalt, packten zu und zogen. Sal versuchte, in die andere Richtung zu drehen, doch vergebens.

»Wie zur Hölle ist das passiert?« Ron streckte seinen Kopf wieder nach vorne.

»Die haben ihre Griffel in einen Spalt geschoben.« Sal ließ sich schweißgebadet zurück in seinen Sitz fallen.

Ron blickte fahrig auf die Reihe zuckender Leichenfinger. »Sieht aus, als würde es halten. Beeilen wir uns.«

Gemeinsam gelang es ihnen, eine freie Fläche im Laderaum des Vans zu schaffen. Nun quetschte sich Ron in die Lücke, und während er sich zum Heck hin wand, konnte Sal nur abwarten, indem er beobachtete, wie die Zombies mit ihren Fingern im Spalt des Fensters versuchten, es aufzuziehen. Das Glas war jetzt mit Dreck verschmiert.

Die Leichname schlugen gegen die Fenster, manchmal auch wie frustriert mit den Köpfen, wobei sie die Münder aufsperrten – erpicht auf einen Happen Fleisch, einen Tropfen Blut –, um dann doch nur mit ungeschütztem Gebiss gegen die harte, glatte Oberfläche zu knallen. Sal musste unweigerlich mit morbider Neugierde hinsehen. Es widerte ihn an. Er wusste, er würde Albträume bekommen und länger außerstande sein, etwas zu essen, konnte die Augen aber nicht abwenden.

Ron schob ein Brett nach vorne, um mehr Platz zu haben, und stieß es gegen die Windschutzscheibe. Sal zuckte zusammen. »Pass auf!«

Er wartete, während Ron grunzend weiterkroch. Das Gepolter griff allmählich sein Nervenkostüm an, er wollte nur noch, dass es aufhörte.

Endlich gelangte Ron zur Hecktür, deren Scheiben getönt waren. Er glaubte, dass hinter ihnen eine tiefe Rille verlief, weil hier keine Toten klopften, und außerdem schienen die Räder ja in der Luft zu hängen.

»Sal, ich muss die Tür öffnen, um zu sehen, woran es liegt.«

»Nein! Nein!«, schrie Sal, ohne zu wissen, dass niemand hinter ihnen war. Er dachte nur daran, dass Ron sterben würde, wenn er die Hecktür öffnete.

»Hier sind keine Toten. Wie es aussieht, hängen wir über einer Rille oder so.«

»Eine Rille? Ich kann mich nicht daran erinnern, so etwas irgendwo in der Nähe gesehen zu haben.« Sal entspannte sich wieder. Natürlich würde Ron die Tür nicht öffnen, wenn Tote darauf einschlugen.

Ron tastete im Dunkeln nach dem Griff und zog daran. Die Verriegelung sprang auf, und mit ihr die Tür. Die Zombies stöhnten wie zur Antwort. Das Heck des Vans hing über einer schwarzen Leere. Auf der anderen Seite des breiten Grabens hinter dem Fahrzeug drängten die Toten vorwärts und stürzten über den Rand. Trotz des unbeschreiblichen Gestanks verwesender Leiber roch die kalte Nachtluft wunderbar.

Unter ihrer Beute aus dem Heimwerkermarkt befanden sich mehrere Taschenlampen, und Ron schaltete eine davon ein. Nun erkannte er den Rand eines sehr tiefen Kraters oder von etwas Ähnlichem – und tief musste er sein, denn selbst als er senkrecht hineinleuchtete, sah er nur, dass die Leichen in die Finsternis fielen. Er fragte sich, ob die Toten, die am Van drückten und klopften, ihn in dieses sehr große, sehr tiefe Loch schieben konnten.

Ron schaute sich das Spektakel im Lichtkegel der Lampe noch ein paar Augenblicke an. Ein Ruck ging durch den Wagen, die Ladung geriet in Bewegung, rutschte nach hinten und stieß Ron hinaus. Falls der Sturz ihn nicht umbrachte oder das tonnenschwere Baumaterial, wenn es auf ihm landete, dann ganz sicher die Toten.

17

Cooper senkte sein Zielfernrohr. Er konnte es nicht fassen: In einem dieser winzigen, Kraftstoff sparenden, die Welt rettenden Autos mit zwei Türen und zwei Sitzen saß eine Frau, die so fett war, dass er sich nicht vorzustellen vermochte, wie es ihr gelungen war, die Tür zu schließen.

Ana zeigte über den Highway.

»Sieh mal, Häuser.«

Er folgte mit den Augen ihrem Fingerzeig und machte auf einem steilen Hügel den Rand einer umfriedeten Wohnsiedlung aus.

Irgendwo am Fuß der Anhöhe stand vermutlich ein Pförtnerhäuschen mit Kameras und einem Wachmann, der die Menschen kontrollierte, die ein- und ausgingen. Vom Aussehen her handelte es sich um hübsche Eigenheime, die in gebührendem Abstand errichtet worden waren. Cooper setzte das Fernrohr wieder an und ließ den Blick an der Mauer entlangschweifen; kein Lebenszeichen.

»Vielleicht finden wir dort eine Bleibe für die Nacht.«

Er schaute zurück zu der Frau in dem Auto, die weiter winkte und noch verzweifelter aussah als zuvor.

»Hast du die Lady in dem Wagen gesehen?«, fragte er und zeigte auf den Highway.

Ana hielt sich eine Hand über die Augen und blickte hinüber. »Ich sehe sie, glaube ich.« Er gab ihr das Fernrohr. Sie schaute hindurch. Dann kicherte sie plötzlich.

»Denk daran, sie kann nichts dafür, dass sie so ist, also lache sie nicht aus, wenn wir zu ihr kommen.« Das kleine Auto war zwischen einem Tieflader und einem anderen PKW eingeklemmt. Cooper würde den Laster aus dem Weg schaffen müssen, der auf der Fahrerseite stand. Die Frau würde sich nie durch die Beifahrertür zwängen können.

»Sorry, aber du musst zugeben, dass sie ein witziges Bild abgibt.«

»Ja, schon klar.« Er grinste. »Gehen wir. Bleib dicht hinter mir.«

***

Sie brauchten nur ein paar Minuten bis auf den Highway. In einigen Autos steckten Tote, die stöhnten und gegen die Scheiben klopften, um herauszukommen. Ana blieb dicht hinter Cooper. Sie trat ihm in die Hacken und stieß mehrmals gegen ihn. Als er sich umdrehte, um sie zu bitten, etwas Abstand zu wahren, sah er, dass sie sich wegen der Zombies fürchtete. Er streckte einen Arm nach hinten aus, um Ana seine Hand anzubieten. Sie nahm sie und packte fest zu. So gingen sie schnell weiter. Die Frau bemühte ein Lächeln und winkte ihnen wieder, doch ihr Blick sagte so etwas wie: *Um Gottes willen, holt mich verdammt nochmal hier raus!*

Nachdem Cooper Ana auf den Tieflader gehoben hatte, kletterte er selbst hinauf und begab sich zu der Frau. Er legte sich auf die Ladefläche und sprach durch das halboffene Sonnenverdeck zu ihr: »Ich muss den Laster wegfahren.« Daraufhin stieg er ins Führerhaus, suchte jedoch vergeblich nach einem Schlüssel. Als er den Schalthebel in Leerlauf gebracht hatte, spürte er, wie der Tieflader ins Rollen kam. Er drehte das Rad von dem Kleinwagen weg und sprang hinaus.

»Bleib hier, Ana«, verlangte er.

Es quietschte laut metallisch, als der Laster von dem Auto wegrollte. Dann ging Cooper hinüber und half der Frau heraus. Sie fummelte umständlich herum, ehe die Tür aufging. Als sie sich im Sitz nach vorne beugte, ächzte sie. Ein extrem eindringlicher Geruch stieg Cooper in die Nase; es stank zwar nicht so schlimm wie das faulende Fleisch überall auf dem Highway, war aber trotzdem ziemlich übel.

»Oh mein Gott!« Die Frau wälzte sich aus dem Wagen und verharrte auf allen Vieren, wobei sie abwechselnd schluchzte und lachte. Als Cooper ihr beispringen wollte, berührte er ihre Haut; sie war kalt und trocken. Die Dame litt eindeutig unter Dehydration und fantasierte.

»Ich brauche nur einen Moment«, entschuldigte sie sich. »Hab fast drei Wochen in der Karre gesessen – nein, drei Monate –, ohne Essen oder Wasser. Meine Beine, ich spüre sie nicht mehr. Mein Kopf! Ahhh!«

Sie war definitiv weggetreten. Länger als ein paar Tage hätte sie in dem Wagen nicht überleben können. Cooper war ihrer Lautstärke wegen unwohl zumute; sie plapperte laut, gackerte, heulte und hielt sich den Kopf. Er hatte keine Ahnung, was er mit ihr anstellen sollte. Sie trug keine Schuhe mehr, und ihre Füße waren dunkelblau verfärbt.

»Du solltest dich umdrehen und hinlegen. Das Blut muss zurück in die Beine fließen.« Er legte eine Hand auf ihre Schulter und half ihr dabei, sich auf den Rücken zu legen.

Cooper erhob sich wieder, während sie grunzte und ächzte. Er schaute sich um, aber Gefahr bestand immer noch nicht. Ana stand auf der Ladefläche des Lasters und beobachtete die Umgebung. Cooper nahm eine Einmannpackung und eine Flasche Wasser aus seiner Tasche. Das Essen reichte er Ana. »Jetzt Appetit?«

Dann ließ er sich neben der Lady nieder und öffnete die Wasserflasche. Indem er ihren Kopf stützte, träufelte er ihr etwas daraus in den Mund. Dabei redete er mit ihr.

»Ich bin Cooper, und das ist Ana.«

Die Frau murmelte: »Lisa.«

»Okay, freut mich, dich kennenzulernen.« Er sah nach Ana, die das Dosenbrot und die Konfitüre aus der Feldration verzehrte, während sie skeptisch auf eine Tüte Spaghetti schaute. Der Fruchtriegel war schon verschwunden.

»Das Essen ist richtig gut, oder?«

Lisa meldete sich: »Jede Wette! Ich habe nichts gegessen seit …« Sie verstummte wieder.

Cooper träufelte ihr weiter kleine Mengen der Flüssigkeit ein. Danach stand er auf und ging ein paar Minuten nervös herum. Er wusste nicht, was er als nächstes machen sollte. Er kehrte zu Lisa zurück. Nachdem er eine Tüte Pasta aufgerissen hatte, gab er ihr ein wenig davon.

»Fühlst du dich besser? Du bist so still.«

»Tut mir leid, ich genieße bloß unser romantisches Essen.« Sie zwinkerte ihm zu, obwohl er erkannte, dass sie immer noch Schmerzen hatte.

»Ich bin zu jung für dich.« Cooper schmunzelte und widmete sich ihren Füßen. Er massierte sie, um den Blutfluss anzuregen.

»Wie alt, glaubst du, bin ich?«, fragte sie mit vorgetäuschter Empörung.

»Wie alt, glaubst du, bin ich?«, gab er zurück.

»25.«

Cooper lächelte. »Ich bin 19.«

»Unsinn.«

»Nein, wirklich.« Er sah tatsächlich erwachsener aus, auch weil er so groß war, nicht zu vergessen sein Bart.

»Tja, und ich bin 29. Dumm gelaufen für dich, was?«

Er überlegte sich einen gewieften Konter, als Ana über die Seitenwand der Ladefläche lugte.

»Äh, Cooper, da kommt wer.«

Er fuhr ruckartig hoch und schaute mit dem Fernrohr zurück auf die 101 in Richtung Salinas. Dort bewegte sich ein riesiger Schwarm Toter auf der Straße entlang. Angesichts der Geschwindigkeit, mit der sie dahinzogen, würde es etwa eine Stunde dauern, bis sie die Unfallstelle erreichten.

»Die müssen uns seit Prunedale folgen.« Cooper ließ Lisa noch etwas ausruhen, während er beobachtete, wie die Zombies langsam näherkamen. Währenddessen unterhielten die drei sich. Ana war 17, wie sich herausstellte. Lisa fragte, wie er und Ana aneinandergeraten waren. Cooper berichtete knapp bis zu dem Punkt, an dem er Ana hatte »retten müssen«, erklärte aber nichts Genaueres. Lisa konnte sich den Rest denken, weil ihr Anas schmerzlicher Gesichtsausdruck auffiel. Mehrere Augenblicke lang herrschte Schweigen.

»Wir müssen bald los«, sagte Cooper schlussendlich.

»Wegen der Kranken«, fügte Ana wie selbstverständlich hinzu.

»Ja, und es sind eine Menge von ihnen. Aber uns wird nichts passieren«, versprach er. »Die sind langsam und noch sehr weit weg.« Dann sprang er wieder auf den Asphalt und ging neben Lisa auf die Knie. »Kannst du laufen?«

»Falls sie mit *Kranke* die Toten meint, dann ja, verdammt.«

Cooper musste sich gehörig anstrengen, um ihr auf die Beine zu helfen. Ana versuchte, mit anzupacken, indem sie fest gegen Lisas Gesäß drückte, und grunzte schließlich laut. Ihr Zutun brachte eigentlich nichts, doch Cooper kam nicht umhin, breit zu grinsen. Er hatte Mühe, nicht loszuprusten.

Als Lisa endlich stand, drehte sie sich um und schaute ihm strahlend in die Augen.

»Weil du mir das Leben gerettet hast, werde ich dich wegen deines Grinsens nicht umbringen.«

»Was?« Jetzt brach er in Gelächter aus. »Ich hab doch gar nichts getan!«

Auch Ana grinste. »Du hast gesagt, ich dürfte mich nicht darüber lustig machen, dass sie dick ist.«

»Na, da sagst du was – und lächelst dabei?«

Lisa schmunzelte aber ebenso. »Ihr findet, ich sei dick? Liegt das an der Hose? Das Ding lässt mich so aussehen, richtig?«

Cooper lachte so heftig, dass Tränen an seinen Wangen hinunterliefen. Er bekam kaum noch Luft.

»Nicht fair, nicht fair … Habe nie das Wort *dick* in den Mund genommen«, japste er. »Ihr zwei seid schrecklich, ich lache nicht über dich.« Er zeigte auf Lisa. »Sondern über dich.« Er meinte Ana.

»Okay, okay, wir haben ihn lange genug gefoltert«, sagte Lisa. »Gehen wir, Kindchen.« Sie nahm Anas Hand.

18

Ron hielt sich mit einer Hand fest und hing sprichwörtlich am seidenen Faden. Er schaute von der gähnenden Leere unterhalb zurück zur Ladung des Vans, die verhinderte, dass er sich wieder durch die Tür ziehen konnte. *Scheiße, ich muss versuchen, aufs Dach zu klettern.*

Er baumelte an der Hecktür. Die scharfe Kante des Metallflügels drückte ihm höllisch schmerzhaft ins Fleisch. Er bewegte sich sachte, damit die Metallkante seine Hand nicht zerschnitt. Es gelang ihm, einen Fuß auf die Stoßstange zu stellen, und besseren Halt an der Oberkante der Tür zu finden. Die Toten drängelten sich dicht ans Heck und langten nach Ron. Er bekam einen Stoß Holz zu fassen, das sie auf dem Dach festgezurrt hatten, und betete, dass es sich nicht löste, wenn er daran hinaufzuklettern versuchte.

Als er das geschafft hatte, konnte er sehen, dass eine Metallschwelle am Boden des Vans die Ladung vom Herausfallen abhielt. Er rieb sich seinen aufgeschürften Hals.

»Hey, alles klar bei dir da oben?«, rief Sal besorgt.

»Ja.« Ron wollte die wertvollen Waren retten, besonders nach dem, was sie auf sich genommen hatten, um sie zu besorgen. Er erkannte, dass die Zahl der Toten, die in das Loch purzelten, langsam abnahm. Im Osten wurde der Himmel heller, jeden Augenblick graute der Morgen, und im schwachen Licht sah er, dass die Menge auf dem Parkplatz ausdünnte. Dennoch, rings um den Van lauerten immer noch reichlich Tote, die sich nach ihm ausstreckten oder gegen die Fenster schlugen.

Ron kroch vorsichtig übers Dach, wobei er sich in der Mitte hielt und die Augen keine Sekunde lang von den Toten abwandte, die nur knapp an ihm vorbeigriffen. Er streckte seinen Kopf in der Mitte der Hecktür nach unten, um mit Sal zu sprechen.

»Hey, es werden weniger. Ich glaube, wir können versuchen, den Abgang zu machen.«

»Abgang wohin?«

Ron stellte sich aufs Dach, um den weiten Platz besser überblicken zu können. Der nächstgelegene Fluchtpunkt war das Parkhaus, doch er wollte die Toten nicht wieder dorthin führen. Dann war da noch der Bürokomplex. Die meisten der Toten schienen vom angrenzenden Highway gekommen zu sein. Ron streckte den Kopf wieder in den Van.

»Ich schätze, am sichersten ist es, wenn wir zu den Büros dort drüben gehen. Das wird ein bisschen haarig, aber wir schaffen es bestimmt.«

Sal stimmte zu.

»Bist du bereit?« Ron schaute sich wieder um, während er sich eine Fluchtstrategie zurechtlegte. »Wir brauchen Waffen«, fügte er hinzu.

Ron hörte, wie die Tür aufging, und sah den Kopf seines Mitstreiters. Die Toten knurrten und zischten lauter, während sie ihn angriffen. Dann folgte ein Geräusch, das nur ein platzender Schädel verursachen konnte und ihm schon oft zu Ohren gekommen war. Schließlich stürzte er vom Dach und landete unmittelbar vor einem Toten.

Dieser langte nach ihm, doch Ron trat ihm in den Schritt. Der Zombie fiel rückwärts hin, und diesen kurzen Moment nutzte Ron, um sich den Hammer zu schnappen, den ihm Sal hinhielt. Damit schlug er einer schlurfenden Leiche den Kopf ein, die sich auf ihn stürzen wollte. Sie streckte sich nach ihm aus – das Fleisch von den Armen abgestreift, der Schädel blutig rot, weil ihm die Haut fehlte, und die Hände, fast wie die eines Gerippes, packten Rons Schultern. Der Anblick war grauenhaft, und er schwang den Hammer unbeholfen, sodass er zwar den Schädel zertrümmerte, seinen Gegner aber nicht komplett ausschaltete. Dahinter kamen noch mehr. Ron schlug mit beiden Händen zu, um den Toten loszuwerden, doch der hielt sich fest. Dabei riss ein Arm ab und fiel auf den Boden; der andere blieb an Ron hängen. Die Leiche klapperte mit den Zähnen und bemühte sich, näher mit dem Mund an seinen Hals zu gelangen. Plötzlich aber brach sie zusammen, denn Sal hatte ihr von hinten einen weiteren Schlag gegen den Kopf versetzt. Gleich zwei rückten nach, doch diesmal war Ron bereit und schaltete flugs zuerst einen nackten Mann aus – abermals mit einem Hieb auf den Schädel –, ehe er sich einer Frau widmete, die zu Lebzeiten vermutlich attraktiv gewesen war, jetzt aber ihre heraushängenden Eingeweide zwischen den Beinen spazieren trug. Ihre Brüste waren aufgeschlitzt und hingen als Hautlappen hinunter, sodass man ihre Rippen sah, während sie große Augen machte; anscheinend hatte ihr etwas die Lider abgerissen. Ron fackelte auch mit ihr nicht lange, aber es war noch nicht vorbei.

Zu Sals Füßen lagen schon mehrere Tote. Er stakste in schwarzer Masse herum, die aus ihren Leibern und aufgesprungenen Schädeln quoll. Auch war er über und über mit dickflüssigem, ekelhaftem Schleim besudelt. Mit fast jedem Schlag, den er ausführte, spritzte ihm etwas Nasses ins Gesicht. Er verarbeitete die Zombies so wütend zu Matsch, dass es geradezu Fleisch regnete. Sal brachte jeweils zwei Schädel gleichzeitig zum Bersten – in einer Hand hielt er einen kleinen Fäustel, in der anderen einen Bauhammer.

»So langsam müssen wir abrücken«, sagte Ron, während er einen jungen Mann unschädlich machte.

»Da drüben.« Sal streckte einen bluttriefenden Hammer von sich. Er zeigte auf eine Laderampe. Dort standen mehrere Dinge herum, über die sie aufs Dach des Bürogebäudes steigen konnten.

Nachdem sie das Dach schnell abgesucht hatten, ließen sie sich auf einer flachen Metallkiste nieder. Im zunehmenden Morgenlicht blieben sie ein paar Augenblicke schweigend sitzen.

»Was für eine Nacht«, sagte Ron schließlich, wobei er fast gleichgültig klang und rote Bröckchen von seinen Armen schnippte.

»Ja«, war alles, was Sal entgegnen konnte.

Ron schaute vor sich auf den Boden. »Mann, ich will Donna nicht erzählen, was passiert ist, aber das muss wohl sein.«

Sal erwiderte nichts. Er hörte Ron, hing aber seinen eigenen Gedanken nach. Beide waren erschöpft und wohl auch hungrig, doch Essen musste angesichts der Tatsache warten, dass sie sich mit zerkleinerten Leichenteilen eingesaut hatten.

»Ich habe auch ein schlechtes Gewissen wegen der Sache mit den Bikern.«

»Verstehe. Ich werde dich zu ihnen zurückfahren, damit du dich entschuldigen kannst«, versetzte Sal ausdruckslos.

Ron rang sich ein müdes Lächeln ab. »Ich muss mich bei unserer Gruppe entschuldigen, nicht bei ihnen. Hoffentlich habe ich diesen psychopathischen Abschaum mit meiner Aktion nicht auf unsere Fährte gelockt. Ich finde keine Ruhe, solange ich weiß, dass sie irgendwo da draußen sind. Es gibt kein Rechtssystem und keine Polizei mehr. Sollen wir das selbst in die Hand nehmen?« Ron dachte laut, stellte die Frage aber auch bewusst an Sal. »Ich will nicht ständig hinter mich schauen, mir Sorgen um Donna und die anderen machen müssen, während ich darauf warte, dass wir von der Bande gefunden werden.«

»Du meinst also, wir sollten sie jagen – zuerst finden und töten?«

»Ich weiß nicht, aber früher oder später müssen wir mit ihnen aufräumen. Die anderen sollten alles erfahren. Ich will es Donna zuerst erzählen, und zwar allein. Später weihen wir den Rest der Gruppe ein.«

Sal nickte.

»Dann machen wir uns jetzt besser auf den Weg.«

Er stand auf.

Rings um die Büros war es ruhig. Sie erreichten das Parkhaus binnen kurzer Zeit und nahmen dann eine der Rampen. Irgendwo in der Mitte kamen ihnen die anderen von oben entgegen. Donna wollte Ron umarmen, konnte ihn jedoch trotz der Freude und Erleichterung, ihn zu sehen, nicht anfassen.

»Diesem Kerl verdanke ich mein Leben.«

Ron klopfte Sal auf die Schulter.

Bill und Mary standen etwas abseits der Gruppe. Bill schnitt eine verächtliche Grimasse.

Die Sonne stand hoch am Himmel. Es war kurz vor Mittag. Nachdem sich die beiden Rückkehrer gewaschen hatten, sprach Ron mit Donna unter vier Augen. Sie umarmte ihn mehrmals, während er erzählte, und schlug sich mit einer Hand vor den Mund, als er ihr seine Verletzungen zeigte. Die Unterhaltung dauerte länger als eine Stunde. Sal nutzte die Zeit, um etwas zu essen und ein Nickerchen zu machen.

Später am Nachmittag wachten Sal und Ron, der sich ebenfalls hingelegt hatte, aus ihrem kurzen Schlaf auf. Jeff brach gerade zu einem weiteren Alleingang auf. Bill ließ sich hin und wieder blicken, kam von der Dachebene herunter und verzog sich kurz darauf wieder. Niemand schenkte ihm besondere Beachtung. Irgendwann hielt er inne, baute sich barfuß vor Mary auf und verschränkte seine Arme. Dann bedachte er jedes Mitglied der Gruppe mit einem bösen Blick.

Das fanden die meisten von ihnen merkwürdig. Ron war der Einzige, der ihn ignorierte.

Jeff zog gerne auf eigene Faust los und hielt sich, seit man im Parkhaus untergekommen war, so gut wie gar nicht dort auf. Er kehrte immer mit Taschen und Kisten voller Zeug zurück, das die anderen vor ein Rätsel stellte: Was wollte er damit anstellen? Auf ihre Fragen wich er aus.

Bevor er sich diesmal aufmachte, bat er Sal und Ron um Hilfe. Er wollte zum Gewerbegebiet und brauchte die beiden, um schwere Sachen zu tragen, die man zudem mit dem Van herschaffen musste.

»Ich hole den Wagen, dann entladen wir ihn.« Jeff ging die Auffahrt hinunter. Er hatte sich einen Rucksack über die Schulter gehängt.

»Hör mal, die Mühle steht da drüben auf der Kippe. Ich glaube nicht, dass wir sie zu dritt von dem Loch wegziehen können.«

»Ich meinte auch nicht uns drei, sondern mich. Das heißt: Ich allein.«

»Was?«

Bill verzog geringschätzig sein Gesicht.

Jeff mochte ihn nicht, der Typ war dumm. Er hatte nichts gegen Zeitgenossen, die nicht so gescheit waren, hasste aber jeden, der eine zynische oder negative Einstellung an den Tag legte. Solche Menschen urteilten stets vorschnell über die Vorschläge anderer, brachten aber nie selbst welche hervor. Bill war so ein Typ. Jeff durchschaute, wie der Kerl wirklich tickte.

»Kind, du bist ein Träumer«, rief Bill.

»Natürlich bin ich das.« Jeff drehte sich nicht ganz um, doch sein Tonfall vermittelte den anderen, dass „das Kind" offensichtlich einen Plan hatte. »Ich mach's allein, wartet einfach hier. Bin bald wieder da.«

»Das muss ich sehen.« Ron lief ihm hinterher.

»Ich auch.« Sal folgte ihnen.

»Passt auf euch auf«, rief Mary. Sie betrachtete Sal, der dies nicht bemerkte. Bill hingegen entging es nicht, und er kehrte mit wütender Miene aufs Dach zurück.

***

Als sie den Van erreichten, nahm Jeff ein Stahlseil mit Karabiner an einem Ende aus dem Rucksack, legte es um einen Laternenmast und hakte es ein. Dann ging er zum Wagen, zog ein zweites Seil hervor und befestigte es an einer der Abschleppkupplungen. Zuletzt klappte er die Motorhaube auf und klemmte ein rot-schwarzes Zündkabel an die Batterie. Als er im Rucksack nestelte, ertönte ein elektronisches Sirren, und zum Vorschein kam eine kleine Winde, die nun die beiden Stahlseile strammzog. Wenige Sekunden später hatte Jeff den Van vom Rand des Lochs gezogen. Sal und Ron lächelten beeindruckt.

»Also gut, laden wir das Ding aus, damit wir die anderen Sachen holen können.« Jeff begann, sein Werkzeug wieder einzupacken.

»Hast wohl nicht Däumchen gedreht, was?«, bemerkte Sal und klopfte ihm auf den Rücken.

»Du bist ein toller Hecht.« Ron grinste.

»Das war doch gar nichts«, erwiderte Jeff schmunzelnd. »Ach, und vergesst nicht, Bill auf das Riesenloch anzusprechen, in dem ihr zwei fast gelandet wärt.«

Ron schaute ihn verwirrt an. »Wovon redest du?«

Jeff zuckte mit den Achseln. »Das weiß Bill am besten.«

»Bill hat etwas mit diesem Krater zu tun? Weiß er, wie er entstanden ist?«

»Ja, ganz bestimmt weiß er das, aber ihr müsst ihn selbst fragen. Wir sprechen nicht mehr miteinander.«

Ron grübelte, wie das Loch entstanden sein konnte. Sal sah ihn mit hochgezogener Augenbraue an.

Sie fuhren mit dem Van zurück und die Rampe hinauf. Bill ließ sich nicht blicken. Das ganze Baumaterial wurde ausgeladen, kurz danach fuhren die drei wieder über den weitläufigen Parkplatz.

»Warum sollen wir Bill wegen des Lochs ansprechen?«

Ron saß am Steuer, Jeff hinten.

Der junge Mann schaute aus dem Fenster und blickte angewidert drein. »Er hatte den grandiosen Einfall, den Kanal aufzureißen, um eine Untergrundstraße für Autos daraus zu machen. Ich versuchte, ihm zu erklären, wie Abwassersysteme funktionieren, bin aber eben ein Kind, also was weiß ich schon? Als ich mir die Röhren genauer ansah, erkannte ich, dass sie als Zufluss für einen großen Wasserspeicher unter dem Parkplatz dienen. Ich bemühte mich, ihm begreiflich machen, dass das Kanalgitter, das er ausheben wollte, direkt auf diesem Speicher angebracht war, einer gewaltigen Zisterne gleich. Sie enthält vermutlich Abwasser vom Highway, den Parkplätzen und auch der Rollbahn des Flughafens, aber wie gesagt: Was kann ich schon wissen? Ich bin ja bloß in der Gegend aufgewachsen und habe die Hälfte der Kanäle in San José mit meiner Ubex-Gruppe erkundet.«

»Ubex?«, fragte Ron.

»Urban Exploration, Städteerkundung. Wir suchten all die verlassenen Orte auf und klapperten auch meilenlange Abwasserrohre ab – alles, was uns halt so einfiel.«

»Bill hat also versucht, den Kanal freizulegen, um ihn als Untergrundstraße zu benutzen?« Sal sah ein wenig verwirrt aus. »Er glaubte im Ernst, das wäre eine gute Idee?«

»Anscheinend schon. Ich sagte ihm, er soll warten, bis ihr zwei zurückkommt, doch er meinte, niemandes Erlaubnis zu brauchen.«

Das hörte sich weder für Ron noch für Sal gut an.

»Das Ärgerlichste daran ist, dass er fast den Bagger in dem Loch versenkt hätte. Er ist nur knapp davongekommen.«

»Das Ärgerlichste ist«, wiederholte Sal, »dass immer noch zwei breite Auffahrten hinauf in unser Wohnzimmer führen. Warum hat er sich nicht darum gekümmert?«

»Ah, scheiße«, warf Ron ein. Die Reifen quietschten, als er eine unvermittelte Kehrtwende machte. »Ich glaube, ich weiß jetzt, was mit Bill nicht stimmt. Wir müssen sofort zurück.«

19

Fats konnte kaum mehr gehen, und Jeeter hatte einen Kater, richtig schlimm. Die beiden schleppten sich zurück in den Heimwerkermarkt, zogen die Polster von mehreren Gartenmöbeln, warfen sich Schlaftabletten ein und spülten sie gierig mit verflucht gutem Fusel hinunter, bevor sie in einen tiefen, ungesunden Schlummer fielen.

Banjo fand, sie machten immerzu ordentlich einen drauf, doch Jeeter schien in letzter Zeit lebensmüde geworden zu sein. Er knallte sich dermaßen zu, seit die Welt zur Hölle gefahren war, dass man ihn kaum noch für zurechnungsfähig halten konnte. Er schiss sich in die Hose, vergaß alles und war einfach komplett durch den Wind.

Jeeter hatte schon einen Sprung in der Schüssel gehabt, als sie sich vor fast 20 Jahren kennengelernt hatten, beide im Alter von 15. Damals fand Banjo ihn witzig. Jeeter konnte sowohl in tiefste Depression fallen als auch überschwängliche Hochs erleben – und fuchsteufelswild werden. Er fing grundlos mit jedem Streit an: einer Gruppe Soldaten, einem wehrlosen Spießer und sogar den Bullen. Banjo war der Einzige, der ihn beschwichtigen konnte. Die meisten Menschen fanden seine Gegenwart unerträglich, und ohne Banjo wäre er längst tot oder in einer Anstalt gelandet.

Außerdem war Jeeter abergläubisch, und zwar aber-abergläubisch. Zum Beispiel klopfte er eine Flasche vor jedem Schluck dreimal auf den Tisch, weigerte sich, ohne Schuhe zu schlafen, und musste ständig seine Fliegerbrille tragen. Die hatte er schon öfter verloren und dann keine Ruhe gefunden, bis eine neue zur Hand war. Ferner zog er beim Fahren nie einen Helm an, bestand aber darauf, das Banjo es tat. Des Weiteren beharrte Jeeter darauf, Fats müsste Pillen schlucken, und gab ihm ununterbrochen welche in verschiedenen Farben und Formen und zu unterschiedlichen Tageszeiten. Nicht selten hätte Banjo schwören können, es handle sich bloß um Kaudragees und Bonbons.

Er war seit je der Ausgeglichene, der Aufpasser. Jeeter hingegen war – je nach Geisteszustand – ein großartiger Führer und Entscheidungsfinder. Davon hatte jedoch immer seltener die Rede sein können, und seit dem Untergang der Welt überhaupt nicht mehr.

Folglich musste der Aufpasser Banjo die beiden vor sich selbst schützen. Dieses Problem löste er, indem er sie permanent unter Drogen setzte. Diesmal hatte Banjo seinen Brüdern neben ihren regulären Dosen ein kleines Extra untergejubelt, um sie etwas länger schlafen zu lassen.

Er hatte eine Menge zu erledigen und wollte die Rache hinten anstellen, solange die beiden nicht wieder fit waren.

Nachdem er sicher war, sie außer Gefecht gesetzt zu haben, begann Banjo den Plan für ein postapokalyptisches Utopia nach seinen Vorstellungen umzusetzen – Titty City, wie er es nannte. Dazu begab er sich zuerst auf die Suche nach einem neuen Satz Reifen. Danach würde er weitere existenzielle Notwendigkeiten zusammentragen. Während er durch die Straßen lief, schwang er Old Crow und setzte ihn auch zuweilen ein, um ein paar Totenschädel zu knacken.

Stundenlang war er unterwegs und wich ihnen aus, wenn es zu viele wurden. Er fand Lebensmittel und merkte sich mehrere Spirituosenläden. Einmal stieß er auf ein Grüppchen Menschen, vielleicht eine Familie. Sie verschwanden auf der anderen Straßenseite zwischen Gebäuden, doch er hielt sich nicht weiter mit ihnen auf. Banjo wähnte sich auf einer Mission.

Auf einem Dach machte er die Umrisse mehrerer Personen aus. Anscheinend beobachteten sie ihn. Hinter ihnen stieg eine dicke Säule aus dichtem, grauen Qualm auf. Banjo roch brennendes Holz und gebratenes Fleisch. Sein Magen knurrte laut. *Gib mir was zu essen, Arschloch!* Das Organ rumorte ein paarmal schmerzhaft, doch er ging weiter. *Leck mich, Magen.*

Hinter den unzähligen Fenstern, an denen er vorbeikam, sah Banjo viele Gesichter – teils lebendig, meistens tot.

Er suchte nach den Zutaten für eine gute Zeit, den Grundlagen des Spaßes. Und Spaß bedeutete für ihn vor allem Titten. Er vermisste Tänzerinnen, Stripperinnen, Kellnerinnen und klassische Nutten. Bestimmt lebten noch irgendwo einige von ihnen, und Banjo wusste, an welchem Ort er nach ihnen suchen würde, nachdem er einen Bus, Lastwagen oder Großraumvan – etwas, mit dem sich eine Menge Schlampen befördern ließen – gefunden hatte. Er würde weder Stripperinnen noch Prostituierte je wieder bezahlen, stattdessen wollte er sich seinen eigenen Harem zusammenstellen.

***

Drei Stunden später stand die Sonne tief am Himmel, und Banjo hätte vor Hunger kotzen können, dachte aber nicht im Traum daran, sein Streben nach Beischlaf aufzugeben. Am Rand einer Straße parkte ein Reisebus. Der war verriegelt, was aber kein Problem darstellte, denn kaum ein Ruck mit Old Crow, und Banjo hatte die Tür geöffnet. Er schloss die Zündung kurz und fuhr auf den Innenhof eines großen Appartementkomplexes. Den Bus parkte er so, dass er die Zufahrt blockierte. Die anderen Wege aufs Gelände wurden von abgeschlossenen Toren gesichert, also würden keine Toten hier antanzen.

Banjo machte sich daran, Türen einzutreten und Wohnungen zu durchsuchen. Wo Tote lauerten, brachte er sie zur Strecke. Er suchte so lange, bis er eine Wohnung fand, deren Besitzer noch lebten.

Ein dunkelhäutiger Mann griff Banjo mit einem Küchenmesser an. *Ist das ein Mexikaner? Egal, wenn er nicht schwarz oder weiß ist, kann er nur Mexikaner sein.* Er lachte leise vor sich hin, als er mit Old Crow gegen den hochgehaltenen Arm des Kerls schlug. Der Trottel versuchte, den Schlag abzuwehren, handelte sich so jedoch einen glatten Knochenbruch ein. Er fiel schreiend zu Boden. Aus einem anderen Zimmer drang das Gekreisch einer Frau. Den Typen brachte er durch einen weiteren beherzten Hieb mit Old Crow auf den Kopf zum Schweigen. Dann betrat er ein kleines Wohnzimmer. Die Frau schrie noch lauter, und Banjo geriet in Fahrt.

»Halt die Fresse!«, fuhr er sie an.

Sie saß auf einem Sofa und hielt zwei Kinder fest. Banjo sah sie abfällig an. »Fette, mexikanische Schlampe«, grollte er und wandte sich wieder ab, um zu verschwinden. *Shit, ich mach keine Kinder kalt. Bin doch kein Unmensch.*

Weitere acht Türen, und er war mit dem ersten Gebäude fertig. Es gab noch einige mehr, doch Banjo war müde. Er lehnte sich an ein Balkongeländer. Dieses Unterfangen konnte ewig dauern, aber etwas Besseres fiel ihm nicht ein. Jeeter und Fats träumten hoffentlich immer noch süß.

Im dritten Gebäude – die Sonne ging gerade unter und die Schatten erschwerten sein Vorgehen – fand er eine offene Wohnungstür. Die

Bewohner mussten getürmt sein, als sie ihn kommen hörten. Als er eintrat, stank es nach diesem Dreck, mit dem Inder ihren Fraß würzten. Er ging über den Flur, der in ein kleines Wohnzimmer führte. Darin hockte ein alter Mann vornübergebeugt in einem Sessel. In seinem Kopf steckte ein Hammer, frisches Blut strömte ihm noch übers Gesicht und sammelte sich in seinem Schoß. Offensichtlich hatte die Familie erkannt, dass sie fliehen musste, den Großvater jedoch nicht mitnehmen können und verhindern wollen, dass er dem Fremden zum Opfer fiel, der Türen eintrat und Schädel zertrümmerte.

Banjo stapfte enttäuscht aus dem Raum. All die Mühe, und doch nichts vorzuweisen … Auf dem Balkon blieb er stehen. Es war zu dunkel, um weiter zu machen, also ging er wieder hinein und schob den Riegel der Wohnungstür vor. Nachdem er Old Crow auf die Arbeitsplatte in der Küche gelegt hatte, rauchte er eine. Um die Bude zu lüften, öffnete er die Balkonfenster. Dann schleifte er den Alten hinaus und wuchtete ihn über die Brüstung. Zuletzt ließ er sich aufs Sofa fallen, schob sich seinen zerbeulten Helm ins Gesicht und schlief wie ein Baby.

Als Banjo aufwachte, spürte er kaltes Metall an seiner Kehle. Es fühlte sich an wie die Klinge eines Messers, also rührte er sich nicht. Nach ein paar Augenblicken realisierte er, dass es die Unterkante seines Helms war, der noch auf seinem Gesicht lag. Er zog ihn hinunter und blinzelte gegen die Helligkeit an.

Nachdem er hinuntergegangen war, trat er zur Haustür hinaus und sah sich um. So viele Gebäude … Sie weiterhin auf diese Weise zu durchstöbern, kam ihm zwecklos vor. Damit hätte er Tage zubringen können und wäre doch nur auf fette Mexikanerinnen oder stinkende Inder gestoßen. Während er über den Hof des Komplexes lief, schwang er Old Crow und brannte darauf, etwas damit zu demolieren.

Er setzte sich ans Steuer des Busses, schloss ihn wieder kurz und setzte durch die enge Einfahrt zurück, wobei er mehrere Zombies zerquetschte. Dann lenkte er den Boliden in Richtung seines Lieblings-Stripclubs Pop's.

Das Etablissement befand sich in einem riesigen Bau, den man schon sah, wenn man noch meilenweit entfernt war, ein Stück vom

Highway entfernt auf einem weiten Gelände, das sich über eine Anliegerstraße erreichen ließ. Parkplätze gab es zu allen Seiten in Hülle und Fülle. Dass es Bestrebungen gegeben hatte, das gewaltige Gebäude aus Betonziegeln aufzuhübschen, war augenfällig, doch selbst der dunkelrote Anstrich, die Bäumchen in massiven Pflanzenkästen – ebenfalls aus Beton – und eine Doppeltür mit schmucken Paneelen änderten nichts daran, dass es ein gigantischer Klotz aus Schalsteinen mit so viel Klasse wie eine Hure in schäbiger Hasenfelljacke blieb. Alle Fenster und Türen waren vergittert, um Ein- und wahrscheinlich auch Ausbrüche zu vereiteln. Es handelte sich um ein düsteres, dreckiges, abgelegenes Lokal – der perfekte Stripschuppen für Männer, die geile Bräute und billige Drinks suchten.

Banjo bog mit dem Bus auf den leeren Parkplatz ein und fuhr hinters Gebäude. Obwohl er Pop nie persönlich kennengelernt hatte und sowieso nicht sicher war, ob er überhaupt existierte, kannte er alle anderen hier. Da er zur Stammkundschaft zählte und ein Bandit war, behandelte man ihn wie einen VIP. Der Club war enorm groß, und die Tänzerinnen besaßen Zimmer, in denen sie sowohl wohnten als auch arbeiteten.

Banjo stellte den Motor ab und eilte in der Absicht zum Personaleingang, sich mit Old Crow an den Eisengittern und der Holztür dahinter zu schaffen zu machen, doch diese ging weit auf, bevor er sie erreichte.

»Banjo? Was machst du denn hier – und mit dem Bus?«

Es war Slick, ein dünner, drahtiger Türsteher, der es aber mit aller Welt aufnehmen konnte und dies auch tat, wie er jede Nacht mehrmals bewies. Seinen Spitznamen trug er aufgrund seines langen, fettigen Haars. Es triefte buchstäblich vor irgendwelchem schmierigen Zeug. Slick strahlte, sodass eine Reihe abgebrochener, fleckiger Zähne zwischen seinen dünnen Lippen zum Vorschein kamen, die wiederum von dunklen Stoppeln umgeben waren. »Schieb deinen Arsch rein, Mann. Wir haben Futter hier, falls du hungrig bist.«

»Ausgehungert«, betonte Banjo freudig, während er durch die Hintertür trat.

»Sag schon, wo sind die andern Jungs? Wie seid ihr mit all dem Scheiß klargekommen?« Slick drehte sich wiederholt um, während er sich seinen Weg durch einen Irrgarten aus billiger Täfelung, schmutzigen Teppichen und ausgebleichten Großplakaten mit leicht bekleideten Damen bahnte. Das Gebäude war schon mit Elektrizität ein dämmriger, unheimlicher Ort gewesen, jetzt allerdings völlig finster. Einzig eine Batterielaterne, die Slick hochhielt, erhellte den Flur vor ihnen.

»Uns geht's gut. Wir haben uns in einem mordsmäßigen Baumarkt auf der anderen Seite der Stadt verschanzt. Ich dachte mir, ich mach 'ne Spritztour und seh' bei euch nach dem Rechten.«

»Ziemlich dufte von dir, Mann«, erwiderte Slick, ehe er zwei fatale Fehler beging. Erstens sagte er: »Außer mir sind nur noch Dar und ein paar Girls hier«, zweitens kehrte er Banjo wieder den Rücken zu.

Old Crow ging auf Slicks Murmel nieder. Nachdem er die Laterne aufgehoben hatte, begab sich Banjo zum Büro, wo er zweifelsfrei auf Dar stoßen würde. Der war ein fetter Krüppel und für die Buchhaltung zuständig, bestellte Waren, nahm Anrufe entgegen und ließ hübsche Mädchen auf seiner Flöte spielen – Mädchen, die angeekelt die Lippen schürzen und ihm sagen würden, er solle sich verpissen, hätte er nicht ihre Gehaltschecks unterschrieben und ihnen beträchtliche Boni in Bargeld spendiert. Im Büro war aber niemand, also ging Banjo weiter durch den Flur und die Küche, eher er den Hauptsaal betrat.

Dieser war wiederum sehr groß. Vorn befand sich eine Bühne mit drei Stangen, und an den Seiten gab es mehrere Satellitenpodeste mit je einer Stange in der Mitte. Normalerweise stand das Parkett voller Tische und Stühle, doch die waren nun alle beiseitegeschoben worden. Dar umgab sich mitten im Saal mit acht Mädchen und mehreren Laternen, wie Banjo sie trug. Der Krüppel war nackt und saß in seinem Rollstuhl. Ohne Klamotten sah er noch widerlicher aus. Seine Beine glichen Stöcken mit etwas käsigem Fleisch daran, die unter einem imposanten, mit Pusteln übersäten Wanst hervorstanden. Die Girls trugen Jogginghosen, Laufschuhe und ärmellose Shirts, während sie auf Schlafsäcken lagen oder hockten.

»Ah, Banjo! Willkommen im Thronsaal meines Schlosses.« Dar hielt eine Flasche in einer Hand, deren Inhalt ihn schon ziemlich betrunken gemacht hatte, und winkte mit der anderen. Niemand erkundigte sich nach Slick. Die Mädchen wirkten gelangweilt, ja sogar verdrossen.

»Kommt, Sir Banjo, und kniet nieder, um zum Ritter geschlagen zu werden.«

»Du bist der König?«, fragte Banjo.

»Der einzige wahre, der König der Welt!«

»Und du willst, dass ich vor dir auf die Knie gehe?« Ein nüchterner Mann hätte den ungläubigen Unterton in der Stimme erkannt, in Banjos Starren einen Hinweis auf bevorstehenden Mord.

»Ja, zum Ritterschlag.« Dar wedelte mit seiner Hand in der Luft herum, nahm einen Schluck aus der Flasche und hob den Arm erneut.

Banjo holte in einer flüssigen Bewegung mit Old Crow aus und schlug zu. Dar grinste noch, als seine Schädeldecke nachgab. Eines der Mädchen kiekste leise, die übrigen glotzten den Mann im Rollstuhl mit dem Loch im Kopf an wie einen Salzstreuer auf einem Tisch.

Banjo wandte sich ihnen zu. »Schätze, jetzt bin ich der König.« Er lächelte. »Gehen wir. Packt euren ganzen Krempel und helft mir, den Sprit durch die Hintertür nach draußen zu schaffen.«

»Einen Scheißdreck werden wir!« Das sagte eine Blondine mit einer Menge Holz vor der Hütte – eigentlich passte diese Beschreibung zu den meisten von ihnen. Sie zückte eine Pistole und richtete sie auf Banjo. »Ich gehe nirgendwohin mit dir. Du hast gerade Dar getötet, ganz ohne Grund. Und wo steckt Slick?«

»Bedauerst du wirklich, dass ich ihn eingeschläfert habe?« Blut tropfte von Old Crow, der auf seiner rechten Schulter ruhte.

»Nein, natürlich nicht, aber du bist ein verdammter Mörder. Ich traue dir nicht.«

Als Banjo auf sie zuging, zielte sie genau und spannte den Hahn, bereit zum Feuern. Er blieb stehen und schaute ihr in die Augen. Gerade wollte er sich auf die Blondine stürzen, da kreischte sie, ließ die Waffe fallen und fasste sich ins Gesicht. Eine andere Tänzerin hatte ihr Pfefferspray gezogen und sie damit eingenebelt. Banjo drosch der Blonden Old Crow auf den Kopf und schnappte sich ihre Waffe. Dann lächelte er der Angreiferin zu.

»Wie heißt du?«

»Ich bin Tawny – Milky Way auf der Bühne.«

Auch sie war blond, etwas jünger und draller als die tote Pistolenheldin.

»Nun gut, danke für die Hilfe«, entgegnete Banjo. »Jetzt, Ladys, keine Faxen mehr: Reißt euch zusammen. Tawny, du kommst mit mir.«

Jedes Mädchen nahm so viel Alkohol, wie es tragen konnte, und brachte es hinaus zum Bus. Auf einmal hörte Banjo einen aufheulenden Motor und sah, dass zwei Tänzerinnen mit einem Auto davonfuhren. Er schoss auf sie und traf die Heckscheibe. Der Wagen geriet ins Schlingern, entkam aber.

Jetzt belief sich sein Harem auf nur noch fünf Mädchen, und weniger durften es nicht werden. »In den Bus jetzt! Schluss mit den Dummheiten, oder ich knall euch alle ab.«

Die verbliebenen Girls trotteten gemeinsam mit Tawny hinüber.

»Moment«, unterbrach Banjo.« Zuerst blankziehen!«

Erneut gehorchten alle, ohne mit den Wimpern zu zucken. Tawny schaute ihn fragend an.

»Du auch! Runter mit dem Zwirn – alles!«

Schließlich stiegen sie alle nackt in den Bus. Banjo folgte hinterdrein und schloss die Tür. Dann startete er den Motor und machte sich auf den Weg zurück zum Heimwerkermarkt.

***

Der große Bus rollte gemächlich in Richtung Highway. Die beiden getürmten Tänzerinnen waren mit einem alten Cabriolet unterwegs, das schon bessere Tage gesehen hatte, eine Brünette namens Wendy am Steuer und Sally, eine Blondine, ihre Beifahrerin. Die beiden standen sich nahe, seit Sally Wendy unter ihre Fittiche genommen hatte.

Die Fahrerin beobachtete den Bus und beabsichtigte, ihm mit etwas Abstand zu folgen. Sally saß nach vorne zusammengesunken da, sie blutete aus einer Wunde an ihrer Schulter. Sie durfte froh darüber sein, dass die Kugel glatt durchs Fleisch gegangen und nicht steckengeblieben war und keinen Knochen getroffen hatte. Allerdings musste die Verletzung behandelt werden oder sie würde sich entzünden.

Der Bus fuhr auf den Highway. Wendy war keine große Freundin der Luder gewesen, mit denen sie getanzt hatte, doch während der letzten Tage waren sie keine Stripperinnen mehr gewesen, sondern einander als Menschen begegnet – Schwestern, gewissermaßen wie eine Familie. Sie wusste, selbst Tawny handelte aus Furcht, aber warum hatte sie nicht einfach Banjo ins Gesicht gesprüht? Vielleicht war sie wie viele dieser Frauen so lange erniedrigt worden, dass es ihr Urteilsvermögen trübte, was zur Misshandlung neigende Männer betraf.

»Halt durch, Sally, du schaffst das schon«, bekräftigte Wendy und hoffte, Recht zu behalten.

***

Banjo nahm zusehends Fahrt auf. Er hatte die Schlampen dazu gebracht, sich jeweils weit voneinander wegzusetzen, damit sie keinen Ärger stiften konnten. Er beobachtete sie in dem breiten Rückspiegel über seinem Kopf. Alle schauten aus den Fenstern, an denen sie saßen. Während er die Fahrspur wechselte, musste er zweimal hinschauen. *War das der Van? Ist nicht wahr … Der Bimbo, der unsere Öfen auf dem Gewissen hat, ist also noch im Spiel.*

Er hatte seine Hoffnung auf Rache bereits aufgegeben. Jetzt aber stand ebendieser mitten auf dem Dauerparkplatz des Flughafens, neben einem riesengroßen Loch im Asphalt. Banjo war begeistert, was für ein großartiger Tag! Er hatte seinen Harem gegründet und den gesuchten Van aufgespürt. Jetzt schnell zu den Brüdern zurückkehren, Party machen und dann die Bastarde killen, die ihre Maschinen zerstört hatten.

20

Lisa tat sich wirklich schwer. Die Sonne stand niedrig am Himmel. Sie gingen ungefähr eine Viertelmeile weit, bevor sie anhalten mussten. Lisa zeigte zu der Wohnsiedlung auf der Anhöhe.

»Wir müssen … mein Haus …« Sie war außer Atem und schweißgebadet. Cooper blickte zurück. Noch hatten sie Zeit. Er begann, die Fahrzeuge zu durchsuchen, bis er eines mit steckendem Schlüssel und ohne Zombies fand, das obendrein groß genug für Lisa war, einen Pickup-Truck. Er ließ ihn an und schob den Wagen davor langsam aus dem Weg. Nachdem er auf der Straße zurückgesetzt hatte, stieg er wieder aus. Er ging herum, doch Lisa ließ bereits die Heckklappe hinunter.

»Ich gehe hinten drauf.«

Cooper half ihr, sich auf die Ladefläche zu setzen, woraufhin sie sich mehr oder weniger auf den Rücken legte und rutschte, so weit sie konnte. Ana saß schon im Führerhaus und wartete darauf, dass sie aufbrachen. Cooper fuhr los, den Highway hinauf, wobei er beobachten konnte, wie die Toten hinter ihnen kleiner wurden.

***

Cooper legte ungefähr zwei Meilen auf der Fernstraße zurück, während die Zahl der liegengebliebenen Fahrzeuge ringsum abnahm, bis der Weg frei war. Anscheinend hatte sich der lange Stau aus dem großen Auffahrunfall ergeben. Als sie das Pförtnerhaus erreichten, lenkte er auf den grasbewachsenen Straßenrand ein, überquerte die Zufahrt und hielt sich auf der kurvigen Strecke, die an dem Häuschen vorbeiführte, den Hügel hinauf zu einem zweiten Tor.

Dort fingen ihn drei bewaffnete Männer ab. Lisa stieg schwerfällig von der Ladefläche und trat vor.

»Ich bin es, Jungs.«

Ein älterer Mann lief hinüber und nahm sie in den Arm. Beide strahlten vor Freude. Die anderen beiden nahmen ihre Gewehre zwar nicht herunter, entspannten sich aber sichtlich.

»Ich dachte, du wärst tot! Wir konnten dich nirgendwo finden.«

»Ist eine lange, peinliche Geschichte«, erwiderte sie.

Dann stellte sie ihn Cooper vor: »Das ist mein Nachbar, Mr. Alfred.«

»Danke, dass Sie uns Lisa zurückgebracht haben, nur ziehen Sie all die Toten aus dem Umkreis hinter sich her.« Er zeigte ins Tal, und tatsächlich: Die Zombies, Tausende von ihnen, strömten wie ein träger Fluss aus dunklem Schlamm vom Highway aus über die Wiesen.

»Keine Bange«, beschwichtigte Cooper. »Ich werde sie von hier fortlocken. Kann meine Freundin Ana bei Ihnen bleiben?«

»Nein, ich möchte mit dir kommen«, widersprach sie heftig.

Lisa wandte sich an ihn: »Kommst du zurück, wenn du die Toten abgewimmelt hast?«

»Ich kann es versuchen. Aber vorher muss ich meine Schwester holen.«

Ana war wütend. »Ich wusste, du lügst, genauso wie alle anderen. Du hast mir versprochen, ich müsste nirgends bleiben, wo ich nicht sein will.«

Cooper wusste nicht, was er antworten sollte. »Ich schätze ...«

Lisa schritt ein. »Komm mit mir. Ich habe ein Haus hier, und dort kannst du bleiben.« Sie führte Ana beiseite und sprach leise weiter. Das Mädchen blieb stehen, schaute nach ein paar Augenblicken zu Cooper zurück und winkte. Dann lief sie zu ihm und drückte ihn.

»Vielen Dank«, sagte sie.

»Es könnte ein Weilchen dauern, aber ich werde wiederkommen.«

»Okay.« Sie gab ihm einen Kuss auf die Wange.

Lisa war ebenfalls noch einmal zurückgekommen. »Ich kann dir nicht oft genug danken. Hoffentlich schaffst du es wirklich wieder hierher.«

Sie und Ana hielten einander an den Händen, als er zum Abschied winkte.

***

Als Cooper wieder auf dem Highway war, fing er an, auf die Hupe des Pickups zu drücken und zu schreien. Dann stellte er sich aufs Trittbrett, um nach den Toten zu schauen, die nun allesamt in seine Richtung strömten, fort von der Siedlung. Nachdem er noch ein paar Mal gehupt hatte, rückten sie immer dichter heran. In der Dämmerung konnte er die Leiber hinter sich nur noch vage erkennen.

Der Truck rumpelte im Schneckentempo vorwärts. Cooper musste weiterhin wiederholt anhalten und warten, dass die Zombies aufschlossen. Er benutzte sein Zielfernrohr, um sie zu beobachten, doch es war bereits so finster, dass er sie erst erkannte, als sie sehr nahe waren. Wie viele ihm folgten, konnte er nicht abschätzen.

Nach fast zwei Stunden nahm er an, dass alle Toten von der Wohnsiedlung abgerückt waren. Er fuhr vom Highway ab und im Dunkeln über ein weites, offenes Feld, auf dem nur Gras wuchs, ehe er auf einen breiten Entwässerungsgraben aus Beton stieß. Er hatte gehofft, einen solchen zu finden, weil er in den letzten Tagen schon viele gesehen hatte. Sein Plan sah vor, die Toten hineinzutreiben. Das würde sie aufhalten. Der Kanal war perfekt: breit und tief.

Allerdings musste er sie nicht bloß in die Nähe führen, sondern direkt hinein, was bedeutete, dass er mit dem Truck hinunterfahren musste. Doch das war unmöglich, ohne ihn zu Schrott zu fahren: Die Wände an den Seiten fielen jeweils etwa fünf Fuß ab, bevor das Bett des Grabens zur Mitte hin langsam abflachte. Cooper suchte sich einen dicken Stein und legte ihn auf das Gaspedal in den Fußraum. Dann brachte er den Schalthebel in Fahrstellung, woraufhin der Wagen langsam anrollte. Es krachte laut, als der Truck in den Kanal stürzte. Cooper war froh, nicht mehr drinzusitzen.

Als er hinterhersprang, befürchtete er, dass der Wagen zu stark beschädigt war, doch der ließ sich sofort wieder starten. Erneut hupte er mehrmals. Dann stellte er den Truck ab und lauschte. Nichts zu hören. Er schaltete das Radio ein und suchte den Notfunk; die Tonbandaufnahme einer menschlichen Stimme, die sich ständig wiederholte, schien für seine Zwecke geeignet. Er drehte lauter.

Cooper stieg auf der anderen Seite aus dem Kanal und wartete. Nach kurzer Zeit trug der Wind eine Woge stöhnender Laute heran. Der Geräuschpegel stieg in der Finsternis schnell an, bis alles in einem Brausen aufging, als Tausende Leiber auf den Beton stürzten. Glieder knackten und brachen, Kiefer knirschten beim Aufprall von Schädeln auf Stein. Cooper ging zügig weiter. Der Wind trug den Gestank des Todes hinter ihm her.

Er hoffte sehr, dass sie nicht aus dem Graben steigen konnten. Immerhin hatte er viele Male beobachtet, dass sie Probleme mit Hindernissen hatten, die über Brusthöhe reichten.

Sterne lugten hinter den Wolken hervor. Das wenige Licht war gerade ausreichend, um zu erkennen, wo er sich befand. Cooper ging zurück zum Highway. Alles blieb still. Auf diesem Abschnitt gab es weder Fahrzeuge noch weitere Tote. Er fühlte sich erleichtert. Auf dem festen Grund kam er schneller voran und konnte sich an den weißen Markierungen orientieren. So zog er weiter gen Norden, bis er auf ein fahrbahnüberspannendes Highway-Schild stieß. Sprossen führten daran hinauf zu einem Personensteg, der vor dem Schild verlief. Dort oben und außer Sicht im Dunkeln würde Cooper sicher sein. Da hinauf konnte kein Zombie klettern.

Mitten in der finsteren Nacht, während Cooper hoch über dem Highway 101 lag und fest schlief, fuhr viele Meilen weiter südlich ein anderer Pickup-Truck gen Norden. Er brummte durchs Dunkel, langsam und stetig, während der Fahrer die dicke, schmerzende Beule an seinem Hinterkopf rieb. Er fluchte zwar jedes Mal, wenn er sie berührte, konnte es aber dennoch nicht lassen.

21

»Ich finde es unglaublich, dass du so etwas vergessen konntest.« Jeff schaute aus dem Fenster und runzelte die Stirn.

»Tja, wir sind schon lange befreundet. Er erzählte mir damals auf der Highschool davon – einmal, und danach kam es nie wieder zur Sprache.« Ron bedauerte das Versehen.

»Also, was genau ist er jetzt?« Sal verstand nicht so recht, was Ron gerade von sich gegeben hatte, während er zurück zum Parkhaus raste. »Ein Geisteskranker?«

»Bill erklärte mir in unserem Abschlussjahr, dass ihm paranoide Schizophrenie diagnostiziert worden war, weshalb er begonnen hatte, Medikamente zu nehmen. Ich weiß noch, wir waren ziemlich eng befreundet, und er verschwand einfach so knapp drei Monate lang im Herbst. Als er wieder auftauchte, schilderte er mir, was passiert war. Wie dem auch sei, wir haben nie wieder darüber gesprochen.«

»Also ist er wahnsinnig, na wunderbar«, stöhnte Jeff. »Wirklich, ganz toll.«

»Bist du sicher, dass du dich nicht irrst?« Sal neigte sich zwischen dem Fahrer- und Beifahrersitz nach vorne.

»Na ja, ich denke nicht, dass so etwas einfach so von selbst vorübergeht. Bestimmt braucht er Tabletten und war nicht in der Lage, welche zu besorgen. Wir müssen Mary fragen, was das angeht.«

»Richtig, sie müsste Bescheid wissen«, pflichtete Sal bei.

»Gut, aber warum hat sie bloß nichts dazu gesagt? Man sollte doch meinen, seine Ehefrau würde darauf achten.«

»Nicht unbedingt«, entgegnete Ron. »Möglicherweise hat er es ihr vorenthalten – oder er lügt und tut ihr gegenüber so, als nehme er seine Medikamente weiter. Davon abgesehen sind die meisten paranoiden Schizophrenen nicht gewalttätig.«

»Der schon«, bemerkte Jeff. »Wie lange bist du mit dem Kerl befreundet? Wie oft warst du bei ihm zu Hause, ohne seine Gewaltbereitschaft zu spüren?«

Ron blickte verdutzt drein. »Gewaltbereitschaft? Nein, er ist ein mürrischer Typ und ...«

»Mürrisch? Bist du schwer von Begriff? Er verprügelt seine Frau!«

»Was?« Ron war entsetzt. »Mensch, du kennst ihn doch gar nicht. Fang bloß nicht an, Unsinn über jemanden zu reden, den du ...«

»Ich kenne ihn sehr wohl. Alles, was ich brauchte, um zu erfahren, was ich über ihn wissen musste, waren ein paar Minuten Zeit. Er ist ein Schläger und misshandelt sie. Glaubt mir, ich kenne solche Typen bestens.«

Jeff schob den Ärmel seines Mantels hoch. Sein Arm war übersät mit Narben, die wie verheilte Brandlöcher von Zigaretten aussahen. Nachdem er den Stoff unwirsch zurückgezogen hatte, schaute er wieder nach draußen. »Ich kenne ihn bestens.«

Daraufhin fuhren sie ein paar Minuten schweigend weiter. Jeff hatte noch mehr zu sagen: »Fragt sie nicht, ob sie misshandelt wird, sie wird es leugnen, trägt aber aus gutem Grund einen Rollkragenpullover. Also, ich ahnte, dass er ein Schläger ist, als ich ihn kennenlernte, doch sobald ich seiner Frau begegnete, war mir klar, dass er sie vermöbelt.«

Ron fühlte sich wie ein Idiot. Wie hatte ihm das entgehen können?

Im Parkhaus reagierte niemand auf ihr Lichtzeichen, doch die anderen erwarteten auch nicht, dass sie so früh zurückkehrten. Sie nahmen die Auffahrt in hohem Tempo mit quietschenden Reifen. Als sie oben ankamen, erschraken sie angesichts des Bildes, das sich ihnen dort bot: Bill war nackt und lief schreiend übers Dach des Gebäudes.

Die Männer rannten zu Mary und Donna. Erstere schluchzte, Letztere versuchte, sie zu trösten.

Mary wandte sich an Ron. »Was hat er bloß? Was ist los mit ihm?«

Ron antwortete ihr mit gedämpfter Stimme: »Weißt du nichts von seiner Krankheit?«

Sie schaute ihn völlig verständnislos an.

»Welche Krankheit?«

»Er leidet unter paranoider Schizophrenie, hat er dir das nie gesagt?«

»Was, er ist schizophren? Nein, er meinte nur, er sei depressiv, mehr nicht.«

»Aber er nahm Medikamente und tut es seit jüngster Zeit nicht mehr.«

»Richtig, wir mussten fliehen. Er konnte seine Tabletten nicht finden.«

»Wir müssen ihn ruhigstellen – herausfinden, was er braucht, und zu einer Apotheke fahren.«

Ron schaute besorgt zu Bill.

Mary fürchtete sich. Sie rang ihre Hände und wusste keinen Rat. Noch nie hatte sie Bill in diesem Zustand erlebt. Sie öffnete den Mund, um etwas zu sagen, doch ehe sie dazu kam, brüllte ihr Mann auf und stürzte sich auf Sal.

Sal wusste nicht, wie er reagieren sollte, und wollte ihm den Rücken zudrehen, wie er es früher in Auseinandersetzungen getan hatte, hielt dann aber inne. Stattdessen schlang er die Arme um Bills Oberkörper, sodass dieser sich nicht mehr bewegen konnte. Der Wüterich wehrte sich ein paar Augenblicke lang, bevor er erschlaffte und zu wimmern anfing.

»Du Schwein.« Er meinte Sal. »Du mieses Schwein, du hast sie mir gestohlen. Sie gehört mir, du Wichser.«

Sal ließ los, Bill brach zusammen und rollte sich auf dem Betonboden ein. Mary eilte zu ihm.

»Bill, Bill, bist du in Ordnung?« Als sie neben ihm kniete, sprang er auf, packte sie am Hals und würgte sie so erbittert, dass sie sich innerhalb weniger Sekunden verfärbte. Sie kam nicht einmal zum Schreien.

Sal sprang ihr zu Hilfe, doch er konnte Bills Hand nicht lösen. Mary lief blau an, ihre Augen traten hervor. Sal schlug Bill ins Gesicht, doch auch das bewirkte nichts. Sal wusste weder ein noch aus, während er hektisch an Bills Fingern zog, ohne auch nur einen von ihrer Kehle lösen zu können.

Plötzlich fing Bill an zu zucken, ließ von ihr ab und sackte wieder auf den Boden. Unter ihm breitete sich eine Blutlache aus. Mary fiel rücklings und rang in lauten, stoßartigen Zügen nach Luft. In ihrer rechten Hand hielt sie einen blutverschmierten Bleistift. Bill hatte drei Löcher im Brustkorb, einer ihrer Stiche war anscheinend ins Herz gegangen.

Sal kniete neben Mary nieder. »Was kann ich tun? Was kann ich für dich tun?« Sie hechelte immer noch. Aus ihrer geballten Faust ragte der Stift zwischen Mittel- und Ringfinger hervor.

Ron brachte Mary mit Donnas Hilfe eine Ebene tiefer, während Sal

Bills Leichnam in einen Schlafsack wickelte. Er schloss die Nähte mit Klebeband und legte ihn in ein Treppenhaus.

Als Sal nach unten kam, saßen alle auf Gartenmöbeln und stierten vor sich hin. Etwas weiter hinten im selben Stockwerk hatte Jeff mehrere Tische aufgestellt und bergeweise elektronische Geräte zusammengetragen.

Ron ging zu Sal. »Danke, dass du dich darum gekümmert hast.«

Sal nickte bloß.

»Vielleicht nicht der beste Zeitpunkt, das anzusprechen, aber wir müssen uns dringend um das Parkhaus kümmern. Vielleicht kann sich jemand von uns selbst beibringen, wie man den Bagger bedient. Wir müssen die Auffahrten unbedingt niederreißen.«

»Ich habe mich bereits darum gekümmert.« Das war Jeff. »Die erste Auffahrt ist gleich hinüber.«

Ron und Sal schauten einander an. Sie wollten Jeff gerade fragen, als es erschütternd laut ächzte – ein metallisches Schrillen, dann Stille. Der Junge befand sich schon wieder auf dem Weg zum Treppenhaus. Ron und Sal folgten ihm.

»Warte«, rief Ron. »Was hast du gemacht? Was zur Hölle hast du angestellt?«

22

Jeeter ging durch die riesige Halle, während er darüber nachsann, welcher Tag heute war und wo zum Teufel Banjo steckte. Er erinnerte sich daran, dass etwas vorgefallen war, bei dem ein Schwarzer eine Rolle gespielt hatte, doch ob vergangene Nacht oder viele Tage zuvor, das wollte ihm nicht einfallen. Banjo war angepisst gewesen, sie hatten sich auf ihre Schlitten gesetzt, dann ist irgendein Mist passiert – ein Unfall?

Jeeter kratzte an einer großen Fläche Schorf an seiner Stirn. Seine Rippen waren druckempfindlich, und überall am Leib hatte er Beulen oder Schrammen davongetragen. Kurz fragte er sich, woher sie kommen mochten, schlug sich den Gedanken aber gleich wieder aus dem Kopf. Schon oft war er mit Blessuren aufgewacht, und Banjo war stets zur Stelle gewesen, um ihm zu erzählen, was sich abgespielt hatte, außer damals, als man ihn in den Knast geworfen hatte.

Jeeter griff zu einer offenen Flasche, die irgendeine dunkle Spirituose enthielt, und nuckelte mehrmals daran, um seine Nerven zu beruhigen, während er den Markt durchsuchte. Hier gab es Kartoffelchips, Kekse und Süßwaren. Er pickte sich etwas von dem Schund heraus und kehrte zu den Polstern in der Mitte der Halle zurück. Dort lag Fats, ausgestreckt in einer Lache seiner eigenen Pisse und schnarchte. Er nässte sich immer noch ein, wenn er schlief, doch so war Fats eben.

Jeeter warf das meiste Zeug, das er mitgebracht hatte, vor Fats auf den Boden, damit er es fand, wenn er aufwachte.

Seine eigenen Polster lagen neben mehreren Pfützen Erbrochenem. Vielleicht hatte auch er sich im Schlaf nassgemacht; ja, dessen war er sich sogar sicher. Die Tabletten benebelten ihn immer noch. Er trat die Kissen ein paar Fuß weit von der Kotze weg und ließ sich erneut nieder. Es dauerte nur ein paar Minuten, bis die Welt rings um Jeeter wieder verschwamm und schwarz wurde. Niemand beobachtete, wie sich ein dunkler Kreis im Schritt von Fats' Jeans bildete und weit an seinem Unterleib ausbreitete.

***

Als Jeeter aus einem tiefen Schlaf erwachte und sich hinsetzte, hielt er ein langes Messer in der Hand, obwohl er sich nicht entsinnen konnte, es aus seinem Futteral gezogen zu haben. Irgendetwas hatte ihn geweckt. Blinzelnd blieb er sitzen.

Fats schlief immer noch fest, und der ganze Süßkram, die Kekse und Chips lagen an derselben Stelle wie zuvor. Jeeter stand auf und trat seitlich gegen seinen enormen Wanst, um ihn aufzuwecken. Dabei bemerkte er, dass Fats stank. Es war an der Zeit, dass sie ihn nackig machten, abspritzten und in ein paar neue Klamotten steckten.

Während er zum Vordereingang ging, hörte er ein Brummen. Ein Dieselmotor? Jeeter roch Kraftstoff. Der Motor wurde abgestellt. Ein Zischen von Luftdruckbremsen, dann ein Poltern.

»Hey, ich bin es! Mach auf! Mach auf, Mann!«

Es war Banjo.

Jeeter entriegelte die Metalltür und zog sie weit auf. Davor stand sein Freund mit einer Reihe hübscher, nackter Frauen.

»Bereits für 'ne Party, Bruder?«

Banjo grinste wie der Teufel.

***

Knapp eine Viertelmeile entfernt auf der anderen Straßenseite stand Wendys Wagen hinter einer Reihe Palmen. Die Fahrertür sprang auf, die dralle Brünette stieg aus und schaute sich vorsichtig um. Sie ging zu einem Minimarkt, wo es hoffentlich etwas gab, mit dem sie Sallys Verletzung behandeln und vielleicht ihre Schmerzen lindern konnte.

Eine Stunde später saß Sally wieder aufrecht und redete ein wenig. Sie hatte sich mit rezeptfreien Schmerztabletten vollgepumpt und trank Saft, während Wendy ihr Bestes gab, um ihre Wunde zu säubern. Der Bus parkte weiterhin vor der Halle.

»Wendy, ich hab' Angst.«

»Ich denke, das wird wieder. Die Wunde ist sauber und verbunden.«

»Nein, ich hab' Angst vor dem Absturz. Ich spüre ihn kommen.«

Sally sah wahrhaftig verstört aus. Vielleicht lag es am Drogenentzug. Wendy sorgte sich um sie. Eventuell musste sie Sally anderswohin bringen, damit sie brüllen, schwitzen und sich ausheulen konnte.

»Hey, Spatz, wie viel von dem Zeug lag noch in dem Laden herum?« Sally hatte mit 16 als Tänzerin begonnen und kurz darauf zum ersten Mal gedrückt. »Ich hab' Tar gespritzt.« Sie meinte Black Tar, besonders starkes Heroin aus Mexiko. »Ich hab' große Angst.«

»Ich bleibe bei dir und helfe dir. Die Fresser kommen. Wir müssen ein sicheres Versteck finden, um zu chillen … na ja, nicht chillen …«

»Ich weiß, was du meinst, Herzchen.«

23

Cooper fuhr schreckhaft aus dem Schlaf hoch und war froh, sich mit seinem Gürtel abgesichert zu haben. Er hatte ihn davor bewahrt, von der Plattform zu rollen. Aus dieser Höhe – 25 Fuß – konnte er weit sehen. In dem Wassergraben wimmelte es vor Toten, und keiner schien herausgeklettert zu sein. Sie füllten den Kanal aus, so weit das Auge reichte. Nachdem er hinuntergestiegen war, ging er weiter nach Norden.

Im Hellen legte er ohne Pause viele Meilen zurück, bis er zum Kreuz der Highways 101 und 85 gelangte. Er befand sich nicht weit unterhalb eines großen Ballungsraums, und eine sichere Weiterreise würde sich von hier aus schwierig gestalten.

Die Sonne war fast untergegangen, als er sich einer Wohnsiedlung am Highway näherte. Nachdem er den Highway verlassen hatte, verschaffte er sich vorsichtig einen Überblick. Die Mauer zur Abgrenzung der Trabantenstadt war unvollendet geblieben und brach wenige Häuser vor der Stelle ab, an der er nun stand. Die meisten Gebäude sahen ebenfalls unfertig aus.

Der Wind frischte auf. Vorsichtig schlich Cooper zwischen die Häuser. Gleich die erste Tür, die er überprüfte, ging auf, verfügte jedoch nicht einmal über eine Klinke. Er wollte aber ein Haus finden, das sich absperren ließ, Fenster hatte und unbesetzt war.

Nach einer Weile blieb Cooper unvermittelt stehen. Da war ein Gestank, der ihn wie ein Stein ins Gesicht traf. Der Geruch von Zerfall, von schwärender Verwesung strömte ihm in die Nase. Er trat langsam zurück, drehte sich sachte um und kehrte auf die Straße zum Zentrum der Siedlung zurück. Ihm war bewusst, was er im stinkenden Dunkel wahrscheinlich entdecken würde.

Ein Stück weiter machte er ein Haus aus, dessen Türen und Fenster verriegelt waren. An der Seite eines anderen Gebäudes entdeckte er eine Leiter, die er so leise wie möglich hinübertrug.

Nachdem er eingestiegen war, zog er sie hoch und biss angespannt die Zähne zusammen, da die Leiter etwas klapperte. Dann lauschte er noch eine Weile, doch alles blieb still. Müde streckte er sich auf dem nackten Fußboden eines Zimmers aus und nickte sofort ein.

***

Im ersten Moment dachte Cooper, Regen hätte ihn geweckt, doch das sanfte Prasseln und Klopfen wurde von lautem Stöhnen begleitet. Er schaute verstohlen aus dem Fenster. Leichen drängten sich zwischen den Häusern. Sie hatten ihn umzingelt. Zombies, wohin er blickte. Selbst das weitläufige Gelände zwischen Highway und Siedlung füllte sich mit zuckelnden Leibern. Es mussten Tausende sein. Unten brach Glas, die ersten Scheiben barsten unter dem Andrang.

Vielleicht, so dachte Cooper, konnte er es aussitzen. Er hatte Wasser und fühlte sich relativ sicher, weil er auf den Dachboden steigen konnte, dessen Luke schwer war und sich verriegeln ließ. Auf jeden Fall würde er aber in der Falle hocken.

Davon abgesehen war der Gestank überwältigend. Cooper würde sich nie daran gewöhnen können. Er vermittelte ihm das Gefühl, greifbare Partikel verwesenden Fleisches einzuatmen. Selbst in dem geschlossenen Gebäude war der Geruch unerträglich.

Sein Hantieren mit der Leiter musste die Zombies angelockt haben. Gern wäre Cooper geflüchtet, doch eine andere Möglichkeit, als zu warten, bis die Toten abwanderten, kam ihm nicht in den Sinn.

Da fiel ihm das Offensichtliche ein, was die Leichen anlockte: Lärm. Er musste aus der Distanz Krach schlagen, um sie wegzulocken, und das sollte doch mithilfe seiner schallgedämpften Pistolen machbar sein.

Cooper hatte vier Schachteln Munition zur Hand. Jede enthielt 500 Patronen, dennoch wollte er sie nicht sinnlos vergeuden. Er trat vom Fenster zurück und kniete sich im Raum hin. Dadurch würde man draußen noch weniger hören.

Nun zielte er auf ein Haus, das weit entfernt stand, und drückte ab. Klick. Nichts. Die Zombierotte übertönte alles andere und verhinderte, dass er in irgendeiner Weise feststellen konnte, wo die Patrone eingeschlagen war und ob das genügend Lärm verursachte, sie abzulenken.

Er hielt den Lauf der Pistole ein wenig höher und feuerte erneut. Wieder nichts. Mit dem dritten Schuss zielte er leicht rechts neben das Haus. Diesmal glaubte er, eine kurze Bewegung auf dem Dach erkannt zu haben. War die Patrone dort abgeprallt? Er legte abermals an, noch weiter rechts. Der nächste Schuss fiel … und was er damit ausrichtete, war spektakulär. Die Kugel traf ein breites Flachglasfenster über der Eingangstür des Hauses, und die Scheibe flog heraus. Die Scherben fielen hinunter und zerbrachen weiter, was laut genug war, um die meisten Zombies in der Nähe hellhörig werden zu lassen. Sie stürzten auf das Gebäude zu, woraufhin sich auch die Reihen derer rings um Coopers Unterschlupf lichteten.

Nach ungefähr zehn Minuten lungerten nur noch einige Bummler herum. Cooper lud nach und wartete. Er hatte sich in den Kopf gesetzt, es bis zum Highway zu schaffen, nun da das Gros der Toten anderweitig beschäftigt war. Er hielt beide Pistolen, öffnete die Hintertür und hob die Arme.

Klick, klick. Ein sauberes Loch zeichnete sich in der Stirn einer Frau ab, ehe sie zusammenbrach. Kurz darauf fiel ein Mann mit Anzug ohne Unterkiefer; er hatte kein linkes Auge mehr.

Cooper stand auf der Wiese, die an den Highway grenzte, und hielt seine Waffen immer noch hoch.

Klick. Ein kleiner Junge in schmutzigen Lumpen, die einmal ein Sporttrikot gewesen sein mochten, kippte um.

Klick, klick, klick. Ein dicker, nackter Mann hatte ihn mit seinen ruckartigen Bewegungen erschrocken. Die drei Kugeln schlugen in seinen Kopf. Munitionsverschwendung, das musste Cooper in Zukunft unterlassen.

Klick. Noch ein Schlipsträger mit offenem, über seiner Hose hängendem Hemd klappte zusammen.

Klick. Eine Frau mit Bluse ohne Jackett oder Hose ging zu Boden. Die beiden mussten aus einem Gewerbegebiet in der Nähe gekommen sein.

Der Highway war nahe. Cooper blickte zurück und sah, dass ihm ein paar Fans folgten, aber nicht viele. Er lief weiter durchs Gras und zur Schnellstraße hinunter.

24

»Das waren Schüsse!«

Lisa ermahnte Ana zum Schweigen und drückte ihren Arm. Das Geräusch klang im dunklen Wandschrank gedämpft, aber unmissverständlich. »Eine Flinte, glaube ich. Wir müssen still bleiben. Gut möglich, dass wir lange hier drin stecken werden.«

»Gut«, flüsterte Ana.

Nicht ganz einen Tag nach Coopers Aufbruch hatten die beiden jungen Frauen in Lisas Haus gesessen und sich über ihr Leben vor dem Ausbruch von Euphoria-Z unterhalten. Dann hatten sie erste Schreie gehört. Lisa war hinausgelaufen und schnell wiedergekommen. Sie waren angegriffen worden.

»Du weißt, die werden uns hier entdecken, wenn sie suchen«, flüsterte Ana. »Wir müssen dringend raus.«

Im Schrank war es fast völlig dunkel. Lisa schwieg kurz. »Ich weiß. Du solltest von hier verschwinden.«

»Nicht ohne dich. Komm.« Ana stand auf, öffnete die Tür und schlich ins Zimmer. »Können wir die Siedlung irgendwie heimlich verlassen?«

Lisa raffte sich vom Boden auf. »Ja, auf diese Weise bin ich auch in einem Wagen steckengeblieben und fast gestorben. Ich gebe dir Deckung, geh jetzt.«

Ana ignorierte sie, nahm ihre Hand und zog sie aus dem Zimmer.

Als die beiden durch eine Hintertür nach draußen gingen, hörten sie Rufe von der Straße. Männerstimmen schimpften, befahlen den Anliegern, herauszukommen oder zu sterben wie ihre Nachbarn.

Die Mauer war acht Fuß hoch, was für eine Wohnsiedlung auf einem Hügel übertrieben anmutete. Ana war bereits an einer angelehnten Leiter hinaufgeklettert und saß oben.

»Gib mir deine Hand.« Sie schaute sich beklommen um.

»Ich weiß nicht so recht. Als ich das zuletzt versucht habe, bin ich den ganzen Hang hinuntergerollt und musste mich in einem Auto verstecken.«

Ana blickte die steile Anhöhe hinunter. Sie versuchte verbissen, sich nicht vorzustellen, wie die Dicke da hinab gerollt war, musste aber unwillkürlich schmunzeln. »Jetzt komm, wir haben keine Zeit für Diskussionen.« Sie winkte ihr.

Da nahm Lisa ihre Hand und stieg vorsichtig an der Leiter hoch. Diese knarrte und klapperte, weshalb sich Ana sicher war, jeder im Umkreis von einer Meile könnte es hören. Sie hielt Lisas Hand fest, nicht ohne zu befürchten, von der Mauer gerissen zu werden. Die Ältere schaffte es bis nach oben und setzte sich auf den Stein. Ana hielt die Luft an.

Auf einmal krachte es laut, sodass sie zusammenzuckten, dann aber still sitzenblieben. Herumirrende Lichtkegel von Taschenlampen im Haus näherten sich der Hintertür, und nun stockte ihnen beiden der Atem. Sie hofften, wer auch immer dort kam, würde nicht die Leiter entdecken, die an der Mauer stand. Die Lichter irrten einen Moment umher, ehe sie abdrehten und nicht mehr zu sehen waren.

Danach polterte es im Nachbarhaus, als auch dort die Tür eingetreten wurde. Wie viele Typen waren das? Nahm man Gefangene, oder ging es nur ums Plündern? Die beiden jungen Frauen saßen im Dunkeln auf der Mauer und warteten darauf, dass sich die Fremden weit genug entfernten.

Endlich konnten sie sich rühren. Ana musste sich hinlegen und Lisas Hand halten, um wieder an die Leiter zu gelangen. Sie war zu schwer, um sie mit einer Hand zu heben, doch als Ana sie zu fassen bekam, zogen sie gemeinsam daran und hievten sie über die Mauer. Dann ließen sie sie an der anderen Seite hinunter und stellten fest, dass die Wand außen zwei Fuß tiefer fiel. Unter den gegebenen Umständen machte das einen gewaltigen Unterschied aus. Als sie die Leiter abgestellt hatten, drohte sie, vollends umzukippen. Ana kletterte hinunter, stellte sie stabil auf, und stieg wieder hinauf.

»Du musst zuerst gehen. Ich halte deine Hände und helfe dir nach unten.«

Lisa schaute ängstlich drein. Sie fing an, verneinend den Kopf zu schütteln.

»Schau, du bist schon einmal von dieser Mauer gefallen und den steilen Hang …« Ana unterdrückte einen unbeabsichtigten Lacher.

Lisa fürchtete sich zu sehr, um darauf zu reagieren. »Ich kann nicht.«

»Du musst. Ich warte, bis du heil unten angekommen bist. Willst du, dass die mich schnappen?«

In dem Moment zerschnitt das Donnern einer Flinte die Luft. Ana fuhr auf und stieß einen versehentlichen Schrei aus. Es folgten Rufe weiter unten auf der Straße aus der Richtung des Haupttors. »Wir wissen, dass ihr da seid! Kommt raus!« Der Rufer war laut und klang selbstbewusst.

Eine weitere Stimme ertönte: »Ich weiß, dass ihr hier seid. Ich will nur die mexikanische Schlampe und das Arschloch, mit dem sie sich versteckt.«

Ana riss ihre Augen weit auf. »Wir müssen jetzt abhauen. Das sind die Kerle, die mich vergewaltigen wollten und meine Zieheltern getötet ...« Sie wollte Lisa über die Mauerkante stoßen. Dabei hörten sie eine dritte Stimme, die eine leise Warnung rief, ein alter Mann. Da krachte die Flinte erneut, und er verstummte.

»Wir haben noch mehr hier, die wir kaltmachen können. Ihr seid umzingelt.«

Lisa kämpfte gegen die Tränen an. »Wir müssen gehen und sie retten.«

»Und was dann: Uns vergewaltigen lassen? Denkst du, die lassen irgendjemanden von uns am Leben?«

»Wir müssen etwas unternehmen«, sagte Lisa mit einem Ausdruck reiner Verzweiflung im Gesicht.

»Was? Was können wir unternehmen? Ich habe gesehen, was uns diese Männer antun würden.«

»Also gut!«, dröhnte die Stimme, woraufhin von Blitzen begleitetes Getöse die Nacht erschütterte. Die beiden Flüchtigen waren nun überzeugt davon, dass niemand überlebt hatte.

»Schnell, wir müssen verschwinden!« Ana schob Lisa erneut an. Diesmal sackte sie hinunter und hielt sich fest, ehe sie abrutschte und auf der Leiter zum Stehen kam. Ana packte sie weiterhin an den Handgelenken und bemühte sich, die schwere Frau nicht fallenzulassen. Lisa kletterte mühevoll an der Leiter hinunter, und Ana folgte ihr. Dann schlitterten sie beide im Dunkeln den Hügel hinunter zum Highway. Sie hörten einen Wagen starten, und von rechts hinter ihnen, wo sich das Haupttor befand, kam Licht auf. Ein Pickup-Truck raste die Straße hinunter auf den Highway zu. Er bog nach rechts ab und fuhr somit geradewegs in die Richtung, die auch Cooper eingeschlagen hatte.

»Die sind hinter Cooper her«, erkannte Ana. »Wir müssen ihn warnen.«

»Wie soll das gehen? Dazu müssten wir fahren, was Licht bedeutet und Lärm, womit wir die Toten anlocken würden. Außerdem könnten wir ihn nie vor diesen Typen erreichen. Wie sollen wir ihn also warnen?«

Sie gingen wortlos weiter und beobachteten, wie der Truck langsam im Dunkel verschwand. Das leise Ächzen der Zombies drang von allen Seiten zu ihnen. Ihnen blieben nur wenige Minuten.

»Am besten suchen wir uns trotzdem ein Auto«, schlug Ana vor, während sie sich panisch umschaute. Hier standen nur wenige Fahrzeuge auf dem Highway, und unter diesen war nur eine Handvoll nicht bereits von Toten besetzt. Ein weiteres Problem bestand darin, dass sie keine Zündung kurzschließen konnten. Sie suchten, bis sie auf ein Auto stießen, in dem eine um sich schlagende Tote allein steckte. Es war eine schmächtige Frau in einem Minivan. Im Innenraum sah es nicht so dreckig aus wie in anderen Wagen. Lisa winkte Ana zu sich.

»Ich brauche deine Hilfe«, wisperte sie. »Holen wir sie da raus.«

Ana starrte entsetzt drein. »Was? Sie rausholen, und dann?«

»Na ja, ich hätte da eine Idee, wie wir mit ihr fertig werden können.«

Ana atmete tief ein. »Was soll ich tun?«

Wenige Augenblicke später öffnete sie die Fahrertür, woraufhin die tote Frau eindringlicher stöhnte. Sie kippte aus dem Wagen auf Ana zu, die bereits auf die andere Seite lief. Die Frau stand auf und verfolgte sie. Weitere Tote schleppten sich aus der Dunkelheit heran.

Ana kam zügig um den Van gelaufen. Lisa saß schon auf der Beifahrerseite. Sie versuchte, die Tür zu schließen, konnte aber nicht. Ana warf sich mit voller Wucht dagegen, schaffte es jedoch auch nicht, sie zuzumachen. Sie stockte, die beiden hatten keinen Plan B ersonnen für den Fall, dass so etwas geschehen würde. Lisa passte nicht in den Wagen, doch Ana konnte sie auch nicht hierlassen.

»Mist«, murmelte sie. Gerade als die tote Frau vorne herumkam, stürzte Ana abermals los auf die gegenüberliegende Seite. Während sie am Heck vorbeilief, fielen ihr mindestens drei weitere Zombies auf, die sich näherten. Sie stieg in den Van. Lisa hielt sich am Armaturenbrett fest und hatte Tränen in den Augen. »Ich hätte dich fast umgebracht, weil ich so fett bin, so verflucht fett!«

Sie nahm die Hände zurück und fing an, rückwärts zu rutschen.

»Nein!«, schrie Ana, hielt sie an den Haaren fest und versuchte, sie wieder hereinzuziehen.

»Lass mich los!« Nun weinte Lisa.

»Nein! Ich kann nicht fahren, wenn ich dich festhalten muss, und werde dich nicht loslassen.« Die tote Frau erreichte die Fahrerseite und begann, gegen die Scheibe zu schlagen. Ana sah, wie zwei weitere aus der Dunkelheit auf Lisa zukamen. Sie drehte den Zündschlüssel, der Wagen sprang an. »Was soll ich jetzt machen?«

»Was?«, schrie Lisa. Die Antwort war so offensichtlich, dass es ihr die Sprache verschlug. »Fahr!«

Ana schrie noch lauter: »Wie bringe ich das Ding zum Fahren?«

Schlagartig erkannte Lisa Anas Problem. Die Jüngere konnte gar nicht Autofahren. Lisa streckte eine Hand aus und stellte den Schaltknüppel in Fahrstellung. Als der Van einen Satz vorwärts machte, fing sie an, das Mädchen zu unterweisen. »Dreh das Lenkrad – fester! Drück das rechte Pedal durch – nicht ganz so fest. Auf der Straße bleiben.«

Nach ein paar Augenblicken – Lisa saß immer noch nicht richtig im Wagen – fuhr Ana seitlich aus der Lücke und ein Stück die Straße entlang, bevor sie die Bremse trat. Lisa fand den Hebel an ihrem Sitz und schob ihn ganz zurück. Dann gelang es ihr, sich in die Fahrgastzelle zu zwängen und die Tür zu schließen.

»Also, während ich mir diesen brillanten Plan ausgedacht habe, ist dir nicht eingefallen, mir zu sagen, dass du gar nicht fahren kannst?«

Ana schaute sie von der Seite an. »Und du kannst nicht abschätzen, wenn ein Raum zu eng für dich ist? Wie lange bist du schon übergewichtig?«

Lisa schmunzelte. Ihr Aussehen setzte ihr zu, und Scherze darüber verletzten sie normalerweise zutiefst, doch die stammten meist von fiesen Menschen. Ana wäre ihretwegen fast umgekommen und hatte sie dennoch gerettet – sich geweigert, sie sterben zu lassen. Deshalb durfte sie über ihre Fettleibigkeit lästern so viel sie wollte.

Lisa schüttelte den Kopf und lächelte. »Ich hab' Hunger, sehen wir uns nach einer Raststätte um.«

Sie fuhren auf die Old Monterey Road. Diese verlief über Meilen hinweg mal ganz nahe, mal etwas weiter entfernt parallel zum Highway 101. Nachts, mit ausgeschalteten Scheinwerfern, lernte Ana nun das Autofahren. Dabei behielten sie den Pickup im Auge, der auf dem Highway in Richtung Norden fuhr, und überholten ihn schließlich. Immer noch stellte sich ihnen die Frage, wie sie Cooper finden und warnen sollten.

Sie sahen, wie sich die Scheinwerfer des Trucks langsam über den Highway bewegten. Gelegentlich blieb er stehen und fuhr gleich darauf weiter. Die beiden jungen Frauen hatten einen beträchtlichen Vorsprung.

Unterwegs passierten sie mehrere Blechfriedhöfe, ein paar weitere Tote und einen Hund, den Ana beinahe überfahren hätte. Einige Male musste sie vor größeren Hindernissen bremsen, sodass die Leichen gegen die Scheiben schlugen. Das bereitete ihnen blankes Entsetzen. Selbst wenn sie es kommen sahen, war das Gesicht eines Zombies, der im Dunkeln gegen die Fenster knallte, etwas Gruseliges.

Lisa drehte sich zur Seite und schaute hinaus. Sie konnte nichts erkennen, wollte die Scheibe aber auch nicht herunterlassen. »Vielleicht sollten wir langsamer machen und uns an diesen Typen orientieren.«

»Weiß nicht.« Ana klang skeptisch. »Sicher, wir können dieses Spiel noch eine Zeit lang weiter treiben, aber über kurz oder lang wird etwas schiefgehen. Vielleicht entdecken sie uns, oder uns geht der Sprit aus …«

»Tja, wenn dir was Besseres einfällt, sag Bescheid.«

Sie fuhren noch eine knappe Stunde weiter, bis der Truck anhielt und die Lichter ausschaltete. Die beiden Frauen warteten ein paar lange Minuten.

»Was glaubst du, tun die?« Lisa strengte sich an, etwas zu erkennen, aber vergeblich.

»Keine Ahnung, vielleicht haben sie ihn gefunden.«

Ana schaute sich um, bevor sie den Van verließ. Die frische Nachtluft einzuatmen, tat gut.

»Ich kann sie nicht sehen.« In diesem Augenblick machten sie das untertourige Brummen eines Motors und knirschender Schotter darauf aufmerksam, dass der Truck nahe war. Sie sahen ihn ein paar Hundert Yards entfernt auf der Straße kommen.

»Wir müssen schnell weiter«, drängte Lisa.

»Die jagen uns«, erwiderte Ana, während sie sich wieder ans Steuer setzte.

Sie fuhren los, und der Pickup schien ihnen zu folgen. Seine Scheinwerfer waren wieder eingeschaltet, sodass sie ihn leicht sahen, wohingegen der Fahrer nur schwerlich etwas über die Reichweite seiner Lichter hinaus erkennen konnte.

25

Auf der unteren Ebene des Parkhauses stand Jeff vor einer der zwei Auffahrten. Er war mehrere Minuten lang still, während ihn Ron und Sal argwöhnisch beobachteten. Er verharrte einfach dort und tat nichts. Dann plötzlich drehte er sich um.

»Oh scheiße, die hier werdet ihr brauchen. Das Ding kommt uns gleich entgegen.« Jeff zog zwei Sicherheitsbrillen aus seinen Hosentaschen und reichte sie den beiden. Er schien genauso verrückt zu sein wie Bill.

»Was soll das?«, fragte Sal.

»Warte ab.«

Jeff verschränkte die Arme und lächelte, während er gespannt auf die Rampe schaute.

Er erweckte den Anschein, sie durch Willenskraft einreißen zu wollen, und genau in dem Moment ertönte ein langgezogenes Ächzen, während Staub an den Fugen der Konstruktion hochwirbelte. *Ich werd' nicht mehr, er macht das telepathisch,* dachte Ron. Sal wurde nervös und trat einen Schritt zurück. Es knarrte noch einmal laut, gefolgt von einem erschütternden Donnern und einer Explosion von Staub, der über das Bauwerk waberte.

»Was zum Henker geschieht hier, Jeff?«, rief Ron lauter, als er eigentlich wollte.

»*Oh, ihr Kleingläubigen* … und so weiter«, zitierte Jeff grinsend. »Dauert nicht mehr lange.«

Daraufhin gab die Bausubstanz einen anhaltenden, durchdringenden Seufzer von sich und erzitterte. Dem folgte ein Quietschen von Stahl auf Stahl und zuletzt ein greller, nachhallender Knall, der prompt in ein ohrenbetäubendes Tosen überging, als die Rampe vor ihren Augen zusammenbrach. Der Boden vibrierte wie bei einem Erdbeben, und die beiden Männer wichen zurück. Sal stolperte und fiel rücklings hin. Die Luft war schwer von weißem Staub, der ihnen die Luft und die Sicht raubte. Doch der Wind verwehte ihn rasch.

Hinter Jeff lag nun ein gewaltiger Brocken Beton, wo zuvor die Auffahrt nach oben führte, und 15 Fuß darüber tat sich ein rechteckiges Loch auf.

Jeff johlte und heulte ausgelassen. Der Jungspund hatte sich noch nie so emotional gezeigt. Er tanzte herum und grölte: »Habt ihr das gesehen? Habt ihr diesen Shit gesehen? Yeah, Mann, ich bin der Geilste, der Allergeilste! Sagt's mir, Leute, wer hat's drauf: ich oder ich?« Staubwolken wallten von seiner Kleidung auf. Er hielt inne, weil er husten musste.

»Mensch, das war genial, was?« Er grinste über beide Ohren. »Nächstes Mal müssen wir Masken tragen, ihr wisst schon: die Dinger, die das ganze Gesicht bedecken, die Luft filtern und 'ne Menge Kohle kosten. Ach nein, jetzt gibt's die ja für lau, richtig?«

Sal und Ron klopften sich ab.

»Du hättest uns vorwarnen können.«

»Und die Show ruinieren? Komm schon, Mann, das war das Krasseste, was du je gesehen hast, gib's zu.«

Ron lächelte. »Ja, war es. Tut mir leid, aber vielleicht hat mich die Sache mit Bill runtergezogen. Ihr habt ihn nicht so gut gekannt wie ich. Er war kein schlechter Kerl … na ja, scheiße, eigentlich doch, oder? Ich hätte nie gedacht, dass er Mary verprügelt. Wäre mir das bewusst gewesen …«

»Also, er war nicht mein Freund und ein Arschloch, also vergib mir, wenn ich dich darum bitte, mir diesen Moment nicht zu versauen.« Jeff zog etwas aus den Trümmern. »Brennt ihr Jungs nicht darauf zu erfahren, wie der Große Jeffini diese Rampe abgerissen hat, ohne sie anzurühren?«

»Und ob«, sagten beide gleichzeitig.

Jeff hielt einen von vier hydraulischen Wagenhebern hoch, die er unter der Konstruktion aufgestellt hatte. In Anbetracht ihrer Leistung waren sie erstaunlich klein. »Diese Teile haben den Fuß der Rampe langsam angehoben, sodass sie oben aus ihrer Verankerung gerutscht ist. Dann stürzte sie einfach ein.«

»Wahnsinn.« Sal schüttelte den Kopf. »Ich fühle mich bereits sicherer.«

Sie halfen Jeff dabei, die anderen Werkzeuge aus den Trümmern zu bergen.

»Wie kommen wir wieder nach oben, wenn wir die andere Rampe und die Treppen abgerissen haben?«

»Wir gehen hoch, bevor wir die Heber einschalten. Dann zeige ich euch unser neues Fahrstuhlsystem.«

Ron sah Sal an, und beide schmunzelten.

»Wärst du so nett, uns in deinen Plan einzuweihen?«, bat er. »Vielleicht können wir dabei helfen, denn mal ernsthaft: Das war gefährlich. Beim nächsten Mal sollten wir Bescheid wissen.«

Jeff antwortete nicht, sondern grinste weiter.

Als sie panische Schreie von oben hörten, zuckte Ron zusammen.

»Oh, Mist. Jede Wette, dass sie glauben, wir seien tot?«

Sal kicherte, während Ron seiner Frau beruhigende Worte zurief. Dabei neigte er sich Jeff zu. »Ich schätze, du bist vielleicht zu jung, um das zu begreifen, aber die Ladys werden das nicht halb so cool finden wie wir.« Dann wandte er sich an Ron. »Wir dürfen ihnen nicht sagen, dass er uns fast umgebracht hat, sonst werden sie ihn hassen. Sorry, Kleiner, wir werden ihnen erzählen, dass wir wussten, was los war, und dann die Schelte dafür ausbaden, es vor ihnen verheimlicht zu haben.«

»Du hast Recht.« Ron seufzte. »Sie wird mir den Arsch aufreißen.«

»Das verstehe ich nicht.« Jeff sah erheitert aus. »Wollt ihr mich veräppeln?«

Ron zwinkerte. »Ich verstehe es auch nicht, weiß aber, wie es läuft.« Sal lachte weiter vor sich hin.

Da echote Donnas Stimme herab: »Mein Gott, was ist das denn?«

Sie stand eine Ebene höher am Rand des Lochs, sah verärgert aus und schaute auf Ron. Mary war bei ihr. Auch sie gab vor, wütend zu sein, während sie Sal ansah, der sich wiederum freute, weil es eine Person auf der Welt gab, die sich seinetwegen aufregte. Er strahlte sie an.

Ron warf Jeff einen Blick zu, als wolle er sagen: *Pass gut auf, so geht's.* Dann rief er: »Wir haben bloß diese Auffahrt zerstört, so wie wir es zuvor besprochen hatten. Es dauerte nur ein paar Sekunden, ohne dass wir uns die Finger schmutzig machen mussten. Wollt ihr wissen, wie?«

»Zur Hölle, nein! Vielmehr will ich wissen – und zwar *bevor* es soweit ist –, wann wieder etwas passiert, dass mir eine Scheißangst einjagt und mich denken lässt, mein Ehemann sei tot!«

Donna drehte sich um und ging. Mary folgte ihr.

Jeff nickte. »So langsam wird mir einiges klar, glaube ich.«

Sal lächelte wieder und klopfte ihm auf den Rücken. »Für ein Genie bist du definitiv schwer von Begriff. Was du verstehen musst, ist, dass du es eben nie verstehen wirst.«

***

Eine Horde Infizierter traf ein, nachdem die erste Rampe eingebrochen war, also lockten sie sie mit dem Van weg. Als sie zurückkehrten, stellten sie die Wagenheber wieder auf und rissen die zweite Rampe nieder. Mit den Treppen ging es leicht vonstatten. Die Toten mussten wiederholt vom Parkhaus weggelockt werden, doch bei Sonnenuntergang war es vorüber. Als die letzte Treppe fiel, befanden sie sich auf der zweiten Ebene.

»Jetzt zu unserem neuen Fahrstuhl.« Jeff ging voraus. Er führte die anderen zu einer Stelle, an der es dem Anschein nach nichts Besonderes gab, und blieb stehen.

»Das ist noch provisorisch. Ich gehe davon aus, ihn noch umbauen und verbessern zu müssen, aber wie dem auch sei … passt mal auf.« Er griff hinter einen der äußeren Stützpfeiler und nahm einen breiten Plastikkasten mit Knöpfen hervor. Dieser hing an einem dicken, schwarzen Kabel. Als Jeff einen grünen Knopf drückte, sirrte es leise über ihnen. Ein schwerer Klotz aus Beton geriet in Sicht und senkte sich langsam. Jeff betätigte einen roten Knopf, und das Ding stoppte.

»Also, wie ich schon sagte: provisorisch. Aber ihr erkennt das Potenzial, nicht wahr?«

»Natürlich.« Sal lächelte abermals, während er sich bereits überlegte, wie sich eine Plattform daran befestigen und stabilisieren ließ.

Ron und er hatten die Sache mit den Bikern nicht vergessen, also schwang deren Bedrohung immerzu in ihren Hinterköpfen mit.

Costco war das beste Großhandelskaufhaus überhaupt – groß in jeglicher Hinsicht. Alle hatten dieses riesige, hellerleuchtete Wunderland geliebt. Wer etwas anderes behauptete, war entweder ein Lügner oder dumm. Banjo war ein großer Fan der Kette und sogar Vorzugskunde mit Karte gewesen. Während einer Apokalypse konnte man sich kaum an einem besseren Ort aufhalten als bei Costco.

Folglich lag es nahe, dass sich bereits Menschen dort aufhielten. Banjo erklärte noch einmal seinen Plan für den Fall, dass sie sich mit den derzeitigen Bewohnern ihres neuen Zuhauses auseinandersetzen mussten.

Ein paar Mädchen kamen allmählich runter, sodass sie hibbelig wurden. Banjo hatte, was sie brauchten. Genauer gesagt besaß Jeeter zwei mit so viel Stoff vollgestopfte Satteltaschen, dass sie dafür wenige Wochen zuvor zehnmal lebenslänglich bekommen hätten. Banjo selbst hatte sie gefüllt, nachdem der Dealer ausgeschaltet worden war. Er wusste schon seit Beginn der Katastrophe, dass sich fortan jeder selbst der Nächste sein würde, und hatte sich einen Vorsprung beim Plündern verschafft. Ihm war klar gewesen, welche Güter in einer kaputten Welt schwierig zu beschaffen sein würden; jetzt hatte er zwei davon.

Als er vor Costco ankam, stellte er den Motor ab. Drei Männer mit Gewehren standen auf dem Dach. Banjo ging es alleine an. Jeeter und Fats hatten den Bus zuvor verlassen. Der Anführer war vor lauter „Schneegestöber" völlig von der Rolle. Das Kokain sollte ihm Kraft für seine Mission geben. Fats würde ihm einfach folgen.

Banjo ging auf die beiden breiten Rolltore aus Metall zu und schaute zum Dach hinauf. »Hallo! Hey!«

Da ging eine kleine, ebenfalls metallene Tür rechts daneben einen Spaltbreit auf, gerade so weit, dass ein Armleuchter mit Drahtgestellbrille und Polohemd durchpasste. Alle drei Männer auf dem Dach schauten hinunter, während sie auf den Biker zielten. Der blieb ein paar Yards vorm Eingang stehen.

»Hallo, mein Freund. Ich bin mit ein paar Damen unterwegs, die medizinische Hilfe brauchen.«

»Wir haben hier keinen Arzt. Was fehlt ihnen denn?« Der Trottel blinzelte gegen die Sonne. Drinnen war es wohl dunkel.

»Sie haben Entzugserscheinungen, ist echt kein Pappenstiel. Uns sind die Drogen ausgegangen – eine gute Sache, schätze ich –, aber wir alle flippen langsam aus. Wir brauchen eine Menge Allerwelts- … äh, rezeptfreie Medikamente, um das zu überstehen.« Banjo war entspannt, ließ die Arme locker am Körper herunterhängen.

»Stellen Sie eine Liste zusammen, dann werde ich sehen, was sich machen lässt.«

»Sehr freundlich von Ihnen, Sir.« Banjo schenkte ihm ein Lächeln, jedoch nicht aus Freundlichkeit, sondern in Voraussicht dessen, was er mit ihm anstellen würde. »In der Zwischenzeit möchte ich, dass Sie die Damen kennenlernen. Sie werden erkennen, dass sie harmlos sind, und ihnen vielleicht erlauben, sich frischzumachen, na?«

Als der spießige Typ aufschaute, machte er riesige Augen, denn nun stiegen fünf splitterfasernackte Stripperinnen aus dem Bus. Sie strahlten und winkten den Männern.

Tja, jetzt gibt es auch Ware bei Costco, die nicht auf Paletten gestapelt steht, dachte Banjo. Ob hetero oder homo, Männlein oder Weiblein: eine nackte Blondine zog unweigerlich Aufmerksamkeit auf sich, fünf nackte Blondinen erforderten Aufmerksamkeit. Genaugenommen weckten fünf nackte Blondinen bei jedem heterosexuellen Mann die alte Fleischpeitsche, und mit ihr hatte er es nicht leicht. Sie war grausam und ließ sich, wenn sie einen Energiestoß bekam, der zur Erweckung von Frankensteins Monster gereicht hätte, auch nicht von wütenden Dorfleuten bändigen. Sie setzte sich über Sicherheit, Vernunft, richtig oder falsch, abgegebene Versprechen und vor allem ihren Schwinger hinweg, den besagten heterosexuellen Mann. Wenn die alte Fleischpeitsche knallen wollte, machte sie vor nichts halt.

Banjo sah, dass der Blödmann hetero war, weil er so breit grinste, dass ihm fast die obere Hälfte des Schädels abfiel. Jetzt war die alte Fleischpeitsche am Zug und hatte nur ein Ziel. Der Typ wurde unvorsichtig. Er war so gut wie tot.

Banjo hatte den restlichen Weg zur Tür im Nu zurückgelegt und schlug ihm mitten ins Gesicht. Der Mann wusste gar nicht, wie ihm geschah. Als Banjo durch den Eingang stürmte, schlang er ihm einen

Arm um den Hals, und schon knallte die Tür zu. Die drei auf dem Dach blieben völlig machtlos.

Sekunden später, während sie den Angriff noch verarbeiteten, hörten sie Schritte hinter sich knirschen. Erneut reagierten sie nicht schnell genug.

Fats rempelte einen Mann um und landete auf ihm. Dann langte er ihm ins Gesicht und begann, zu drücken. So wie er ihn hielt, war nicht ersichtlich, ob er versuchte, ihm die Augen auszuquetschen, ihn zu erwürgen oder sein Gesicht abzureißen. In jedem Fall erstickte der Mann.

Jeeter hatte seinen Gegner zur gleichen Zeit erreicht, machte aber kürzeren Prozess mit ihm. Er stieß ihn rücklings vom Dach. Der Sturz aus 35 Fuß, zumal kopfüber, bedeutete den sicheren Tod.

Jeeter fuhr herum, duckte sich und rammte dem dritten Mann eine Schulter in den Bauch, dass ihm die Luft wegblieb. Die beiden rollten mehrere Yards weit, bevor sie auf einem Dachfenster liegenblieben, das laut knackte und riss. Gleich darauf stürzten sie in die Dunkelheit.

Jeeter landete ungefähr 15 Fuß tiefer auf dem Mann. Sie lagen auf dem obersten Boden eines hohen Regals, genauer gesagt auf einem großen Würfel in Plastikfolie gewickelter Konserven. Sein Opfer hatte sich verletzt. Jeeter fing an, ihn kräftig zu treten, bis er von dem hohen Gestell glitt und auf den glänzenden Betonboden plumpste.

Jeeter sprang hinterher und kam neben ihm auf. Diesmal bemerkte er trotz seines überhitzten, aufgeputschten Gehirns, dass ihm der harte Boden beim Landen Schmerzen verursachte. Das hielt ihn aber nicht davon ab, sofort wieder auf den Kerl einzutreten.

Ihm fiel auf, dass er irgendwann zu einer Dose gegriffen haben musste. Sein zeitweiliges, kurzes Hoch ebbte ab. Er betrachtete die Schweinerei auf dem Boden, ließ die blutbesudelte Konserve fallen und begann, durch das düstere Gebäude zu taumeln. Dabei trat er mitten in einen gut ausgeleuchteten Kreis. Ungefähr 30 Menschen starrten ihn an, ehe die meisten kreischend ins Dunkel flohen. Zwei jedoch kamen auf ihn zu und packten ihn an den Armen.

Jeeter wartete einfach in der Annahme, dass seine Kumpel bald auftauchen würden – und tatsächlich: Banjo erschien mit dem Einfaltspinsel, dem er eine Pistole an den Kopf hielt, am Rand des Lichtkreises. Der Kerl blutete aus einer Schnittwunde an der Stirn. Fats folgte kurz darauf, stark schwitzend und völlig außer Atem. Etwa zehn Personen waren stehengeblieben und glotzten sie an.

»Alle herhören!«, bellte Banjo durch die finstere Halle. »Ihr habt 30 Sekunden Zeit, den Laden in Frieden zu verlassen. Sollte danach noch jemand hier sein, schieße ich diesem Penner in die Rübe, dann werden wir euch jagen und genauso niedermachen.«

Einen Moment lang kam im Dunkeln Gemurmel aus allen Ecken, Winkeln und Entfernungen auf. »Ihr könnt uns mal!« und »Okay, okay, wir verschwinden«, »Jeder von euch, wir müssen abhauen« sowie »Hier gibt es genug für uns alle«, und so weiter und so fort.

»Es reicht!«, donnerte Banjo dazwischen. »Ihr alle verlasst das Gebäude und nehmt die Beine in die Hand – sofort!«

Ein lautes Durcheinander brach los: Man hörte die Flüchtigen springen, poltern und trappeln, dazu Erschütterungen, als Gegenstände zu Boden fielen, während das Licht in der Tür vor Schatten, die verzweifelt hinausstürzten, zuckte und tanzte. Auch die Personen zu Füßen der Biker standen auf und flüchteten schnellstmöglich.

Einen Augenblick später trat ein alter Mann ins Licht. »Ich brauche meine Medikamente oder werde sterben.« Er hielt seine Hände hoch, während er seitwärts zu einer Stelle im Kreis ging, an der Klappbetten und Kisten standen. Banjo ließ ihn auch nicht aus den Augen, als er sich eine gelbbraune Tasche schnappte und rasch zurückwich.

»Danke«, sagte er, kurz bevor er im Dunklen verschwand. Fats rückte vor, um dem Alten eins überzuziehen.

Banjo hielt ihn auf. »Nicht, Fats. Er wäre nur eine weitere Leiche, die wir nach draußen schaffen müssten. Lass ihn laufen.«

Der Dicke nickte, woraufhin Banjo die Brillenschlange losließ. »Verpiss dich, Wichser.« Der Mann rannte, wie er es wohl noch nie in seinem Leben getan hatte. Er stürzte durch die Tür ins Tageslicht. Während sich seine Augen daran gewöhnten, hielt er sich beide Arme vor. Was er dann sah, versetzte ihn in lähmende Panik. Verteilt auf dem Parkplatz scharten sich die Infizierten, kauerten bereits über den Leibern der Angehörigen seiner Gruppe. So wie es aussah, war niemand davongekommen.

Vor ihm lag die Leiche eines jungen Mannes, kaum älter als 20, und ein Zombie war gerade dabei, ihm die Haut großflächig abzuziehen, um ans Fleisch zu gelangen. Das begleitende Geräusch – ein Schmatzen, als das Gewebe zerriss – klang nur unerheblich weniger ekelhaft, als der Untote aussah, der die Innereien aus der Brusthöhle wühlte, bis er das Herz fand. Dann setzte er sich hin und fing an, es zu verzehren.

Zu dem Zeitpunkt, da der Mann mit der Brille seine Augen von diesem entsetzlichen Schauspiel losgerissen hatte und aufschaute, kamen bereits viele der Zombies auf ihn zu. Er drehte sich um, doch die Tür war schon wieder geschlossen.

***

Vor die Wahl gestellt, nackt in die tote Stadt zu laufen oder in dem Geschäft zu bleiben und sich besteigen zu lassen, um zu essen zu bekommen, zogen die fünf Mädchen Letzteres vor. An ihrem Leben würde sich dabei wenig ändern. Außerdem hatte Banjo ihnen die Satteltaschen gezeigt, in denen eine Menge Argumente dafür steckten, den Bikern ergeben zu sein.

Einige der Mädchen litten unter Schweißausbrüchen und erbrachen sich. Drinnen führte Banjo sie in einen vergitterten Bereich, wo Coscto einstmals unter Verschluss teure Waren lagerte. Dann sollte jede von ihnen die Arme ausstrecken, um sich eine satte Dosis Black Tar spritzen zu lassen.

Banjo, Fats und Jeeter begannen nun, ihr neues Zuhause einzurichten. Bald brannte ein Feuer in der Mitte des großen Gebäudes. Lebensmittel und Alkohol gab es reichlich. Sie ließen jeweils gleichzeitig eine oder zwei Tänzerinnen heraus. Fats hatte über eine Stunde lang einen großen Plastikeimer Käsebällchen gehalten, der nun leer war. Sowohl seine Hände als auch sein Gesicht glänzten orange, die Brust seines Shirts trug die gleiche Farbe. Banjo schüttelte den Kopf. *Fats, wie er leibt und lebt,* dachte er.

Ihm wurde klar, dass er gar nichts über den fetten Bastard wusste. Jeeter kannte er ziemlich gut, da sie jahrelang gemeinsam Motorrad gefahren waren, doch Fats … Er begleitete die beiden zwar fast schon genauso lange, blieb aber ein Fragezeichen für Banjo. Der nahm es nun gleichgültig hin, weil er vermutete, über einen Typen, der nichts weiter tat, als zu fressen und zu scheißen, gebe es nichts zu erfahren. Fats redete nie. Banjo hatte im Lauf der Jahre ein paar Worte aus seinem Mund gehört, aber eben nur sehr wenige, und die waren noch dämlicher gewesen als erwartet. Strenggenommen hatte der Dicke eigentlich nie darum gebeten, zur Gang zu gehören. Jeeter war eines Tages mit ihm aufgekreuzt und hatte es sich zur Aufgabe gemacht, ihm das Motorradfahren beizubringen. Das Rindvieh hatte bis heute nicht kapiert, wie es funktionierte. Banjo schmunzelte, bevor er sich wieder wichtigeren Dingen widmete.

Er ging in der dämmrigen Geschäftshalle herum. Banjo schaute sich nach Ein- beziehungsweise Ausgängen um, weil er sichergehen wollte, dass alles verriegelt war. Er musste erneut aufbrechen, und Jeeter würde in seiner Abwesenheit ohne Hilfe mit Fats allein sein. Er war überzeugt davon, dass Costco Überlebende wie ein Magnet anzog, und wollte nicht, dass sich irgendjemand in seiner Bleibe breitmachte.

Banjo brannte bereits darauf, zu dem Van zurückzufahren und grausam Vergeltung zu üben. Im Kopf malte er sich den Angriff schon aus: Er wollte Jeeter und Fats mit ein wenig weißem Pulver auf Zack bringen, dann selbst eine Line ziehen und gemeinsam mit den beiden Rache nehmen wie antike Götter. Niemand würde sie aufhalten, sie sollten keine Gnade walten lassen, und Banjos einzige Bedingung lautete: Der Buschmann gehörte ihm. *Alles zu seiner Zeit,* sinnierte er. *Alles zu seiner Zeit.*

Dann riss er sich zusammen. Seinen ruhmreichen Feldzug sparte er sich für später auf. Heute gab es noch viel zu erledigen, also musste er seinen Arsch in Bewegung setzen. Diese Pläne, sollten sie gelingen, würden ihm ermöglichen, es dem Schwarzen und seinen Freunden rasch heimzuzahlen – ein brutales, köstliches Unterfangen.

27

Cooper genoss die freie Fahrt auf dem Highway, obwohl er sich in einer dichtbevölkerten Gegend befand, doch eine 20 Fuß hohe Betonmauer trennte die Fahrbahn von den großen Wohngebieten.

Diese Stadtautobahn war enorm – die größte, auf der er je gefahren war. Sie bestand aus mehreren Spuren mit breiten Randstreifen und einer Leitplanke in der Mitte. Seit er eine Menschenseele gesehen hatte – ob lebendig oder tot –, war eine ganze Weile vergangen.

Am höchsten Punkt einer Überführung hielt er an und schaute sich um. Im Gegensatz zum stillen, leeren Highway gab es mehrere Gegenden mit Legionen von Toten, deren Zahl in die Tausende ging. Cooper hoffte, es vermeiden zu können, sich mit einer solchen Vielzahl auseinandersetzen zu müssen. Um sich einen genaueren Überblick zu verschaffen, zückte er wieder sein Fernrohr.

Die Zombies schienen sich rings um ein zentrales Gebiet zu tummeln und zu den Rändern dieses Kreises hin auszudünnen. Es gab Anzeichen mehrerer größerer Brandherde, die jedoch erloschen waren.

Auf einigen Dächern hatten Überlebende Spuren hinterlassen, insbesondere mit ›HILFE‹ beschriebene Schilder. Während Cooper den Blick durch die Umgebung schweifen ließ, machte er unzählige Gesichter aus, doch eines veranlasste ihn zum Zurückschwenken, weil er zu erkennen glaubte, dass es einer lebenden Person gehörte.

Als er das Rohr herunternahm, schüttelte er langsam den Kopf und seufzte frustriert. Es war Lisa, die ungefähr eine Viertelmeile vom Highway entfernt in einem Minivan saß, umringt von unzähligen Toten. *Falls wir das hier überleben, können wir irgendwann vielleicht über diese Geschichte lachen,* dachte er.

Er lief weiter – fast eine Viertelmeile, um zurück zur Straße zu gelangen. Am Fuß der Brücke befand sich direkt am Highway ein großer, eingezäunter Parkplatz, auf dem etwa ein Dutzend Notfallfahrzeuge standen. Cooper wollte nachsehen, ob er eines davon für Lisas Rettung nutzen könnte. Zunächst stöberte er ein breites Stück Pappe auf. Das brauchte er, um über den hohen Zaun zu steigen, der oben mit gerolltem Stacheldraht verstärkt war.

Sobald er auf dem Platz stand, begann er, die Wagen nacheinander zu untersuchen. Es handelte sich um schwere Kleinlaster für den Sanitätsdienst. Er hatte einige von ihnen überprüft – alle abgeschlossen –, bis er daran dachte, nach den Schlüsseln im Gebäude zu suchen. Er zog seinen Schlagstock aus, um eine Fensterscheibe einzuschlagen, doch das war ein kläglicher Versuch. Die Scheibe bestand aus dickem Sekuritglas mit eingefasstem Drahtgeflecht. Also probierte er es mit einer Pistole. Dazu stellte er sich schräg ans Fenster, damit die Kugel nicht auf ihn zurückprallte, zog seine Kapuze hoch, drehte den Kopf beiseite und schloss die Augen. Drei Schüsse gab er ab, bis er hörte, dass Scherben zu Boden fielen.

Schließlich trat er gegen die Scheibe, woraufhin weitere Splitter auf den Boden klirrten, allerdings blieb das Sicherheitsnetz intakt. Er trat fester zu, aber der Draht hielt stand. Das frustrierte Cooper, ehe ihm das Multifunktionswerkzeug aus dem Waffengeschäft wieder einfiel. Binnen weniger Sekunden hatte er den Draht damit durchschnitten und kletterte ins Gebäude. Die Schlüssel der Fahrzeuge hingen an Haken hinter einer Theke.

Nach Verlassen des Büros, stieß er auf die wandelnde Leiche eines Wächters. Dieser torkelte auf ihn zu, doch Cooper hatte genügend Zeit, um erneut seinen Schlagstock zu zücken und ihm den Schädel zu zertrümmern. Während der Tote stürzte, bemerkte Cooper einen fetten Wachmann, der sich ihm näherte. Er sprang in einen Wagen und startete ihn. Der Bolide erwachte mit einem tiefen Brummen zum Leben. Als der dicke Wächter das laute Geräusch hörte, stand er gerade vor dem Wagen und drehte sich zur Windschutzscheibe um.

»Sorry, Sportsfreund«, sagte Cooper, legte den Schaltknüppel in Fahrstellung und gab Gas. Das Fahrzeug machte einen Satz nach vorne, woraufhin der Fettklops unter die Räder geriet.

Nachdem Cooper die Hauptstraße erreicht hatte, die unter der Brücke durchführte, bog er nach rechts ab. Bald fräste er sich durch ein Meer aus Leibern. Das *Plock-Plock-Plock* von Schädeln krachte gegen die Motorhaube. Dass er die Zombies überrollte, machte sich in dem schweren Vehikel kaum bemerkbar.

Cooper musste nach einer Weile langsamer fahren, da der Andrang zunahm. Plättete er mehrere Untote auf einmal, wurde es unangenehm holprig, und die Reifen drehten durch. Während die Zahl der Zombies wuchs, kamen ihm Bedenken, er könnte es vielleicht nicht bis zu Lisa zu schaffen und sich selbst in eine ähnliche Zwangslage bugsieren. Dennoch kämpfte er sich weiter vor, so behutsam wie möglich.

Diese Strategie behielt er bei, bis er die Kreuzung erreichte, an der Lisa stand. Sie machte ein bestürztes und gleichzeitig erleichtertes Gesicht, während sie Cooper winkte. Er fuhr möglichst dicht neben dem Minivan vor und ließ seine Scheibe herunter. Die Toten konnten sich zwar nicht zwischen die beiden Wagen zwängen, brachten sie aber zum Wackeln.

Lisa öffnete ihr Fenster zur Hälfte. »Wir sind hier, um dich zu retten«, rief sie freudestrahlend. Ana saß am Steuer und winkte ihm.

Cooper schmunzelte bloß. Nachdem er sich den Minivan angeschaut hatte, wusste er, dass er die beiden nicht sicher herausholen konnte, solange sie auf der Kreuzung standen.

»Passt auf, ich werde eure Kiste von hier wegschieben. Seht euch nach einer Stelle um, an der ihr gefahrlos aussteigen könnt. Ich habe aber noch keine Ahnung, wie das klappen soll.«

»Ich weiß was«, bemerkte Ana. »Fang schon mal an, uns zu schieben.«

Cooper setzte mit dem Krankenwagen zurück, um sich genau hinter den Van zu stellen. Ein paar Zombies wollten nicht weichen, also wurden sie vorm Kühler eingequetscht, während er schob. Sie schienen nicht wahrzunehmen, dass sie erdrückt wurden. Der kraftvolle Motor hatte keine Schwierigkeiten damit, das kleinere Fahrzeug zu bewegen.

Ana passte jeweils die Richtung an, während Cooper sie mehrere Häuserblocks weit schob. Dann lenkte sie in eine Tankstelleneinfahrt ein und steuerte eine Waschanlage an. Sie verschwand darin, während Cooper schnell ans andere Ende fuhr, ehe die Toten dort hingelangten.

Die beiden Frauen kamen heraus, gerade als er eine der Hecktüren aufstieß. Da stöhnte ein Zombie sehr nahe. Er kam um die Ecke der Waschanlage und steuerte direkt auf Lisa zu.

Ein Arm schnellte an ihr vorbei, und der Schädel der Leiche klaffte in der Mitte auf. Ein Brocken verwesenden Fleisches klatschte gegen ihre Wange.

»Das war zu knapp«, sagte sie, als sie sich Cooper zukehrte.

»Ja, er hätte dich beinahe erwischt.«

»Nein, ich meinte, das war zu knapp.« Lisa zeigte auf die Hirnmasse an ihrer Wange. »Zu dicht an meinem Mund.«

Ana brachte einem breiten Streifen Stoff aus dem Krankenwagen. Diesen gab sie Lisa, damit sie sich das Gesicht abwischen konnte. Cooper nahm einen Zipfel zur Hand, säuberte seinen Schlagstock und schob ihn wieder zusammen. Zwei weitere Zombies erschienen hinter der Waschanlage.

»Verdammt, wofür hab' ich das Ding jetzt sauber gemacht?« Er zog den Schlagstock wieder auseinander, knöpfte sich einen stämmigen Schwarzen vor und drosch auf dessen Kopf. Der Kerl kippte um wie ein Kegel. Sogleich schwenkte er mit seiner Waffe zur kleineren der zwei dreckigen Gestalten um. Der Stock traf deren Schädel mit einem lauten Knall, brach ihn aber nicht auf. Der Zombie näherte sich weiter. Cooper war sich so sicher gewesen, ihn zu fällen, dass er gar nicht auf den Angriff gefasst war.

Die Tote packte seine Schultern. Diese Biester waren verblüffend stark. Cooper hatte zu wenig Platz, um den Stock zu benutzen oder den Zombie wegzutreten, also drückte er mit beiden Händen gegen seinen Brustkorb. Er hörte es krachen, während sein Gegner fester zerrte und sich bemühte, seinen Mund dichter an die verführerische Mahlzeit zu führen.

Unverhofft gaben seine Rippen nach, sodass Coopers Hände im Hohlraum der Brust verschwanden. Er spürte die rauen Bruchstellen der Knochen, während die Organe über seine Finger glitschten und schwarze Flüssigkeit an seinen Armen herunterströmte. Die Tote drängte weiter, war nur wenige Zoll von seinem Gesicht entfernt, zischte und klapperte mit dem Gebiss. Cooper bemerkte mit Schrecken, dass er gleich die Rippen am Rücken durchstoßen würde.

Plötzlich erschlaffte die Tote und sackte auf dem Boden zusammen. Cooper wich zurück. Lisa hielt eine seiner Pistolen in der Hand und ließ sie wieder fallen, sodass sie an ihrem Gurt baumelte. »Da kommen noch mehr. Wir müssen abhauen.«

Sie stiegen in den Wagen. Cooper nahm auf dem Fahrersitz Platz und griff zum Lenkrad. »Danke, dass du mir das Leben gerettet hast«, sagte er zu Lisa, während er das Fahrzeug zurück in Richtung 101 manövrierte.

»Ich war dir etwas schuldig, bin ich noch immer.«

Ein paar Minuten später fuhren sie auf eine weitere Überführung zu. Sie kamen nur beschwerlich voran, weil die Zahl der Toten wuchs. Langsam drückte Cooper sie beiseite, nicht ohne immer noch viele zu überfahren. Auf einmal blieb er stehen und schaltete den Motor ab.

»Was hast du vor?«, fragte Ana.

»Ich dachte, ich hätte was gehört – einen Motor, Motorräder vielleicht.« Sie blieben still sitzen. Während sie lauschten, begannen die Toten, sich von ihnen zu entfernen, um zum Highway zu ziehen.

Nach wenigen Augenblicken hörten sie ein Brummen aus der Ferne. Während es anschwoll, wurden die Zombies unruhiger. Sie strömten auf den Lärm zu.

Das Brummen ging von mehreren Motorrädern aus, die den Highway herunterrasten. Die Toten liefen direkt auf das Geräusch zu. Während sie zwischen die Gebäude drängten und verschwanden, wartete Cooper noch etwas, bis die Luft rein war. Dann betätigte er die Zündung erneut. Wenige Tote drehten sich wieder um, doch das Röhren zog die Mehrheit von ihnen stärker an.

Cooper nutzte die Gelegenheit und sie setzten sich einige Meilen weit ab. An einem großen Geschäftspark hielt er an. Hier waren keine Toten zu sehen und keine Motorräder mehr zu hören. Nachdem er den Motor ausgeschaltet hatte, blieben sie eine Weile ruhig sitzen und horchten. Alles war still.

»Was jetzt?« Ana schaute sich um. Sie glaubte noch nicht, dass sie sicher waren.

Cooper kratzte sich am Kinn. »Ich denke, wir sollten über Nacht hierbleiben – uns ausruhen und entscheiden, was wir als nächstes tun.«

Seine Begleiterinnen pflichteten ihm bei.

»Was mir vorschwebt, wird euch allerdings nicht gefallen. Es wird hart sein, aber notwendig, schätze ich.«

28

Abel Tugerson – Tug für alles und jeden, seit er sich erinnern konnte – stand auf der Ladefläche eines völlig zerbeulten Pickups, der langsam über den Highway 101 rollte. Die Karosserie war mit fauligem Fleisch und Streifen übelriechender Körpersäfte überzogen.

Tug hatte Gesellschaft. Jim, sein Arschloch von Cousin, fuhr mit ihm auf der Ladefläche, und eine Armee von Toten folgte ihnen in einer langen Schlange die Fernstraße hinunter. Sie fuhren dem Kerl hinterher, der Tug bewusstlos geschlagen hatte. Jim rieb ihm ständig unter die Nase, wie der Typ ihn überwältigt hatte, weil er so fett und träge war; zudem bleibe ihm, um Sex zu haben, nichts anderes übrig, als kleine mexikanische Mädchen zu entführen. Tug hatte die Schnauze voll.

Sein anderer Cousin, Jims Bruder Mike, saß hinterm Steuer des Trucks. Tug und Jim benutzten ein Billardqueue beziehungsweise einen Baseballschläger, um Köpfe weichzuklopfen, und tranken Bier aus gestapelten Paletten. Jim wollte das Queue, weshalb er es Tug aus der Hand riss. So etwas tat er andauernd. Wenn er etwas wollte, entwendete er es Tug.

Was diesen am meisten ärgerte, war die Tatsache, dass er zuvor versucht hatte, Jim begreiflich zu machen, der Schläger sei nicht so gut wie das Queue. Jetzt könnte jeder von ihnen eins haben! Es war länger und packte man es am dünneren Ende an, ließ sich damit beträchtlicher Schaden anrichten – wie schwer genau, das wusste Tug aus Erfahrung. Er konnte es kaum erwarten, die Spitze ein wenig zu kürzen und ein Loch für eine Schlaufe hineinzubohren, damit es nicht aus seinen schwitzenden Händen glitt; vielleicht umwickelte er es sogar mit Klebeband als Griff.

Jim stand am Heck des Wagens und lachte, während er abwechselnd aus einer Bierdose in seiner Linken trank und mit dem Queue Schlagübungen vollführte, das er in der anderen Hand hielt. Tug hatte es aufgegeben, Spaß haben zu wollen, weil der Schläger, den zu gebrauchen er gezwungen war, eine zu geringe Reichweite besaß und Jim die gesamte Ladefläche für sich in Anspruch nahm. Immer wieder ermahnte er Tug dazu, ihm Platz zu machen. Der wiederum musste sich ansehen, wie sein Verwandter johlte und grölte. Irgendwann wurde Tug seiner überdrüssig und stieß ihn einfach mit beiden Händen an – kräftig. Er grinste, während er dabei zuschaute, wie Jim vom Pickup stürzte und mit dem Gesicht auf dem rauen Asphalt landete.

Dort blieb er nur eine Sekunde benommen liegen, ehe er wieder aufsprang. Er sah so ängstlich und verwirrt aus, dass Tug laut lachen musste. Jims Zähne waren abgebrochen, und er hatte sich das Gesicht aufgeschürft. Blut floss über die Brust des dämlichen Westernhemds, das er immer trug, das eine mit all den tuntigen Nähten und weibischen Mustern. Er trug es die ganze Zeit, als halte er sich für einen Cowboy statt den erbärmlichen Laufburschen, der die Regale bei Walmart aufgefüllt hatte, wenn ihm mal ein paar Stunden zugefallen waren. Tug konnte nicht mit dem Lachen aufhören. Er hörte, wie Mike aus dem Führerhaus rief: »Tug? Tug, du verfluchter Idiot, was ist da los?«

»Nichts, alles bestens!«, heiserte er zurück, doch dann hielt der Wagen an, und die Fahrertür sprang auf.

»Stuss. Tug, du Arschloch, was hast du ausgefressen?« Mike lief zurück, um Jim zu helfen, dem es gelungen war, das Queue von der Straße aufzuheben. Damit versuchte er nun, die Zombies zu schlagen, die auf ihn zutorkelten. Sein Bruder rammte einem die Faust ins Gesicht. Die Rotte umzingelte die beiden bereits.

»Tug, hilf uns, du Wichser!«, rief Mike.

Jim schrie trotz seines ramponierten Kiefers und blutüberströmten Gesichts.

»Was, er hat dich geschubst?«, fragte Mike mit schriller Stimme. »Ich bring dich um, Tug, du fettes Schwein! Dir haben sie doch ins Gehirn geschissen – du bist tot!«

Tug schaute zu – quietschvergnügt –, während der Kampf zwischen seinen beiden elenden Vettern und der Heerschar der Toten weiter wütete. Die Männer waren es gewohnt, sich Rücken an Rücken zur Wehr zu setzen, da sie ständig Streit bekamen. Nun wichen sie zum Pickup zurück. Tug sprang von der Ladefläche und stieg vorne ein. Dann legte er den Rückwärtsgang ein und trat aufs Gas.

Ein weiterer Zankapfel: Seine Cousins ließen ihn nie fahren, und dabei gehörte der Truck ihm! Jim knallte mit Wucht gegen den Wagen und fiel wieder hin. Mike wich zur Seite aus und sprang hinten auf. Als Tug Vollgas gab, hielt er sich fest. Die Paletten rutschten hinunter, warme Bierdosen explodierten auf dem Asphalt.

Mike blickte zurück und brüllte den Namen seines Bruders in einem derart qualvollen Tonfall, dass Tug wusste, die Toten hatten ihn erwischt. Gleich darauf drehte sich Mike zum Führerhaus um. Er war fürchterlich wütend, doch das veranlasste Tug bloß zum Wiehern. Er riss das Steuer hin und her, doch Mike hielt sich weiter fest. Dann kam ihm eine Idee.

Er bremste, setzte erneut zurück und fuhr auf den Pulk der Leichen zu. Mike hämmerte aufs Dach des Führerhauses. Er versuchte, das hintere Fenster einzutreten, doch die Toten streckten sich schon über die Ladefläche aus und griffen nach seinen Beinen. Nachdem er sich aufs Dach des Führerhauses gerettet hatte, konnte Tug hören, wie er jammerte und ihn anbettelte: »Schon gut, Tug! Alles ist wieder okay! Fahr uns langsam hier raus und lass mich einsteigen! Ich weiß, es war ein Unfall. Lass mich rein!«

Doch Tug rührte keinen Finger und antwortete auch nicht.

»Tug! Du Dreckschwein! Bitte! Bitte! Tug, bitte mach das nicht!«

Tug erinnerte sich daran, wie er Mike und Jim unzählige Male bekniet hatte, ihn zu verschonen, wenn sie ihren Schabernack mit ihm trieben. Seit er denken konnte, waren sie nie nett zu ihm gewesen. Dies im Hinterkopf schaute er noch einmal nach, um sich zu vergewissern, dass der Schalthebel auf R zeigte, und trat das Pedal voll durch.

Durch die Windschutzscheibe sah er eine Staubwolke und den Körper seines Cousins vom Dach vor den Wagen fliegen. Tug bremste wieder. Als sich die Wolke senkte, sah er Mike, der nun versuchte, auf einem Bein hüpfend die Straße hinunterzukommen. Nachdem er den Hebel in Fahrstellung gebracht hatte, gab er abermals Gas. Beim Versuch, den Asphalt zu verlassen, stürzte Mike. Während er sich mit Mühe aufraffte, fuhr Tug ihn an. Er wollte ihn nicht töten, sondern so weit anschlagen, dass die Toten ihn einholen konnten. Er setzte erneut zurück, und blieb dann stehen, um zuzuschauen.

Mehrere Zombies gingen auf Mike zu, dem es schwerfiel, sich aufzurichten. Er stand schon halb, als er wieder zusammenbrach. Mike fing an zu schreien. Diese Schreie wurden immer schriller, als die Toten ihn mit ihren kalten, rauen Händen packten und ihre zersplitterten, spitzen Zähne in sein Fleisch rammten. Bald herrschte wieder Stille.

***

Nach Sonnenaufgang stand Tug breitbeinig auf der Haube des Wagens, während er beobachtete, wie ihm die Armee der Toten folgte. Sein schmutziges T-Shirt war hochgerutscht und entblößte einen käsigen Bauch, der über seinen Gürtel schwappte. Sein pockennarbiges, unrasiertes Gesicht glich einer merkwürdig vergnügten Maske.

Die Wichser lassen nicht locker, dachte er.

Tug war nicht spitzfindig genug, um zu erkennen, was die Leichen dazu bewog, hinter ihm herzuziehen. Er hatte herausgefunden, wie man ihnen recht schnell den Garaus machen konnte. Selbst sein unsäglich schwerfälliger Geist – träge wie ein Lavastrom – begriff die Tatsache, dass ein zertrümmerter Schädel sie davon abhielt, jemanden beißen zu wollen.

Als er die Beule an seinem Hinterkopf rieb, stieß ihn der dumpfe Schmerz darauf, wie sehr er das Arschloch hasste, das ihm seine Braut weggenommen hatte. Er würde den Kerl in Stücke reißen. Bei dieser Vorstellung schmunzelte er. Er würde den Lutscher niederschlagen und ihn zum Zuschauen nötigen, während er den Tag der Toten mit dieser Latinoschlampe feierte.

Tug setzte sich hin und rutschte von der Haube des Trucks. Dann ging er der nahenden Horde entgegen.

Bis jetzt war er nicht in der Lage gewesen, all seinen finsteren Hass hinauszulassen. Er holte weit nach dem ersten Stinkbeutel aus, einem Schwanzgesicht mit Anzug, der sich wahrscheinlich das Stehlen von anderer Leute Geld zum Beruf gemacht hatte, traf aber nicht richtig, sondern nur den Kiefer statt die Kopfseite. Dabei flog der Knochen trudelnd davon, woraufhin die Zunge des Typen aus der Mundhöhle hing. Tug glotzte verdattert.

»Ui! Ha, ha. Du Dreckskerl, das war nicht gut!« Er schwang das Queue wieder. Der Schädel knackte, und der Körper fiel um.

Tug ging ein paar Schritte weiter zu irgendeiner alten Fotze, die in ihrem Bademantel herumwandelte. Ihre langen, hässlichen Titten ließen ihn schaudern. Sie sah aus wie seine Oma, wenn er sie aus dem Badezimmerschrank beim Waschen beobachtet hatte. Oh, wie er verprügelt worden war, als sie ihn gefunden hatte … Sie hatte sich nicht einmal angezogen, sondern Tug einfach die Hose heruntergezogen und ihn geschlagen. Während ihm ordentlich der Hintern versohlt worden war, hatte er an ihren Schamhaaren gelegen.

Dann war da eine schwarze Frau, so richtig fett. Er hoffte, mit dem Queue durch ihren dicken Kopf zu kommen. Sein Opa hatte ihm erzählt, diese Schwarzen hätten besonders stabile Knochen.

Er nahm sich weitere Zombies zur Brust, Mexikaner, die einst jeden Job angenommen hatten, den auch Tug hätte verrichten können. Reisfresser sah er auch, und die waren ihm genauso verhasst. Die Liste der Gründe dafür hatte er nicht ganz so fix parat wie jene für Schwarze und Latinos, doch ihre Köpfe mit dem Queue zu bearbeiten, gefiel ihm im gleichen Maße.

Viele Weiße zählten letztlich auch dazu, Männer im feinen Zwirn, die sich für etwas Besseres als Tug gehalten hatten, und eingebildete Frauen, die ihn auf der Straße nicht eines Blickes gewürdigt hätten.

»Schau mich jetzt an, Schlampe!«, bellte Tug, als er seine Waffe zielgenau auf dem Kopf einer Dame niedersausen ließ, deren Uniform genauso aussah wie ein Männeranzug. Sie ging mit einer Delle im Kopf zu Boden, wobei ein paar Zähne auf den Asphalt fielen, begleitet von Klickgeräuschen. Manchmal, wenn er eine Sekunde Zeit hatte, stampfte er mit dem Fuß auf die Schädel, um zu spüren, wie sie unter ihm nachgaben und brachen.

So ging es immer weiter. Er hatte eine ganze Menge erledigt, bevor seine Arme ermüdeten. Dann versuchte er eine Weile, den Spaß mit Beinarbeit fortzusetzen. Er trat einer fetten Lady in den Bauch und beobachtete, wie sie sich, nachdem sie hingefallen war, wieder aufzuraffen suchte. Mann, die Apokalypse war ein mordsmäßiger Spaß!

Irgendwann war er das Spielchen leid und kehrte zum Wagen zurück. Außerdem wurden es allmählich zu viele tote Wichser, um mit ihnen fertigzuwerden. Na ja, sie im Rückwärtsgang zu überfahren oder umzustoßen, bereitete ihm ebenfalls Freude.

Tug startete den Motor und nahm einen kräftigen Schluck warmes Bier aus einer Dose. Mehrere Paletten hatte er auf dem Beifahrersitz gestapelt. Dann rülpste er und fuhr los.

Dieser Arsch musste gefunden werden, also musste er weiter. Er hieß Cooper und wollte nach San José, wie ihm der alte Mann sagte, bevor er ihm die Murmel sauber von den Schultern geblasen hatte … nun ja, nicht ganz, denn der untere Teil des Schädels war übriggeblieben.

Der Pickup schien eine Menge Sprit zu verbrauchen. Tug stellte fest, dass er oft an Tankstellen halten musste. Zuweilen musste er querfeldein oder über Golfplätze fahren, um zu ihnen zu gelangen. Nachts war es am ärgerlichsten, wenn er keine andere Wahl hatte, als im Dunklen über unebenes Gelände zu holpern, um eine andere Straße zu erreichen. Dennoch setzte er seine Reise unentwegt fort. Bis er den Typen schnappte, war es nur eine Frage der Zeit, und wenn es soweit war, würde er auf dessen Arme und Beine einprügeln, bis die Knochen wie Glas zersprangen.

Während er so vorankam, blieb er wiederholt stehen, um zu spielen, wenn ihm der Sinn danach stand. Allmählich beschlich ihn das Bedürfnis, die Suche nach dem Kerl aufzugeben, der ihn niedergeschlagen hatte, und etwas anderes zu tun. Eine kurze Zeit später jedoch entdeckte er ihn gleich am Rande des Highways, wo er gerade in eine Wohnsiedlung ging. Tug hätte ihn nicht bemerkt, wäre er nur wenige Sekunden vorher vorbeigekommen.

Wohin der Typ wollte, konnte er nicht sehen, doch da er zu Fuß war, fuhr Tug noch ein Stückchen weiter, ehe er die Schnellstraße verließ und den Truck hinter der Ziegelmauer versteckte, die das Wohngebiet umgab. Dann betrat er es von der entgegengesetzten Seite in der Absicht, sein Opfer entweder abzufangen oder dessen Unterschlupf für die Nacht ausfindig zu machen. Schon glaubte er, auf ihn gestoßen zu sein, da er jemanden hinter dem Fenster eines Hauses vorbeigehen sah. Er öffnete die Tür und schlich hinein, wurde aber von drei toten Pennern attackiert. Sein Queue besiegelte ihr Ende. Als er danach zum Eingang zurückkehrte, stellte er fest, dass ihm noch viel mehr Bastarde an den Kragen wollten. Tug schloss die Tür und ging nach oben. Er schaute sich um. Hier gab es nichts zu holen, weshalb er aus dem

Fenster blickte. Drecksäcke überall, und das mitten in der Nacht. Da er müde war, legte er sich auf ein Bett und schlief ein.

Ein Klirren, als Glas zerbrach, schreckte ihn wieder auf. Während sein Verstand in Zeitlupe wach wurde und ihn aus den Abgründen heraufholte, die er im Schlaf erkundet hatte, blieb er liegen und starrte an die Decke. Dann fiel ihm ein, dass er ja Lärm gehört hatte, und wälzte sich von der Matratze, um ans Fenster zu trotten.

Da draußen waren Hunderte untoter Mistviecher und umzingelten ihn – mehr als vergangene Nacht. Und es kamen noch weitere auf ihn zu! Ihm drängte sich die Frage auf, wie er das Haus verlassen sollte. Dann sah er den Typen auf dem Highway, der wieder seiner Wege ging. Er musste das Glas kaputtgemacht und die Aufmerksamkeit der Toten auf Tug gelenkt haben, um ihn auszuschalten. Von anderen übertölpelt zu werden, konnte Tug nicht ausstehen, was auch der Grund dafür war, dass er die meisten Menschen hasste. Nun musste er warten, bis die Zombies verschwanden.

Stunden später fürchtete er sich. Er hatte keine Ahnung, was er unternehmen sollte. Die Zombies waren geblieben. In diesem Haus sterben zu müssen, war ihm ein Gräuel. Auch machte er sich Sorgen um seinen Pickup. Was, wenn der Typ ihn fand und mitnahm?

Als die Sonne unterging, war Tug nach Heulen zumute. Er hatte den ganzen Tag darauf vergeudet, in der Wohnung herumzugehen, nach den Toten zu schauen und sich um etwas Schlaf zu bemühen. So ganz kapierte er nicht, wie diese Dinger tickten, weshalb er jedes Mal, wenn er durchs Haus polterte, um nach etwas zu essen zu suchen, ihre Aufmerksamkeit auf sich zog, indem er Türen und Schränke aufriss und zuknallte.

Im Dunkeln allein in der Bude auszuharren, bereitete ihm Unbehagen. In seinem Truck zu sitzen oder auf einer Straße entlangzugehen, das wäre Tug recht gewesen, doch das Haus fand er furchtbar.

Als er nach unten ging und in der Küche suchte, stieß er auf eine Kiste mit Wein. Davon soff er eine ganze Menge. Hinterher legte er sich in einem der oberen Zimmer auf ein Bett mit rosafarbenen Zierborden und schlummerte wie ein Baby.

Am nächsten Tag war Tug unsagbar frustriert. Das Meer der Toten erstreckte sich zu allen Seiten, so weit das Auge reichte. Er brüllte aus einem der Fenster im Obergeschoss, sie sollten sich »zum Teufel von hier verpissen!«, das brachte jedoch nichts – außer vielleicht, dass sie noch rasender wurden.

Er legte sich wieder auf das rosa Bett, schnupperte an einer Handvoll Seidenunterwäsche und zerbrach sich den Kopf.

Tug war derart tief in Gedanken versunken, dass er das Rumpeln zunächst nicht registrierte. Als es sich aber zu einem Brausen entwickelte, kehrte er schlagartig in die Gegenwart zurück. Er kannte den Lärm, lief zum Fenster und sah einen Schwertransporter über den Highway rollen. Das Beste daran war der Umstand, dass nun alle Toten aus der Siedlung strömten, um ihm zu folgen. Tug eilte nach unten und zur Hintertür hinaus. Nach wenigen Minuten erreichte er seinen Truck und machte sich wieder auf den Weg.

29

Das Clubhaus der Wild Savages war ein schmutziger, alter Betonsteinklotz in einem abseitigen Winkel von Oakland in Kalifornien. Der doppelstöckige Kasten lag durch drei unbebaute Grundstücke abgesondert von den anderen Gebäuden in der Umgebung. Das Ganze umgab ein hoher Maschendrahtzaun, über den Stacheldrahtspiralen gespannt waren. Überwachungskameras ließen keinen Zoll des Geländes unbewacht. Früher hatten Kampfhunde auf dem Hof aufgepasst, doch eigentlich war es vor allem das riesige Banner mit den Erkennungsfarben der Gang über dem Eingang gewesen, das ihr in der Vergangenheit zur Sicherheit gereicht hatte.

Jetzt sah der Bunker fast wie niedergebrannt aus. Über allen Fenstern, Türen und Luftablässen zeichneten sich schwarze Dreiecke aus Ruß ab. Ein Teil der Fassade war versengt, und die Vordertür bestand aus einer provisorischen Spanplatte. In dem imposanten Zaun fehlte ein breites Stück, das herausgerissen worden war, und auf dem Hof lag ein verbogenes Motorrad. Zur Mitte hin lag am Ende eines langen roten Streifens eine Leiche mit einer Lederweste, anderswo lagen zwei tote Hunde.

In den Nachwehen der orgiastischen Phase der Virusepidemie blieb Oakland ein Trümmerfeld, auf dessen Straßen es vor Zombies wimmelte. Die einst mächtige Motorradbande war zerschlagen, da nur noch vier Mitglieder lebten: Acid, Jack, Weed und Muscle. Jeder Angehörige der Savages hatte seinen Namen anhand eines für ihn entscheidenden Lebensereignisses, Gegenstandes oder Wesenszugs gewählt – mit Hinblick auf etwas Wichtiges, Bedeutsames für ihn. Der Hauptgrund dafür war, die Verwendung bürgerlicher Namen einzuschränken, was es Gesetzeshütern – theoretisch – erschwert hätte, sie mithilfe von Wanzen oder sichergestellten Schriftstücken zu identifizieren. Alle Clubunterlagen und Korrespondenzen enthielten nur Mitgliedsnamen ohne Bezug zu den wirklichen oder überhaupt irgendeiner Identität. Außerdem klang es cooler, Muscle genannt zu werden, weil man erfolgreicher Bodybuilder gewesen war (egal wie weit dies in der Vergangenheit lag oder wie viele Pfunde sich seitdem angehäuft hatten), statt Marvin, wie man laut Geburtsurkunde hieß.

Sie verschanzten sich schon seit vielen Tagen im Clubhaus. Ihr Hunger war groß und die Moral am Boden. Als sie irgendwo in der Ferne das laute Röhren eines Motorrads hörten, schöpften sie Hoffnung, einer ihrer Bikerbrüder käme, um sie herauszuholen. Alle Versuche, die sie bisher unternommen hatten, um dem von Toten umzingelten Haus zu entfliehen, waren gescheitert. Auf den Straßen in der Umgebung hätten sie sich nicht vor Zombies retten können. Viele der Zombies waren Wild Savages, also ihre Waffenbrüder, Kumpels und Verflossenen.

Sie hörten, wie die Maschine aufdrehte und weiterfuhr. Doch auch die Toten verzogen sich allmählich. Die Straßen leerten sich, weshalb die Biker in Betracht zogen, noch einmal den Versuch zu wagen, Reißaus zu nehmen. Plötzlich klopfte es laut an der Tür.

Als sie nachschauten, sahen sie ein Mitglied einer verfeindeten Gang, einen Satan's Angel. Die Angels hatten sich geweigert, die Farben der Savages anzunehmen, zogen mit ihren eigenen Rückenaufnähern über die Highways von Kalifornien und machten Ansprüche auf den Bundesstaat als ihr Territorium geltend. Einige Savages hatten sie ausgelacht, anderen waren sie verhasst gewesen. Die vier Übriggebliebenen nun hegten gemischte Gefühle. Die einen sehnten sich danach, die eingetroffene Hilfe in Anspruch zu nehmen, die anderen argwöhnten, der Rivale wäre hier, um die Savages zu demütigen.

Anscheinend hatte der Angel jedoch die Toten weggelockt. Er klappte seine Weste auf, um zu zeigen, dass er keine Waffe bei sich trug. Der Anführer des Quartetts war jetzt Jack, der aufgrund seiner Vorliebe für Jack Daniel's so hieß. Er öffnete die Tür.

»Banjo! Ein Feind vor den Toren, was ist aus dieser Welt geworden?« Jack war ein muskulöser Kerl mit zahlreichen Tätowierungen und einem braunen Schopf dichter, kurzer Haare, die zum Hochstehen neigten.

»Sie ist untergegangen?«, antwortete Banjo grinsend.

»Willst du ein pisswarmes Bier?« Das fragte Acid. Seine einfallsreiche Namenswahl beruhte auf seinem ausschweifenden LSD-Konsum.

»Nö, unten im Süden – ist eine Stunde bis dorthin – haben wir selbst kaltes. Ich wollte mal nach euch Jungs schauen, also wie viele ihr noch seid. Mir kommt es ziemlich dämlich vor, weiter verfeindet zu bleiben, wo die Welt doch in einem so jämmerlichen Zustand ist.«

Alle nickten, obwohl sie nicht überzeugt wirkten. Die Männer wechselten misstrauische Blicke.

»Seht mal, ich weiß, zwischen uns kocht seit Ewigkeiten böses Blut, aber wir alle wissen, dass dieser Quatsch eine Sache von Jeeter und Bud war. Wie ich jetzt sehe, ist Bud nicht hier, und Jeeter hat sich so heftig die Kante gegeben, dass ihn nichts mehr kratzt. Versteht mich nicht falsch, ich werde ihm nicht untreu – nach wie vor würde ich für ihn töten – aber er wird mir in dieser Angelegenheit zustimmen. Was ich damit sagen will, ist Folgendes: Dieser Motorradclub-Unsinn bedeutet überhaupt nichts mehr. Alles, was man auf dieser Welt jetzt noch tun kann, ist Partys feiern.«

»Werdet ihr Penner dann auch den Kalifornien-Aufnäher von euren Kutten nehmen?«, fragte Muscle.

Jack winkte ab. »Muscle, er spricht die Wahrheit. Es gibt kein Kalifornien mehr, das wir zu unserem Land ausrufen könnten, also scheiß auf die Kutten. Hör mal, Banjo, ich weiß es zu schätzen, dass du so auf uns zukommst. Hierherzukommen muss die Hölle gewesen sein, darauf wette ich. Lass uns beratschlagen, danach geben wir dir Bescheid. Bis dahin kannst du dich ausruhen und bedienen. Was du findest, gehört dir.«

Banjo sah sich um. Dass es hier nichts Nützliches gab, war augenfällig, doch die Einladung und der Umstand, dass sie ihn unbewacht im Clubhaus sitzen ließen, waren sichere Belege dafür, dass man ihn willkommen hieß und für vertrauenswürdig hielt.

Eine halbe Stunde später betraten die Vier den Raum wieder. »Wir haben ohne Gegenstimme beschlossen, unsere Sachen zu packen und mitzukommen. Übrigens sind wir übereingekommen, den Club offiziell aufzulösen, nur damit das klar ist.« Jack ließ den Blick rasch über die Gesichter der Männer schweifen. »Wir sind keine Gang mehr. Das Gleiche würde ich gerne von den Angels hören. Meiner Meinung nach sollten wir die ganzen Regeln und Gesetze verwerfen und als heiterer Haufen Biker zusammenleben, die feiern bis zum Umfallen. Davon abgesehen würde ich vorschlagen, wir alle behalten unsere Kutten aus Respekt und als Andenken.«

Muscle trat vor, ein stämmiger Glatzkopf mit dicken Armen und ansehnlichem Wanst. »Ich verzieh mich, solange ich noch kann. Danke für die Offerte, aber ich habe eine Familie da draußen, die ich finden muss.« Er packte und umarmte Banjo herzlich, ein Zeichen für Akzeptanz, Loyalität und Vertrauen unter den Bikern.

Banjo klopfte ihm auf den Rücken und trat dann zurück. »Danke, Bruder.«

Weed, der wiederum so hieß, weil er in seinem Leben vermutlich Hunderte Pfund Gras geraucht hatte, nahm Banjo gleichfalls in den Arm, bevor er sprach. Für einen Biker war er alt – Mitte 60 – und spindeldürr. Die Tätowierungen und Narben, die seinen Körper übersäten, zeugten von einem langen, harten Leben, das er teilweise hinter Gittern verbracht hatte. Er besaß einen langen, grauen Bart, ebensolches Haar und nur noch sehr wenige Zähne. »Ja, danke fürs Angebot, doch ich finde es falsch, einen Bruder hier zurückzulassen, damit er sich alleine durchschlägt. Deshalb gehe ich mit Muscle, aber vielleicht schauen wir eines Tages bei euch vorbei.«

»Das hoffe ich doch schwer, Bruder«, erwiderte Banjo.

Weed zog einen fetten Joint und einen Butangas-Anzünder aus seiner Weste. Während er den Dübel ansteckte, redete er weiter: »Ich bin schon lange dabei und habe eine Menge Scheiße erlebt. Für mich war es schon immer dumm, dass sich Minderheiten gegenseitig die Köpfe einschlagen. Danke dafür, dass du den ersten Schritt gemacht hast, Bruder Banjo.« Er nahm einen kräftigen Zug, um die Glut an der Spitze der Zigarette anzufachen, und hielt sie dann Banjo vor.

Der nahm sie entgegen, als Jack eine Hand leicht anhob, um ihn aufzuhalten. »Banano.« Damit wies er ihn darauf hin, dass der Joint mit Kokain versetzt war.

Weed atmete möglichst wenig Qualm aus, während er fortfuhr:

»Sorry, Mann, hab' ich vergessen.« Er hielt weiter den Atem an, um den Kick auszukosten.

Banjo zog trotzdem an dem Joint. »Kein Problem, das kann ich gebrauchen, danke.«

Er inhalierte lange, sodass die Spitze rot aufglühte und sichtbar um einen Viertelzoll abbrannte. Weed lächelte und beglückwünschte ihn mit einem hochgehaltenen Daumen.

Nach einem langen Augenblick hauchte Banjo die Luft aus. Während er sprach, strömte ihm der Qualm aus dem Mund und den Nasenlöchern. »Ich bin froh, dass ihr Jungs mich begleitet. Gemeinsam sind wir stark, und da draußen treiben sich noch viele Arschlöcher herum. Wartet nur, bis ihr seht, was wir am Laufen haben. Dann versteht ihr, warum ich es teilen und behüten will.«

***

Banjo hatte einen Pickup kurzgeschlossen, um zum Clubhaus der Savages zu fahren, nachdem das lärmige Motorrad Geschichte war. Muscle und Weed verließen das Gelände zuerst, um sich nach Norden zu schlagen.

»Wo ist dein Bike, Banjo?«, fragte Jack, als er mit einem schwarzen Kleidersack aus dem Clubhaus kam und diesen auf die Ladefläche des Wagens wuchtete.

»Da draußen stehen mehr Bikes herum, als wir zählen können. Lasst uns gemeinsam mit dem Truck fahren und uns die Mühlen ansehen, nachdem wir unser Fort angesteuert haben.«

Acid wollte seine Maschine nicht zurücklassen. Banjo konnte das nachvollziehen: Es war eine Indian, ein Oldtimer aus den 1950ern in Bestzustand. Sie hoben sie auf die Ladefläche des Pickups und zurrten sie fest.

»Sie sieht aus, als wäre sie nie gefahren worden.« Banjo zog den Verschluss eines Nylongurtes, um das Motorrad zu fixieren.

»Sie wurde nicht oft benutzt. Meine Onkel hat sie mir vermacht. Er fuhr selbst gar nicht damit. Er meinte, er hätte sie beim Kartenspielen gewonnen, aber ich halte es für wahrscheinlicher, dass er sie geklaut hat. Sie häufiger zu fahren, hab' ich nie übers Herz gebracht. Sie sieht wohl zu geil aus, schätze ich.«

»In unserem Fort werden wir einen Altar für sie bauen«, schlug Banjo vor. Acid strahlte, ihm gefiel die Idee. »Okay, dann mal los.« Banjo schaute sich auf dem Hof um. Einige Tote näherten sich von der Straße her. »Hoffentlich werden es nicht mehr. Die Maschinen der beiden anderen haben die Fresser angelockt, also sehen wir zu, dass wir uns verziehen.«

»Fresser?« Acid schaute amüsiert. »Sehr kreativ.«

»Wie nennt ihr sie denn?«, wollte Banjo wissen.

»Arschlöcher, Mann, verdammte Arschlöcher.«

So kehrte Banjo mit zwei neuen Brüdern zu ihrer Festung zurück – zwei neue Todesengel für jedermann, der ihnen in die Quere kam. Ganz oben auf seiner Tagesordnung stand weiterhin, den Saftsack zu finden, der ihre Öfen demoliert hatte. Das ließ sich nicht verzeihen, auch wenn es ein Weißer gewesen war. Banjo erzählte seinen neuen Freunden die Geschichte. Er wusste, dass der Vorsatz, Rache zu üben, innerhalb weniger Sekunden aufkommen würde, wahrscheinlich noch vor dem Ende seiner Schilderungen, und so war es auch. Die beiden kochten derart wutentbrannt, dass man hätte glauben können, es seien ihre Räder gewesen, die in Mitleidenschaft gezogen worden waren.

30

Als die Sonne aufging, bat Mary Ron und Sal, Bills Leichnam zu beseitigen. Wie, das war ihr gleich. Sie wollten ihn respektvoll behandeln und nicht einfach auf die Straße werfen, machten sich aber auch keine größeren Gedanken um eine Bestattung. Ron fühlte sich von Bill verraten, und Sal hatte ihn nicht gemocht. Am Ende lief es darauf hinaus, dass sie ihn mit dem Van in ein mehrere Meilen entferntes Industriegebiet fuhren, wo keine Toten lauerten. Dort fanden sie einen Haufen Holzpaletten und legten Bill darauf nieder. Dann zündeten sie das Holz an und ließen ihn verbrennen. Länger als eine Stunde schauten sie dabei zu, wie sich die Flammen ausbreiteten und schließlich langsam erloschen. Sie blieben vor Ort, um darauf zu achten, dass das Feuer nicht außer Kontrolle geriet, kehrten dann zum Parkhaus zurück und machten sich an die Arbeit.

An einem einzigen Tag gelang es Ron und Sal, Mauern rings um die Löcher hochzuziehen, durch welche die Rampen geführt hatten. Sie mit Böden abzudichten, wäre viel schwieriger und materialaufwändiger gewesen. Stattdessen strichen sie Pressspan mattschwarz und vernagelten es mit vorgefertigten Rahmen, die sie am Rand der Öffnungen aufstellten. Mit den Treppenhäusern und – weil Jeff darauf bestand – den Fahrstuhlschächten verfuhren sie genauso. Alle klotzten hart ran, doch dafür besaßen sie am Ende eine deutlich sicherere Burg. Jeff hatte sich den ganzen Tag lang nicht blickenlassen, doch sie waren mittlerweile soweit, ihm vertrauen zu können, und gespannt, was er ihnen enthüllen würde.

Kurz vor Einbruch der Dunkelheit tauchte er wieder auf. Die anderen aßen und tranken gemeinsam. Mary und Donna verschwanden hinter einem breiten Pfeiler, um sich frischzumachen. Erstere zog ihren Rollkragenpullover nur ungern aus.

»Na ja, am besten bringe ich es hinter mich«, bemerkte sie. »Dieses Ding zu tragen, ist eine Plage, und es gibt keinen Grund mehr, etwas zu verbergen.« Als sie ihn abstreifte, erschrak Donna.

Ron hörte sie aufschluchzen und rief: »Don, alles in Ordnung mit dir?«

Sal grinste. »Du nennst deine Frau Don?«

»Ach, sei still.«

Donna hielt sich eine Hand vor den Mund. Sie weinte. Marys Körper war mit Wundmalen übersät. An ihren Unterarmen erkannte man Handabdrücke, Blutergüsse zeichneten sich an Bauch und Rippen ab. Ihr Hals sah verheerend aus, voller Quetschungen und roter Striemen, anscheinend zugefügt mit einem Gürtel. Sie streckte ihre Arme aus und drehte sich um.

»Wenigstens keine Narben, richtig? Also jedenfalls nicht körperlich. Diese Wunden und blauen Flecken werden bald verschwunden sein, dann deutet nichts mehr in meinem Leben auf diesen Scheißkerl hin.«

»Das tut mir unheimlich leid.« Donna hielt ihr ein sauberes Shirt hin.

»Nein«, erwiderte Mary. »Ich will, dass die Männer das auch erfahren. Sie sollen wissen, warum mir egal war, was mit seiner Leiche passierte, und weshalb ich ihn umgebracht habe.« Sie zog nun auch ihre Hose aus, und ihre Beine waren genauso verschrammt. Dann trat sie in Unterwäsche hinter der dicken Säule hervor.

»Verzeiht mir, wenn euch das unangenehm ist, aber ich wollte, dass ihr das alle seht.« Sie breitete wieder die Arme aus und drehte sich um die eigene Achse. »Ich möchte es nicht verstecken müssen. Bald wird man nichts mehr davon bemerken, aber ihr sollt verstehen, warum ich Bill getötet habe. Niemand soll mich für einen schlechten Menschen halten.«

Die Männer schwiegen. Schließlich nickten sie. Mary kehrte hinter die Säule zurück. »So, das wäre erledigt. Den verfluchten Rolli hätte ich keine Minute länger tragen wollen. Gib mir dieses Schlauch-Top.«

Mary drehte sich um, knöpfte ihren Büstenhalter auf und legte das Oberteil an. Es war zu klein, fleckig und geschmacklos lindgrün.

»Finde ich super!« Sie strahlte, während sie das Top für Donna zurechtrückte. »Ich werde bald was anderes anziehen müssen, aber das ist echt gut.«

Ron schaute unter sich und flüsterte. »Ich fühle mich wie der letzte Dreck. Wäre mir das bewusst gewesen, hätte ich ihn selbst getötet.«

»Wie es aussieht, hat niemand davon gewusst.«

Jeff kam hinter einer Wand hervor, die er mit PVC-Rohren und einer schwarzen Plastikplane gebaut hatte.

Donna sah ihn zuerst, als sie mit Mary hinter dem Pfeiler vortrat. »Jeff?«

Alle blickten auf. Er näherte sich ihnen in Badelatschen und Morgenmantel, ein Handtuch um den Kopf gewickelt. Sein Gesicht zierte ein ausgelassenes Grinsen.

Sal unterbrach seine Suche nach sauberen Klamotten und richtete sich auf. »Hast du einen Wasserhahn gefunden?« Mary ging an ihm vorbei. Heiße Blondine? Welche heiße Blondine? Der Höhlenmensch in ihm wurde wahnsinnig, indem er versuchte, ihm begreiflich zu machen, wie lebenswichtig es sei, dass Sal das hübsche Ding anglotzte.

Als Donna an Ron vorbeiging, flüsterte sie ihm beiläufig zu: »Mister, sieh gefälligst zu, dass du deine verdammten Augen nicht von mir abwendest.«

Ron antwortete ein wenig zu überschwänglich: »Hey, Herzchen, ich habe keine Ahnung, wovon du redest.«

Ohne zurückzuschauen hob Donna ihren rechten Arm und streckte den Mittelfinger aus. Dann drehte sie sich doch um und lächelte; so lief das Spiel bei ihnen. Er erwiderte das Lächeln. Der Urmensch in Ron war sehr zufrieden mit der heißen Braut, die er bereits in seiner Höhle hatte, fürchtete sich aber auch ein bisschen vor ihr. Die Höhle konnte zur Hölle werden, falls der Herrin etwas nicht passte.

»Einen Wasserhahn? Ach was, viel besser!« Jeff schmunzelte, ließ aber nicht mehr durchblicken.

»Oh, ich kann es kaum erwarten, mehr darüber zu erfahren.« Ron machte sich auf den Weg zu ihm. »Komm schon, erzähl uns, was du diesmal gemacht hast.«

»Na gut, folgt mir.« Jeff führte sie hinter die schwarze Trennwand, bei der es sich in Wirklichkeit um eine Kabine handelte. Die Einzelteile wurden fest mit Klebeband zusammengehalten. Mehrere Kunststoffrohre führten von der Decke des Gebäudes in jene der Zelle.

»Wer möchte heiß duschen?«

»Sagtest du gerade tatsächlich heiß duschen?« Donna drängte sich an ihm vorbei in die Kabine, aber Jeff hielt sie zurück.

»Warte. Tut mir leid, zuerst muss ich es euch erklären. Das Wasser wird brühend heiß, also aufpassen.«

»Wie ist das möglich?« Ron betrachtete die Nasszelle neugierig.

»Na, eigentlich ist es ganz einfach.« Jeff verwies auf Tanks voller Propan und einen Wasserboiler.

»Falls ich mich nicht verrechnet habe, wird diese Anlage eine große Menge Wasser erhitzen können. Der Tank fasst 75 Gallonen, und ich habe sogar eine Abdeckung dafür, nicht zu vergessen den Kram zum Wasserfiltern, also können wir es auch trinken. Das wird so lange funktionieren, bis die Wasserwerke vom Netz gehen. Keine Ahnung, wie lange das dauert.«

Es gab einen richtigen Brausekopf, und Jeff hatte selbst an ein Regal gedacht, um Handtücher, Seife und Haarwaschmittel unterzubringen. Donna quietschte vergnügt und nahm ihn beherzt in den Arm. Mary duschte zuerst. Sie fügte sich, nachdem Donna klargestellt hatte, dieses Angebot gelte nur fünf Sekunden lang. Angesichts der erhöhten Sicherheit und nach einer heißen Dusche schliefen sie in dieser Nacht deutlich ruhiger.

Ron indes konnte nicht aufhören, an die Motorradfahrer zu denken. Soviel er wusste, waren sie Hunderte von Meilen entfernt, mochten ihn aber andererseits ebenso gut in diesem Moment beobachten. Immer noch fehlte ihm eine Lösung für dieses Problem.

Er hatte gute Gründe, nervös zu sein. Banjo beobachtete ihn zwar nicht, war aber andererseits auch keine Hunderte von Meilen weit entfernt, sondern vielmehr in der Nähe, und grübelte über Ron nach. In diesen Tagen gab es sonst nicht viel auf der Welt, womit sich ein eingefleischter Rassist und Biker die Zeit vertreiben konnte, also genoss der namenlose Schuhputzer, der ihre Maschinen lahmgelegt hatte, oberste Priorität. Er hatte den Van gesehen, als dieser beinahe in das Loch gestürzt war, voller Materialien aus dem Heimwerkermarkt. Später, als er mit seinen neuen Brüdern in dem Pickup vorbeifuhr, sah er den Wagen nicht mehr. Er fuhr langsamer und erkannte, dass er nun auf der oberen Ebene des Parkhauses stand, und hätte schwören können, auch die Umrisse von Menschen dort zu sehen. Sobald Titty City offiziell gegründet und in Betrieb war, würde Banjo mit seinen Gefährten zurückkehren.

31

»Ich glaube nicht, dass du jemals von diesem Dach steigen wirst«, sagte Cooper, der den Kopf nach hinten gelegt und die Augen geschlossen hatte.

»Du hast behauptet, es würde brutal sein.« Ana lag flach auf dem Rücken und schnappte Luft.

»Ihr seid echt ätzend.« Auch Lisa lag rücklings da und keuchte. »So vermittelt man niemandem Selbstwertgefühl.«

Sie waren klitschnass vom Schwitzen. Lisa aufs Dach zu bringen, hatte immense Kraft gekostet.

Sie hatten entschieden, dass Cooper die beiden jungen Frauen an einem sicheren Ort zurücklassen sollte, damit er schneller vorankam und seine Schwester finden konnte. Das Dach, so fand er, eignete sich bestens dafür. Ana zeigte ihm, dass sie, falls nötig, durch einen Schacht ins abgeschlossene Innere eindringen konnte. Ferner legten sie fest, dass die beiden mindestens zehn Tage warten sollten und dann, falls Cooper bis dahin nicht zurück war, auf eigene Faust weiterziehen würden, nicht ohne besprochen zu haben, was sie tun wollten.

Er verbrachte mehrere Stunden damit, Bürohäuser in der Nähe zu durchsuchen, vornehmlich um Proviant zu sammeln, aber auch in Hinblick auf potenzielle Überlebende. Zombies begegneten ihm nicht. Cooper entdeckte etwas zu essen, Wasser und andere Getränke in Dosen. Er kehrte zurück, um Ana zu holen, damit sie ihm beim Tragen half. Außerdem nahmen sie verschiedene weitere Dinge mit: Sofakissen, Decken, Toilettenpapier, einen Stoß Zeitschriften und dergleichen. Da er die beiden tagelang alleinlassen würde, vielleicht eine Woche oder länger, wollte er, dass sie keinen Grund hätten, vom Dach zu steigen.

Einen weiteren Tag blieb er bei ihnen, um sich auszuruhen und sicherzugehen, dass es ihnen an nichts mangelte. Er verließ sie nur ungern und machte sich Sorgen, musste aber zu seiner Schwester gelangen. Am Abend aßen sie schweigsam und versuchten, früh einzuschlafen. Es dauerte nicht lange, bis Lisa leise schnarchte.

Am Morgen war er bereit zum Aufbruch. Als er vom Dach klettern wollte, umarmte ihn Ana und gab ihm einen langen, innigen Kuss.

Lisa kicherte und zog sich zurück.

Er lächelte und betrachtete einen Moment lang ihr Gesicht. »Bis bald.«

Daraufhin ließ er sich vom Dach hinunter auf den Krankenwagen und schließlich den Boden. Dann fuhr er den dicken Wagen hinüber zu einer Lagerhalle und parkte rückwärts darin ein. Nachdem er das Tor heruntergezogen und von innen verriegelt hatte, kletterte er durch ein hohes Fenster nach draußen. Es war immer noch kalt und feucht von der vergangenen Nacht, doch die Sonne stieg bereits hinter den Bäumen auf. Er hoffte, heute eine weite Strecke zurückzulegen.

***

Obwohl er durch eher dicht besiedeltes Gebiet ging, konnte er auf breiten Straßen gefahrlos auf dem Mittelstreifen bleiben. Dabei gelang es ihm, Appartementkomplexe und städtische Wohnsiedlungen zu meiden, wo sich gewiss die meisten Zombies aufhielten. Oftmals machte er gewaltige Ansammlungen Toter aus, lange bevor er sie erreicht hätte.

Er geriet leicht in Versuchung, gedankenlos weiterzugehen, da über weite Streckenabschnitte nichts passierte. Cooper musste sich hin und wieder selbst darauf stoßen, dass er ohne weiteres um eine Ecke biegen und dort Hunderte oder Tausende von Toten auf engstem Raum antreffen konnte.

Ständig auf der Hut zu sein, ermüdete ihn. Cooper musste sich immerzu umsehen, stehenbleiben und horchen, sowie nicht selten einen längeren Umweg wählen. Er hatte nicht so viel gegessen und geschlafen, wie ihm lieb gewesen wäre.

Er gelangte an eine weitere Überführung. Die Straße, auf der er ging, führte über einen breiten Highway – nicht Nummer 101, sondern einen der vielen anderen, die kreuz und quer durch die Stadt verliefen. Wohin er auch schaute: Fahrzeuge verstopften alle Spuren. Tausende Leiber lagen auf dem Asphalt ringsum, in den Wagen oder sogar darauf. Alles war von unzähligen Einschusslöchern durchsiebt. Cooper verschaffte sich einen Überblick mit seinem Zielfernrohr, entdeckte jedoch keinerlei Bewegung.

Als die Sonne im Westen unterging, erreichte er ein Büroviertel. Cooper wusste, dass in den Büros massenweise Snacks, Getränke, Toilettenpapier und Ersthilfesets herumlagen.

32

Tug war wieder mit seinem Pickup unterwegs. Dabei trank er, fuhr zum Spaß Zombies nieder und wich so oft wie möglich auf Nebenstraßen aus, um den enger zusammengedrängten Gruppen zu entgehen. Die Strecke war relativ frei, da die Biker die Toten aus den Seitengassen zum Highway gezogen hatten. Tug wusste nicht mehr genau, was er tat. Er spielte mit dem Gedanken, alles hinzuschmeißen und wegzufahren, war mittlerweile heimatlos. Vielleicht würde er ein lauschiges Häuschen finden und sich dort einnisten. Einmal hielt er an, brach in eine Tankstelle ein und stahl mehrere Tüten voller Süßigkeiten beziehungsweise anderer Imbisswaren – ach, und mehr Bier. Er aß, fühlte sich daraufhin sterbenselend, und aß weiter.

Tug hatte nicht mehr Kopfschlagen gespielt, seit er aus jenem Haus getürmt war. Er fühlte sich erschöpft und einsam. Dass seine beschissenen Cousins nicht mehr lebten, verschaffte ihm Genugtuung, doch er war es gewohnt, Menschen um sich zu haben. Möglicherweise würde er neue Freundschaften schließen können. Er fuhr ziellos durch den Großraum San José, bis es dunkel wurde. Schließlich stellte er den Pickup ab und schlief ein.

Am nächsten Morgen fuhr er hoch, als jemand kräftig gegen sein Türfenster klopfte. Er war benommen und orientierungslos, ganz zu schweigen von seiner generell langen Leitung, weshalb er mehrere Sekunden einfach nur in das panische Gesicht vor der Scheibe glotzte. Dann ließ er sie einen Spaltbreit hinunter.

»Hilfe, lass mich rein!« Der Kerl lief schon auf die Beifahrerseite herum.

Tug folgte ihm mit trübem Blick, bis das Gesicht die andere Seite erreicht hatte und wieder rief: »Kumpel, mach die Tür auf, lass mich rein!«

Tug streckte sich über den Sitz aus und entriegelte, woraufhin der Kerl hereinsprang.

»Danke, Mann!«

Der Typ war jung, ein Hippie vielleicht. Immerhin hatte er langes Haar, einen Bart und ein merkwürdig buntes Shirt. »Danke«, sagte er wieder. »Ich saß tagelang in dem Gebäude dort fest.«

Er zeigte darauf, doch Tug interessierte das nicht. Er besah sich diesen Flohbeutel.

»Ich heiße Dale.« Der Typ bot ihm seine Hand an.

Tug starrte bloß geistlos weiter, was eine längere Weile dauerte, ehe er grunzte: »Tug.« Den Händedruck schlug er aus.

»Tug? Ist das irgendeine Kurzform?«

Er war immer noch nicht richtig wach und strengte seine grauen Zellen an. Dieser Kerl ging ihm bereits jetzt auf den Zeiger. Die Zombies, vor denen er geflohen war, kamen zusehends näher. Nicht mehr lange, dann würden sie bei ihnen sein.

»Wohin fährst du?«

Tug wandte sich ab. »Weiß nicht, hab' kein Ziel.« Er ließ den Wagen an und rollte vorwärts.

»Ich auch nicht.« Dale nahm eine lässige Sitzhaltung an.

***

Eine Stunde später hatte Tug immer noch nichts gesagt. Er war nicht verlegen, sondern völlig empfindungslos, und wusste schlichtweg nicht, wie er sich mit einem normalen Menschen unterhalten sollte.

Er fuhr wieder durch die Gegend, um den Mann aufzuspüren, der ihn niedergeschlagen hatte, doch dieser Vorsatz rückte immer weiter in den Hintergrund. Eigentlich konnte er sich gar nicht mehr daran erinnern, wie der Kerl überhaupt aussah. Vielmehr suchte er nach Alkohol, etwas zum Beißen und einem Ort, an dem er die Seele baumeln lassen konnte, eventuell sogar die Gesellschaft einer Frau. Er machte sich Sorgen, dieser Dale könnte ihm die Chance verhageln, falls ein heißes Babe die Straße entlangkam.

Dale wiederum fand seinen Retter gelinde gesprochen … sonderbar. Er wollte niemanden aburteilen, der nicht die beste Erziehung genossen hatte, aber dieser Gestank – halleluja! Das Führerhaus des Pickups war mit leeren Bierdosen, Essensverpackungen und Zigarettenstummeln vermüllt, Krümel und Flecken überall, und sein Mundgeruch war am schlimmsten. Er raubte Dale den Atem, sobald er ihm entgegenwehte, also nahezu die ganze Zeit über, da der Mann nicht durch die Nase atmete. Ihm fiel ein Knäuel auf dem Sitz auf, bei dem es sich um Frauenunterwäsche zu handeln schien, was ihm zur Warnung gereichte. Dieser Kerl schien wirklich nicht richtig im Kopf zu sein. Dale fühlte sich in Tugs Gegenwart zusehends unwohler, und zwar in jeglicher Hinsicht. Solche Menschen hassten bestimmt auch die Polizei, also würde er seine Marke versteckt halten und schweigen.

Seine kleine Zweitwaffe steckte seitlich an seinem Brustkorb in einem flachen Gurthalfter. Er gab vor, ein illegaler Cannabiszüchter zu sein. Er hatte sich in eine Bande eingeschleust, die mit der Droge handelte, und zwar gezielt an Highschools in ganz Kalifornien.

Dale war recht schnell klar geworden, um welchen Schlag Mensch es sich hier handelte, noch bevor Tug etwas gesagt hatte. Vermutlich ein Krimineller, genauer gesagt einer der eher üblen Sorte, der hinterhältig und dumm war. Der Ex-Bulle wollte ihn im Auge behalten, bis er sicher sein konnte, dass er für niemanden eine Gefahr darstellte. Im Herzen war er immer noch ein Ordnungshüter, ein Beschützer. Nun galt es, das Vertrauen des Typen zu gewinnen.

Anhand verstohlener Blicke nahm er Details zur Kenntnis, die von beschränktem Intellekt, Hygienemangel und einer gewalttätigen Vita zeugten. Tug trug Brandmale von Zigaretten und andere Narben, und das bezog sich nur auf seine Hände und Unterarme.

»Scheiße.« Dale zog an seinem Kragen. »Hast du ein Shirt, das du mir borgen kannst? Ich hasse dieses Hippiezeug. Hab es mir bloß auf der Flucht geschnappt.«

»Nein«, antwortete Tug.

Gesprächig war er also nicht, doch Dale konnte nicht einfach ohne guten Grund drauflos plappern, denn das hätte bemüht gewirkt. Da fiel ihm ein Baumarkt auf.

»Hey, fahr mal da ran, dort gibt es Flanellhemden, wie ich sie mag. Kennst du die?«

Keine Reaktion.

»Na ja, mir gefallen sie.« Das stimmte tatsächlich. Außerdem schätzte er kurzes Haar und ein glattrasiertes Gesicht. Darum wollte er sich alsbald kümmern – sobald er sich über Tug klargeworden war.

Als der Pickup stoppte, stieg Dale aus. Die frische Luft war wunderbar. Nach ein paar Anläufen hatte er ein Fenster des Ladens eingetreten und stieg hindurch. Von drinnen hörte er, wie der Motor ausging, ehe die Fahrertür geöffnet und wieder geschlossen wurde. Obwohl der Eingang fest verschlossen war, hatte jemand das Geschäft geplündert, wahrscheinlich durch die Hintertür.

In dem düsteren Raum fand Dale Hemden nach seinem Geschmack und wechselte rasch sein Oberteil, damit Tug das Halfter nicht entdeckte. Danach begann er, sich nach anderen nützlichen Dingen umzusehen, doch die Einbrecher hatten nicht nur geplündert, sondern dabei auch den Laden verwüstet. Irgendetwas von Wert unter den vielen Waren auf dem Boden zu finden, gestaltete sich schwierig. Es gab keine Wasserfilter mehr, dafür aber jede Menge Stretchhosen und Skibrillen.

Am Ende eines Gangs stieß Dale beinahe mit Tug zusammen. Dafür, dass er so dick war und stank, verhielt er sich sehr still, und das mutete gruselig an. Er stierte Dale an.

»Fertig hier, können wir fahren?«, murmelte er.

»Jepp.«

Dale folgte ihm durch den Markt. Er wollte ihm nicht den Rücken zukehren.

Er hatte den Weg zur Hütte eines Freundes in den Sierra Nevada Mountains zu Fuß zurücklegen wollen und war dabei zu vielen Gelegenheiten fast von den Toten in die Enge getrieben worden. Auf der Flucht vor einer großen Gruppe hatte er den Truck mit dem im Sitz zusammengesunkenen Fahrer entdeckt.

Nun lief er hinter Tug her, während sie alle weiteren Läden der Einkaufsstraße passierten, wobei er vor den breiten Flachglasschaufenstern langsamer wurde, um sich zu betrachten. Mit dem Flanellhemd über seiner Jeans, den langen Haaren und dem Bart wirkte er wie ein Hinterwäldler. Er war froh, seine Hippiesandalen nicht zu tragen, sondern irgendwelche unscheinbaren Motorradstiefel. Dale entspannte sich.

Tug steuerte einen Spirituosenladen an. Dabei kamen sie an einem Schreib- und Spielwarengeschäft vorbei, an dessen Fenster Menoras und andere religiöse Symbole geklebt waren. Tug grinste schief, als er daran vorbeiging.

Der Schnapsladen war aufgebrochen und ausgeraubt worden, doch Tug trat ein und ging bis in den hinteren Teil des Gebäudes. Unterwegs schnappte er sich Pornomagazine in Stößen, blätterte sie durch und ließ sie fallen. Hinter einer Theke führte eine Tür mit offenem Vorhang in einen Raum voller weiterer Zeitschriften. Dies war eindeutig der Bereich, in dem die harten Sachen auslagen. Dale beobachtete, wie Tug nahezu alle Hefte zur Hand nahm und beim Durchblättern schief grinste. So perfekt, wie er dies wiederholte, hätte man es komisch finden können. Tug blickte höhnisch auf Asiatinnen, Schwarze, Latinas oder fette Frauen, wohingegen ihn die Exponate für Schwule anscheinend empörten. Auch warf er einen Blick auf die Lesbensparte und schnappte sich ein paar Magazine, ehe er zum Sadomasostoff kam. Dort lächelte er – ein schauriger Anblick – und nahm so viel, wie er tragen konnte.

Diesen Fetisch wollte Dale nutzen. Sein Ding war dieser Kram zwar nicht, doch das galt andererseits für 99 Prozent dessen, was er zu sein vorgab. Er hatte schon bei Undercover-Missionen auf rechtsextrem, pädophil oder Meth-abhängig gemacht – jegliche verachtenswerte Sorte Mensch, die zum jeweiligen Zeitpunkt gefragt gewesen war. Nun musste er den Folterfreak mimen – einen Typen, dem bei solchem Scheiß einer abging. Nichts leichter als das!

»Darf ich auch reinschauen?«

»Nimm dir selbst welche.«

»Die besten hast du doch schon! Keine Bange, die darfst du behalten, aber ich würde sie mir gerne ausleihen, und du musst nicht befürchten, dass die Seiten hinterher zusammenkleben.« Dale lachte.

Tug schmunzelte und drückte ihm die Hälfte der Hefte in die Hände.

»Danke, Mann!« Dale drehte sich um und ging. Draußen blieb er im Licht stehen und legte den Stapel Magazine auf einen geschlossenen Mülleimer. Eines schlug er auf und betrachtete eine Frau, die so fest verschnürt war, dass sich die Haut dunkelrot verfärbt hatte, wo ihr Fleisch zwischen den Seilen hervorquoll. Dabei dachte er: *Oh mein Gott, ist dieser ganze Quatsch echt?*, dann: *Das ist wirklich kranker Scheiß*, und: *Man muss schon ziemlich pervers sein, um sich von so was antörnen zu lassen.* Was er jedoch sagte, war: »Oh, Mann! Volltreffer! Sieh dir diese Schlampen an.« Er strahlte, als habe er gerade im Lotto gewonnen, hätte dem Kerl aber am liebsten in die Fresse gehauen.

Dale würde ihm zwei Tage geben und ihn dann in Ruhe lassen, wenn er sich als harmlos herausstellte. Falls nicht, wusste er nicht genau, wie er vorgehen würde; wahrscheinlich musste er ihn dann töten.

Sie fuhren den ganzen Tag lang. Stunde um endlose Stunde hockten sie im Wagen. Dale wollte ergründen, was Tug im Schilde führte, bekam aber nichts heraus.

Irgendwann fuhren sie langsam am Flughafen vorbei. Scharen von Toten strömten wie Wasser über die breiten Fahrspuren der Ankunfts- und Abflugterminals. Sie umfuhren die benachbarten Bürogebäude und gelangten endlich am Parkhaus vorbei auf den Highway. Dale bemerkte Menschen, die sich darin bewegten – nur ein paar – und kehrte sich Tug zu.

Dessen Gesichtsausdruck hatte sich verändert. Er kniff die Augen zusammen, bremste den Truck ab und schaute eine Weile hinüber, bis sie den Bau im niedrigen Tempo hinter sich gelassen hatten. Dann drehte er sich noch einmal danach um. Es bestand kein Zweifel, dass er sich für die Personen im Parkhaus ungemein interessierte.

Tugs Hand ruhte auf einem Revolver mit kurzem Lauf unter dem Fahrersitz, weil er auf eine Möglichkeit wartete, seinen Mitreisenden zu erschießen, um dann zum Flughafengelände zurückzukehren.

Dale freute sich unterdessen auf die Hütte, die Einsamkeit und die Sicherheit in den Bergen. Zwei Tage mit Tug, dem Perversen? Ihm war schon viel Schlimmeres untergekommen.

33

Gott, war er müde. Er kam nur allmählich zu sich und befürchtete, dass es irgendwo ein Gasleck gäbe. Er fühlte sich unsäglich kaputt, vielleicht hatte er sich irgendeine Krankheit eingefangen. Ihm war extrem flau im Magen. Gut möglich, dass er tatsächlich krank war.

Henry Dawson lag im Dunkeln auf einem kalten, harten Boden. Als er aufwachte, dachte er an seinen Großvater und die Sommerferien auf dessen Obstplantage. Er war stets mit seinem Vater hinübergefahren, und hatte diese Reisen sehr gemocht. Sein alter Herr war ein wohlhabender Mann gewesen, genauso wie Großvater, hatte immer viel und lange gearbeitet, sich aber dennoch Zeit für seinen Sohn genommen. Allerdings waren es jene Autofahrten und die Zeit auf der Plantage gewesen, die Henry seinem Vater so richtig nahegebracht hatten.

Das Bauchgrimmen störte seine Erinnerungen. Hoffentlich ging es ihm bald wieder besser. Vielleicht sollte er einfach etwas Haferschleim essen, um seinen Magen zu beruhigen.

Henry Dawson war als niedliches Baby zur Welt gekommen, ein Engel mit rosigen Wangen. Das hatte ihm jeder erzählt, und Fotos von damals bestätigten es. Ihm war so viel Gutes im Leben widerfahren, so viel Freude und Geborgenheit. Er war beliebt und erfolgreich gewesen, doch sein Vater und Großvater hatten ihm auch beigebracht, Demut zu üben. Er hatte gelernt, zu kämpfen, um zu siegen, aber mit redlichen Mitteln.

Henry war klug und hatte sich um ein volles Collegestipendium verdient gemacht. Vom ersten Tag an war ihm eingebläut worden, dass das Vermögen seiner Familie nicht ihm gehörte, jedenfalls nicht automatisch. Er hatte sein eigenes Geld verdienen und sich selbst zu einer Karriere verhelfen müssen, bevor ihm das Recht auf den Familienbesitz zugefallen war. Das hatte ihm nichts ausgemacht, im Gegenteil.

Die Übelkeit überwältigte ihn zu schnell, als dass er hätte dagegen ankämpfen können. Er erbrach sich. Dann übergab er sich noch zweimal. Die Anstrengung ermattete ihn. Er legte sich wieder hin, fühlte sich etwas besser, und nickte ein.

***

Der Gestank. Als er heimgekommen war, hatte es gestunken.

Der Gestank ließ Henry mit einem erschütternden Ruck aus dem Schlaf hochschnellen. Als er die Augen öffnete, strömten Tränen über sein Gesicht. Er erwachte im vollständigen Bewusstsein all dessen, was an jenem entsetzlichen Tag geschehen war.

Als er vom College nach Hause kam, hatte er die Haustür geöffnet und gleich gewusst, dass etwas nicht stimmte. Er kannte den Geruch von frischem Blut, der an Kupfer erinnerte. Er stieg ihm in diesem Moment wieder in die Nase, genauso wie damals. Als er versuchte, sich aufrecht hinzusetzen, gelang es ihm nicht. Etwas hielt ihn unten. Als er den Kopf wieder zur Seite drehte, entdeckte er den Ursprung des metallischen Geruchs. Neben ihm hatte sich eine beträchtliche Blutlache ausgebreitet, und ein Mann mit eingeschlagenem Gesicht lag da. Er sah furchtbar aus.

Als er heimgekommen war, hatte er sein wunderbares Leben komplett in Scherben vorgefunden. Sowohl sein Vater als auch sein Großvater waren gefesselt und getötet worden, das Haus geplündert. Es hatte ihn unerwartet, unvorbereitet getroffen. Ihm fiel ein, wie er sich hingesetzt hatte und außerstande gewesen war, sich zu bewegen. Er erinnerte sich noch daran, fortgetragen worden zu sein, und an einen Nadelstich, sonst nichts mehr.

Er versuchte abermals, sich aufzurichten. Er musste die Bestattung organisieren, die Totenfeier, Verwandte anrufen und zusehen, dass alles so ablaufen würde, wie es sich Dad und Großvater gewünscht hätten. Doch er kam einfach nicht hoch.

Was ist das?, dachte er, als er einen stattlichen Bauch – seinen Bauch – anfasste. Er war kräftig, aber niemals dick gewesen, fühlte sich jetzt jedoch krankhaft fettleibig an. Spielte ihm jemand einen Streich, indem er ihm einen Gummireif umgelegt hatte? Er wälzte sich auf eine Seite. Langes Haar fiel ihm in die Augen. Als er sich ans Kinn fasste, berührte er einen dichten, ebenfalls langen Bart.

»Das gibt es doch nicht!«

Beim Sprechen dieser Worte stieß er mit der Zunge gegen angesprungene Zähne. Einige fehlten ganz. Panik und Verwirrung stiegen in ihm auf. Er drehte sich auf den Bauch und bemühte sich, auf die Beine zu kommen. Wegen der Haare sah er nichts, außer dem Boden vor sich. Da hörte er Schritte, die auf ihn zukamen. Eine starke Hand packte seinen Arm. Es dauerte quälend lange, bis er stehen konnte.

Sein Helfer trug eine verspiegelte Fliegerbrille, obwohl kaum Licht in das düstere Gebäude fiel.

»Zeit für deine Pillen, Bruder.« Damit verschwand der Kerl, kam aber sofort mit einer großen Plastikflasche zurück. »Komm, Bruder, hier.« Er streckte sich nach Henry aus.

»Wer sind Sie?«

»Ach, Jeeter ... Wer sonst?«

Henry war verwirrt. *Das Einzige, was in einer Zwickmühle hilft, ist ein klarer Kopf,* hatte sein Vater immer gesagt. Deshalb sprach er ruhig weiter. »Jeeter? Jeeter? Nein, tut mir leid, ich wüsste nicht, dass ich einen Jeeter kenne.«

Wegen der Sonnenbrille ließen sich Jeeters Augen nicht erkennen, aber die steife Haltung, die Brauen über seiner Spiegelbrille und die angespannten Lippen deuteten darauf hin, dass er verstört war. Er ließ die Flasche mit den Tabletten fallen.

»Also, ich hoffe, Sie nehmen keinen Anstoß daran, äh ...«, stammelte Henry. »Ist Jeeter Ihr Vor- oder Nachname? Ich habe einen heftigen Schock erlitten und erinnere mich an kaum noch etwas.« *Hoffentlich hat dieser Jeeter ein paar Antworten für mich,* dachte er.

»Äh ... oh ... äh ...« *Was zum Geier ist hier los? Fats redet daher wie der Prinz von England, bloß ohne schwulen Akzent.*

»Ich bedaure mein Auftreten.«

Henry hatte Bedenken, sein zerzaustes Haar und der Bart könnten den Fremden verängstigen, aber er schien ihn ja schon zu kennen.

Jeeter fing an zu zittern.

»Was geschieht hier, Mann?«

»Oh, habe ich Sie verärgert? Das tut mir sehr leid. Ich selbst habe auch bereits unter Schock gestanden – mehrere Male, um genau zu sein.«

»Halt die Fresse! Halt einfach die Fresse!«

Jeeter wich vor Henry zurück. Er hielt beide Hände hoch, wie um einen bösen Geist abzuwenden. Dabei stammelte er: »Was zum Teufel passiert hier?«

Henry ging vorwärts. Seine eigene Größe erschreckte ihn. Er wusste, dass man ihn wohl ruhiggestellt und nach dem Schock infolge der Morde abtransportiert hatte, doch so viel Gewicht anzusetzen, hätte Monate, ja Jahre gedauert. Zudem schien er verletzt zu sein. Ein Arm war verkrampft und geschwollen.

»Sir, ich brauche dringend ein paar Antworten.« Die erhobenen Arme waren eine beschwichtigende Geste. »Mr. Jeeter, können Sie mir erklären, wo ich bin?« Henry trat langsam vor.

Jeeter war mit seinen Nerven am Ende, seine Stimme schrill und manisch: »Halt den Rand, Fats! Halt einfach den Rand!«

»Ich bedaure, Sie echauffiert zu haben, und bin genauso ratlos wie Sie. Vielleicht können Sie wenigstens versuchen, mir zu erklären, was vor sich geht.«

Jeeter wich langsam zurück. »Ich bin auf 'nem Trip! Das ist ein Trip, Mann, nur ein schlechter Trip.« Als er stehenblieb, hielt er die Hände vors Gesicht und nuschelte vor sich hin.

Henry trat gegen die Flasche mit den Tabletten, sodass sie ein paar Fuß weit rasselnd über den Boden rollte. Indem er sich an einem Regal festhielt, schaffte er es, sich weit genug zu bücken, um sie aufzuheben. Dann las er das Etikett. Es war Klonopin, ein starkes Medikament mit hohem Abhängigkeitspotenzial gegen Angstzustände, Anfälle und eine ganze Reihe anderer Leiden. Dieses Mittel zählte zur Gruppe der Benzodiazepine. Als er an die Highschool kam, waren viele seiner Kameraden versucht gewesen, mit Drogen zu experimentieren, vornehmlich geklaute Tabletten aus den Arzneischränken ihrer Eltern. Henry hatte sich bemüht, ihnen zu erklären, woraus diese Medikamente bestanden, um sie davon abzuhalten, jedoch wenig bis gar nichts bewirkt. Zur gleichen Zeit war auch sein Interesse an Medizin aufgekeimt. Henry schaute diesen Jeeter an, der ihm mit den Händen vorm Gesicht gegenüberstand.

»Sie haben Tabletten erwähnt, meine Tabletten. Sind das diejenigen, die ich eingenommen habe?«

Er hielt Jeeter die Flasche hin.

Der blieb still stehen, ohne die Hände herunterzunehmen, und antwortete nicht.

»Sagen Sie es mir: Haben Sie mir diese Tabletten verabreicht?« Henry schlug einen dringlicheren Ton an.

»Du bist nicht echt«, entgegnete Jeeter.

»Wieso sollte ich Ihnen in einem Traum erscheinen, wenn es nicht wichtig wäre, dass wir uns unterhalten? Nun beantworten Sie meine Frage.«

Jeeter trat zaudernd vor, nahm die Flasche und zog sich wieder zurück. Er schaute sich das Etikett genau an, ehe er mit einem Finger auf ein Wort zeigte, damit Henry es sah. »Das ist es, siehst du? Ben-zo-pin.« Eigentlich zeigte er auf das Wort Benzodiazepin. »Solange Ben-zo-pin auf der Flasche steht, geht es dir gut.«

»Wie lange geben Sie mir diese Tabletten schon?«

Jeeter schüttelte den Kopf. »Weiß nicht, schon sehr lange.«

»Wie lange genau? Welches Datum haben wir heute?« Henry wurde es leid, mit ihm zu diskutieren, doch der Mann war momentan seine einzige Informationsquelle.

Jeeter schüttelte bloß den Kopf und trat weiter zurück. Er griff zu einer offenen Flasche Jack und begann, kräftige Schlucke daraus zu nehmen. Dann ließ er sich auf dem Boden nieder und murmelte: »Ein Traum? Ein verflucht irrer Traum.«

Henry schaute ihn wieder an. Jeeter litt eindeutig unter einer unbestimmten Anzahl von Erkrankungen, die durch körperliche Misshandlungen, seelische Probleme, eine schlechte Erziehung und erheblich hohen Konsum von Drogen und Alkohol verursacht wurden. Darum versuchte Henry, ihn sanft und mitfühlend zu behandeln.

»Jeeter, Sie müssen auf meine Fragen eingehen, um Ihre eigenen beantworten zu können. So funktioniert das in diesen Träumen. Ich bin hier – beziehungsweise was ich zu sein scheine –, weil Sie mir vertrauen. Tun Sie das?«

»Ja, natürlich. Ganz bestimmt, Mann. Du und ich, wir sind gemeinsam durch dick und dünn gegangen.« Jeeter legte sich am Boden auf den Rücken und hielt sich erneut die Hände vors Gesicht, sprach aber viel gelassener weiter: »Viel weiß ich davon nicht mehr, aber es war eine Menge.«

»Beginnen wir doch beim allerersten Tag, an dem wir uns kennenlernten.« Henry hatte das Gefühl, endlich ein paar Antworten zu erhalten.

»Na, an *den* erinnere ich mich noch deutlich.« Jeeter strahlte und begann, zu reden.

***

Henry blickte auf die Entdeckung der Leichname seines Vaters und Großvaters zurück. Der Zustand der beiden war dafür verantwortlich gewesen, dass er die Grenze zum Wahn überschritten und sich geistig ausgeklinkt hatte. Er war bei Bewusstsein gewesen, allerdings in einer tiefen Katatonie, die womöglich nur ein paar Stunden gedauerte hätte, wäre er nicht in eine staatliche Anstalt gebracht worden. Er entsann sich noch der Fahrt dorthin und des grauenhaften Gemeinschaftsraumes. Man hatte ihn medikamentös betäubt, und ab diesem Punkt brach auch sein Gedächtnis ab.

Zwölf Stunden später war noch immer niemand wegen Henry gekommen. Die ganze Zeit über hatte er sich nicht bewegt. Danach hatte man ihm ein Bett in der Klinik zugewiesen. Niemand in der Verwaltung hätte das beschwerliche Prozedere begonnen, Henry im Haus aufzunehmen, solange die Möglichkeit bestand, dass er es schlicht wieder verließ, bevor sie nur die Hälfte des Stapels erforderlicher Formulare abgearbeitet hatten. Darüber hinaus wären sie in dem Moment, da sie seinen Namen auf ein Dokument geschrieben hätten, die Verpflichtung eingegangen, hinterher den gesamten Prozess der Entlassung durchzugehen.

Dass Personen in staatlichen Psychiatrien verlorengingen – großen, unzureichend subventionierten und schlecht geleiteten Anstalten –, kam durchaus nicht selten vor. In diesem Fall hätte sich Henry, wäre er formell eingewiesen worden, umgehend von jemandem mit den richtigen Papieren auf freien Fuß setzen lassen können. Wäre er klar bei Verstand gewesen, hätte er binnen 72 Stunden alleine gehen dürfen, war jedoch aufgrund der nicht förmlichen Aufnahme, einer Notiz zwischen zwei Büroangestellten, im System verschüttgegangen. Man hatte seine erste Dosis Klonopin auf die tägliche Medikation übertragen und gleich am zweiten Tag mit der Einstellung begonnen. Dadurch war er dem Anschein nach Katatoniker geblieben, aber in Wahrheit reflexartig in eine Flucht vor sich selbst abgerutscht.

Polizei und Anwälte hatten sich ernsthaft für Henry ins Zeug gelegt. Es war um ein riesiges Vermögen und die Aufdeckung eines brutalen Doppelmordes gegangen. Beide Parteien hatten hohe Motivation an den Tag gelegt. Hätte der Junge nur ein paar Tage länger bleiben müssen, wäre er, nachdem man das Durcheinander aufgeräumt hatte, frei nach Hause zurückgekehrt. Doch an diesem Punkt war Jeeter in Erscheinung getreten.

Dieser hatte sein ganzes Leben lang immer wieder in Nervenheilanstalten, Kliniken und Gefängnissen für jugendliche Straftäter gesessen. Nun, als Erwachsener, wäre er ins Gefängnis gewandert, doch sein Anwalt hatte als Strafe für eines der vielen Verbrechen, derer er schuldig war, einen kurzen Aufenthalt in jener Psychiatrie für ihn herausgeschlagen. Er hatte im Aufenthaltsraum auf seine Entlassung gewartet, als Henry eingetroffen war. Jeeter hatte sich zu dem großen Kerl gesetzt und mit ihm gesprochen. Auf die Frage hin, weshalb er dort sei, war Henry nur ein Wort über die Lippen gekommen: Mord. Da hatte Jeeter angenommen, dass der Junge selbst ein Täter wäre.

Kurze Zeit später hatte Jeeter etwas für ihn allzu Gewöhnliches getan: sich in eine Schlägerei verstrickt. Er war von seinem Gegner, einem anderen Patienten, überwältigt und am Boden festgehalten worden. Der Kranke hatte ihn gewürgt, bis er, als Jeeter noch nach Luft gerungen hatte, plötzlich von ihm heruntergerutscht war. Dann hatte Henry vor ihm gestanden – mit einem alten Radio in den Händen, einer antiquierten Monstrosität. Er hatte sich umgedreht, es zurück auf seinen angestammten Platz gestellt und sich wieder hingesetzt. Jeeter war ihm fortan etwas schuldig gewesen. Er hatte gewusst, man würde diesen Kerl wegen Mordes belangen, und sich entschlossen, ihn zu retten.

Jeeter wartete immer noch gemeinsam mit Fats, als der Arzneimittelwagen anrollte. Für ihn gab es nichts mehr, weil er aufbrach, doch der Pfleger gab Fats einen kleinen Pappbecher mit Pillen. Der Junge nahm sie und trank hinterher etwas Wasser. Jeeter wartete, bis der Pfleger abgelenkt war, und schnappte sich dann dessen Klemmbrett. Darauf standen der Name von Henrys Medikament und diesbezügliche Anmerkungen. Anhand derer ging Jeeter davon aus, dass Fats dieses Mittel regelmäßig einnehmen müsste.

In ein Krankenheim mit Personalmangel einzubrechen, war für einen Vollzeitganoven wie Jeeter ein Klacks. Die Türen des Gebäudes waren allesamt von außen verschlossen gewesen, eine Maßnahme zur Sicherung der Patienten. Sobald er sich in den Wänden der Klinik befand, hatte er freien Zugang zu allen Stationen. Er plante, in die Apotheke einzubrechen. Eigentlich hätte sie verriegelt sein müssen, doch jemand hatte die Federklinke praktischerweise mit Klebeband fixiert, um die Tür offenzuhalten. So verschwand Jeeter schließlich vollbeladen mit Medikamenten und seinem neuen Freund im Schlepptau durch die Hintertür.

Henry wusste von alledem nichts mehr.

***

»Ich lasse Sie jetzt allein, Jeeter.« Fats setzte sich in Bewegung. »Legen Sie sich hin, der Traum ist vorbei.« Jeeter schloss die Augen. »Schlafen Sie ein, und wenn Sie zu sich kommen, ist der Traum vorüber.«

Henry ging durchs Dunkel und suchte nach einer Tür, einem Telefon, irgendetwas. Während er sich umschaute, wurde ihm bewusst, dass er sich in einem großen Heimwerkermarkt befand. Wieso war er hier aufgewacht? Hatte es dieser Jeeter geschafft, ihn über längere Zeit hinweg mit Psychopharmaka vollzustopfen? Was war mit seinem Körper passiert? Er war beunruhigt. Psychotrope Medikamente wie Klonopin, das wusste er, konnten im Zusammenhang mit schweren Traumata eine dissoziative Amnesie auslösen. War dies bei ihm der Fall – und wenn ja, wie lange schon?

Er fand eine Tür und öffnete sie. Im Sonnenlicht hielt er sich eine Hand über die Augen. Er sah Menschen, die draußen herumgingen.

»Hallo? Hallo, kann mir jemand von Ihnen helfen?«

Sie alle kamen ihm zur Hilfe. Als sich seine Augen an die Helligkeit gewöhnten, erkannte er sie deutlicher. Er lächelte einer Lady zu, bemerkte jedoch ihr Gesicht, bevor er weitersprechen konnte – einen

Albtraum aus zerfleddertem Fleisch, milchig trüben Augen und abgebrochenen Zähnen. Sie kam mit ausgestreckten Armen auf ihn zu. Gleichzeitig rückte ihm ein Mann von rechts auf den Leib. Dessen Augen waren genauso matt überzogen, sein Unterkiefer fehlte, und ein Arm stand in einem unnatürlichen Winkel vom Körper ab. Henry dachte zuerst, die beiden seien in einen Unfall verwickelt gewesen und bräuchten selbst Hilfe. Sie kamen näher. Henry musste würgen, fast hätte er sich erbrochen. Diese Menschen stanken nach Fäulnis, nach verwesendem Fleisch.

Als er nach links schaute, sah er einen weiteren Mann, dessen Eingeweide heraushingen! Er hatte keine Augen mehr.

Schließlich wurde Henry gepackt, was ihn erschreckte. Er spürte, wie Fingernägel an ihm kratzten, während man ihn mit Gewalt zu Boden zog.

34

Cooper ertappte sich dabei, dass er fand – und das nicht zum ersten Mal –, die Welt sei wunderschön. Er fragte sich, ob er es für gut oder schlecht befinden sollte, dass er selbst in Anbetracht des ganzen Elends nicht um die Feststellung herumkam, wie schön doch alles an einem frühen Morgen wirkte.

Es war ein typischer Tagesstart für Kalifornien: Den blauen Himmel trübten keine Wolken, die Temperatur lag knapp unter 20 Grad, und ein laues Lüftchen wehte. Cooper ging zum Parkplatz des internationalen Flughafens von San José – ein weites, flaches Gelände, durchzogen von Laternenmasten in Reihen und Haltestellen für Shuttlebusse. Er kam von der Südseite her, aus dem Büropark, der an das Areal grenzte.

Auch der Kontrolltower stand hier und war über mehrere Meilen hinweg deutlich zu erkennen. Allerdings war er immer noch ein gutes Stück weit vom Flughafen entfernt, da zwischen dem Dauerparkplatz und den Rollbahnen sowie dem Flughafenkomplex selbst eine Fernstraße verlief. Cooper näherte sich auf der Straße zum Tower, die durch ein großes Schild mit der Aufschrift ›Luftverkehrskontrolle‹ gekennzeichnet war. Er ging ein Stück darauf weiter, bis er ein breites Loch im Zaun entdeckte und zu dem riesigen Parkplatz hindurchschlüpfte.

Der Highway lag nun zu seiner Rechten, auf dessen anderer Seite erstreckten sich die gewaltigen Rollbahnen und linkerhand befand sich ein Industriegebiet, das in weitläufiges Flachland abfiel.

Ungefähr 30 Fuß vor Cooper schleppte sich ein Toter dahin. Er folgte ihm auf seiner dem Wind abgewandten Seite, damit er ihn nicht witterte, wenngleich das bedeutete, dass er ihn roch. Dabei trug Cooper Sorge dafür, möglichst keine Geräusche zu verursachen. Er wollte sein Verhalten studieren, so lange er konnte.

Bei aller Vorsicht im Umgang mit den Toten, bereiteten ihm die Lebenden aber mehr Kopfzerbrechen. Von ihnen ging stets die größere Bedrohung aus. Sicher, die Zombies waren gefährlich, aber eben langsam und vorhersehbar. Für die Toten war er Futter, sie attackierten ihn stumpfsinnig, wohingegen lebende Menschen voller Trug und

Tücken steckten. Er hatte schon Raub, Vergewaltigung und Mord erlebt, war bestohlen worden, und fast hätte man ihn auch getötet.

Gewohnheitsmäßig ließ er den Blick in der Umgebung schweifen, während er der Leiche folgte. Er lauschte dem Rhythmus des nachgezogenen Fußes, dem leisen Schlurfen des anderen und dem unterschwelligen *Kling-Kling-Kling* einer Gürtelschnalle, die über den rauen Asphalt schleifte. Im Grunde genommen bedauerte er die Toten und deren noch lebende Angehörige. Er konnte sich vorstellen, wie entsetzlich es sein musste, jemanden in diesem Zustand zu sehen, den man liebte. Cooper durfte sich glücklich schätzen, alle seine Verwandten – nun ja, fast alle – verloren zu haben. Dass er sich überhaupt die Mühe machte, die Zombies auszuschalten, lag an der Würdelosigkeit ihres Daseins. Dieser vor ihm schien zu Lebzeiten ein Mann mittleren Alters gewesen zu sein, doch jetzt hing sein Haar welk vom Kopf, und eine Hose trug er praktisch nicht mehr. Der Stoff war zerfetzt und mit Schlamm bedeckt, der Gürtel schlackerte auf Höhe seiner Fußknöchel, während der Rest des Körpers ein Wust aus Fleisch und Dreck war.

Als der Wind drehte, hielt der Tote inne. Er ächzte in einem tiefen, rasselnden Ton, während er sich langsam umdrehte. Cooper geriet weder in Panik und lief davon, noch war ihm dieser Tote einen Angriff wert. Er umging ihn, wobei er sich außerhalb seines Sichtfeldes hielt. Sobald Cooper wieder in den Windschatten der Leiche gelangte, hörte sie auf, ihn zu suchen, und stand nur schwankend da.

Er wartete eine Weile ab und überlegte, was er tun sollte, während er beobachtete, wie der graubraune Haarschopf des Toten im Wind flatterte. Da seine Wangen zerfetzt waren, erkannte man die Zähne, angerissen und fleckig. Er ähnelte einem verschlagenen Schakal. Cooper fiel noch etwas auf: Die Muskeln, so dünn und leblos grau sie auch aussahen, muteten auf eigentümliche Weise feucht an. Ein schrilles Heulen ertönte, das rasch lauter wurde. Auch der Tote hörte es und schlug die Richtung ein, aus der es kam.

Ein kleiner, dunkler Kasten flitzte heran. Es war ein ferngesteuertes Modellauto, das dicht vor dem Toten stehenblieb, wendete und langsam davonfuhr, woraufhin er ihm zum Flughafen und den langen Rollbahnen folgte. Cooper blieb stehen und schaute sich um. Er suchte nach demjenigen, der das Auto bediente. Gleichzeitig behielt er den

Toten genau im Auge, der weggelockt wurde, und stellte fest, dass er auf ein großes Loch inmitten des Geländes zusteuerte. Daneben waren dicke Klumpen Asphalt und Erde aufgeschichtet worden. Der Durchmesser betrug mindestens 20 Fuß, und jemand hatte eine breite Aluminiumleiter darübergelegt. Darauf lag ein flaches, langes Brett. Auf ebendieses rollte das Auto sachte, indem der unsichtbare Fahrer die Hürde mit Geschick nahm. Der Tote machte einen Schritt auf die Brücke zu, trat jedoch ins Leere. Er stürzte mit einem dumpfen Knall ins Loch, grollte einmal und verstummte. Das Auto setzte zurück und kam wieder zu Cooper. Als es vor ihm stehenblieb, fuhr es jeweils ein paar Zoll vor und zurück, wie um seine Anwesenheit zur Kenntnis zu nehmen. Schließlich schlingerte es, raste davon und auf das große Parkhaus am anderen Ende des Platzes zu.

Nun, da die unmittelbare Bedrohung gebannt war, schaute Cooper genauer auf das sechsstöckige Gebäude, bis zu dem er nach wie vor ein gutes Stück weit gehen musste. Er erkannte die Schattenrisse einer Handvoll Menschen auf dem Dach.

Dann schaute er in das Loch. Es war finster, weshalb es den Anschein unendlicher Tiefe vermittelte. Von dem Zombie fehlte jede Spur. Cooper überlegte, ob er einen weiten Bogen um das Gebäude machen oder den Überlebenden dort einen Besuch abstatten sollte, ehe er sich darauf festlegte, bei seinem Plan zu bleiben und weiterzugehen. Die Sonne stand immer noch niedrig am Morgenhimmel. Sein Tag hatte gerade erst begonnen, und er wollte San José heute noch erreichen. Bis dahin waren es nur noch wenige Meilen, wobei er noch Zeit zum Auskundschaften haben und sich dann eine Bleibe für die Nacht suchen würde.

Die Menschen auf dem Dach warteten und beobachteten ihn wohl, während er seinen Weg fortsetzte. Er lief über das brachliegende Land zum Highway, immerzu achtsam. Er hatte auf die harte Tour gelernt, wie leicht man sich sowohl von Lebenden als auch Toten einkesseln lassen konnte.

Er kam gut voran und hoffte, deutlich vor der Abenddämmerung bei seiner Schwester einzutreffen. Allmählich begab er sich in Wohngebiete. Dort sah er wenige Zombies, und die Lebenden, die er bemerkte, schauten mit befangenen Blicken aus Fenstern. Bislang gab es keine Belege für Orgien und Wahnsinn, wie sie sich im Zuge der Ausbreitung des Virus abgespielt hatten.

Cooper wähnte sich sicher – zu sicher – und ließ sich dazu hinreißen, ein paar Schritte auf einen Schulhof voller schwankender Leichen zu machen. Viele drängten sich vor dem Hintereingang des Gebäudes, einige waren nur wenige Yards von ihm entfernt. Er blieb unvermittelt stehen. Man schien ihn nicht wahrgenommen zu haben, also zog er sich sehr langsam und vorsichtig zurück.

Danach versuchte er eine andere Route, und als er zwischen zwei Häusern durchging, drang das Brummen eines Motors an sein Ohr. Er kehrte ein paar Schritte in Richtung Straße zurück, um zu sehen, was da kam. Ein Pickup mit zwei Personen im Führerhaus röhrte vorbei und bog am Ende der Straße rechts ab. Cooper wusste, das laute Fahrzeug musste Tote angelockt haben, weshalb er weiter auf die Straße trat, um nachzusehen. Und tatsächlich – es schien *alle* Toten angelockt zu haben.

Vom unteren Ende der Straße – noch lagen mehrere Häuserblocks dazwischen – näherte sich eine enorme Masse Leiber. Er würde, wenn er sich jetzt nicht sputete, von diesem massiven Schwarm verschluckt werden, den die Trottel mit dem Wagen heraufbeschworen hatten. Die Toten bewegten sich langsam, aber Cooper konnte sehen, dass sie von überall heranströmten und ihn bald umzingeln würden. Er rannte los.

Am Ende der Straße schaute er nach rechts. Der Pickup stand ungefähr zwei Gebäudeblocks entfernt am Rinnstein.

Cooper blieb hinter einer hohen Hecke stehen. Mehrere Tote wankten aus den Gassen zwischen den Häusern heran, während die Riesenmenge nach wie vor mehrere Blocks weit zurücklag. Als Cooper verstohlen aus seiner Deckung hervorschaute, erkannte er, dass der Truck vor einem Spirituosenladen parkte. Die Insassen waren ausgestiegen, doch aus dem Gebäude vernahm er ein Klirren, die Eingangstür hing offen an ihren Angeln. So wie es aussah, war das Lokal bereits früher ausgeplündert worden. Dann trat unerwartet ein Mann in den Türrahmen und schaute Cooper geradewegs in die Augen, er entsprach dem typischen Bild eines Rednecks.

Cooper kam nicht dazu, sich schnell genug zurückzuziehen. Er langte nach seinen Pistolen, doch ehe er sie ziehen konnte, winkte der

Kerl, als wollte er ihn verscheuchen. Cooper duckte sich verwundert wieder hinter die Hecke. Nur wenige Yards neben ihm näherte sich eine Leiche. Leise zog er seinen Schlagstock aus. Dann ging er rasch auf sie zu und machte sie mit einem schnellen Hieb auf den Kopf unschädlich. Als er danach zurückblickte, kam gerade ein zweiter Mann aus dem Laden. Das war der Hinterwäldler, den er bewusstlos geschlagen hatte, um Ana zu retten. Cooper konnte es sich nicht erklären, doch der andere hatte ihm vermutlich gerade das Leben gerettet. Er hörte die beiden reden.

»Also, was jetzt?« Es freute Dale, dass der Mann, der ihm gerade aufgefallen war, seine Warnung schnell genug zu Herzen genommen und sich wieder versteckt hatte. Er fragte sich, ob er noch in Hörweite war.

Tug zog die Schultern hoch.

»Hey, Mann, wenn ich dein Mitstreiter sein soll, musst du mir sagen, was gespielt wird. Wir müssen unseren Angriff koordinieren, einen Plan B schmieden und so weiter.« Dale redete ein wenig lauter. Er hoffte, der Kerl, den er zurückgetrieben hatte, würde zuhören und sich einen Reim auf seine Botschaft machen können.

»Hä?« Tug war mit seinen Gedanken woanders.

»Ich meine das Parkhaus. Vorhin. Du hast Menschen darin gesehen, und dabei erkannte ich, dass du einen Plan hast. Ich weiß, du hast von einer ordentlichen Party geträumt, und will dabei sein.«

»Weiß nicht.« Tug hatte so eine Art an sich, sein Gegenüber anzusehen, ohne sich ihm direkt zuzukehren. Stets trug er ein verhaltenes Lächeln auf den Lippen, als habe er gerade etwas Amüsantes gehört. »Schätze, wir können zurückfahren und es uns genauer anschauen – herausfinden, wie viele es sind.«

»Und dann?«

»Keine Ahnung.«

»Sorry, ich dachte, du hättest einen Plan. Jedenfalls hatte ich das gehofft. Ich wollte dich wirklich mal in Aktion sehen. Du weißt schon, von einem Meister lernen. Ich ahne, dass du so etwas schon mal gemacht hast … also Typen aufgemischt. Ich versuchte das auch hin und wieder, aber es klappte nicht.«

»Wirklich, ich habe keinen Plan.«

»Schon klar, verstehe. Du bist so etwas wie ein Künstler, der sich von seiner Inspiration leiten lässt.« Dale verfluchte sich selbst für seine schlechte Wortwahl, da er ein bisschen zu anspruchsvoll für Tug daherredete. Der sah dementsprechend verwirrt aus.

»Also gut, sagen wir, du hättest all die Typen aus dem Parkhaus jetzt vor dir stehen – was würdest du tun?«

Tug lächelte wieder in gewisser Weise. »Ich würde ihnen die Köpfe wegblasen, sie aus dem Weg schaffen. Wer auch immer übrig ist, Seite 82.«

»Seite 82 wovon?«

»*Tighter*.«

»Ah, schön. Siehst du? Ich wusste, du hattest was Konkretes im Kopf.« Dale ging zu dem Stapel Zeitschriften, der nun auf der Sitzbank des Pickups lag, *Tighter* ganz oben.

»Seite 82. Mal sehen, was es auf Seite 82 gibt.« Er blätterte langsam und bewegte sich wie gedankenlos in Richtung des Fremden. »Moment, ich will raten, was mein Freund Tug tun würde. Äh, zuerst komplett ausziehen, daraufhin fesseln, während sie heulen und mit den Zähnen klappern, und von da aus direkt was Altbewährtes: Hände und Füße zusammenbinden. Dann kann der Spaß so richtig losgehen … liege ich weit daneben?«

Tug lächelte noch etwas fieser und seine Augen funkelten.

»Jawohl, ich glaube, ich weiß so langsam, was dem alten Tug am besten gefällt. Okay, ich wette, auf Seite 82 ist irgendeine fest verschnürte Fotze abgebildet. Sie hat Schmerzen, sie baumelt aufgehängt wie ein Schwein von der Decke und sieht aus, als hätte sie Schiss. Ihre Augen flehen dich geradezu an: Tug, lass mich frei, lass mich frei.«

Der Angesprochene nickte und grinste noch breiter.

Dale schlug Seite 82 auf. »Ah, doch recht knapp getroffen, was? Das musst du mir definitiv zugutehalten.«

»Sicher.« Tug lächelte eindeutig und nickte. Er errötete.

Dale wusste, er hatte ihn soweit, denn Tug genoss diese Konversation offensichtlich und würde sich nach mehr sehnen. Der Polizist schaute wieder in die Zeitschrift. Das Foto auf Seite 82 entsprach seiner Beschreibung beinahe exakt, weil es sich um eine Sonderausgabe von *Tighter* handelte, die sich auf Fesselungen konzentrierte.

»Seite 82!« Dale klopfte Tug auf den Rücken und bereute den intensiven Körperkontakt sofort. Der Mann zuckte leicht zusammen, schien diese Geste der Zuneigung jedoch zu mögen.

»Seite 82.« Er lächelte und nickte erneut. Damit war beschlossen, dass er Dale nicht umbringen würde.

»Also, mein Freund, wir leben in einer Welt, in der wir gehen können, wohin wir wollen, essen und schlafen dürfen, wann und wo wir wollen, und imstande sind, mit jedermann etwas anzustellen – alles, was wir wollen. Was steht als nächstes für Tug und Dale, das Fesselteam, auf dem Plan?«

Tug lächelte und nickte unentwegt, weshalb Dale nach ein paar Sekunden dachte, er sei irgendwie hängengeblieben oder erleide eine Art von Anfall. Dann aber hörte der Typ auf und glotzte ihn an.

»Bin mir nicht sicher. Hab schon über Villen und so nachgedacht – einfach ein großes, altes Haus finden und die Beine hochlegen. Vielleicht Partys schmeißen.«

»Na ja, lass mich wissen, was du vorhast und wann. Ich bin dabei, Master Tug. Bis dahin – warmes Bier gefällig?«

»Jepp.« Tug nickte bejahend … und lächelte.

Er wirkte so hohl, so völlig außerstande, vorauszuschauen oder Pläne zu entwerfen, dass Dale auch nicht mit einer konkreten Antwort gerechnet hatte.

»Eine Sache gibt es, einen Grund dafür, dass ich den weiten Weg hierher auf mich genommen habe.«

Nun, da er begann, sich Dale gegenüber zu öffnen, würde er ihm bestimmt alles mitteilen, was er die ganze Zeit über gedacht hatte. Jetzt musste der Ermittler nichts weiter tun, als abzuwarten und zuzuhören, doch Tug konnte ärgerlich langsam sein. Endlich plauderte er los: »Da ist so ein Arschloch; hat mir grundlos eins übergezogen, sich angeschlichen wie ein elender Feigling und mich geschlagen.« Er war wütend und überzeugt davon, selbst das Opfer zu sein.

Dale erkannte, dass weit mehr hinter dieser Geschichte steckte.

Cooper lauschte. Er hatte seit der Rettung des Mädchens vor dem Einkaufszentrum geahnt, dass Tug ihm folgte. Nun überlegte er, ob er vortreten und sich zeigen sollte, doch obwohl der andere Mann ihn abgewimmelt hatte, ließ sich nicht abschätzen, wie er reagieren würde.

»Was hast du dir ausgedacht für den Fall, dass du ihn schnappst?« Dale lehnte sich gegen den Wagen und tat entspannt, ja sogar beiläufig, war aber ganz Ohr.

Tug erzählte weiter: »Darüber habe ich lange nachgedacht. Ich weiß, dass ich ihm wehtun will, bevor er stirbt. Ich will den Stock nehmen, mit dem er mich geschlagen hat, und ihn selbst damit zu Brei prügeln, du weißt schon – seine Knochen zertrümmern, bis sich seine Arme und Beine anfühlen wie leere Säcke. Vielleicht benutze ich aber auch das Queue! Das hab ich dir ja noch gar nicht gezeigt!« Er ging zur Heckklappe, tastete auf der Ladefläche nach dem Billardstock und hielt ihn Dale dann strahlend vor.

»Wie sieht der Typ aus? Ich kann dir helfen, ihn zu jagen. Das wäre doch ein Riesenspaß.« Dale lächelte. Er wollte, dass Tug ihn weiter in seine Pläne einweihte, und die Aufmerksamkeit von dem Queue ablenken.

Ach, scheiße, dachte Cooper, der nun damit rechnete, um sein Leben rennen zu müssen. Falls Tug ihn beschrieb und dem anderen Mann bewusst wurde, wen er fortgeschickt hatte, stürzten sie sich möglicherweise zu zweit auf ihn.

»Er ist ein Arschloch«, war aber alles, was Tug auf die Schnelle hervorbrachte, ohne seinen Blick von dem Queue abzuwenden. »Mann, wir müssen noch eins davon besorgen.« Er machte sich auf den Weg die Straße hinunter.

Cooper verharrte auf dem Gehsteig gleich hinter der Hecke am Ende der Auffahrt zu dem Spirituosenhandel und beobachtete die nahende Rotte Zombies. Einige Frühankömmlinge hatte er bereits mit seinem Schlagstock erledigen müssen, wozu er ihnen entgegengegangen war, um ihre Schädel in einiger Entfernung einzuschlagen, damit die beiden Männer es nicht hörten. So gewann er mehr Zeit zum Zuhören, doch die Toten rückten jetzt näher heran und würden ihn bald zwingen, sich zurückzuziehen.

Dale wusste nicht, ob der junge Kerl, den er gesehen hatte, verschwunden war oder nicht. »Hey, Mann, warte. Gib mir das Queue.«

Tug blieb stehen und drehte sich zu ihm um. »Versuchst du, meine Waffe zu klauen?« Er ballte die Hände zu Fäusten, ohne sie hochzuheben.

Cooper konnte Tug von hinten sehen, der nun dicht am Straßenrand stand, und wich etwas weiter zurück, um sich zu verbergen. Die Toten waren zu nahe, um noch viel länger zu warten. *Mist*, schimpfte er innerlich. Direkter Konfrontationskurs, etwas anderes war nun nicht mehr möglich. Er trat mit beiden Pistolen schussbereit hinter der Hecke vor. Tug stand nur ein Stück weit vor ihm.

Als Dale ihn sah, riss er die Augen auf. Er hob die Arme, als wollte er sich ergeben. Tug bekam nichts davon mit.

»Los, sag schon.« Tug war wütend.

Dale wiederum wurde lockerer.

»Ich wusste es, du bist genau wie alle anderen. Du kriegst das Queue nicht.«

Dale antwortete ruhig, während er die Hände oben behielt. »Mensch, Tug, du weißt genau, dass ich es dir nicht wegnehmen würde. Es gehört natürlich dir. Ich wollte nur wissen, wie es sich anfühlt, da du so begeistert davon bist.«

»Nein, du kriegst es nicht.«

»Hey, Seite 82, schon vergessen? Komm, fahren wir weiter, ich brauche dein Queue nicht auszuprobieren. Suchen wir ein Billardcafé, und ich schnappe mir dort eines. Wir können den Truck mit diesen verdammten Dingern vollladen.«

Tug beruhigte sich und lächelte wieder. »Das hättest du gleich sagen können. Es gibt genug Queues für alle – wirklich genug! Du brauchst meins also nicht.« Er ging auf den Pickup zu. »Hörst du die Toten kommen? Verschwinden wir.« Nachdem er eingestiegen war, betätigte er die Zündung. »Den Truck mit diesen verdammten Dingern vollladen!«, grölte er aus dem Fenster.

Cooper blieb gefasst stehen und zielte mit seinen Pistolen auf zwei anrückende Zombies. Sie schlurften heran und waren nur wenige Zoll vor ihm, als er den Motor aufheulen hörte. Dann feuerte er. Als die Toten zusammenbrachen, hatte er sich bereits umgedreht. Gebückt lief er hinter den Wagen.

Während der wenigen Sekunden, die Tug benötigt hatte, um den Motor zu starten, etwas warmes Bier zu trinken und den Rückwärtsgang einzulegen, war Cooper an die ausladende Stoßstange des Pickups getreten. Er fand sicheren Halt an der Heckklappe.

Während Tug zurücksetzte, kamen Cooper mehrere Tote sehr nahe. Zuerst ein nackter Mann, dessen Kopf schwarz verkohlt war. Er hatte den Mund aufgesperrt, ohne ihn zu bewegen, und keine Augen mehr, schien Cooper jedoch zu spüren. Dann schlug eine Kugel unter seiner linken Augenhöhle ein, und er fiel.

Der zweite tote Mann war groß, sodass Cooper genau auf seine Genitalien schaute, oder besser gesagt: in ein klaffendes Loch, wo seine Weichteile gehangen hatten. Er erkannte einen Teil des Beckens darin, und als er aufschaute, auch Zahnabdrücke rings um rote Fetzen, wo die Brustwarzen gewesen waren. Ein Schuss zwischen die Augen streckte ihn nieder.

Die nächsten toten beanspruchten Coopers gesamte Aufmerksamkeit. Als der Wagen stehenblieb, kamen vier von ihnen auf ihn zu. Dies war die Vorhut des massiven Schwarms. Nur ein kurzer Moment, dann würden sie wegfahren, hoffte er, doch dazu kam es nicht.

Plötzlich legte Tug den Rückwärtsgang ein. Die Reifen quietschten und Cooper ließ die eine Pistole an ihrem Band los, mit der er gefeuert hatte, weil er sich nun mit beiden Händen an der Klappe festhalten musste. Dabei schob er den Kopf zwischen die Heckwand und seinen Unterarm.

Leiber prallten gegen ihn. Er hatte furchtbare Angst, gebissen oder vom Wagen gezerrt zu werden, doch der rollte so schnell, dass die Zombies vermutlich gar nicht mitbekamen, dass Cooper daran hing. Die Erschütterungen waren dennoch brutal. Während der Truck rückwärts durch die Leichname fuhr, schlugen Schädel, Rippen und andere Knochen gegen Cooper.

Der Gestank war allerdings noch schlimmer als die Stöße, weil die Körper beim Zusammenstoß aufplatzten. Sie sonderten ekelhafte Flüssigkeiten unterschiedlicher Konsistenz ab – aus Nasen, Mündern und sogar Augenhöhlen. Als sie aufbrachen, wurde Cooper mit Eingeweiden und Körpersäften übergossen. Obwohl er die Luft anhielt, war ihm zum Kotzen zumute. Seine Füße drohten von der Stoßstange zu rutschen.

Er kniff die Augen fest zusammen. Tug bremste und ließ den Wagen nach vorne schnellen.

Cooper konnte sich nur mit Mühe festhalten. Er fragte sich, was als nächstes geschehen würde. Eines war zumindest unvermeidbar: Er erbrach sich über Tugs Heckklappe.

***

Als Dale einstieg, schaute er noch nach dem Fremden. Wo er wohl abgeblieben war? Hoffentlich würde er den Toten entrinnen. Die Horde hatte sie erreicht, weshalb seine Chancen schlecht standen. Dale überlegte, ob er versuchen sollte, dem Mann zu helfen, als Tug unvermittelt zurücksetzte. Er fuhr mit aufheulendem Motor und quietschenden Reifen geradewegs in die Zombies.

»Was zur Hölle?«, rief Dale, während er beinahe mit dem Kopf gegen das Armaturenbrett knallte. Zunächst dachte er, Tug wollte ihn außer Gefecht setzen, doch der Kerl grinste und drehte sich nach dem Rückfenster des Führerhauses um. Ein leises Gackern entstieg seiner Kehle.

Dale schaute nun auch nach hinten und fragte sich, was zum Teufel Tug vorhatte. Wollte er sie beide ums Leben bringen?

Dale kam die Galle hoch, doch er kämpfte gegen seinen Würgereiz an, während er mit ansah, wie Menschenköpfe ruckartig vor und zurück peitschten, als Tug sie überrollte. Sie wurden einfach unter den Wagen gerissen. Es glich einer Fahrt durch ein Maisfeld, war aber unendlich widerwärtiger.

Tug schien sich mit seiner Aktion bloß einen Spaß zu erlauben, was Dale ein wenig beruhigte, obwohl er sich Gedanken darüber machte, wozu diese Wahnsinnstat gut sein sollte. Er schaute auf die Ladefläche des Trucks und konnte die Augen nicht vor dem abscheulichen Schauspiel abwenden, das sich ihm bot.

Die Leiber explodierten geradezu. Zähflüssige Säfte färbten das Rückfenster, liefen daran hinunter, doch als der Wagen gegen eine fette Leiche stieß, die beim Aufprall platzte, war Dale drauf und dran, sich zu übergeben. Die Innereien wurden in einem dicken Wust aus dem Körper gequetscht und schienen einen Sekundenbruchteil in der Luft zu schweben, bevor sie gegen die Scheibe klatschten. Dale schloss die Augen und wandte sich ab.

»Woo-hoo! Scheiße, hast du den gerade gesehen?«

Tug war schamlos von seiner eigenen Leistung beeindruckt … und trat plötzlich, so unverhofft wie wenige Momente zuvor, auf die Bremse, um den Schalthebel nach oben zu drücken und vorwärtszurasen.

Dale beobachtete, wie ein Meer verwesender Leiber auf die Straße hinter dem Fahrzeug flutete und die Bresche, die es geschlagen hatte, wie Wasser füllte.

»Ich liebe das«, bemerkte Tug breit grinsend.

Dale lächelte matt und fragte sich: *Was kommt wohl als Nächstes?*

35

Henry stolperte rückwärts und stürzte. Er fiel unsanft auf den Betonboden. Ein Knall, und das Sonnenlicht war weg, die Tür zugeschlagen. Im Dunkeln erwartete er, diesen Jeeter wiederzusehen. Stattdessen jedoch kniete ein alter Mann neben ihm und schaute sich nervös um. »Komm schon, Sohn«, wisperte er. »Wir müssen schnell verschwinden.«

Er half Henry beim Aufstehen, als man plötzlich Schritte aus der Mitte des großen Marktes hörte, die lauter wurden.

»Fats! Fats! Warte, geh nicht nach draußen! Fats!« Jeeter kam zur Tür gerannt, um seinen Kameraden davon abzuhalten, sich den Toten auszuliefern.

Henry und der alte Mann verschwanden im dunklen Labyrinth der Regale. Sie sahen, wie es heller wurde, als Jeeter die Tür öffnete, ehe sie ihn schreien und fluchen hörten. Das Licht verschwand schlagartig, als die Tür dröhnend wieder zufiel. Kurz darauf wimmerte und murmelte Jeeter im Dunkeln.

Henry verstand nicht, was er von sich gab, doch seine Stimme vermittelte Trauer. Der Alte führte ihn zu einer unauffälligen Tür in einem abgelegenen Winkel der Halle und öffnete sie. Dahinter war es ebenfalls dunkel. Sie gingen hindurch und schlossen sie leise hinter sich. Dann herrschte vollkommene Finsternis.

»Warte hier, Sohn.«

Henry hörte, wie sich der alte Mann entfernte. Nach einem kaum vernehmlichen Klicken tat sich ein senkrechter Streifen Lichts auf. Henry sah jetzt genug, um sicher durch einen Flur zu gehen, an dessen Seiten weitere Türen waren. Der alte Mann wartete an einem Treppenhaus.

Die Stufen führten sie in einen weiten Bürobereich. Der große Raum ließ sich dank geschickt platzierter Serviceschalter und Regale von unten nicht einsehen, wohingegen sich die gesamte Verkaufsfläche überblicken ließ, wenn man hier oben an den breiten Fenstern stand.

An zwei Wänden gab es Türen. Diese führten auf einen Laufsteg, der einmal um das gesamte Innere des Gebäudes führte. Mehrere schmale Gänge zweigten davon ab und verliefen quer durch die riesige Halle. Sie dienten Wartungszwecken, da sie sich parallel zu Rohren erstreckten, dicht an Flutlichtern lagen und breite Luftschächte streiften.

Der Alte brachte Henry in den hinteren Bereich des Großraumbüros. Dort setzten sie sich in große, dick gepolsterte Sessel, die rings um einen breiten Konferenztisch standen. Er flüsterte wieder: »Ich bin mir ziemlich sicher, dass dieser Raum schalldicht ist, bin unter den gegebenen Umständen aber auch extrem vorsichtig.« Er streckte eine Hand aus. »Mein Name ist Ralph.«

»Henry.« Er schüttelte die Hand.

Ralph neigte sich ihm zu. »Er kann uns bestimmt nicht hören, dennoch sollten wir vorsichtig sein. Ich weiß nicht, wann der andere zurückkehrt.«

»Welcher andere?«, fragte Henry.

Ralph wischte sich die Stirn trocken, während er ruhig sprach. »Er schien mir der Vernünftigere der beiden zu sein. Er ist schon seit einer ganzen Weile von hier verschwunden. Ich konnte nur die letzten Worte aufschnappen, die ihr dort unten gewechselt habt, doch du erwähntest Benzodiazepine, speziell Klonopin, richtig?«

»Ja, anscheinend wurden mir über einen längeren Zeitraum hinweg hohe Dosen davon verabreicht.« Henry nahm eine Flasche Wasser vom Tisch.

»Zieht man in Betracht, wie stark dieses Mittel ist und was die beiden dir sonst noch gegeben haben könnten, ist es nicht unwahrscheinlich, dass du dauerhaft unter Amnesie gelitten hast.«

Henry blickte zweifelnd drein. »Amnesien treten selten auf, sehr selten sogar.«

»Ja, doch man hat mehrere Fälle dokumentiert, in welchen sie Monate, sogar Jahre andauerten, und die Betroffenen führten während dieser Zeit ein normales Leben, oftmals, indem sie eine neue Identität annahmen. Offengestanden überrascht es mich, dass du nach diesem Drogen- und Alkoholmissbrauch noch lebst.« Ralph seufzte, ehe er fortfuhr: »Gut, dass der andere euch beiden Schlaftabletten gab, bevor er aufbrach. Dadurch hatte dein Körper Zeit, den Wirkstoff des Medikaments auszuscheiden, was nun aber leider auch bedeutet, dass du mit Entzugserscheinungen zu kämpfen hast.«

»Welches Datum ist heute?« Henry, der Mediziner im Vorstudium, musste zurück in den Unterricht. In dieser Situation würde er wohl ein Semester aussetzen, um sich um die Bestattung zu kümmern, die Verlesung der Testamente und andere Belange bezüglich des Familienanwesens.

Ralph nannte ihm das Datum und musste es ein paar Mal wiederholen. Henry brauchte eine Weile, bis er akzeptierte, dass er ihn richtig verstanden hatte. Seit seiner letzten Erinnerung waren fast elf Jahre vergangen. Der Kopf schwirrte ihm vor Fragen, Trauer und auch ein wenig Zorn. Er sah bestimmt genauso verwirrt aus, wie er sich fühlte.

»Was hast du geglaubt, welcher Tag heute wäre?«, fragte Ralph.

Daraufhin nannte Henry das letzte Datum, das ihm im Gedächtnis geblieben war.

Der Alte schaute ihn mit sorgenvoller Miene an. »Wir müssen eine Menge besprechen, und ich fürchte, vieles davon wirst du ungern hören und sogar für noch unglaublicher halten als einen elf Jahre andauernden Gedächtnisverlust.«

Der Mann war Dr. Ralph Foles, ein Hals-Nasen-Ohren-Arzt. Die beiden unterhielten sich mehrere Stunden lang, wobei er versuchte, die vergangenen zehn Jahre zusammenzufassen, schließlich den Asteroiden, das Virus Euphoria-Z und alles weitere, was ihm bis zum gegenwärtigen Zeitpunkt bekannt war.

Irgendwann hörte Ralph auf zu sprechen, und Henry fielen keine Fragen mehr ein. Für ihn war es schwierig genug, sich damit abzufinden, über ein Jahrzehnt lang Realitätsflucht betrieben zu haben, ganz zu schweigen von den Auswirkungen auf seinen Körper sowie den Morden an seinem Vater und Großvater, die seiner Wahrnehmung zufolge erst gestern geschehen waren. Jetzt stand auch noch das Ende der Welt auf seiner Liste.

»Also wurde die Weltbevölkerung innerhalb eines Monats fast vollständig vernichtet und durch Zombies ersetzt?«, fragte Henry im ausdrucksarmen, sachlichen Tonfall.

»Nun ja, ich bin mir nicht sicher, ob sie tot sind.« Ralph war es leid, darüber zu sprechen, doch dieser junge Mann verdiente Antworten. »Ich habe niemanden sterben sehen und konnte auch keinen von ihnen körperlich untersuchen. Deshalb weiß ich nicht, ob ihre Herzen vielleicht noch schlagen. Beobachten konnte ich sie bisher nur selten, doch ihr Verhalten läuft allen logischen Erklärungen zuwider, die mir einfallen.«

»Was ist mit der Regierung?«

»Oh, ihr geht es bestimmt prima, darauf wette ich. Die Obrigkeit hat es schon immer trefflich verstanden, für sich selbst zu sorgen.« Ralph verzog das Gesicht abfällig. »Der Notfunk sendete noch, als ich das letzte Mal einschaltete, also ist die Regierung, wie es aussieht, noch mehr oder weniger handlungsfähig. Allerdings kann bei ein paar Hundert Personen, die in einem unterirdischen Bunker leben, keine Rede von einer Regierung sein. Sie sind eine Gruppe von Feiglingen, die sich in einem Loch verstecken.«

»Was berichtet man auf diesem Notfunkkanal?«

»Da wird die gleiche unsinnige Nachricht in Schleife gesendet, deren Inhalt wir besser nachvollziehen können als die Urheber. Es heißt, wir wären auf uns gestellt, überall wimmle es vor Infizierten, wir sollten auf uns achtgeben, und eines Tages werde man wieder alles aufbauen. Totaler Quatsch! Den Teufel werde ich tun und beim Instandsetzen eines Systems helfen, das mir sagt, dass ich mir selbst helfen muss, wenn ich seine Hilfe tatsächlich mal brauche. Die verkriechen sich in einem Bunker, der von unseren Steuergeldern gebaut wurde, und erwarten, dass wir ihnen beim Wiederaufbau des Staates helfen, damit sie weiter Geld bei uns eintreiben können. Glaubst du, wenn wir an die Tür dieses Bunkers klopften, würden sie uns reinlassen?« Daraufhin schwiegen sie beide.

Nach einer Pause erzählte Ralph, was die Biker – Fats war einer von ihnen gewesen – mit den Menschen in dem Baumarkt gemacht hatten. Ihm war nicht aufgefallen, dass Fats mehr getan hätte, als ins Gebäude gekommen zu sein, doch Henry fragte sich, was er elf Jahre lang getrieben hatte, um sich in einer Bande von Motorradfahrern zu behaupten.

Henry schwitzte, in dem Büro war es stickig. Er dachte an den Biker Jeeter und die Weste, die er trug, wobei ihm dämmerte, dass auch er selbst eine solche anhatte. Er zog die dicke Lederkutte aus und ließ sie auf den Tisch fallen. Sie war abgewetzt, speckig und alt. Darauf prangten mehrere Aufnäher, unter welchen eine Naziflagge für ihn herausstach. Einen kleinen, bogenförmigen Aufnäher zierte das gestickte Wort ›Original‹, während einige weitere in Henrys Augen keinen Sinn ergaben, verschiedene Buchstaben und Zahlen. Als er die Weste umdrehte, sah er genau in der Mitte einen großen, ebenfalls gestickten Rückenaufnäher.

Dieser zeigte eine äußerst kurvenreiche, nackte Frau mit Teufelshörnern, Schwanz und Dreizack. Gleichzeitig hatte sie Engelsflügel, die dem breiten Patch seine runde Form verliehen, indem sie sich rings um den Körper wölbten. Ihre Geste war eindeutig pornografischer Art. In diesem Moment bemerkte Henry auch die Tätowierungen an seinen Armen.

Ralph erzählte, was in dem Heimwerkermarkt passiert war – was derjenige namens Banjo getan hatte und wie schrecklich es mit Hinblick auf den Zustand der Welt war. Er wollte, dass Henry erfuhr, was diese Männer darstellten und warum er sich in der Halle versteckt hatte. Nicht, um dem draußen lauernden Tod zu entgehen, sondern weil er Rache an den Bikern nehmen wollte.

»Ich würde gerne wissen, welcher Taten ich mich im Lauf der Jahre schuldig gemacht habe«, sagte Henry.

»So darfst du es nicht sehen, Sohn. Du hast praktisch jahrelang im Koma gelegen. Dieser Fats ist Jeeters krankem Geist entsprungen und steht in keinerlei Beziehung zu dir. Fats war eine Nachahmung, eine Marionette, die Jeeter widerspiegelte. Es ist, als hätte er dein Auto gestohlen und jemanden damit überfahren. Er hat deinen Körper entführt.«

Henry zog die Augenbrauen hoch. »Das hilft mir, es aus einem anderen Blickwinkel zu betrachten, danke.« Er nahm die Weste wieder in die Hände. Nicht zu glauben, dass er sich an absolut gar nichts aus den vergangenen elf Jahren seines Lebens erinnerte … Er ließ das Kleidungsstück zurück auf den Tisch fallen.

Ralph stand auf. »Dieses Ding stinkt, und ohne dich beleidigen zu wollen – du auch.« Er hob die Weste hoch, als wäre sie eine tote Ratte. »Ich werde das entsorgen.«

»Nein, warte.« Henry nahm die Weste wieder an sich. »Die denken immer noch, ich wäre ein Mitglied der Gang. Ich kann diese Jacke benutzen, um dir zu helfen.«

»Das klingt für mich gefährlich.«

»Nein, wird es bestimmt nicht. Ich lege mich einfach wieder hin und belausche, was sie zu sagen haben. Das wird uns dabei helfen, Rache zu nehmen.« Er zog die Kutte wieder an.

36

Während Cooper an Tugs Heckklappe hing, sah er sich nach einer Stelle um, an der er unbemerkt abspringen konnte. Dabei träumte er von einem großen Kessel voll mit kochend heißem Wasser, in den er springen wollte. Trotz der allseitigen Gefahr konnte er nur schwerlich an etwas anderes als ein sehr heißes Bad mit einer Kiste Seife und einer Gallone Haarwaschmittel denken.

Der Pickup kroch träge durch Wohngebiete. Nach einer gefühlten Ewigkeit – vermutlich nur 20 Minuten – fuhr Tug über den weiten Parkplatz eines gewaltigen Einkaufszentrums. Als er an einer der kunstvoll hergerichteten Grüninseln auf dem Gelände vorbeikam, ließ sich Cooper von der Stoßstange fallen.

Er blieb mit dem Gesicht nach unten auf dem Boden liegen, direkt neben einem Ölfleck, der nach Benzin und Fett stank. Cooper empfand den Geruch als den angenehmsten überhaupt, er inhalierte die wohlduftende Herrlichkeit von gebrauchtem Motorenöl und Beton. Dann quietschten die Bremsen des Fahrzeugs. Cooper blieb völlig reglos liegen, in der Hoffnung, nicht gesehen worden zu sein.

»Was zum Geier soll das?« Tug hatte bemerkt, dass etwas vom Heck des Trucks gefallen war, und deswegen gebremst. Dale streckte seinen Kopf aus dem Fenster und schaute nach hinten. Es war der Fremde. Heiliger Bimbam, hatte er sich die ganze Zeit über an den Wagen geklammert? Der Kerl schaute ihn an, regte sich aber nicht. Dale zog den Kopf zurück.

»Nichts, nur Müll. Weiter zu Seite 82!« Dale wollte Tug antreiben, doch der schaute mit zusammengekniffenen Augen in den Rückspiegel.

»Nein, das ist kein Müll, sondern ein Mensch, wie's aussieht.«

»Ist bloß ein Toter, der an deiner Stoßstange hing. Du bist ja durch eine Million von ihnen gepflügt.« Dale setzte ein Lächeln auf.

»Ja, ist wohl so.«

Tug legte den Gang wieder ein.

»Warte.«

Dale hielt ihn zurück. Er wusste schon, wie er mit Tug umgehen musste, und wollte mit dem Fremden auf dem Boden hinter ihnen sprechen. Es gab nur noch wenige lebende Menschen auf der Welt. Entweder handelte es sich um einen anständigen Kerl oder einen Halunken wie Tug. So oder so, Dale wollte es genau wissen.

Der Motor brummte im Leerlauf, und Dale bewegte sich zwei äußerst schleppende Sekunden lang nicht, weil ihm bewusst war, dass alles von seinem nächsten Zug abhing. Er setzte das Leben des Mannes hinter dem Truck aufs Spiel, ohne genau absehen zu können, wie Tug reagieren würde. Auch strömten bereits Zombies zwischen den Gebäuden hervor und näherten sich dem Parkplatz. Die Zeit war knapp.

»Momentchen, bin gleich wieder da.«

Dale stieg aus und ließ die Tür offenstehen. Tug blieb sitzen und starrte teilnahmslos geradeaus.

***

Der Wagen blieb zu lange stehen, weshalb sich Cooper darauf gefasst machte, die Flucht ergreifen zu müssen. Die Beifahrertür ging auf. Der Mann, der Dale hieß, stieg aus, schaute zu ihm rüber und gab ihm mit den Händen zu verstehen, dass er liegenbleiben sollte.

Cooper gehorchte, wenn auch voller Unruhe.

Dale kam etwas näher, ging in die Hocke und bedeutete Cooper noch einmal, sich nicht zu rühren.

»Ich bin Dale.« Aus der Nähe konnte er nun erkennen, dass der Fremde im Grunde genommen noch ein Junge war, höchstens 20 Jahre alt. Dale konnte nicht fassen, dass sich dieser Kerl am Heck des Pickups festgehalten hatte.

»Cooper.« Der Liegende streckte einen Zeigefinger auf den Truck aus. »Der Typ ist ein Mörder. Er wollte ein Mädchen vergewaltigen, und ich habe ihn aufgehalten.«

»Dann musst du das *Arschloch* sein, das ihm eins übergezogen hat.« Dale schmunzelte.

»Das bin ich, genau.«

»Die Vergewaltigung und den Mord hat er mir verschwiegen.« Dale verwies mit einem Blick auf Tug.

»Warum treibst du dich mit ihm rum?«

»Ich konnte ihn nicht auf Verdacht erschießen. Deshalb behalte ich ihn im Auge.«

»Und jetzt?«

Cooper versuchte, den Kopf anzuheben.

»Ich werde ihn herausrufen und meine Waffe ziehen. Nicht bewegen, solange ich ihn in Schach halte. Dann … ach, wir werden improvisieren.«

Bevor sich Dale jedoch wieder aufrichten konnte, öffnete Tug seine Tür und rutschte vom Sitz.

»Was ist hier los, Dale?« Er ging aufs Heck des Wagens zu.

Dale fasste sich unterm Shirt an die Brust, knöpfte einen Verschluss auf und zog seinen versteckten Revolver. Er fuhr herum und zielte auf Tug.

»Keine Bewegung.«

Cooper stand auf und erwartete dabei, dass der Verbrecher in irgendeiner Weise reagierte.

Tug blieb sofort stehen und hielt die Hände hoch. Es kehrte wieder dieses unheimliche Lächeln in sein Gesicht zurück und er starrte in die Ferne. Cooper beachtete er nicht, er schien ihn nicht zu erkennen.

»Los, die Arme noch höher. Umdrehen und die Hände hinter den Kopf.«

Tug fügte sich. Kein hinterhältiger Blick, kein Widerstand, weder Spucken noch Fluchen, keine Fragen, Verhandlungsangebote oder Bekundungen von Unschuld.

»Wusste ich's doch, zu schön, um wahr zu sein«, sagte er, während er sich abwandte.

Cooper richtete seine beiden Pistolen auf Tug, als Dale ihn abtastete. Dabei fand er ein Taschenmesser und ein gefaltetes Blatt. Er klappte es auf. Es war Seite 82.

»Was ist zu schön, um wahr zu sein?«, hakte Dale nach, obwohl er glaubte, die Antwort zu kennen.

»Ein Freund. Du hattest Recht, ich kann keine Freunde haben.« Tug lächelte und glotzte weiter vor sich hin. »Ich weiß, was als Nächstes kommt.«

Dale empfand einen Hauch von Mitleid für ihn. Er mochte wohl soziopathisch sein und hatte wahrscheinlich kein bisschen Erbarmen mit seinen Opfern, doch Dale fand es betrüblich, dass der arme Kerl sein ganzes Leben freundlos verbracht hatte. Er war garantiert nie mit nur einem freundlichen, ermutigenden, lobenden oder liebevollen Wort bedacht worden. Sehr schade, doch laut Dales Erfahrung hatten die meisten Kriminellen ähnliche Geschichten zu erzählen und waren fast immer unverbesserlich. Folglich blieb ihm nach wie vor keine andere Wahl.

»Ich will es.« Tug schaute immerzu in den leeren Raum. »Ich will sterben.«

Cooper entspannte sich und nahm seine Waffen herunter.

Dale schaute Tug ins Gesicht. »Es wird kurz und schmerzlos sein.«

»Habe ich einen letzten Wunsch frei?«

Zum ersten Mal stellte der Kerl Blickkontakt mit ihm her.

»Selbstverständlich, Tug«, erwiderte Dale und klang dabei, als wende er sich an einen Freund. Im Wissen darum, dass dies die letzten Augenblicke des Mannes auf Erden waren, sah er keinen Grund dafür, gemein zu ihm zu sein.

»Darf ich mit meinem Queue in den Händen sterben – dort drüben, während ich mich mit ihnen schlage?« Er verwies mit einer Kopfbewegung auf eine Stelle zwischen den Geschäften, an der die Toten in großer Zahl auf den Parkplatz drängten.

»Sicher, doch dir ist klar, dass ich dich erschießen werde, falls du irgendetwas anderes versuchst.«

Tug nickte. »Eine kurze Zeitlang warst du … mein Freund.« Er lächelte. »Seite 82.«

Dale trat zurück, nahm den Billardstock von der Ladefläche und überreichte ihn. Nachdem Tug ihn entgegengenommen hatte, lief er auf den Mob anrückender Leiber zu. Seine Bewegungen weckten deren Interesse, und sie kamen auf ihn zu.

Da kam Dale der Gedanke, dass Tug womöglich annehmen könnte, bloß ausgeraubt zu werden. Er hatte ihm ja nichts von alledem erklärt.

Gemeinsam mit Cooper schaute er dabei zu, wie Tug gegen die Toten kämpfte. Das tat er mit fließenden, ja sogar eleganten Bewegungen, und fällte rasch einen nach dem anderen.

Tug hielt außerordentlich lange durch, dennoch sah man ihm an, dass er langsam müde wurde. Er schlug zusehends schwächer und weniger genau zu, bis er schließlich überrannt wurde. Er ging in einer zuckenden Masse aus verrottendem Fleisch unter – ohne einen Laut – und war verschwunden.

Dale stieg in den Truck und schob den Schaltknüppel in Fahrstellung, dann fuhren sie davon.

37

Das Parkhaus sah von außen unverändert aus, langweilig und verlassen, doch die kleine Gruppe war während der letzten 24 Stunden nicht faul gewesen.

Sal und Ron hatten eine Plattform für Jeffs Fahrstuhlmechanismus gebaut und dann ein Loch in die Wand rings um die Öffnung einer der Auffahrten geschnitten, um die per Winde betriebene Vorrichtung wieder auf der zweiten Ebene anzubringen. Der Fahrstuhl hielt ein ordentliches Gewicht aus. Sie strichen die Ober-und Unterseite der Plattform schwarz, damit sie sich zwischen die umgebenden Wände fügte und beinahe unsichtbar war, wenn man zu ihr aufschaute, nachdem sie ganz hochgezogen worden war.

In den vergangenen Tagen hatten sie eine beeindruckende Menge nützlicher Dinge in ihrem neuen Zuhause zusammengetragen. Auch hatten sie mehrere einfache Räume errichtet und deren Außenwände wiederum mattschwarz bepinselt, um sie zu verbergen. Den Bereich nahe der Tür zum Treppenhaus verwendeten sie immer noch als eine Art Wohnzimmer. Es lag zwischen zwei Betonmauern, die jeweils etwa 20 Fuß lang waren. Obwohl sie nur einen sehr geringen Teil der Fläche in Anspruch nahmen, den das Gebäude bot, verfolgten sie bereits große Pläne für die Nutzung des restlichen Raums.

Jeff hatte eine Windturbine gebaut und eine Menge Autobatterien daran angeschlossen. Diese speicherten nun den Strom, der für seinen Computer notwendig war. Er arbeitete an vielen Projekten, doch seine jüngste Errungenschaft war ein ferngesteuertes Auto mit verstärkter Antenne. So konnte er es sehr weit vom Parkhaus wegfahren, wenn er nicht gerade versuchte, eine Kamera darauf zu montieren, damit er es zur Erkundung einsetzen konnte. Er hatte das Auto schon mehrmals in Gebrauch genommen, unter anderem um einen Zombie von einem Mann abzulenken, der über den Parkplatz gelaufen war.

Der Fahrstuhl jedoch war die Konstruktion, welche seine Gefährten am nützlichsten fanden. Der Lift bestand aus einer Holzplattform von zehn Quadratfuß mit vier daran befestigten Metallseilen, eines pro Ecke. Diese führten etwa acht Fuß senkrecht nach oben zu einem Rahmen, dessen Größe sich mit dem Bodenteil deckte. Er hielt es waagerecht. Vorerst drehte sich die Plattform noch, aber es gab schon Ideen, auch dies auszubessern.

So bauten sie sich Schritt für Schritt ein neues Zuhause. Die Arbeit diente gleichzeitig dazu, ihre Stimmung aufrechtzuerhalten und am Abend leichter zur Ruhe zu kommen – nur Ron nicht, der feststellen musste, dass er, selbst wenn er bis ins Mark erschöpft war, unruhig und wenig schlief. Die Motorradgang war immer noch irgendwo da draußen. Wenngleich die untere Ebene 16 Fuß über der Erde lag, war das Parkhaus vor kriminellen Elementen beileibe nicht sicher. Die Gruppenmitglieder nahmen je zweistündige Wachschichten auf sich, während derer sie auf der unteren Ebene patrouillierten und die Augen offenhielten. Sal und Jeff bauten eine Alarmanlage aus dünnen Drähten, die straff gespannt mit Windspielen aus dem Baumarkt behangen waren.

Ron rang sich dazu durch, die Biker aufspüren zu wollen, und bat Sal, ihn zu begleiten. Er wollte wissen, wo sie waren, oder zumindest sichergehen, dass sie sich nicht in der Gegend aufhielten. Zum Morgengrauen brachen die beiden auf.

***

Sie fuhren langsam durch die breiten, einst sorgsam gepflegten Straßen. Beide schwiegen. Ron dachte daran, wie er sich früher über das hohe Verkehrsaufkommen in San José geärgert hatte. An dessen Stelle waren Abfälle, liegengebliebene Fahrzeuge und Leichen gerückt.

Sal störte ihn beim Sinnieren. »Hast du das gesehen?«

»Was?« Ron schaute sich um.

»Das Auto gerade eben. Eine Frau saß darin.«

»Na, dann fahr zurück.«

Sal wendete den Van. Als er die Stelle erreichte, wo er den Wagen gesehen hatte, war dieser fort.

»Zu dumm, dass wir sie verpasst haben. Sah aus, als wäre sie allein unterwegs gewesen. Sollen wir sie suchen?«

»Ja.«

***

Sally sah übel aus. Sie war blass und reagierte auf nichts. Das konnte sich nicht nur auf ihre Entzugserscheinungen zurückführen lassen, doch Wendy hatte keinen blassen Schimmer, was sie für sie tun sollte.

Darüber hinaus war es schwierig, einen sicheren Ort auszumachen, an dem sie beide sich ausruhen konnten. Jedes Mal, wenn sie anhielt, tauchten Tote auf. Zweimal schon hatte sie versucht, Sally in ein Gebäude zu bringen, und nur knapp fliehen können, als die Zombies angerückt waren. Einmal hatten sie sich genähert, als sie in einem Haus gewesen war, und sich um den Wagen geschart. Sie zu vertreiben, um Sally herauszuholen, hatte ewig gedauert.

Gerade war ein Van vorbeigefahren! Gut möglich, dass dieser Irre, Banjo, dringesessen hatte, der nach ihnen suchte. Sie mussten schnell verschwinden und Wendy parkte nun hinter einem Müllcontainer, wo sie hoffte, nicht entdeckt zu werden. Sie fürchtete sich zu sehr, um weiterzufahren, weshalb sie abwarten wollte, bis es dunkel war.

***

Während Sal und Ron weiter langsam und vorsichtig durch die Straßen von San José fuhren, mieden sie die Toten, soweit sie konnten. Wollten sie ein Gebäude betreten, fuhren sie möglichst nahe am Eingang vor. Die Zombies schafften es irgendwie immer, ihnen nahezukommen. Manchmal krochen sie unter dem Wagen hindurch oder übers Dach, ein anderes Mal lauerten sie bereits in den Räumlichkeiten.

Beim Durchstöbern einiger Geschäfte sammelten die beiden viele Vorräte. Zügig beluden sie den Van mit Waren jeglicher Art, bis nichts mehr hineinpasste, während ihr Hauptanliegen darin bestand, den Verbleib der Biker in Erfahrung zu bringen. Zuerst hatte Ron gehofft, sie zu finden, um sie im Auge behalten und einer Konfrontation aus dem Weg gehen zu können, doch nun beschlich ihn das immer stärker werdende Gefühl, dass kein Weg daran vorbeiführte, sie unschädlich machen zu müssen.

Ironischerweise war die Gang unterwegs zum Parkhaus, während die beiden in der Stadt nach ihnen fahndeten. Unter den verschiedenen Waffen, die sie bei sich trugen, befand sich auch ein Seil, dessen Ende zu einer Schlinge geknüpft war.

38

Banjo bog mit dem Pickup auf den Parkplatz von Costco ein. Die Toten drängten sich dicht rings um das Gebäude. Er hupte mehrmals, damit Jeeter wusste, dass er da war, und um die Zombies von der Tür zu vertreiben. Dann fuhr er langsam wieder weg. Er brauchte 30 Minuten, um sich der Menge zu entledigen. Als er zurückkehrte, wartete Jeeter bereits und hielt die Tür offen. Als dieser die beiden Wild Savages erblickte, starrte er seinen Kameraden ungläubig an.

Banjo trat vor ihn. »Hey Jeet, das sind Acid und Jack.«

»Ja, ja, schon klar.« Jeeter nickte, wich aber nicht zur Seite.

»Alles cool, Kumpel? Sorry, dass ich es dir nicht früher sagen konnte, aber ich war unterwegs, und diese Jungs ...«

Jeeter winkte ab, damit Banjo schwieg. »Ach was, ich bin froh, dass du wieder zurück bist.« Er drehte sich um und ging in den Markt. Acid und Jack folgten Banjo in die Dunkelheit.

Während er weg gewesen war, hatte der Gestank von faulendem Obst und Gemüse sowie verderbendem Fleisch zugenommen. Nicht mehr lange, und das Zeug in den Kühltruhen auf der anderen Seite der Verkaufsfläche würde ebenfalls verderben.

Seit Tagen fehlte ihnen der Strom. Hunderte Gallonen Milch und Backwaren zogen bereits Fliegen an, was bald zu Problemen führen musste – denn dann schlüpften Maden. Falls Banjo in absehbarer Zeit nichts unternahm, waren sie gezwungen, diesen Posten und die Nahrungsmittel aufzugeben, die eigentlich jahrelang hielten. Bislang hatte er keine Lösung gefunden, die keinen beschwerlichen Kraftakt nach sich zog, doch sein Hirn brütete weiter.

Jeeter führte die Männer in den hinteren Teil des Marktes, wo sich jeder eine Flasche seiner Wahl aus dem umfassenden Angebot alkoholischer Getränke schnappte. Sie zählten zu ihren wertvollsten Waren. Die Regale für Spirituosen waren vier Fuß hoch, zehn Fuß breit und 40 Fuß lang, und in dieser neuen Welt kostbarer als Gold.

Die Männer begaben sich in die Mitte der großen Halle, wo es Stühle, ein paar Sofas, Matratzen und eine Feuerstelle gab. Dort machten sie es sich bequem.

Jack sprach zuerst: »Hey, Jeeter, geht das klar mit dir, Mann?«

Er beugte sich nach vorne, bedacht darauf, die ernsten Angelegenheiten schnell vom Tisch zu schaffen.

Jeeter wirkte abgelenkt, irgendwie von der Rolle. »Ja, ja. 'Tschuldigung, aber ich bin in letzter Zeit ziemlich durcheinander. Keine Welt mehr, keine Gangs … kein nichts, kein gar nichts.«

»Von uns waren nur noch vier übrig, und wir haben den Club offiziell aufgelöst, um ein Zeichen zu setzen. Die Kutten behalten wir als persönliche Erinnerungsstücke, aber sie sagen nichts mehr aus. Ist das okay für dich?«

»Ja, ja, absolut okay.« Jeeter schien allmählich zurückzukehren, wo auch immer er geistig gewesen war. »Und du, Banjo, ist das auch für dich okay?«

»Klar doch, diese Jungs sind ehrlich gewesen. Ich würde sagen, wir lösen die Angels auch auf, einfach der Bequemlichkeit halber, und gehen dazu über, uns ein lauschiges Leben zu machen.« Banjo beobachtete Jeeter. Falls der noch ausflippte, dann genau jetzt.

»Gut, okay. Wir stimmen also ab, ob wir uns auflösen? Ich sage ja.«

Banjo nickte. »Ja.«

»So, das wäre die Mehrheit, offiziell gibt es uns nicht mehr.« Jeeter umarmte die beiden anderen Männer wie Brüder.

Henry lag im Dunkeln auf einer Couch und schmunzelte. *Hey, ich durfte gar nicht mit abstimmen.* Für ihn hörte es sich an, als stünde ihnen der Sinn nach einer fetten Party.

Banjo ging und holte die Tänzerinnen, die letzten drei von ihnen, da zwei in ihren Käfigen an einer Überdosis gestorben waren. Daraufhin ließen es die Biker krachen. Jack und Banjo blieben am längsten wach, doch Sex, Junkfood und eine Menge harter Alkohol forderten letztlich ihren Tribut.

Henry stand das ein oder andere Mal auf, um zur Toilette zu gehen, aß etwas und griff zu einer Flasche, um so zu tun, als saufe er mit. Außerdem schaute er nach Ralph. Der Arzt verbrachte viel Zeit damit, im Markt herumzugehen. Die Biker waren so ausgelassen, laut und faul, dass er nicht befürchten musste, ihnen zu begegnen.

Henry bemerkte, dass sie ihn in Ruhe ließen, solange er nur ins Leere glotzte.

***

Er wurde vor Schmerz wach. Man trat Henry in den Schritt, doch zum Glück nicht gezielt. Als er die Augen aufschlug, versuchte Banjo, ihn vom Boden hochzuziehen. An der Tür klopfte es laut, Jeeter und die Savages standen bereits. Gemeinsam gingen sie zum Eingang.

Banjo zog die Tür ruckartig auf. Davor warteten Muscle und Weed.

»Was soll das?« Banjo blickte misstrauisch drein.

Weed hielt seine Hände hoch. »Na ja, ich könnte lügen und irgendeinen Grund dafür nennen, dass wir hier sind, aber ehrlich gesagt, folgten wir euch. Wir hielten Abstand, um sicherzugehen, dass ihr kein falsches Spiel treibt. Unsere Brüder wussten nichts davon.«

Muscle hinter ihm verschränkte die Arme über seinem dicken Wanst. »Das stimmt.«

Banjo sah Jack an. Der sagte: »Ich wusste wirklich von nichts. Außerdem habt ihr uns alle eingeladen, also ist es doch egal, dass sie ein bisschen später nachgekommen sind, oder?«

»Ja, ich schätze, das geht klar.« Banjo trat zur Seite. »Kommt rein, Leute.« Alle umarmten einander, womit ihr gegenseitiges Vertrauen besiegelt war. Die Party konnte weitergehen. Mit drei Tänzerinnen und nunmehr sieben Bikern wurde es interessant.

»Wir brauchen mehr Weiber!« Das verlangte Muscle. »Wie gehen wir vor, um welche zu finden?«

Banjo war besoffen. Er hatte die ganze Zeit auf den passenden Moment gewartet, um den Schwarzen und sein Gefolge aufzustöbern. »Ich weiß, wo es welche geben könnte.«

»Ach ja, der Schwarze Mann«, merkte Jack auf und unterbreitete seinen eben eingetroffenen Brüdern die Geschichte.

Banjo weihte alle in seine Vermutungen bezüglich des Parkhauses ein. Man einigte sich darauf, noch in dieser Nacht hinüberzufahren.

Ihr Plan bestand darin, in der Nähe zu parken, zu Fuß bis zur Hinterseite des Gebäudes vorzustoßen und die Gruppe im Dunkeln zu überraschen. Obwohl sie nicht wussten, dass die Auffahrten und Treppen niedergerissen worden waren, waren diese Männer fest entschlossen und dürsteten nach Vergeltung. Nichtigkeiten würden sie nicht aufhalten.

Nun zogen sie Henry – beziehungsweise Fats – auf die Beine. Er geriet in Panik. Erstens wollten sie ihn mitnehmen, um jemanden zu töten, und zweitens wusste er nicht, wie man Motorrad fuhr.

Als sie dann draußen in einen großen Pickup-Truck stiegen, war Henry ein wenig erleichtert. Nachdem man ihm auf die Ladefläche geholfen hatte, setzte er sich dort in die Mitte. Weed nahm hinterm Steuer Platz, Jeeter auf der Beifahrerseite. Banjo, Muscle, Jack und Acid gesellten sich zu Henry. Sie fuhren schnell durch die Dunkelheit. Henry hatte keine Ahnung, was er tun sollte, nicht nur in unmittelbarer Zukunft, sondern auch langfristig. Es gab niemanden und nichts für ihn, ganz zu schweigen von seinem Körper, der von jahrelangem Missbrauch und Vernachlässigung krank war.

***

Ralph wartete im Dunkeln hinter einer hohen Palette Frühstückszerealien, bis die Tür zufiel. Dann lugte er hervor, um sich zu vergewissern, dass alle Biker fort waren. Als er bemerkte, dass Henry sie begleitete, machte er sich Sorgen. Am Eingang horchte er, während das Brummen eines Motors verklang.

Danach eilte er zu den eingesperrten Mädchen, bekam den Käfig aber nicht auf. Eine, die bei Bewusstsein war, zeigte Ralph, wo die Schlüssel hingen. Nachdem er das Gitter geöffnet hatte, kam sie alleine heraus, die beiden anderen waren ohnmächtig, zwei weitere tot. Diese fingen bereits an, streng zu riechen.

Ralph schaffte es, die beiden Besinnungslosen zu wecken. Dann half er ihnen auf die Toilette, wo sie sich waschen und Kleidung anziehen konnten, die er für sie besorgte. Grauschwarze Jogginghosen, billige Laufschuhe und Kapuzenpullover. Die Mädchen waren ihm dankbar. Ralph gab ihnen zu essen und zu trinken.

Schließlich überlegte er, ob sie aus dem Markt fliehen sollten. Auf die Annehmlichkeiten von Costco wollte er aber nicht verzichten. Die elenden Motorradfahrer würden das Geschäft über kurz oder lang vermutlich niederbrennen, doch es musste für andere Überlebende erhalten bleiben. Allerdings waren die Mädchen und er hier nicht sicher. Sie liefen Gefahr, entdeckt zu werden. Ralph hatte gesehen, wie die Kerle Frauen behandelten. Wie dem auch sei, die Mädchen brauchten Ruhe. Auch wollte er auf Henry warten. Er baute darauf, dass der Junge es schaffen würde, den Halunken zu entwischen.

Während es sich die Mädchen in dem Großraumbüro auf Decken und Kissen bequem machten, begab sich Ralph zum Eingang. Hoffentlich, so dachte er, waren die Biker lange genug fort, damit sich die Mädchen etwas erholen konnten, ehe er mit ihnen floh. Sie durften nicht mehr im Gebäude sein, wenn die Kerle zurückkehrten. Er hatte eine Liste mit Aufgaben erstellt, die er noch erledigen musste, brauchte aber zunächst von irgendwoher einen fahrbaren Untersatz, der obendrein vor der Tür stehen musste, um schnell fliehen zu können.

Derart in Gedanken versunken, lief Ralph nach draußen, als ihm im Bruchteil einer Sekunde, nachdem er den letzten Schritt getan hatte und ehe die Tür zufiel, mit Grausen bewusst wurde, was dies bedeutete: Er trug keine Waffe bei sich und es gab keinen Weg zurück hinein. Außerdem hatte er den Mädchen nicht einmal gesagt, wohin er gegangen war. Er hörte Stöhnen und schleifende Schritte in der Finsternis und rüttelte noch einmal an der Tür, falls sie sich wie durch ein Wunder doch noch öffnen ließ. Dem war aber nicht so.

39

Die Schattengestalt bewegte sich zügig auf breiten Betongehsteigen, während sie sich ab und zu umschaute. Bald blieb sie stehen, um zu lauschen, und schlug sich nach einem Moment auf eine Wiese zu ihrer Rechten, ehe sie im Dunkeln verschwand.

Jeff hatte sich viel Zeit genommen, das Büroviertel in der Gegend zu erkunden. Er kartographierte es im Kopf, nahm Notiz von Sackgassen, lohnenden Gegenständen und weiteren Einzelheiten. Auf lange Sicht gedachte er, eine Fülle von Projekten in ihrer Bleibe umzusetzen. Als er so durch die Gegend streifte, prüfte er sein Überwachungssystem. Er hatte einige schlichte Vorkehrungen getroffen, um zu bestimmen, ob irgendetwas oder jemand durch einen bestimmten Abschnitt gekommen war. Obwohl es Belege dafür gab, deutete nichts auf etwaige Einbrüche in den Gebäuden hin. Alle Türen, die Tore von Lagerhallen und großflächige Fenster waren heil geblieben. Hier und dort verschaffte er sich Zugang durch Schächte in Dächern oder Türen, die er aufstemmen konnte, und vergaß auch nicht, den Boden nach Spuren von Eindringlingen abzusuchen. Dieser Bereich war ihm wichtig, und er wollte nicht, dass irgendjemand Dinge stahl, auf die er bereits selbst ein Auge geworfen hatte. Deshalb versteckte oder verhüllte er vieles, was er nicht sofort mitnehmen konnte. Dem Anschein nach gab es jedoch nur wenige Überlebende, und als alle Welt Orgien gefeiert hatte, waren Geschäftsviertel die letzten Orte gewesen, an denen sich jemand aufhielt.

Tiefe Furchen, die zwei Paar breiter Reifen hinterlassen hatten, fielen Jeff auf. Der Wagen war aufs Gelände und um Häuser gefahren, hatte dicht vor einem Gebäude angehalten und seinen Weg dann fortgesetzt. Die Spuren setzten sich vom Gras aus über den Asphalt der Straßen fort, was dank dicker Klumpen Erde und Gras genauso gut zu erkennen war. Sie verschwanden unter dem Tor einer Lagerhalle.

An deren Seite gab es ein Fenster, und dort hinaufzuklettern, war leicht. Niemand hatte es verschlossen. Drinnen stand ein Krankenwagen. Jeff näherte sich vorsichtig und betrachtete ihn. Das Fahrzeug sah aus, als habe es sich durch Heerscharen von Zombies gefräst. Es stank grauenhaft. Gelbbrauner Schleim, in dem sich Stofffetzen und

Haare ausmachen ließen, überzog die Front. Jeff schaute hinein, dann schlich er weiter durchs Gebäude. Er fand jedoch weder Zombies noch lebende Menschen. Dass der Krankenwagen hier parkte, verwirrte ihn. Jemand hatte sich die Mühe gemacht, ihn zu verbergen, vielleicht, um ihn wieder holen zu kommen. Nachdem Jeff durchs Fenster zurück nach draußen geklettert war, verfolgte er die Spuren zurück, in der Hoffnung, etwas Neues zu entdecken. Dabei hörte er etwas.

In der allgegenwärtigen Stille der neuen Welt fielen Geräusche auf. Ein Husten, mochte es auch noch so verhalten, schwach und leise sein, war eindeutig ein Husten. In der Nähe befand sich ein Mensch ... oder doch nicht? Jahre zuvor hatte er seinen Hund husten gehört, weshalb er glaubte, dass auch andere Tiere dies könnten. Möglicherweise ging aber auch nur seine Fantasie mit ihm durch. Doch nein – da war es wieder. Das Husten führte ihn dorthin, wo der Krankenwagen vor dem Gebäude angehalten hatte.

Er ging einmal ringsherum – es war eines seiner Gebäude, er kannte sie eigentlich alle wie seine Westentasche – und stieß auf ein Paar breite Rohre. Diese enthielten elektrische Leitungen, wie er wusste. Während er sich daran hochzog und die Halterungen an der Mauer zur Hilfe nahm, vernahm er ein leises Tuscheln, je näher er dem Dach kam. Schließlich spähte er über die Kante und entdeckte zwei Frauen unter einer Plane, die wie ein Zelt aufgespannt war. Die Brüstung ragte ungefähr vier Fuß weit übers Dach hinaus, sodass man die beiden von unten nicht hatte sehen können. Eine von ihnen war so dick, dass Jeff sich fragte, wie sie es geschafft hatte, hinaufzusteigen, doch nun ergab es Sinn, dass der Krankenwagen so dicht vorgefahren war. Die andere Frau war ausgesprochen hübsch anzusehen.

Die zwei waren von Kisten, Decken, Kissen und mehr umgeben. Es sah aus, als würden sie hier wohnen. Jeff beobachtete und belauschte sie eine Zeitlang. Er schien es mit anständigen Menschen zu tun zu haben, die er einladen konnte, mit ihm ins Parkhaus zu kommen.

Er zog sich an der Kante nach oben. »Hi.«

Jeff lächelte.

Sie stießen beide einen spitzen Schrei aus.

»Ihr braucht euch nicht zu fürchten.« Er rutschte von der Brüstung herunter und ging auf die jungen Frauen zu.

»Stopp, das reicht«, sagte die Übergewichtige.

Er blieb stehen.

»Mein Name ist Jeff. Ich gehöre zu einer Gruppe von Menschen – freundlichen Menschen –, und wir richten uns eine Bleibe ein. Vielleicht wollt ihr euch uns anschließen?«

»Lisa, und das hier ist Ana.« Die Dicke musterte den Jungspund mit dem Rucksack und dem zu großen Mantel, in dessen Taschen er seine Hände vergraben hatte. »Wir warten auf jemanden, und dieser jemand kehrt bald zurück.«

»Lasst mich raten: Eure beiden Ehemänner, Soldaten einer Navy-Spezialeinheit, putzen ihre MGs nur ein paar Minuten von hier.« Jeff bemühte erneut ein Lächeln. »Na gut, ich wollte euch bloß einladen. Wir sind in dem Parkhaus am Flughafen, auf der anderen Seite des Highways.«

Lisa entgegnete: »Wir warten wie gesagt auf jemanden. Außerdem brauche ich Hilfe, wenn ich von diesem Dach runterkommen will.«

»Kommt nicht infrage, dass ich sie alleinlasse«, stellte Ana nervös klar. Sie machte große Augen.

»Na gut, bis später.« Jeff drehte sich um und verließ das Dach genau so, wie er es bestiegen hatte.

Ana lief zur Brüstung und schaute zu, wie er vom Gebäude wegging. Dann kehrte sie zu Lisa zurück. »Ich traue ihm nicht.«

»Nun, er ist ja wieder weg.« Lisa klang abschätzig.

Ana wurde hektisch. »Was ist, wenn er zurückkommt, während wir schlafen? Was, wenn er andere mitbringt?«

»Jetzt beunruhigst du mich.« Lisa versuchte, ihrer Gefährtin in die Augen zu schauen, aber ihr Blick irrte umher, als sei sie ein aufgescheuchter Vogel. »Was willst du denn tun?«

»Ich muss ihm folgen. Ich möchte sehen, wohin er geht und ob diese Parkhausgeschichte stimmt.«

»Dann bist du auf dich gestellt und lässt mich hier allein.« Nun fürchtete sich auch Lisa.

»Was schlägst du sonst vor? Warten, bis er zurückkommt, oder nicht schlafen können, solange er auf sich warten lässt? Ich muss wirklich gehen.«

Ana nahm nichts mit. Sie kletterte hinunter und folgte Jeff.

Sie beobachtete, dass er ein Gebäude betrat. Die Tür fiel hinter ihm zu. Ana starrte die Tür an, überlegend, ob sie ihm da hinein folgen sollte, als eine Hand sie am Arm packte. Als sie sich umdrehte, schnappte ein Mund voller abgebrochener Zähne nach ihrem Gesicht. Sie kreischte auf und schob den Zombie reflexartig von sich weg. Er taumelte rücklinks und warf dabei zwei weitere um. Insgesamt sah Ana vier Tote, doch das waren vier zu viel. Sie fuhr herum und rannte in die einzige Richtung, die ihr noch blieb: Zu dem Eingang, den Jeff gerade genommen hatte.

Sie erreichte die Tür und zog hastig am Griff, doch die Tür bewegte sich nicht. Ana rüttelte wider jede Vernunft weiter, als hoffte sie, doch noch hineinzukommen. Nach ein paar Versuchen gab sie es auf und drehte sich um. Alle vier Zombies rückten näher.

Ana steckte zwischen der Tür, den Untoten und je einer drei Fuß hohen Mauer zu beiden Seiten des Gebäudes in der Falle. Sie überlegte gerade, ob sie es über die Mauer schaffen könnte, als eine Hand ihr Bein schnappte und zog, sodass sie rücklings hinfiel. Die Zombies gingen in die Knie, und begannen, an ihr zu zerren.

Plötzlich kippten sie nacheinander um. Jeff hatte ihre Schädel mit einem Hammer eingeschlagen. Er streckte Ana eine Hand entgegen.

»Tut mir leid, hat eine Weile gedauert. Ich musste ums Gebäude laufen, weil ich dich beim Öffnen der Tür gegen sie gestoßen hätte.« Er hielt ihr die Hand immer noch entgegen.

Ana bekam langsam wieder Luft. Sie nahm die Hand und stand auf. Jeff drehte sich um und ging.

»Vielen Dank«, rief sie ihm nach.

»Keine Ursache.« Er entfernte sich weiter.

»Hey, warte.« Sie folgte ihm. »Lässt du mich jetzt einfach hier allein?«

Nun blieb er stehen und wandte sich ihr zu. »Willst du mit mir kommen?«

»Nein …«

»Soll ich mit dir hier warten?«

»Nein, ich bin allein. Kannst du mich zurückbringen?«

Jeff zuckte mit den Schultern und ging los, diesmal in Richtung des Gebäudes, auf dem Lisa ausharrte.

»Moment, bist du mir böse?«

»Nein.«

»Siehst aber so aus.«

Jeff blieb erneut stehen und schaute sie an. »Wenn du weitersprichst, lockst du noch mehr Tote an. Ich verstehe nicht, warum du glaubst, ich sei dir böse.« Er hatte einen strengen Blick aufgesetzt. »Was willst du? Ich habe euch schon vorgeschlagen, mit ins Parkhaus zu kommen, und dir gerade das Leben gerettet. Stellst du mir aus einem bestimmten Grund nach oder bist du nur zufällig hier?«

Jetzt wurde es ihr peinlich. »Ich wollte bloß wissen, ob du die Wahrheit gesagt hast.«

Jeff sah verwirrt aus. »Wieso sollte ich lügen?«

»Dafür gäbe es viele Gründe«, erwiderte sie.

»Ich gehe jetzt da rein.« Er fummelte an einem dicken Schlüsselbund herum. Nachdem er auf die anstrengende Tour in ein Gebäude eingedrungen war – üblicherweise übers Dach –, nahm er immer die Schlüssel an sich, wenn er darinnen welche fand. Er schloss die Tür auf. »Möchtest du sonst noch was von mir?«

»Äh, ja. Ich würde mir gern das Parkhaus ansehen, das du erwähnt hast. Was meine Freundin denkt, weiß ich nicht genau, also muss ich mich mit ihr darüber unterhalten.«

»Okay.« Er drehte sich um und wollte hineingehen.

»Noch etwas.« Ana schaute sich beklommen um. »Allein fürchte ich mich.«

»Bist du mir nicht gerade eben gefolgt?« Andere Menschen stellten Jeff oftmals vor ein Rätsel. Ständig widersprachen sie sich, sagten das eine und machten das andere. »Nicht schlimm. Komm mit rein, und nachher reden wir mit deiner Freundin.«

Als sie später wieder auf dem Dach waren, erzählte Ana, wie Jeff sie gerettet hatte. Lisa richtete viele Fragen an ihn. Nach einer langwierigen Diskussion kamen sie überein, sich das Parkhaus anzusehen. Jeff fuhr den Krankenwagen aus der Halle, während Lisa eine Nachricht für Cooper schrieb. Sie vom Gebäude herunterzuholen, stellte eine Herausforderung dar. Nach der Tortur sah sie gequält und aufgebracht aus.

***

Die Fahrt zum Parkhaus dauerte nicht lange. Jeff gab Zeichen, dass alles in Ordnung war, und bekam ein entsprechendes Signal zurück. Als er an dem Gebäude vorfuhr, sank langsam der Fahrstuhl herab. Er blieb mit dem Krankenwagen daneben stehen.

Als Lisa vom Heck herunterrutschte und den Fahrstuhl sah, wurde sie nervös. Sie hatte keinen Schimmer, worauf sie sich einließen, und diese Vorrichtung war nichts weiter als eine Holzplatte an Stahlseilen. Doch die Menschen, die sie oben antraf, überzeugten sie schnell; alle kamen ihr sehr nett vor. Sie lächelte und brach in Tränen aus.

»Hey, was ist mit dir?« Ana legte einen Arm um Lisa. »Warum bist du traurig?«

»Bin ich nicht, das sind Freudentränen. Ich habe mir gerade vor Augen gehalten, wie froh ich darüber sein kann, dass ihr zwei – Cooper und du – mich gerettet habt.«

»Ja, er ist cool, nicht wahr?« Ana strahlte, während ihr Blick hinaus zur Stadt schweifte. »Was glaubst du, macht er gerade?«

»Er stellt sich bestimmt vor, dich zu küssen«, frotzelte Lisa.

»Ach, halt die Klappe«, gab Ana schmunzelnd zurück und drückte sie. »Hast du gehört? Hier gibt es eine Dusche.«

»Ja, und ich kann es kaum erwarten, sie zu benutzen.«

Anas Geste berührte Lisa tief.

Als die Sonne unterging, tünchte sie die Wolken in helles Orange. Der Himmel hingegen war dunkelblau. Die Welt wirkte so still, so friedlich, doch die baldige Dunkelheit sollte den Bewohnern des Parkhauses Terror und Schrecken bescheren. Niemand war auf das vorbereitet, was ihnen widerfahren sollte.

40

Nachdem sie sehr lange ziellos herumgefahren waren, fand Wendy einen Ort, an dem sie sich ausruhen konnten. Es handelte sich um ein Bürogebäude, und sie hatte die letzten paar Häuserblocks keine Zombies entdecken können. Deshalb blieb sie zuversichtlich vor dem Eingang stehen und ließ Sally im Wagen zurück, um sich umzusehen.

Die Tür war nicht verriegelt, was sowohl Gutes als auch Schlechtes bedeuten konnte. Sie zögerte, bevor sie die Tür ganz aufzog. *Bitte sei verlassen, bitte sei verlassen*, sprach sie sich immer wieder in Gedanken vor.

Die Notfallbeleuchtung war eingeschaltet. *Wenigstens gibt es hier noch Strom.*

Obwohl sie darum betete, dass das Gebäude leer war, fand sie es eigenartig und verstörend, niemanden anzutreffen.

Die Böden, über die sie ging, bestanden aus glatt poliertem Marmor. Die Empfangshalle sah hübsch und aufgeräumt aus, das Wichtigste jedoch: Weder Lebende noch Tote schienen hier zu hausen, und sie konnte die Tür von innen verschließen. Eine schnelle Durchsuchung ergab, dass ihnen eine Menge abgepackter Nahrungsmittel und Wasser in Flaschen zur Verfügung standen.

Die letzten Tage waren strapaziös gewesen, weil sie weder schlafen, essen noch bequeme Ruhe hatten finden können. Wohin sie auch gefahren waren, die Zombies waren allgegenwärtig.

Was die anderen Tänzerinnen betraf, so hatte Wendy sie nicht vergessen. Sie war Banjo zu Costco gefolgt, jedoch auf Abstand geblieben. Nachdem sie sich hier eingerichtet hatten, wollte sie wieder hinausfahren und schauen, ob sie etwas für ihre Schwestern tun konnte. Sie zog aber auch in Erwägung, dass sie vielleicht gar nicht fliehen wollten. Vor der Apokalypse hatten sie für Essen und ein Dach über dem Kopf getanzt und gevögelt, also wähnten sie sich nun eventuell schon in für sie paradiesischen Verhältnissen.

Wendy fand ein Bad hinter einem der großen Büros im Untergeschoss. Es war bestens ausgestattet, und als sie den Duschhahn aufdrehte, kam warmes Wasser heraus. »Oh mein Gott!«, wisperte sie mit großen Augen.

Sie verlies das Gebäude und ging zum Auto, um Sally zu holen. Dabei blickte sie in beide Richtungen die Straße entlang. Soweit sie sehen konnte, war die Luft rein. Als sie die Beifahrertür öffnete, merkte sie sofort, dass Sally tot war. Tränen stiegen ihr in die Augen, als sie ihre klamme Hand nahm.

»Nein, nein, nein«, jammerte sie und fiel auf die Knie. Sie wollte ihre Freundin ein letztes Mal umarmen. Die einzige Person, die sie auf dieser Welt hatte, lebte nicht mehr. Wendy war mutterseelenallein. Sie weinte hemmungslos.

Als sie sich etwas beruhigt hatte und sich die Tränen aus den Augen wischte, blieb ihr fast das Herz stehen. Sie war von Toten umzingelt. Diese standen nur eine Armlänge hinter ihr. Wendy konnte nirgendwohin fliehen.

41

»Allererste Pflicht: Du musst dich mit einer Stahlbürste und Terpentin abschrubben.« Dale hatte das Fenster heruntergelassen und den Kopf hinausgestreckt.

»Darauf musst du mich nicht hinweisen.« Cooper tat es ihm gleich. »Ich würde mich übergeben, wenn ich nicht schon alles ausgekotzt hätte.«

Plötzlich lenkte Dale scharf ein. Der Pickup rumpelte über einen Bordstein und auf den Parkplatz eines Hotels. Er fuhr geradeaus auf ein eingezäuntes Schwimmbecken zu, bevor er fluchte: »Scheiße, der Pool ist voller Fresser.«

Nachdem er das Hotel umrundet hatte, kehrte er auf die Hauptstraße zurück.

Cooper fühlte sich von Sekunde zu Sekunde elender. Der Gestank der Körpersäfte Hunderter Toter entzog sich jedweder Beschreibung. Er versuchte, sich nicht zu bewegen. Die Flüssigkeit wurde kalt und gerann wohl auch zum Teil, aber er verzichtete darauf, genau nachzuschauen. Er bemühte sich, seinen Würgereflex zu unterdrücken.

»Halt einfach an – dort drüben an der Tankstelle.« Er öffnete die Tür, noch ehe der Wagen stillstand, sprang hinaus und streifte sich die Kleidung bis auf die Unterwäsche vom Körper. Er betete, dass die Wasserversorgung in diesem Teil der Stadt noch funktionierte. Als er an einem Hahn drehte, spritzte ein kräftiger, eiskalter Strahl aus dem Schlauch darunter. Er ließ die klirrende Nässe mehrere Minuten lang auf sich einprasseln, bis seine Haut rot war.

Dale war ausgestiegen, um auf Cooper aufzupassen. Die frische Luft tat ihm ebenfalls gut. Er schmunzelte, während er dabei zuschaute, wie sich der junge Mann die Dusche seines Lebens verpasste.

Nachdem er alle seine Habseligkeiten aus den dreckigen Kleidern genommen hatte, stand Cooper vor ihm – nass und frierend, aber mit einem Lächeln im Gesicht. »Schon viel besser.«

Dale untersuchte den Truck. »Wir brauchen was Neues, die Kiste ist widerlich.«

Und das war noch untertrieben. Am Rückfenster klebte etwas, das wie ein Auge aussah; verknotete Eingeweide hatten sich um den

Überrollbügel hinter dem Führerhaus gewickelt, und mehrere Stücke hingen vom Dach herab wie schleimige Wimpel. Wirklich jeder Zoll der Karosserie war mit Gewebematsch und Flüssigkeiten überzogen, die immer noch daran herunterliefen. Am Fahrwerk baumelten Fleisch- und Kleiderfetzen, nicht zu vergessen die zahlreichen Köpfe, die zwischen einigen Torsos auf der breiten Ladefläche lagen. Das Grausigste daran? Die Schädel lebten noch, denn die Augen und Münder bewegten sich. Dieser Anblick war wirklich verstörend.

»Tug ruinierte die Fahrerkabine schon vor langer Zeit, aber aussen …«

Dale verließ den Vorplatz der Tankstelle, und Cooper folgte ihm.

»Lass uns nach etwas suchen, wo wir uns ausruhen können, vielleicht auch Kleider beschaffen und uns gründlicher waschen. Ich muss uns einen neuen Schlitten besorgen.«

Cooper hatte sein Hauptanliegen nicht vergessen.

»Ich muss weiterziehen.«

»Nach Verwandten schauen, was?«

In der Nähe fanden sie einen Waschsalon. Obwohl die Tür offenstand, hatte ihn niemand geplündert. Die beiden traten ein. Dale ging vor und durchsuchte die Räume. Nachdem Cooper die Tür geschlossen hatte, schob er einen Riegel vor.

Cooper fühlte sich barfuß in Unterwäsche und mit seinem ganzen Kram in beiden Armen immer noch angreifbar. Er legte das Zeug auf einem breiten Tisch ab, wo man vormals Wäsche gefaltet hatte, und hob eine einzelne Socke auf, die zurückgeblieben war.

Er stank immer noch. Cooper griff zu einer Flasche Flüssigreiniger, zog sich in ein Hinterzimmer zurück und drehte den Hahn an einem großen Becken auf. Dann begann er, seinen Körper mit der Socke und dem starken Putzmittel abzureiben. Seine Haut fing an zu jucken und brannte schließlich, doch nach der Prozedur roch er deutlich sauberer.

Dale kam herein.

»Hier, probiere das mal.« Er hielt ihm ein Stück Handseife hin. »Am besten wäschst du das Putzmittel gründlich ab. Es frisst sich in dich hinein, und zwar buchstäblich.«

»Schon passiert.«

Später verließen die beiden den Salon und gingen zu einem Sportwarengeschäft. Es war zwar ausgeraubt worden, doch es lagen noch jede Menge Kleider, Schuhe und Socken darinnen. Cooper pickte sich einige passende Stücke heraus.

Dale fand ein Überlebensmesser mit schwarzem Griff in einem passenden Futteral. Er zog es heraus und hielt es hoch. »Das ist ein Messer erster Klasse.« Er sah Cooper grinsend an. »Kommt uns bestimmt noch zugute.«

***

Schließlich betraten sie einen verwüsteten Supermarkt, um nach Lebensmitteln zu suchen. Cooper bückte sich nach einer am Boden liegenden Konserve und warf sie in den Raum. *Sehr schlau*, dachte Dale. Gleich darauf hörten sie ein Stöhnen, Schlurfen und Poltern, als ein paar Waren auf den Boden fielen.

»Los geht's.«

Gemeinsam liefen sie los und trafen wenige Augenblicke später auf die erste Tote.

Cooper schwang seinen Schlagstock. »Dale, lenk ihre Aufmerksamkeit auf dich. Halt dich ein Stück von der Tür fern.«

Der Polizist beobachtete, wie die Zombies schwerfällig zum Vorschein kamen. Cooper schlug ihnen mühelos die Schädel ein. Zuletzt lagen 16 Leichen vor ihm. Dale war beeindruckt. Wie der junge Kerl mit den Toten umsprang, verlangte ihm Respekt ab.

Sie deckten sich mit Esswaren ein und saßen 20 Minuten später in einem SUV.

Dale sagte: »Also, ich bin auf dem Weg zu einer Hütte in den Bergen. Soll ich dich irgendwo rauslassen?«

»Sieht so aus, als zöge es uns in entgegengesetzte Richtungen. Du kannst mich gleich hier oben absetzen.« Es war gerade erst nach Mittag, also hatte Cooper noch eine Menge Tageslicht.

»Wohin willst du?«

»Zu einem Haus nördlich von hier. Ich will nach meiner Schwester schauen.«

Dale schnaufte. »Ach, was soll's? Wenn es dir nichts ausmacht, würde ich gerne einfach mitkommen.«

Es kam Cooper seltsam vor, als Dale das sagte. Dieser spürte sein Unbehagen und hob eine Hand. »Tut mir leid, vergiss es wieder.«

Cooper kannte Dale nicht und wollte ihn auch nicht mit zu seiner Schwester nehmen. Dass der Mann seinen Vorschlag sofort zurückzog, erleichterte ihn.

»Lass uns noch ein Auto suchen, bevor ich verschwinde. Ich überlasse dir eine Karte, um die Hütte zu finden, nur sicherheitshalber.«

Dale willigte ein und nahm sich vor, noch bei den Menschen im Parkhaus vorbeizuschauen, bevor er die Gegend verließ.

***

Cooper kam seinem Ziel endlich nahe, sehr nahe. Er konnte nicht glauben, wie lange es gedauert hatte, um hierher zu gelangen. Die Straßen waren frei, und er würde in wenigen Minuten da sein. Er freute und ängstigte sich zugleich, während er versuchte, nicht darüber nachzudenken, was er vorfinden mochte.

Als er sich dem Appartementkomplex näherte, mehrten sich die Anzeichen dafür, dass hier eine gewaltige Orgie stattgefunden hatte. In solchem Ausmaß war er noch nie darauf gestoßen. Es stank erbärmlich – wirklich, wirklich grauenhaft. Cooper fuhr mit äußerster Vorsicht weiter.

Der Komplex war vollständig ummauert. Cooper blieb am Eingang stehen. Die Zombies standen eng zusammengedrängt, sie schlugen gegen die Stahltore, und nur sehr wenige bewegten sich. Die Wohnungen waren auf mehrere Gebäude zu je acht Einheiten verteilt. Hineinzukommen, gestaltete sich unmöglich. Cooper setzte zurück, um eine Runde um den gesamten Komplex zu drehen.

Unzählige flatternde Papierschnipsel waren an die Mauer geklebt worden. Er kannte das bereits. Die Menschen hinterließen an manchen Orten Nachrichten für ihre Lieben. Ob seine Schwester auch dazugehörte? Cooper stieg aus, um nachzusehen. Während er an der Wand entlangging, überflog er die Zettel. Seine Schwester hätte etwas aufgehängt, das ihm auffallen würde. Nachdem er nichts entdeckt hatte, wurde ihm bewusst, dass sie etwas himmelschreiend Auffälliges hinterlassen hätte, nicht bloß ein Stück Papier an einer Mauer.

Er fuhr weiter um den Komplex. Dann sah er es: Eine Plastikfolie, die mit je einem Klebeband an Ober- und Unterkante an einem Telefonmast befestigt war. Es handelte sich um eine Mülltüte, und was sie so augenfällig als Hinweis seiner Schwester zu erkennen gab, war die Zeichnung darauf.

Sie zeigte ihn selbst, aufgemalt mit schwarzem, wasserfestem Stift – eine Strichzeichnung von ihm, die sie erstmals viele Jahre zuvor in einem Restaurant auf ein Platzdeckchen aus Papier gezeichnet hatte. Damals war er sechs gewesen und so böse auf sie, dass sie es umso häufiger zeichnete, jedes Mal auf weniger schmeichelhafte Weise. Es war zu einem Scherz geworden, den nur sie beide verstanden.

Er stieg wieder aus und sah es sich an. Die Zeichnung haftete fest an dem Mast, und er bemerkte, dass die Rolle Klebeband hinten herunterhing, als habe die Person, welche die Tüte festgemacht hatte, schnell fliehen müssen. Als Cooper anfing, den Beutel abzureißen, fiel ihm ein gefaltetes Stück Plastik daraus in die Hände. Nachdem er den Fetzen gelesen hatte, ließ er ihn fallen. Er fühlte sich gleichzeitig empört, erleichtert und erheitert.

Lieber Bruder,
ich bin in Sicherheit und bei Freunden. Wir müssen noch andere einsammeln. Weiß nicht genau, wann ich in Monterey sein werde, sie sagen es dauert Wochen. Will versuchen, nach Hause zu kommen, falls du da bist oder eine Nachricht hinterlassen hast. Falls du das hier liest, bist du dumm. Ich hatte dich gebeten, nicht herzukommen.
In Liebe,
Ellen

»Verdammt noch mal«, sagte Cooper laut und machte sich wieder auf den Weg zurück zu der Stelle, an der er sich von Dale verabschiedet hatte.

Gerne hätte er seine Schwester gesund und munter angetroffen, war aber andererseits auch froh, sie nicht tot aufgefunden oder überhaupt keine Spur von ihr entdeckt zu haben. Die Chancen, dass sie wohlauf war, standen gut. Außerdem dachte er an Ana und was er nun tun sollte. Er hatte ein Zeitfenster.

***

Als Dale eine Autotür zufallen hörte, war es später Nachmittag. Er lief mit der Pistole zum Fenster. Es war der Jungspund – Cooper –, aber warum schon so schnell zurück? Hatte er etwas vergessen? Dale machte sich Sorgen, bis Cooper ihm seine Geschichte erzählte.

»Also, ich bin jetzt nicht in Eile. Schätze, ich bleibe eine Weile in dem Parkhaus, bevor ich nach Monterey fahre.«

»Ich wollte auch dort hingehen, aber nun bist du zurückgekommen, und jetzt ist es fast dunkel. Sollen wir bis morgen warten?«

»Ja, ich bin ziemlich müde – und ich stinke, also werde ich mich waschen und meine Klamotten wechseln … wieder einmal.«

Später lag Cooper auf einem Sofa und schlief, bis ihn ein Geräusch weckte. Es war Dale, der an den Fenstern des Hauptbüros hin und her ging.

»Alles okay mit dir?«

»Ja. Ich dachte, du würdest schlafen wie ein Stein. Tut mir leid, dich geweckt zu haben.«

Weniger als eine halbe Meile entfernt fielen Dale mehrere Lichtblitze auf, welche die Fassade eines Gebäudes erhellten. Es erinnerte ihn an Geschützfeuer. Zunächst dachte er sich nicht viel dabei, aber es ließ ihn nicht los und weckte sein Interesse. Wer war das – jemand in Not? Er versuchte, den Gedanken zu verdrängen, und wandte sich vom Fenster ab.

»Gibt es hier irgendetwas zu essen?« Dale war hungrig und versuchte, die Blitze aus dem Kopf zu bekommen. Er war kein Cop mehr. Vermutlich handelte es sich um einen Kurzschluss in einer Trafostation oder jemand, der auf die Toten schoss. Es konnte alles Mögliche sein.

»Hier.« Cooper reichte ihm einen warmen Softdrink und Käsecracker. Dale nahm es und starrte weiter aus dem Fenster.

»Was hast du?«

»Nichts, wirklich«, antwortete Dale geistesabwesend. *Du bist kein Cop mehr. Vergiss es einfach.* Er aß ein paar Cracker und trank die Limonade halbleer. Falls die Zombies ihn nicht umbrachten, würde er es selbst tun, indem er solchen Mist zu sich nahm. Schließlich drehte er sich wieder vom Fenster weg.

»Ich muss etwas tun. Bleib hier, bis ich zurückkomme.« Dale prüfte seine Pistole. Dann ging er zur Tür. Nur ein kurzer Blick ...

»Hey, wohin willst du?«

Cooper war mehr als nur etwas neugierig.

»Ich meine, wenn ich fragen darf.«

»Ich habe da drüben ein Flackern gesehen. Wollte mir das genauer anschauen. Bin bald wieder da.«

»Du willst nach draußen gehen ... mitten in der Nacht?«

»Einmal Bulle, immer Bulle, schätze ich.« Dale schickte sich an, die Tür zu öffnen.

»Warte, ich würde gern mitkommen.«

»Das kann ich nicht von dir verlangen.«

»Das tust du nicht. Ich bitte dich darum.« Cooper nahm bereits seine Sachen zusammen und zog sich die Schuhe an. »Außerdem sollten wir zusammenbleiben.«

***

In der stillen Finsternis zogen sich die Minuten dahin. Cooper behielt aufmerksam die Umgebung im Auge, während er sich so vorsichtig bewegte, wie er konnte. Dale stapfte dafür umso lauter. Cooper ertappte sich dabei, dass er sich hinter ihm zurückfallen ließ. *Mann, wenn er so unvorsichtig weitergeht, wird es einen von uns oder uns beide das Leben kosten.*

Er tippte Dale auf die Schulter und flüsterte: »Ich will nicht meckern, aber wir sollten so leise wie möglich sein – und geh nicht so dicht an den Gebäudeecken vorbei. Also, na ja – tut mir leid, aber auf dem Weg hierher habe ich so einiges erlebt. Wenn wir uns langsamer bewegen, kommen wir schneller voran, falls das Sinn für dich ergibt.«

Dale stimmte zu und bat ihn, die Führung zu übernehmen. Er wollte sehen, wie sich der Kerl verhielt. Cooper schien einen natürlichen Instinkt für heimliches Vorgehen zu haben.

Als sie sich ihrem Ziel näherten, erkannte Cooper die Straße und die Umzäunung wieder. Tote schienen nicht in der Nähe zu sein.

Sobald sie auf dem eingezäunten Gelände waren, fühlte er sich etwas sicherer und blieb stehen.

»Hier irgendwo hast du das Flackern gesehen?«

»Genau«, wisperte Dale. »Es muss von dem Gebäude am anderen Ende des Platzes gekommen sein.«

»Klingt logisch, denn dort waren auch die Menschen, von denen ich dir erzählt habe, und das riesige Loch«, entgegnete Cooper. Dale nickte zustimmend.

Während sie mit äußerster Vorsicht auf dem riesigen Gelände weitergingen, drehte der Wind, und plötzlich stank es nach verwesendem Fleisch.

42

Wendy sprang ins Auto, kroch über ihre tote Freundin und landete mit den Händen auf dem Fahrersitz. Als sie die Beine nachzog, spürte sie, wie Sallys Leichnam aus dem Wagen rutschte. Sie hasste es, sie den Zombies zu überlassen, und ihr graute vor dem, was sie mit ihrer Freundin tun würden – bereits taten, noch während sie sie fortschleiften. Sie zwängte sich in den engen Sportsitz, startete den Motor und fuhr schnell los.

Während sie davonbrauste, schaute sie noch einmal zurück: kauernde Zombies, die den Leichnam ihrer Freundin zerrupften. Zum Glück konnte sie nicht viel sehen, nur das Gewimmel um Sally herum. Wendy schaute wieder nach vorn und fuhr weiter zu Costco.

Sie hatte vor, das große Rolltor mit dem Auto zu durchbrechen, sodass die Toten ins Gebäude fluten konnten. Falls sie dabei starb, sollte es so sein. Es gab keinen anderen Ort, den sie hätte aufsuchen können. Bis sie den Markt jedoch erreichte, war es dunkel geworden. Sie fuhr langsamer. Im Kegel der Scheinwerfer konnte sie sehen, wie sich Zombies um das Gebäude scharten, besonders dicht vor dem Eingang.

Wendy lenkte ein. Das Licht und der Lärm ihres Motors ließen die Horde aufmerksam werden. Sie kamen ihr entgegen, während sie langsam weiterfuhr. Mehrere Leichen beugten sich noch über etwas, das vor der Tür lag und – das wusste Wendy sicher – ein Mensch gewesen war. Ein blutbesudelter Zombie saß da und nagte an einem Knochen. Wendy ließ die Toten näherkommen, damit der Eingang frei wurde. Dann setzte sie langsam zurück, um sie von Costco wegzulocken. Was sie dann tun sollte, war ihr nicht ganz klar. Woher sollte sie wissen, ob sich jemand im Markt aufhielt? Würde sie es schaffen, unbemerkt einzudringen?

Sobald die Zombies den Parkplatz überquert hatten, fuhr Wendy durch mehrere Häuserblocks, ehe sie kehrtmachte. Sie wollte hinters Gebäude gelangen, ohne dass die Horde ihr folgte. Auf den Straßen war es dunkel und ruhig. Sie beschleunigte ein wenig und ließ die Toten hinter sich zurück.

Unterwegs gelangte sie zu dem Schluss, das Tor nicht zu rammen. Weder wollte sie die anderen Mädchen verletzen, noch sich selbst den

Hals brechen. Am besten ließ sie alles Weitere auf sich zukommen und handelte dann so, wie es sich ergab. Zunächst musste sie versuchen, in Erfahrung zu bringen, wer sich in Costco aufhielt. Der schwierige Teil – wie mit den Überlebenden verfahren? – folgte danach.

***

Banjo und die anderen Biker näherten sich dem Parkhaus leise. Sie betraten die untere Ebene. Dort war es still, kein Licht brannte. Sie stellten schnell fest, dass die Auffahrten und Treppen abgerissen worden waren. »Verfluchter Mist.« Banjo stapfte zurück zur Vorderseite des Gebäudes. »Kommt mit.«

»Mann, wir finden bestimmt einen Weg nach oben.« Acid folgte ihm. Die Übrigen kamen hinterher, nachdem sie das Parterre abgesucht hatten.

»Vergiss es, ich klettere nicht da rauf wie ein Affe. Muscle, hast du deinen fetten Ballermann dabei?«

»Sicher doch.« Er zog die verchromte Pistole aus ihrem Halfter und hielt sie hoch.

Als sie unter dem Gebäude hervorgekommen waren, gingen sie noch ein Stück weiter weg. Dann blieben sie stehen und drehten sich um, woraufhin Banjo nach oben zeigte. »Jetzt mach sie auf uns aufmerksam.«

Muscle hob seine Waffe und gab drei Schüsse auf die oberen Ebenen des Bauwerks ab. Das Mündungsfeuer erhellte den Bereich rings um die Männer und blendete sie, während der Knall ihre Ohren klingeln ließ.

Banjo bellte: »Hört ihr mich?«

Es blieb ruhig. Henry spürte, wie ihm jemand auf den Rücken klopfte. Er drehte sich um. Es war Weed.

»Mir nach, Bruder. Wir sollten uns erst mal zurückziehen.« Der alte Biker ging davon.

Henry folgte Weed in die Finsternis, fort vom Parkhaus. Er war an einem Punkt angelangt – eigentlich sogar darüber hinweg –, der ihn dazu nötigte, etwas zu unternehmen, um den Menschen in dem Gebäude zu helfen.

***

Alle hörten die Schüsse und sprangen auf. Während Ron mit Donna auf dem Sofa gesessen hatte, schlug eine Kugel über ihren Köpfen in die Decke, sodass Betonsplitter und Staub auf sie rieselten. Ron versuchte, Ruhe zu bewahren. Er hörte laute Rufe. Bestimmt war das der Biker, der ihn hängen wollte.

»Folgt mir, alle.« Er eilte hinüber zur Rampe, die aufs Dach führte. »Schnell, schnell«, drängte er und winkte.

Lisa wollte erfahren, was los war. Ana wich nicht von ihrer Seite, doch Donna entgegnete nur, dass Gefahr drohte und die beiden dem Rest der Gruppe nachlaufen sollten. *So viel habe ich nach den Schüssen und dem Geschrei auch schon erkannt,* dachte Lisa.

Mittig auf dem Dach des Parkhauses stand ein ungefähr acht Fuß hoher Kasten aus Zementstein. Er war deutlich größer als die beiden Schächte darunter und enthielt unter anderem die Seilwinden und Mechanismen der beiden Aufzüge. Die Gruppe hatte bereits früher darüber gesprochen, sich eventuell dort verstecken zu müssen. Die Tür der steinernen Konstruktion ließ sich von innen absperren und war außen mit hartem Metall verkleidet. Die Fahrstuhltüren auf allen Ebenen waren ähnlich stabil, und wenn sie zufielen, rastete ein Riegel ein, der es nahezu unmöglich machte, sie ohne entsprechendes Werkzeug aufzubrechen.

Binnen weniger Minuten standen Mary, Donna, Ana und Lisa dicht an dicht in dem engen Raum.

Der Mann brüllte noch ein paar Mal, doch niemand verstand seine Worte. Ron und Sal gingen zur Brüstung des Parkhauses, um hinunter ins Dunkel zu schauen. Sie glaubten, mehrere Gestalten vor dem Gebäude auszumachen. Ein weiterer Schuss fiel. Sal brach neben Ron auf dem Boden zusammen.

***

Etwas leuchtete auf, und Weeds Gesicht zuckte im Dunkeln. Er sah aus wie ein alter Zauberer, während er im Schein des Feuers an einem dicken Joint zog. Nachdem er diesen zum Glühen gebracht hatte, bot er ihn Fats an. Sie waren ein gutes Stück von den anderen entfernt.

»Zug gefällig?« Rasch schob er nach: »Banano.«

Fats winkte ab.

»Ach ja, richtig, du bist so was wie ein Schwachkopf. Tja, selig sind die geistig Armen.« Seinem Namen getreu zog Weed kräftig an der Tüte, ließ sie im Finsteren glimmen wie ein Dämonenauge und hielt die Luft an. Henry fragte sich, was er tun sollte. Die anderen Biker würden diese Menschen letzten Endes töten.

»Hör mal, Fats«, merkte Weed auf, nachdem er ausgeatmet hatte. »Verstehst du mich, wenn ich spreche?«

Henry bejahte mit einem Nicken, während er in Weeds Augen schaute, die im Dunkeln schwach erkennbar waren.

»Gut. Du begreifst also, wenn ich sage, dass wir sogar noch weiter weg müssen? Wir brauchen einen Vorsprung, falls diese Sache ungemütlich wird. Ich glaube nicht, dass wir uns schnell genug aus dem Staub machen können, falls es ernst wird. Weder du, noch ich.«

Henry nickte. Er überlegte, ob er etwas erwidern sollte, entschied sich aber dagegen.

»Komm, gehen wir. Die anderen werden machen, was sie machen müssen, und uns einholen.« Als sich Weed auf den Weg begab, zog er immer noch an seinem Joint. Um ihn wieder mit seinem Stabfeuerzeug anzuzünden, blieb er noch einmal stehen. Der Tabak flammte auf. Da sah Henry ein großes Loch, das sich wenige Fuß vor ihm auftat. Mit einer Geste bedeutete er Weed, ihm das Feuerzeug zu geben.

»Du willst meinen Dübel?« Henry schüttelte den Kopf und teilte ihm mit beiden Händen mit, was er meinte. Dann reichte ihm der Biker das Feuerzeug.

»Pass damit auf, Junge.«

Henry knipste es an und trat zum Rand des Lochs. Über das Licht der Flamme hinaus sah er nichts als Schwarz und konnte nicht abschätzen, wie tief es war. Weed stellte sich neben ihn.

»Teufel auch. Saubere Leistung, dass du dieses Loch entdeckt hast, Mann.«

Henry riss ein Stück Stoff von seinem zerschlissenen T-Shirt ab und zündete es an. Als es aufflammte, ließ er es fallen. Es trudelte recht lange hinunter, bis er es nicht mehr sah. Das Loch war verdammt tief. Henry trat zurück, da ihm so nahe an der brüchigen Kante unwohl zumute wurde.

»Verflucht, ist ganz schön tief. Vielleicht können wir die Toten hineinwerfen, wenn die Jungs fertig sind. Ich muss dran denken, das vorzuschlagen. Ist ja unsinnig, welche von diesen Zombies anzulocken.« Weed blieb am Rand stehen und schaute hinab in die Finsternis. Bei Nacht nahm man das Loch kaum wahr, und hätte Fats nicht darauf hingewiesen, wäre der Biker eventuell einfach hineingestürzt. Sogar die Aluminiumleiter, die hinüberführte und trotz der Dunkelheit deutlich sichtbar war, diente dazu, den Abgrund zu verbergen, weil sie einem Blickfang gleichkam. Das Loch und der schwarze Bodenbelag ringsum schienen die gleiche Farbe zu haben, zu der die metallene Leiter einen Kontrast bildete.

Henry war hin- und hergerissen: Er konnte den Biker ohne weiteres in die Tiefe stoßen, sodass er sich um einen bösartigen Killer weniger kümmern musste, doch Henry gefiel die Vorstellung nicht, jemanden umzubringen. Er glaubte an Gott und ein Leben nach dem Tod.

»Ich sag's dir, Fats, am liebsten wäre ich jetzt dort oben. Alt werden ist scheiße – glaub mir.« Er kicherte. Ein rauer, heiserer Laut. »Aber keine Bange, ich kenne meine Brüder. Obwohl wir den Club aufgelöst haben, wollen sie mich weiter als Gründungsmitglied in Ehren halten. Sie werden mir das Vorrecht geben, jeden Gefangenen zu töten, doch ich weiß, dass dein Bruder Banjo diesen Schwarzen aufknöpfen will, und das nehme ich ihm nicht weg – im Gegenteil, dann klatsche ich Beifall.«

Henry hatte genug gehört.

Ein kräftiger Stoß, und es war getan.

***

Der alte Mann war fort, und Alanis mit den anderen Mädchen allein. Er war nett zu ihnen gewesen, doch was sie dringend brauchten, war ein Schuss, keine Suppe oder Kekse. Sie ging die Treppe hinunter und öffnete die Tür. Es war still und dunkel. Nahezu blind tappte sie weiter.

Sie tastete sich an Regalen und Kisten vorbei, fast bis zum anderen Ende der Halle. Dort erwog sie, wieder umzukehren. Ginge sie noch weiter, würde sie möglicherweise die Orientierung verlieren und sich verirren. Sie wusste jedoch, dass Banjo eine beträchtliche Menge Stoff in seinen Satteltaschen hortete, also drängte sie von brennendem Verlangen getrieben weiter.

Ihr war klar, wie niedrig ihre Chancen standen, im Dunkeln über Banjos Taschen zu stolpern. Der Gedanke: *Was, wenn er sie mitgenommen hat?*, drängte sich ihr auf – neben vielen anderen, die sie sich hätte machen sollen, bevor sie die düstere Verkaufsfläche betreten hatte.

Falls die Gang jetzt zurückkam, saß sie höchstwahrscheinlich in der Falle und wurde gefunden. *Wo zur Hölle ist der alte Mann? Ist schon fast eine Stunde her, dass er sich aufgemacht hat.*

Plötzlich ertönte ein lauter Knall, der sie erschrak. Sie zuckte zusammen, doch dann herrschte wieder Stille. Weit vor ihr tat sich ein helles Licht auf.

Alanis erstarrte. Sie war sich nicht sicher, was sie tun sollte, schlich aber weiter, um herauszufinden, was los war. Vor einem Menschen konnte sie sich immer noch verstecken, und war es einer der Toten, würde sie an einem Regal hinaufklettern. Sie bewegte sich leise und fast unsichtbar durchs Dunkel. In den Strahlen des einfallenden Lichtes tänzelte Staub. Alanis hörte einen Motor ausgehen, doch die Scheinwerfer blieben eingeschaltet.

Schließlich wich sie zurück von der offenen Tür – offen vor der Nacht und dem, was auch immer sonst noch draußen lauern mochte. Rasch lief sie wieder durch den Markt, um sich vor dem Unbekannten zu verbergen, der sich gerade gewaltsam Zugang verschafft hatte, aber dann machte sie die Sitzgruppe aus, auf der die Biker abgehangen hatten. Alanis lief hinüber und fand tatsächlich Banjos Satteltaschen.

Wieder im Büro angelangt, verabreichte sie sich und ihren Schwestern die heißersehnte Droge. Bald schwebten sie alle auf einer Wolke der Verzückung dahin, fort von Hunger, fort von Furcht und der entsetzlichen Welt.

***

Jeff gelangte gerade am Parkhaus an, als die ersten Schüsse fielen. Er sah die Schattenrisse der Männer vor dem Bauwerk und stürzte sofort los. Er eilte von ihnen weg.

Im Gebäude festsitzen, während sie angegriffen wurden? Ausgeschlossen. Nachdem er Ronnys Schilderungen über die Biker gehört und die dunklen Gestalten vor dem Parkhaus gesehen hatte, wusste er, dass es nur eine Frage der Zeit war, bis sie es auf eine der höheren Ebenen schaffen und die Gruppe umbringen würden.

Er hatte den Büropark fast erreicht, als er weitere Schüsse hörte.

***

Alles blieb still, während sie das Gelände überquerten. Dale wurde nervös. *Scheiße, hoffentlich sind das freundliche Menschen und kein Haufen Arschlöcher.*

Plötzlich brachen ringsum Schüsse los und hallten wider, was sowohl ihn als auch Cooper zusammenzucken ließ. Lichtblitze erhellten die Vorderseite des Parkhauses, und Dale kauerte instinktiv nieder, nicht ohne Cooper mit auf den Boden zu ziehen. Beide legten sich flach hin. Nach mehreren Minuten flüsterte Dale seinem Gefährten zu: »Ich muss näher ran, um zu erkennen, was da los ist.«

»Was sollen wir tun?«

»Uns vorsichtig anpirschen.«

Dale stand auf, und Cooper folgte ihm.

***

Wendy stellte den Wagen schräg vor den Hintereingang von Costco. Der Abstand zwischen ihm und der Ecke ihrer Stoßstange betrug nur wenige Zoll, weshalb die Tür, als sie noch einmal kurz aufs Gaspedal trat und wieder bremste, aus ihren Angeln gerissen wurde, ohne dass das Auto den Rahmen berührte. Ein ehemaliger Gespiele hatte ihr gezeigt, wie man eine Tür mit einem Fahrzeug öffnete, ohne es oder das Gebäude zu beschädigen. Sie schaltete den Motor ab, nicht aber die Scheinwerfer, denn sie wollte in den Markt sehen können. Zudem ließ sie den Wagen in der Tür stehen, damit keine wandelnden Leichen eindringen und sie im Dunkeln überraschen konnten.

Eine Minute lang verharrte sie noch auf dem Fahrersitz und lauschte. Da die Gang nicht da zu sein schien, kroch Wendy über die Haube des Wagens und rutschte ins Gebäude. Dann tastete sie sich durch die Gänge, bis sie die beiden toten Tänzerinnen im Käfig entdeckte. Von den anderen Mädchen war nichts zu entdecken, also kehrte sie zu ihrem Wagen zurück. Als sie zur Tür gelangte – die Scheinwerfer blendeten sie –, hörte sie ein Ächzen und Pochen.

Die Toten umringten das Auto und drängten gegen das Gebäude. Sie sammelten sich zu beiden Seiten des Fahrzeugs und lehnten sich hervor, um Wendy zu fassen zu bekommen. Ihr kam es vor, als stände sie wieder auf einer Bühne, wo sie lüstern von widerlichen Männern angegafft wurde. Sie lächelte und schüttelte ihre Brüste vor den Zombies, wobei sie diese weniger anstößig und vielleicht sogar harmloser fand als die lebendigen Typen, für die sie getanzt hatte.

Da sie nicht in ihren Wagen einsteigen konnte, saß sie im Markt fest, es sei denn, sie fand eine andere Tür, um sich zu Fuß durch die Nacht zu schlagen.

***

Ron kniete neben Sal. »Ich hatte noch nie mit einer Schusswunde zu tun.« Er war sich nicht sicher, was er tun sollte. »Wir müssen die Blutung stillen.«

»Und den Schmerz«, zischte Sal mit zusammengebissenen Zähnen. »Ich glaube, ich werde ohnmächtig.«

»Das ist wohl der Schock. Versuch bitte, wach zu bleiben.«

Blut quoll aus dem Einschussloch.

Donna erschien neben ihm. »Lass mich mal sehen.«

Nachdem sie Ron sanft beiseite geschoben hatte, kniete sie sich zu Sal. Der stöhnte vor Schmerz.

»Tut mir leid«, versicherte sie ihm und drehte ihren Kopf zur Ron. »Wir müssen das möglichst schnell säubern und verbinden.«

Er stand auf, während er darüber staunte, wie ruhig seine Frau blieb. Dann drehte er sich um und lief los, um Wasser und Verbandsmaterial zu holen. Er fürchtete sich, wollte Sal nicht verlieren. Mit dem Kerl konnte man Pferde stehlen, und solche Menschen gab es in diesen Tagen kaum mehr. Davon abgesehen war Ron wütend auf diese Psychopathen. Der Weltuntergang reichte ihnen nicht. Sie machten unmissverständlich klar, dass kein Weg daran vorbeiführte, sie zu töten.

Nachdem er Wasser, Kleidungsstücke als Bandagen, Seife und eine Laterne gefunden hatte, brachte er alles zu Donna. Gleich darauf rannte er mehrere Ebenen hinunter, stellte sich hinter einen Pfeiler und rief: »Was wollt ihr?«

»Den Afro!«, brüllte Banjo zurück.

»Der bin ich! Was erwartest du?«

»Wir beide haben noch was zu klären. Stell dich, und wir lassen deine Freunde in Ruhe.«

Ron schwieg. Kurz spielte er mit dem Gedanken, sich auszuliefern, doch ihm war klar, dass dieser Abschaum sein Wort niemals halten würde.

»Komm schon, Sambo, du schaffst es nicht, dich lebendig aus der Affäre zu ziehen. Falls wir zu dir hochsteigen müssen, blüht deinen Freunden nichts Gutes.«

Was sollte Ron tun? Er war unbewaffnet, Sal ernsthaft verletzt, und dort unten warteten mindestens fünf üble Biker. Über kurz oder lang würden sie einen Weg nach oben finden. Ron kam es vor, als wären seine Gedanken gelesen worden, als Banjo fortfuhr: »Dir ist klar, irgendwann schaffen wir es hinauf zu dir – und ich trage diesen Strick schon viel zu lange mit mir herum.«

***

Jeff gelang es, aufs Dach zu klettern und sich über die dicken Stromkabel durch ein Fenster in die Lagerhalle zu schieben. Als er sich auf den Sims hinter der Scheibe fallen ließ, hörte er im Dunklen röchelnden Atem und das Schlurfen und Scharren Hunderter Leiber, begleitet von diesem Gestank … Er schlich in vollkommener Finsternis an der Mauer entlang, bis er die Kette fand. Er begann, daran zu ziehen.

Als das Tor weit genug geöffnet war, drängten die Zombies aus dem Lager. Jeff zog sich zurück. Ohne Mühen stieg er wieder aus dem

Fenster und kroch über die Kabel zum angrenzenden Gebäude. Dort setzte er sich aufs Dach und beobachtete, wie die Armee der Toten, die er herausgelassen hatte, aufs Parkhaus zuströmte.

***

Cooper hielt inne, Dale tat es ihm gleich. Cooper war still und bewegte sich nicht. Plötzlich ging er nach rechts – fort vom Parkhaus. Kurz blickte er zurück, um sich zu vergewissern, dass Dale ihm folgte. Sie hörten Rufe vom Gebäude her. Noch mehr Schüsse fielen.

Wieder blieb Cooper stehen und wartete. Nach einem Moment flüsterte er Dale zu: »Siehst du den Schwarm?«

Sein Begleiter schaute ihn erschrocken an. »Schwarm? Welchen Schwarm?« Er spähte ins Dunkel.

Cooper streckte einen Arm aus. »Etwa 100 Fuß vor uns. Der Lärm zieht sie an. Wir sind hier sicher, solange wir still bleiben.«

»Du kannst sie sehen, trotz dieser Dunkelheit?« Dale kniff die Augen zusammen und versuchte, dort etwas auszumachen, wo Cooper hinzeigte.

»Na ja, ich sehe dort drüben vage Bewegungen ... man kann sie doch aber riechen.« Cooper ließ den Blick in der Umgebung schweifen. »Dort entlang.«

»Wohin willst du?«, fragte Dale.

»Wir gehen mit dem Wind und halten uns von dem Schwarm fern. Auch will ich, dass wir dichter an das Gebäude gelangen. Falls etwas schiefläuft, rennen wir zu den Rollbahnen.«

»Sollten wir getrennt werden«, erwiderte Dale, »treffen wir uns am besten da hinten vor dem letzten Bürohaus, an dem wir vorbeigegangen sind.« Er stockte. Jetzt endlich sah er die Toten: Hunderte von ihnen schlurften nur wenige Yards entfernt im Finsteren vorüber. Er musste sich zwanghaft bemühen, nicht davonzulaufen. Cooper stand weiter gelassen neben ihm.

Dann gingen sie los und auf das Parkhaus zu.

***

»Das gibt's doch nicht!«, brüllte Acid. »Hey, wir müssen von hier verschwinden, Jungs!«

Banjo fragte sich, was für ein Problem der Savage verdammt nochmal hatte. Muscle feuerte noch dreimal mit seiner Kanone. Da packte Jeeter Banjo am Arm. »Wo ist Fats?« Der Kerl war in Panik. Er hatte seine Sonnenbrille abgenommen, sodass man seine weit aufgerissenen Augen sah.

»Was? Woher zum Geier soll ich das wissen?« Banjo schaute zurück, während er mit Jeeter sprach, und erkannte, dass sich die Toten aus zwei Richtungen näherten. Die anderen Jungs verloren den Kopf, während er cool blieb. Er wusste, wie er mit dieser Situation umzugehen hatte. Immer noch hielt er Old Crow fest in seiner rechten Hand.

»Wo ist Fats, Mann?«, drängte Jeeter. »Fats!« Er stürzte in die Dunkelheit davon.

Drehte Jeeter jetzt auch noch durch? Banjo blickte hinüber zu Jack, der genauso zu empfinden schien wie er selbst. Der Savage nickte ihm kurz zu. »Ich denke, wir sollten abhauen und uns das Lynchen für später aufsparen.«

***

Jeeters hysterisches Geschrei entging auch Henry nicht und riss ihn aus seinen Gedanken. Jeeter hastete vom Parkhaus her auf ihn zu.

»Fats, komm mit, Mann, lass uns von hier abhauen.« Er brüllte laut, und erste Zombies begannen, ihm zu folgen.

Jeeter zerrte an Henry und fuhr ihn an, er solle sich bewegen.

»Fats! Komm schon, Fats!« Er drehte völlig durch, kreischte und zog an ihm.

Henry aber gab nicht mehr vor, Fats zu sein. Sein Gesichtsausdruck erschreckte Jeeter und ließ ihn stocken. Während Henry ihn anstarrte, schlang er seine Arme um ihn und hob ihn hoch.

Dann drehte sich Henry um und ging auf die nahenden Toten zu. Jeeter kreischte und zeterte, trat aus und wand sich in der Umklammerung. Die Toten umzingelten sie. Henry ließ Jeeter fallen. Er stand nie wieder auf.

Auch Henry wurde nach hinten gerissen. Tränen schossen ihm in die Augen. Wie gut, dass nun alles vorbei war.

***

»Hast du das gesehen?« Cooper blieb erneut stehen. Die Toten drängten scharenweise auf das Gebäude zu. Dale verharrte neben ihm.

»Klar.«

Er ging davon aus, dass der Jüngere den dicken Biker meinte, der Selbstmord begangen hatte, indem er mit dem anderen im Arm in die Meute der Zombies getreten war.

»Würde gerne wissen, was das sollte.«

Cooper lief bereits weiter. Ein paar Leichen kamen aus der Finsternis auf ihn zu. Cooper nahm seinen Schlagstock und kümmerte sich um sie. Als er sich wieder zum Gebäude umdrehte, war er entsetzt: Dale wurde von zwei der Banditen angegriffen. Einer von ihnen war ein Riese, groß und fettbäuchig. Der andere Kerl zückte ein Jagdmesser und rammte es in Dales Bein.

Der zog seine Pistole, doch der Dicke schlug ihm mit der Faust ins Gesicht, woraufhin er sie fallenließ. Dale schien einer Ohnmacht nahe zu sein. Der fette Biker zog nun seine eigene Pistole, ein Großkaliber aus Chromstahl, und hielt diese an Dales Kopf.

Er blutete aus Nase und Mund. Die Biker waren wie aus dem Nichts gekommen und hatten ihn überrascht. Das hätte nicht passieren dürfen.

Dale schaute den dicken Biker rundheraus an, der ihm die Waffe an den Kopf hielt. Er wartete auf seinen Tod. Der fette Dreckskerl grinste und wollte gerade etwas sagen, schielte jedoch auf einmal und sackte zusammen. Dale blickte auf. Der andere Verbrecher lag ebenfalls am Boden. Cooper stand vor ihm – seine Pistolen baumelten an ihren Bändern.

Dale legte ihm einen Arm um die Schulter und wollte aufstehen, brach aber wieder zusammen.

»Komm schon, wir müssen weiter.«

»Es ist zu spät.«

Sie waren von Toten umgeben. Dale konnte nicht laufen und verlor Blut. Nachdem er seinen Gürtel ausgezogen hatte, zurrte er ihn um sein Bein.

Der Kreis der Zombies ringsum, eine Mauer aus verrottendem Fleisch, wurde enger. Cooper erstarrte.

***

Ron beobachtete, wie die Toten den Bereich unter dem Parkhaus ausfüllten. Die Biker waren unerwartet angefallen worden, und wie es aussah, überlebten es einige nicht. Im Schein des gerade aufgehenden Mondes erkannte er, dass die Anzahl der Zombies in die Hunderte gehen musste. Um ein Wunder hatte er gebeten, und nun war es in Gestalt zahlloser verfaulender Leichen geschehen. Er rannte zu Sal und Donna zurück.

Donna schaute mit ängstlicher Miene zu ihm auf. »Er braucht Hilfe. Ich habe die Blutung stoppen können, doch die Kugel ist noch drin, glaube ich. Es war kein Durchschuss.«

»Unten ist eine Horde aufgetaucht. Wenn mich nicht alles täuscht, sind die Männer verschwunden.« Ron wirkte konfus. Er konnte nicht fassen, wie schnell sich das Blatt gewendet hatte.

»Ron, er braucht Hilfe«, wiederholte Donna nachdrücklich.

Ihr Mann blickte wieder auf sie hinab. »Ich muss die anderen holen.«

Sal war schweißgebadet. Während er abwechselnd wegdämmerte und wieder aufwachte, stöhnte er ununterbrochen. Die Gruppe fühlte sich schrecklich hilflos.

»Der Krankenwagen!« Ana stürmte die Auffahrt hinunter.

Donna lief ihr nach.

»Hey, warte!« Sie gingen gemeinsam weiter. »Dir ist doch klar, dass du jetzt nicht da runtergehen kannst.«

»Im Krankenwagen liegen Sachen, die wir gebrauchen können – und ich bin nicht dumm. Bestimmt werde ich nicht versuchen, in einem Meer von Zombies zu surfen.«

Donna schmunzelte. »Schon klar.«

Ana schaute Donna wieder an.

»Du bist Läuferin?«

»Richtig, Marathon.« Dann kicherte sie. »So wie ich es sehe, sind wir beide die schnellsten hier.«

Sie gingen an den Rand des Lochs, durch welches einmal die Auffahrt geführt hatte. Darunter war es dunkel, doch sie hörten die Toten am Boden, ihr Geschiebe, Gestöhne und Gekeuche.

***

Unter Dales Bein bildete sich eine Blutlache. Der festgezogene Gürtel peinigte ihn beinahe so sehr wie der Stich selbst, doch der Schmerz wog nicht so schwer wie seine Furcht. Hunderte humpelnder Toter umringten Cooper und ihn – und kamen näher. Er schlug kräftig gegen ein Bein seines Mitstreiters, um auf sich aufmerksam zu machen. *Der Kerl steht einfach nur rum*, dachte er in Panik. Cooper hatte noch eine Chance, zu überleben, wenn er jetzt handelte, doch Dale glaubte zu wissen, dass er geliefert war.

»Hey! Hey! Cooper! Lauf jetzt! Lauf, verdammt nochmal!«

Cooper schaute ausdruckslos auf Dale hinab.

»Hey, Mann, wir müssen nicht beide draufgehen, jetzt hau endlich ab!«

Cooper hob beide Pistolen hoch. »Bein fest abgebunden?«, fragte er über seine Schulter hinweg.

Fünf Zombies waren den beiden bis auf wenige Fuß nähergekommen, und Cooper streckte sie alle mit je einem Kopfschuss nieder.

Er ließ die Pistole in seiner Linken fallen, lief zu Dale und packte ihn am Kragen. Gleichzeitig zielte er mit der anderen Waffe und fällte drei weitere Zombies.

Er lief los, wobei er Dale, der ihm den Rücken zukehrte, über den Asphalt schleifte. Er feuerte – klick, klick, klick – und das nächste Trio stürzte weniger als zwei Yards entfernt zu Boden.

Dale schaute auf seine Füße, während Cooper ihn rückwärts zog. Ein Zombie fiel über seine Beine, doch Cooper marschierte unbeirrt weiter, weshalb sich der Untote nicht festhalten konnte. In der Umgebung wimmelte es vor ihnen. Dann stolperte wieder einer über Dales Beine. Die Wunde tat höllisch weh. Er schlug dem Monster seine Pistole auf den Hinterkopf. Schwarze Flüssigkeit quoll aus dem Loch im Schädel und der Tote ließ los.

Dale schaute zu, wie ein paar Zombies zu Boden gingen, nachdem .22er Patronen in ihre Köpfe geschlagen waren. Er konnte hören, wie die mit einem Schalldämpfer ausgestattete Waffe des Jungspunds in einem fort klickte, war sich aber trotzdem sicher, dass weder Cooper noch er es schaffen würden. Sie befanden sich mitten auf dem Parkplatz und waren von Toten umgeben. Dale entsicherte seine Pistole. Wenn sie überwältigt wurden, würde er den jungen Kerl zuerst erschießen und dann sich selbst. Niemand sollte gezwungen sein, bei lebendigem Leibe gefressen zu werden.

Plötzlich hörte er ein lautes, metallenes Rappeln. Die Zombies standen nur wenige Zoll entfernt. Wahrscheinlich war der Jungspund erschöpft, oder sie hatten ihn erwischt. Als sich Dale mit der Waffe im Anschlag umdrehte, um das Notwendige zu tun, wurde er gepackt.

Dale wurde über ein Brett gezogen, wie es sich anfühlte.

Der Finsternis zum Trotz erkannte er, dass keine Zombies mehr in der Nähe waren, aber wie das sein konnte, war ihm ein Rätsel.

Cooper sprach in sein Ohr. »Nicht rühren. Bleib ganz ruhig sitzen.«

Dale schaute hinunter. Er hockte auf einem Brett auf einer Aluminiumleiter. Diese lag über einem Krater – dem unglaublich tiefen Loch, von dem Cooper ihm erzählt hatte. Er spürte, wie das Gestänge wippte, es knarrte unter dem Gewicht der beiden.

Cooper legte ihm die Arme um die Brust und zog ihn weiter auf die Leiter. Dale konnte sehen, was am Rande des Lochs vor sich ging. Er beobachtete, wie die Toten ins Leere traten. Die wenigen, denen es gelang, einen Fuß auf die Leiter zu setzen, schafften nur einen Schritt, bevor sie ebenfalls in die Dunkelheit stürzten. *Heilige Scheiße*, dachte Dale. *Der Junge hat es geschafft und uns beide gerettet.*

Nach wenigen Minuten fiel nur noch ab und zu eine Leiche in das Loch. Der Mond stand nun hoch am Himmel und leuchtete hell. Cooper trat behutsam von der Leiter hinunter und feuerte noch einige Male, um wenige Nachzügler zu beseitigen. Er half Dale, bis sie wieder sicher am Rand des Lochs waren.

»Und noch einmal hast du mir den Arsch gerettet.« Cooper ignorierte seinen Kommentar, als er sich neben ihn setzte.

»Ich habe gerade zwei Menschen umgebracht.« Er kehrte sich Dale zu. »Hast du schon mal jemanden umgebracht?«

Diese Frage bekamen Soldaten und Bullen ständig zu hören.

»Zweimal – in Ausübung meiner Pflicht. Es war gerechtfertigt, aber trotzdem nicht leicht zu verdauen. Weißt du, wenn ein Cop jemanden im Dienst erschießt, muss er in psychiatrische Behandlung, und ich kann dir sagen, das hilft. Dabei arbeitest du die Sache nämlich auf deine eigene Weise auf. Es ist nicht gut, sie zu verdrängen.«

»Wie soll ich darüber denken?«

»Darauf gibt es keine allgemeine Antwort. Ich meine, ob du es genossen hast oder zulässt, dass es dich zerbricht: Beides ist falsch. Jeder fühlt anders. Vielleicht wirst du nie Schwierigkeiten deswegen bekommen, vielleicht bist du dir so sicher, das einzig Richtige getan zu haben, dass du dir niemals einen Kopf darüber machst.«

»Darum bete ich. Ich weiß, hätte ich sie nicht getötet, wären wir dran gewesen.« Cooper schaute auf seine Füße. »Nun ja, ich werde damit schon klar kommen.« Er stand auf und versuchte, Dale hochzuhelfen, als sie Schritte im Dunkeln hörten.

Ana kam mit einer Gruppe fremder Personen. Sie stieß einen kurzen Schrei aus, rannte zu Cooper und schlang ihre Arme um ihn. Auch Cooper drückte sie an sich. Ana wieder festzuhalten, fühlte sich großartig an.

»Ich gehe mal davon aus, dass ihr zwei euch kennt«, sagte Dale lächelnd. »Oder reagieren alle Frauen so, sobald sie dich sehen?«

Ron, der sich nach Anas Aufschrei misstrauisch umschaute, trat vor. »Gehen wir. Bekanntmachen können wir uns später.« Damit packte er Dales Arm und half ihm beim Aufstehen. Nachdem sich Cooper auf der anderen Seite eingehakt hatte, gingen sie zum Parkhaus.

Ana lief neben Cooper. »Bist du verletzt?«

Dale musste ungeachtet seiner Schmerzen schmunzeln. *Schmachtende Teenager sind zu süß. Vermutlich braucht der alte Kerl mit dem blutüberströmten Bein keine solche Fürsorge wie der hübsche Jüngling.*

Die Gruppe zwängte sich in den Fahrstuhl und ließ sich hinauf in ihr *Allerheiligstes* befördern, wie Ron es nannte.

Sal ging es nicht gut. Die Stimmung im Parkhaus in dieser Nacht war düster, doch es gab auch vieles, wofür sie dankbar sein durften.

Später kehrte Jeff zurück, und man stellte einander vor.

»Ich ahnte, du hattest etwas damit zu tun, dass dieser Schwarm Zombies gekommen ist«, bemerkte Ron.

»Weißt du noch, wie Bill jede Leiche im Umkreis von zehn Meilen angelockt hat?«, erwiderte Jeff mit dem Mund voller Doritos.

»Richtig, und du hast sie alle vertrieben.« Ron schaute Cooper und Dale an, zeigte aber auf Jeff. »Über den Kerl kann ich euch ein paar unglaubliche Geschichten erzählen.«

Ron fühlte sich für kurze Zeit unbeschwert und gab ein paar Anekdoten zum Besten. Donna kam und setzte sich auf seinen Schoß. »Hallo, mein Held«, flüsterte sie in sein Ohr. »Vielleicht liegt es am Wein, den ich getrunken habe, aber ich möchte dich heiraten.«

Ron schaute ihr in die Augen und sprach genauso leise. »Ich weiß nicht, ob wir hier sicher sind. Möglicherweise sind immer noch welche von diesen Typen da draußen.«

»Du kannst einem wunderbar die Laune verderben.« Sie lächelte, ehe sie ernsthaft fortfuhr: »Was sollen wir tun?«

Cooper, der neben ihnen saß, bemerkte: »Ich habe gesehen, dass mindestens zwei davongekommen sind. Sie liefen in Richtung der Rollbahnen.«

»Und ich habe dort unten vier gezählt, die es nicht geschafft haben.« Ron schloss die Augen und legte seinen Kopf zurück. »Ursprünglich waren es aber nur drei Biker.«

Dale schnappte den letzten Satz auf. »Ursprünglich? Was meinst du damit?«

»Sal und ich waren an jene drei Biker geraten. Wir hatten eine Auseinandersetzung mit ihnen und konnten fliehen.« Ron schaute zu Boden.

Donna legte eine Hand auf seine Schulter. »Schon gut, erkläre es ihnen ruhig.«

Ron blickte auf – erschrocken darüber, dass ihn alle erwartungsvoll anschauten.

»Sie versuchten, mich zu hängen, und Sal hat mich gerettet.« Er schaute wieder nach unten. »Es geht noch weiter. Es fällt mir schwer, das zuzugeben, aber ich fürchte, das alles war mein Fehler. Ich hatte ihre Motorräder sabotiert, damit wir entkommen konnten. Nun, ich hätte es so drehen können, dass wir einfach nur abhauen. Vielleicht hätten sich die Kerle geärgert, aber ich … ich habe eine dumme Nummer mit ihren Rädern abgezogen.«

Donna machte große Augen.

»Ron, was genau hast du getan?«

Er beschrieb, was sich zugetragen hatte. Es fiel ihm schwer; ihm kam es wie eine törichte Handlung vor, derentwegen die Gruppe gefährdet und Sal angeschossen worden war.

»Ich halt's nicht aus!« Alle zuckten zusammen. Es war Jeff. »Oh mein Gott!« Er lachte laut. Seine Ausfälle überraschten die anderen immer, weil er normalerweise sehr still war. »Ein echter Brüller!« Jeff wischte sich mit beiden Ärmeln Tränen aus den Augen. Er hatte eine merkwürdig aussehende Pinzette und ein Schaltbrett dabei. »Und du hast dich über mich lustig gemacht, weil ich mein Leben für Doritos aufs Spiel setzte. Das werde ich dich nie vergessen lassen!«

Nun musste auch Ron lachen. Es tat unheimlich gut.

»Also gut, Leute«, lenkte Dale ein. »Ron gewinnt den Preis für die lustigste Art und Weise, sich zur Zielscheibe von Psychopathen zu machen, doch wir müssen sehr bald etwas unternehmen.«

»Ich habe auf jeden Fall sieben gezählt.« Jeff war wieder gefasst und ruhig. »Also sind vermutlich noch drei auf freiem Fuß.«

»Wir müssen weg von hier, und zwar schnell.« Cooper stand auf. »Wir können uns irgendwo in der Nähe verstecken und aus sicherem Abstand beobachten, ob sie zurückkehren.«

»Wir haben uns bisher nur kurz vorgestellt, aber ich war ein verdeckter Ermittler bei der Polizei«, sagte Dale in die Runde. »Ich hatte mich in eine Verbrecherbande aus Nevada eingeschleust. Diese Typen werden ganz schnell zurückkehren, um uns Männer umzubringen und die Frauen als Sexsklavinnen mitzunehmen.«

Das genügte, um alle in helle Aufruhr zu versetzen. Rons erster Gedanke war: *Wie sollen wir Sal fortschaffen?*

***

Banjo und Jack standen ungefähr in der Mitte des Parkplatzes im Dunkeln. Da der Mond hell schien, konnten sie weit sehen. Sie beobachteten, wie ein Krankenwagen vom Parkhaus wegfuhr, und gingen wieder zu ihrem Pickup zurück.

»Die hauen ab«, bemerkte Jack, als er sich hinters Steuer setzte.

»Ich bin immer noch jemandem etwas schuldig.« Banjo schaute hinaus in die Nacht. Das Los seiner Brüder beschäftigte ihn. Er fragte sich, wer diese Menschen vom Parkhaus waren.

»Ich würde ja vorschlagen, wir lassen es einfach auf sich beruhen, aber der Schwarze hat unsere Bikes geschrottet.« Er streckte seinen Kopf aus dem Türfenster, während sie langsam über den Platz rollten. Sie würden dem Krankenwagen folgen, doch Banjo beschäftigte noch eine andere Frage: *Durchsuchen wir zuerst das Parkhaus?* Plötzlich stießen sie auf eine Leiche, dann eine weitere, und schließlich noch mehr. Das waren die Zombies, denen sie im Kampf den Garaus gemacht hatten, doch gleich darauf entdeckten sie zwei nebeneinanderliegende Tote, die eindeutig Lederwesten und schwere Stiefel trugen. Nachdem sie angehalten hatten, stiegen sie mit einer kleinen Taschenlampe aus, um sich die Körper anzuschauen. Es waren Muscle und Acid. Jack ging auf die Knie und besah sie genauer.

»Scheiße, sieh dir das an. Das waren nicht die Zombies.« Er zeigte auf ein kleines, rundes Loch im Hinterkopf des einen Mannes. »Die haben von ihnen gefressen, aber getötet wurden sie von jemand anderem.«

Die beiden richteten sich wieder auf. Jack blickte in Banjos Augen.

»Irgendein Arschloch hat meine Brüder erschossen.«

»Und meine Brüder«, betonte Banjo. »Das ist noch schlimmer als demolierte Bikes. Ich gebe keine Ruhe, bis wir ihren Tod gerächt haben.«

Als sie weiterfuhren, fanden sie Jeeter und Fats. Ersterer war in Stücke gerissen worden, die ringsum verteilt lagen. Banjo trat zu den Leichen hinüber und schaute auf sie herab.

»Zieh dir das rein! Fats war so fett, dass die Zombies nicht mit ihm fertig wurden.« Er lachte bitter auf. »Der gute alte Fats.«

Von Weed fehlte jede Spur.

Sie befürchteten das Schlimmste, doch Banjo meinte: »Vielleicht ist er abgehoben, und wir finden ihn, sobald er wieder auf der Erde landet.«

Das fand Jack anscheinend nicht witzig, also schob Banjo rasch nach: »War nicht so gemeint, Mann, bloß wären wir zu früheren Zeiten auf diese Weise damit umgegangen.«

»Nein, nein, ist schon okay – und auch irgendwie lustig. Ich habe nur überlegt ... Weißt du, Weed war alt, und ich meine, er konnte zwar selbst auf sich aufpassen, war aber eben nicht mehr der Jüngste und auch ein bisschen weich in der Birne. Solange wir seine Leiche nicht gefunden haben, verziehe ich mich ungern von hier. Ich denke nämlich, dass er sich irgendwo versteckt oder versucht, es auf eigene Faust zurück zu Costco zu schaffen.«

»Sicher.« Banjo schüttelte den Kopf. »Schon klar, aber andererseits dürfen wir den Bimbo nicht davonkommen lassen.«

»Hast Recht. Warum folgst du ihnen nicht und kommst zurück, wenn du weißt, wo sie sich verstecken? Ich muss Weed suchen. Ich war sein Schützling. Ohne ihn wäre ich kein Clubmitglied geworden.«

»Machen wir so.« Banjo stieg in den Truck und fuhr in die Richtung, die der Krankenwagen genommen hatte. Es dauerte eine ganze Weile, aber letzten Endes entdeckte er ihn. Er verfolgte die Gruppe über eine Meile weit, bis sie auf ein Gelände abbog und stoppte. Banjo beobachtete, wie die Fahrertür aufging und jemand ausstieg. Er konnte nicht erkennen, wer es war, doch das spielte auch keine Rolle. Heute Nacht würde er jeden plattmachen, der ihm über den Weg lief.

Nachdem er den Pickup verlassen und Old Crow zur Hand genommen hatte, folgte er der Gestalt in der Ferne. Das Stemmeisen sang buchstäblich in seiner Hand, schien aus Vorfreude zu vibrieren. Schädel von Lebenden einzuschlagen, so hatte Banjo festgestellt, gefiel Old Crow besser, als es bei Zombies zu tun. Er konnte es kaum erwarten, ihn einem Krauskopf vorzustellen. *Ach halt: Tut mir leid, Crow, aber den müssen wir aufknöpfen. Das ist das einzig Richtige, aber ich verspreche dir, sobald wir irgendwelche anderen Baumwollpflücker sehen, darfst du sie haben.*

***

Da Sal nicht laufen konnte, mussten alle beim Tragen helfen, um ihn in das Bürogebäude zu schaffen.

Schnell luden sie alles aus dem Krankenwagen, denn sie mussten ihn schnellstmöglich von ihrem Versteck wegbringen. Es war durchaus möglich, dass die Biker ihn gesehen hatten, zumal das Fahrzeug zu deutlich auffiel, als dass man es irgendwo in der Nähe ihres Versteckes abstellen konnte.

Man einigte sich darauf, dass Cooper und Jeff den Wagen zusammen fortschaffen sollten. Als sie aufbrachen, überreichte Dale Jeff seine Pistolen, mit dem Hinweis, dass man ja nie wisse, was unterwegs lauerte.

Nach einer Weile meinte Jeff: »Ich glaube, wir werden verfolgt.«

Cooper schaute in den Rückspiegel. »Sicher? Was sollen wir tun?« Er begann, zu beschleunigen.

»Mach langsam, die dürfen noch nicht wissen, dass wir sie gesehen haben. Ich erkenne es schlecht im Dunkeln, aber hinter uns fährt ein Auto.«

»Und ich soll nicht versuchen, es abzuhängen?«

»Nein. Wir sind doch zwei kluge Kerlchen und haben mehr auf dem Kasten, oder?« Jeff lächelte.

»Okay, wir wissen nicht, wer das ist. Es könnte sich um andere Überlebende oder die Biker handeln. Das müssen wir zuerst rausfinden.« Cooper hielt nun die Geschwindigkeit.

»Einverstanden«, stimmte Jeff zu, der bereits tief in Gedanken war.

»Wir sind jetzt zweimal abgebogen, und die auch«, gab Cooper nach einer Weile an.

»Na gut«, entgegnete Jeff. »Hinter der nächsten Abzweigung bremst du und lässt mich raus. Dann fährst du genauso langsam weiter wie bisher. Wenn du den nächsten Block erreichst, bleibst du am Straßenrand stehen. Ich werde mich verstecken und warten, bis sie vorbeigekommen sind, und versuche, den Fahrer zu erkennen.«

»Und wie weiter?«, fragte Cooper.

»Du gehst los, aber nicht zu dem Bürohaus, sondern einfach in eine andere Richtung. Dann werden wir sehen, was passiert.«

»Was bringt uns das?«

Die nächste Abbiegung kam. Ihre Verfolger lagen mindestens einen Block weit zurück – genügend Zeit also für Jeff, um unbemerkt auszusteigen und sich zu verstecken, während Cooper weiterfuhr.

»Ich werde hinter dir sein, und außerdem sind wir bewaffnet. Wir können voraussehen, was geschieht.«

»Das gefällt mir nicht. Was ist, wenn da, sagen wir, fünf Leute drinsitzen?«

»Falls wir mehr als eine Person in dem Auto sehen, läufst du zum Krankenwagen zurück und verschwindest. Hol mich dann später ab, wo du mich rausgelassen hast. Ist es nur einer, wird er dir vermutlich zu Fuß folgen. In der Zwischenzeit nehme ich unseren Wagen, und bis er wieder bei seinem ist, sind wir längst weg.«

Nachdem sie die Kurve genommen hatten, bremste Cooper, bis er fast zum Stehen kam, woraufhin Jeff die Tür öffnete, hinaussprang und in die Dunkelheit lief. Cooper fuhr sofort weiter.

Er behielt den Rückspiegel im Blick, und kurz darauf erschien ein Fahrzeug. Es wurde nicht langsamer, also schien Jeffs Ausstieg unbemerkt geblieben zu sein. Coopers Verfolger fuhr einen Pickup-Truck. Nachdem er den nächsten Block passiert hatte, bog er auf den Parkplatz eines Best-Buy-Supermarktes ein. Dort stellte er den Wagen dicht an den Eingang und schaute zur Straße hinüber.

Er machte einen Schattenfleck aus, der sich bewegte. Es war ein Mensch, der den Platz betrat und hinter einem Schild stehenblieb. Cooper schwante Übles. Er verließ den Krankenwagen. Dann folgte er der Straße neben dem Markt bis in eine Wohnsiedlung. Als er verstohlen zurückschaute, trat die Gestalt aus dem Dunkel und folgte ihm eilig. Er lief weiter in das Wohngebiet hinein, blickte noch einmal zurück. Sein Verfolger ging schneller, verringerte den Abstand.

Nun überlegte sich Cooper, ob er sich verraten und losrennen oder weitergehen sollte. Nachts an Orten wie diesem zu laufen, war in keinem Fall eine gute Idee. Er roch Fäulnis und spürte, dass die Toten nahe waren. Ihm wurde beklommen zumute, doch dann hörte er das tiefe, raue Brummen des Krankenwagenmotors. Als sich Cooper nun umdrehte, rannte die Gestalt, um ihn einzuholen, doch wer auch immer es sein mochte: Er war zu weit von ihm entfernt. Nachdem der Wagen an ihm vorbeigerast war, machte der Fremde kehrt und rannte in die entgegengesetzte Richtung, wahrscheinlich zurück zu seinem Auto.

Jeff fuhr vor, und Cooper stieg wieder ein. »Vollgas, Mann.«

Der Krankenwagen brauste los. »Kein Grund zur Panik. Ich habe mich um seinen Truck gekümmert. Solange er keine vier Ersatzräder hat, fährt er nirgendwohin.« Er schlug den Rückweg zu ihrem Bürogebäude ein, nahm nach einem Moment aber den Fuß vom Pedal.

»Ich habe eine Idee.«

»Lass hören.«

Jeff starrte aus dem Fenster.

»Das wird haarig, glaube ich, aber Katz und Maus spielen klappt nicht ewig. Hätten wir ihn nicht gesehen …«

***

Zu dem Zeitpunkt, als Banjo ein anderes Fahrzeug gefunden hatte, waren der Krankenwagen und seine Insassen längst verschwunden. Er war wütend und kehrte auf den Parkplatz zurück, um herauszufinden, was Jack trieb. Eine Minute, nachdem er angehalten hatte, trat sein Komplize vor die Beifahrertür.

»Neue Karre?«

»Immer noch keine Spur von Weed?«, fragte Banjo im Gegenzug. Jack merkte, dass er wütend war und sparte sich weiteres Nachbohren. Er stieg ein.

»Na ja, ich habe das hier gefunden.« Er hielt Weeds Stabfeuerzeug hoch. »Es lag vor diesem unsäglichen Riesenloch. Gut möglich, dass er reingefallen ist. Sieht so aus, als gebe es jetzt nur noch uns beide, Bruder.«

»Fahren wir zurück zu Costco, um uns einen neuen Plan auszudenken.« Banjo verkniff es sich, den Teil seiner Verfolgungsjagd wiederzugeben, in dessen Zuge er übertölpelt und mit vier platten Reifen stehengelassen worden war. »Ich bin den ganzen Scheiß leid. Wird Zeit, dass wir sie finden und der Sache ein Ende bereiten.«

»Ganz meiner Meinung, Bruder, je früher, desto besser.«

***

Wendy kletterte auf eines der vielen hohen Regale. Sie schaffte es bis auf den höchsten Boden des Gestells, auf dem Kartons mit Windeln gestapelt standen. Dass sie gut 20 Fuß hoch lag, beunruhigte sie, aber sie wusste auch, hier oben würde sie unauffindbar bleiben. Bis zum Dach waren es immer noch gut zehn Fuß oder mehr. Sie blieb eine Weile auf den Kartons liegen und schaute sich um. Rings um die Halle verlief ein Laufsteg unter der Decke, der für Wartungsarbeiten gedacht war. Plötzlich richtete sie sich ruckartig auf. Ihr fiel ein großer Raum auf, der ringsum verglast war. Dieser befand sich an einem Ende des Gebäudes über den Regalen. Wusste man nicht, dass dieser Raum vorhanden war, konnte man ihn leicht übersehen. Sie vermutete, es handle sich um eine Art Büro. Wendy kletterte wieder herunter. Vielleicht konnte sie sich Zugang verschaffen.

Sie fand eine abgelegene Tür, die aller Wahrscheinlichkeit nach hinauf zu dem Raum führte. Die Tür war unverschlossen. Nachdem sie eine Treppe hochgestiegen war, entdeckte Wendy die anderen Tänzerinnen. Alle hatten sich einen Schuss gesetzt. Alanis' Arm war immer noch mit einem Gummischlauch abgebunden und dunkelblau angelaufen. Wendy versuchte, ihre Schwestern zu wecken, doch sie waren tot.

»Dumme Schlampen«, flüsterte sie, während sie die Mädchen betrachtete, die an Überdosen gestorben waren. Dass sie sich mehr um deren Leben gesorgt hatte als die Mädchen selbst, machte Wendy wütend. Sie kam sich töricht vor.

Jetzt konnte sie nicht mehr hier oben bleiben, nicht mit den drei Leichen, die in ihrem eigenen Urin und Kot dalagen und langsam verwesten. Wendy wollte auch nicht warten, bis die Biker zurückkehrten, denn dann wäre sie alleine mit ihnen im Markt gefangen. Deshalb ließ sie sich auf das Risiko ein, das Gebäude zu verlassen. Sie zog mehrere Türen auf und schlug sie gleich wieder zu, nachdem sie davor Tote herumwandern sah. Da bekam sie einen Geistesblitz und ging nach vorne zurück, wo ihr Auto stand. Die Scheinwerfer waren ausgegangen, was nur bedeuten konnte, dass die Batterie den Geist aufgegeben hatte.

Der Wagen blockierte die Tür aber immer noch und die Toten versuchten nach wie vor, ins Gebäude einzudringen.

Wendy dachte, wenn sie die Zombies auf einer Seite in den Markt hereinließ, leerte sich der Parkplatz eventuell so weit, dass sie auf einer anderen entwischen konnte. Davon abgesehen wäre das eine nette Überraschung für Banjo und seine Schergen, wenn sie wiederkamen.

Wendy ging ihren Fluchtplan durch. Zunächst würde sie an eine Tür klopfen, dann öffnen – nicht ganz, sondern nur einen Spaltbreit, sodass Tote, die am dichtesten davorstanden, es nach einem Augenblick bemerken mussten. Die anderen würden ihnen nach drinnen folgen.

Nachdem Wendy ein paar nützliche Dinge zusammengepackt hatte, war sie bereit zum Aufbruch. Sie schlug mehrmals an die gewählte Tür, öffnete sie ein wenig und lief ungefähr 20 Fuß zurück. Dann beobachtete sie, wie eine Hand durch den Spalt gestreckt wurde, ehe er langsam weiter aufging. Wendy drehte sich um und eilte durch den Markt. Sie ging zu ihrem vorgesehenen Ausgang und öffnete die Tür behutsam. Der Aufruhr weiter vorne am Gebäude zog die Toten dorthin. Die Reihen auf dem Platz lichteten sich. Wendy trat hinaus und rannte los.

***

Cooper saß am Steuer. Jeff schaute durch das Zielfernrohr. Sie stellten dem Kerl nach, der sie verfolgt hatte, und wollten dabei möglichst weit zurückbleiben.

Nachdem sie gewendet hatten, beobachteten sie von fern, wie der Mann nach einem neuen Auto suchte. Als er eines fand, raste er sofort davon, und sie hinterdrein. Da seine Scheinwerfer eingeschaltet waren, fiel es ihnen leicht, ihm mit gebührendem Abstand zu folgen. Sie beschatteten ihn von der Seite eine Lagerhalle aus, als er einen anderen Mann einsteigen ließ. Durchs Fernrohr erkannte Jeff das Duo. Es waren die Motorradfahrer.

Sie sahen nur diese beiden, und sowohl Cooper als auch Jeff vermuteten, dass alle anderen nicht überlebt hatten. Die Biker brachen auf – mit hellem Scheinwerferlicht und quietschenden Reifen. Dementsprechend einfach ließen sie sich bis zu dem Kaufhaus verfolgen.

»Die hausen im Costco. Was nun?«, fragte Jeff.

Cooper und Jeff waren leichtsinnig geworden. Sie hatten nicht mehr viele von den Toten zu sehen bekommen, und saßen bei heruntergelassenen Scheiben im Krankenwagen. Auf einmal wurde Jeff am Arm gepackt. Er zuckte zurück und langte nach Dales Pistole. Als er aufschaute, beruhigte er sich jedoch wieder, denn vor ihm stand eine hübsche Brünette, die ihn anschaute.

»Bitte, darf ich einsteigen? Die Toten kommen.« Die Tür war nicht verriegelt, und sie zog sie auf. Jeff hatte keine Gelegenheit, zur Seite zu rücken, denn sie kroch einfach über ihn und setzte sich zwischen die beiden.

»Danke, dass ihr mich reingelassen habt.« Sie war eine hübsche Frau, sehr hübsch, und der Jogginganzug, den sie trug, verbarg ihre Kurven nicht.

»Hallo, ich bin Cooper, das ist Jeff.«

»Ich heiße Wendy.« Sie schenkte ihnen ein Lächeln.

»Woher bist du gekommen?«, fragte Cooper und bemerkte, dass Jeff ihn mit großen Augen anstarrte.

»Ist eine lange Geschichte. Zuletzt bin ich dort im Markt gewesen und musste raus.«

»Wegen der Biker?«, hakte Jeff nach.

Wendy drehte den Kopf und schaute ihn mit einem leisen Ausdruck von Furcht an. »Warum seid ihr beiden hier?«

»Warum musstest du Costco verlassen?«, entgegnete Cooper, woraufhin sie wieder mit dem Kopf zu ihm herumfuhr.

»Also, ich habe zuerst gefragt, und außerdem muss einer von euch den Platz mit mir wechseln, oder ich verrenke mir den Hals.« Damit begann sie, erneut über Jeff zu klettern, der leicht verstört aussah, während ihre Hüften und Schenkel gegen sein Gesicht stießen. Sie ließ sich auf die Sitzbank fallen, während Jeff zur Mitte hin auswich.

»Das ist besser.« Sie beugte sich nach vorne. »Wo war ich? Ach ja, was tut ihr hier?«

»Bedaure«, erwiderte Cooper. »Das ist unser Krankenwagen, also stellen wir hier die Fragen, es sei denn, du willst wieder aussteigen.«

Tote kamen näher. Sie waren ihr über den Parkplatz gefolgt. Wendy schaute Cooper an und lächelte wieder. »Du weißt, dass du mich nicht dazu bringen kannst, dieses Fahrzeug zu verlassen, aber nun gut … Ich bin dort gewesen, weil ich versucht habe, meine Freundinnen zu retten. Ihnen war aber nicht mehr zu helfen, also musste ich raus, bevor Banjo – er ist ein totales Arschloch – mit seinen Typen zurückkehrt … und ja, das sind alles Biker. Jetzt zu euch Jungs.«

Cooper betätigte die Zündung und fuhr langsam vom Markt fort, sodass die Zombies hinterherkamen. Wendy gab an, Tänzerin zu sein, erzählte von Banjos Mord an Dar und Slick, wie er die anderen Stripperinnen entführt und Sally angeschossen hatte. Zudem schilderte sie, wie sie sich um die übrigen Tänzerinnen bemüht hatte, die jedoch allesamt an Überdosen gestorben waren. Cooper erklärte, dass er aus Monterey kam, um nach seiner Schwester zu schauen. Jeff wirkte erstaunt.

»Du bist zu Fuß von Monterey gekommen – durch diesen ganzen Mist? Wow, meinen Respekt hast du. Ich bin ungefähr drei Häuserblocks weit gekommen, bevor mich Ron mitten auf der Straße auflas, als ich vor einer Million Zombies fliehen musste. Hab 'ne Weile gebraucht, um auf den Trichter zu kommen, was für 'ne Scheiße hier läuft.«

Jeffs Geschichte war schnell erzählt: Er hatte seine Wohnung verlassen, um etwas zu essen zu suchen, war im Supermarkt von Zombies umstellt worden und nur knapp nach draußen entkommen, wo Ron ihn aufgelesen hatte. Auf dessen Angebot hin, ihn nach Hause zu fahren, hatte Jeff beschlossen, bei seinem Retter zu bleiben.

Nachdem sie sich eine Weile unterhalten hatten, kamen sie auf die Missetaten der Biker im Kaufhaus zurück.

»Ihr meint also, dass nur noch zwei von ihnen leben?«, fragte Wendy.

»Ich denke schon.« Cooper fuhr langsam weiter. Die Zombierotte hinter ihnen wuchs. »Ich habe gesehen, wie vier von ihnen starben. Zwei sind abgehauen.«

»Es gibt eine Möglichkeit, um genau herauszufinden, mit wem wir es zu tun haben«, sagte Jeff. »Schauen wir im Costco nach.«

»Kommt nicht infrage, dass ich mich noch einmal in die Nähe dieser kranken Schweine wage. Dann lasst mich lieber hier aussteigen.« Wendy meinte es offensichtlich ernst.

»Das klingt gefährlich. Zudem machen sich die anderen bestimmt Sorgen um uns.« Cooper dachte an Ana und Lisa.

»Schon vergessen? Wir sind zwei kluge Kerlchen und haben mehr auf dem Kasten als die.« Jeff wartete auf eine Antwort von Cooper. »Komm schon, Mann, wenn wir jetzt von hier verschwinden, finden wir sie nie.«

Cooper beschleunigte.

»Wendy, beschreibe uns bitte, wie es in Costco aussieht.«

***

Jack und Banjo erreichten den Markt. Auf dem Parkplatz wimmelte es von Zombies, die sich vor einer offenen Tür drängten.

»Was soll das denn?« Banjo sah mürrisch aus. »Mann, was geht hier ab?«

Sie fuhren um das Gebäude, wobei sie auf Wendys Wagen stießen. *Dreckige Schlampe,* fluchte er innerlich. Die Tür stand offen, die Toten drängten sich um das Auto. Sie fuhren weiter, bis sie wieder zum offenen Vordereingang gelangten. Banjo fuhr sachte an der Mauer entlang, nicht ohne dass die Seitenwände seines neuen Untersatzes daran kratzten, und drückte die Zombies von der offenen Tür weg. Dann kletterte er durchs Fenster ins Gebäude. Die Tür stand zwar offen, doch Banjo musste drinnen nur eine Handvoll Zombies ausschalten. Jack half ihm, nachdem auch er durch das Autofenster geklettert war.

Als sie die Türen wieder verrammelt hatten, durchsuchten sie den Markt nach weiteren Zombies. Dabei fanden sie die toten Stripperinnen im Käfig, doch drei fehlten, und auch sonst war niemand mehr da. Die Männer schäumten vor Wut.

»Verfluchte Scheiße!«, brüllte Banjo. »Meine verdammten Satteltaschen sind weg.« Er trat gegen einen Stuhl, sodass dieser durch die Luft segelte. Diese Bastarde würde er sich schnappen, und zwar umgehend.

»Bruder, ich weiß, wir sind eigentlich zurückgekommen, um uns auszuruhen, aber falls die verschwinden wollen, stellen wir sie nie. Wir müssen zurück!«

»Bin dabei, Mann.«

Banjo wünschte sich, noch etwas Stoff zu haben.

***

»Um das klarzustellen: Ich bewege mich nicht einmal in die Nähe dieses Ortes«, bekräftigte Wendy ausdrücklich. Sie befürchtete, die beiden jungen Kerle würden sich selbst und sie gleich mit umbringen. Deshalb versuchte sie, es ihnen auszureden, doch sie hörten ihr nicht zu. Sie wollten zurück in den Markt, also nahm sie sich vor, ihnen wenigstens zu helfen, soweit sie konnte. Sie gab ihnen einen Lageplan von Costco mitsamt dem anscheinend unbekannten Büro, den Laufstegen und einem kaputten Dachfenster.

Wendy saß nun hinterm Steuer des Krankenwagens, kroch damit die Straße hinauf und blieb einen Block weit vom Kaufhaus entfernt stehen. Sie stellte den Motor ab. Soweit sie sehen konnte, waren keine Toten in der Nähe.

»Okay, verriegle die Türen und bleib ruhig«, riet Cooper ihr, während er mit Jeff ausstieg. »Falls wir nicht innerhalb einer Stunde zurück sind, verschwinde. Fahr nicht an Costco vorbei, sondern nimm einfach den Weg zurück, den wir gekommen sind.«

Wendy nickte, und die Männer brachen auf. Sie schwiegen, während sie gingen. In der Gegend ließen sich weder Menschen noch Zombies blicken. Die beiden verabredeten erst einmal, sich umzusehen.

***

Banjo wappnete sich für seinen neuerlichen Auszug. Jack ließ sich von ihm mitreißen. Sie kramten in Weeds Tasche herum, bis sie ein wenig Kokain fanden. Damit war das Marihuana gestreckt worden, das er ständig geraucht hatte.

Banjo grinste. »Sieht so aus, als sei er mit leichtem Gepäck gereist.«

Jack grinste ebenfalls.

»Banj – macht dir doch nichts aus, wenn ich dich Banj nenne, oder? Was hältst du davon, wenn wir diese feinen, schwarzen Kapuzenpullis anziehen und es wie Ninjas angehen?«

Banjo schaute auf. Jeeter – er mochte in Frieden ruhen – war ja tot, also zog er den schweren Helm vom Kopf. Dann fuhr er sich mit den

Fingern durchs Haar. »Oh Mann, das ist viel besser.« Nachdem er auch seine Kutte abgestreift hatte, löste er die Kette, mit der seine Brieftasche an seinem Gürtel befestigt war, und zog sich den Pullover über. »Das ist wirklich viel besser.«

Jack zog auch einen Pullover über, und gemeinsam verließen sie das Gebäude.

***

Cooper und Jeff standen hinter Costco. Das Auto befand sich genau an der Stelle, die Wendy angegeben hatte, schräg an der Mauer. Vorsichtig stiegen sie über die Motorhaube ins dunkle Gebäude.

Als sie drinnen waren, spitzten sie die Ohren, hörten jedoch nichts. Anscheinend war niemand da, und nachdem sie den Markt gründlich durchsucht hatten, bestätigte sich diese Vermutung.

Sie verließen das Gebäude und wunderten sich darüber, dass der Krankenwagen nicht mehr da war.

»Glaubst du, dass sie uns gelinkt hat?«, fragte Jeff.

»Weiß nicht, kann sein. Aber warum sollte sie?«

Da drängte sich Cooper ein Gedanke auf, und Jeff schien es zur gleichen Zeit zu dämmern. Sie schauten einander an. Die Biker waren verschwunden, Wendy war verschwunden, und sie wusste, wo sich die Gruppe versteckte. Ohne weitere Worte suchten sie nach einem fahrbaren Untersatz. Das dauerte aber länger als erhofft. Zu lange, wie sich herausstellen sollte.

***

»Wendy! In was für einer kleinen Welt wir doch leben.«

Banjo war hellauf begeistert, sie hingegen entsetzt. Jack ergötzte sich daran, sie auf seinem Schoß sitzen zu haben und brannte darauf, sie ordentlich zu verprügeln.

»Sag mir, wo sie sind.«

Banjo saß am Lenkrad, und durch das eingeschlagene Fenster strömte Nachtluft. Wendy hatte keine Chance gehabt, als er und Jack im Dunkeln neben dem Krankenwagen aufgetaucht waren. Banjo hatte das Glas eingeschlagen, sie beim Schopf gepackt und herausgezerrt.

»Es gibt sonst niemanden«, beharrte Wendy.

Jack ohrfeigte sie. Ihre Lippe platzte auf.

»Wo sind sie? Jack, halt ihren Kopf still, damit ich ihr richtig eine verpassen kann.« Jack packte zu und achtete darauf, dass sie sich nicht bewegen konnte. Banjo schlug ihr mit voller Wucht ins Gesicht, sodass ihre Nase brach und ein Zahn ausfiel. Sie versuchte zu schreien, obwohl Jack ihren Mund zuhielt. Banjo holte erneut aus und versetzte ihr noch einen Fausthieb. Als er ein drittes Mal ausholte, gab sie durch ein Nicken zu verstehen, dass sie reden wollte.

»Gut jetzt, Jack.«

Wendys Oberkörper sackte nach vorne, sie schluchzte und hielt sich die Hände vors Gesicht, konnte es aber vor lauter Schmerz nicht anfassen. Blut sprudelte über ihre Lippen, als sie redete.

»Jack, wie es aussieht, musst du wohl …«

Wendy richtete sich auf. Das Sprechen fiel ihr schwer und bereitete ihr heftige Schmerzen. »Da ist niemand sonst. Ich habe diesen Wagen geklaut, um zu euch zu kommen. Ich hatte aber Angst und wartete hier, um Mut zu sammeln und an die Tür von Costco zu klopfen.«

»Auf mich gewartet?« Banjo war perplex.

»Ich will nicht allein auf dieser Welt sein. Ich will, dass du dich um mich kümmerst.«

Banjo schaute argwöhnisch drein. »Warum bist du nicht bei dieser Gruppe geblieben? Warum hast du die Tür aufgebrochen – und wo zum Geier sind meine Taschen?«

»Sally. Erinnerst du dich noch an Sally? Sie machte sich mit meinem Auto davon und ließ mich allein zurück. Zuvor hatte sie behauptet, in den Markt fahren zu wollen und euch alle umzubringen. Ich wollte bei euch bleiben, also haute sie ab.« Wendy verschluckte sich leicht. »Die Gruppe entdeckte mich, und ich wurde aufgenommen. Aber die sind schwach. Den nächsten Kampf, in den sie geraten, überstehen sie nicht. Ich weiß, wo sie sich verschanzt haben.«

»Dann sag es uns. Ich hoffe, du kannst uns zu ihnen führen. Ich hoffe es für dich. Wäre doch zu schade, wenn ich dieses hübsche Gesicht noch weiter verunstalten müsste.«

Banjo fuhr los, und Wendy wies ihm den Weg.

***

»Die Unruhe muss sie angelockt haben.«

Jeff beobachtete eine gewaltige Meute, die auf der Straße entlang zog. Cooper war unterdessen damit beschäftigt, die Scheibe eines Toyota Prius einzuschlagen. Auf dem Fahrersitz lag ein Toter der reglosen Sorte, also zerbrach er das Fenster auf dieser Seite und zog die Leiche hinterm Steuer hervor.

»Shit, ich glaube nicht, dass wir den nehmen können.« Cooper wich vor dem bestialischen Fäulnisgestank zurück.

»Wir sind aber mehr oder weniger dazu gezwungen.«

»Ich meine nicht nur wegen des Geruchs. Dieses Auto hält keinem Massenandrang stand. Wir brauchen was Größeres.«

»Na gut, weiter.«

Die beiden liefen weiter, sahen sich allerdings bald einer neuen Gruppe gegenüber, die aus der Gegenrichtung kam. Sie steckten zwischen zwei großen Horden fest, die wussten, dass sie da waren.

»Was jetzt?«

Cooper rannte bereits zu einem hohen Zaun, der sich am Rande des Highways erstreckte, und begann, daran hochzuklettern.

Jeff folgte ihm.

Er war zwar atemlos, als er die Absperrung erreichte, bewältigte sie aber schnell. *Wahnsinn, was man alles schafft, wenn man Todesängste aussteht,* dachte er.

Sie ließen sich auf der anderen Seite hinunterfallen. Nach wenigen Augenblicken hörten sie den Zaun rasseln, als die Toten gegen ihn stießen. Je mehr hinzukamen, desto weiter knickte er um und wölbte sich. Cooper zog die Pistolen unter seinem Kapuzenpullover hervor, da sich auch auf dieser Seite einige Zombies tummelten.

»Schlagen wir uns durch.«

Er gab ein paar gedämpfte Schüsse ab, während er im Dunkeln an aufgequollenen, weißen Leibern vorbeilief, die im Mondlicht zu leuchten schienen. Ihm kam es vor, als feure er auf Gespenster. Fast hatte er die freie Fahrspur erreicht, auf der sie ein Auto zu finden hofften, als er seinen Gefährten fallen hörte. Jeff grunzte und fluchte, doch bevor er um Hilfe rufen konnte, stürzte sich ein Zombie auf ihn.

Cooper rannte zurück, sprang auf den Zombie zu und wälzte sich mit ihm am Boden. Nachdem er das tote Ding von sich gestoßen hatte, stand er auf, doch der Tote hielt seinen Fuß fest. Zugleich zog er sich mit seinem Maul voller abgebrochener, brauner Zähne nach vorn, um zuzubeißen. Man hörte jenes schreckliche Klappern, als die Kiefer zuschnappten. Zwei weitere Tote befanden sich bereits in Reichweite. Der eine beugte sich gerade zu ihm, als Cooper sah, dass Jeff aufstand. Blut lief an seinem Hals herab, doch das schien er nicht zu bemerken, während er erst einen, dann den anderen Zombie niederschlug. Cooper nutzte den Schlagstock, um seinen Toten loszuwerden. Danach rannten sie weiter.

Cooper sorgte sich um Jeff und beobachtete ihn. Jeff schien den Biss gut zu verwinden, doch das änderte nichts daran, dass es eben ein Biss war. Das Mindeste, was der Biss eines Toten auf jeden Fall nach sich zog, war eine Infektion, falls die Wunde nicht unverzüglich und gründlich gesäubert wurde, doch Cooper wusste nicht sicher, ob ein Biss auch genügte, um jemanden in einen Zombie zu verwandeln. Bislang gab es keinen Beleg dafür, doch er würde Jeff im Auge behalten müssen.

Sie bewegten sich auf dem Highway, der mit Fahrzeugen verstopft war, und die Toten kamen von allen Seiten. Die beiden waren umzingelt. Cooper sah, wie sich Jeff am Hals rieb und sein Gesicht verzog.

***

Wendy fühlte sich hundeelend. Sie wollte Banjo nicht zu der Gruppe führen. Da sie die Leute nicht kannte, wusste sie auch nicht, ob sie mit Typen wie diesen beiden fertig werden würden. Kurve um Kurve lotste sie Banjo zu dem Bürogebäude, wo sie, wie ihr die Jungs gesagt hatten, die anderen treffen würde, falls sie selbst nicht zurückkehrten. Als sie dort vorfuhren, ging die Eingangstür auf und ein schwarzer Mann kam heraus. Wendy fühlte sich hundeelend. Sie wusste, was den Menschen in diesem Gebäude zustoßen würde. Sie wusste, es würde auch für sie kein gutes Ende nehmen. Wendy atmete tief ein und schrie, so laut sie konnte, eine Warnung an den Mann, der auf das Fahrzeug zu und seinem qualvollen Tod entgegen ging.

***

»Wo seid ihr gewesen?«

Ron wollte unbedingt erfahren, weshalb Jeff und Cooper so lange gebraucht hatten. Auf einmal drang ein langgezogener Frauenschrei aus dem Krankenwagen, woraufhin er kaum einen Augenblick stutzte, ehe er sich umdrehte und zurück zum Haus eilte.

***

»Lauf!«, brüllte Wendy. Dann duckte sie sich in Erwartung eines Hiebs oder Stichs, hörte aber nur, wie Banjo »Du blöde Schlampe« grollte. Dann sprangen die Türen auf. Schwerfälligen Schrittes nahmen die beiden die Verfolgung des Mannes auf.

Wendy ergriff diese Gelegenheit zur Flucht. Während Jack und Banjo hinter dem Schwarzen herjagten, hastete sie über die breite Straße ins Dunkel. Sie konnte ihr Glück nicht fassen. Trotz ihrer Schmerzen lächelte sie. Sie warf einen letzten Blick zurück. Die Dreckskerle waren noch nicht zurückgekommen. Als sie zwischen die beiden Bürobunker auf der anderen Straßenseite stürzte, rammte sie dort im Schatten mehrere Leiber, die allesamt mit ihr umfielen. Ehe sich Wendy aufraffen konnte, wurde sie gepackt und festgehalten. Es tat unvorstellbar weh, und sie kreischte auf. Vor den Bikern fürchtete sie sich nun nicht mehr.

***

Über das Dach des Vans gab Jeff von der anderen Seite her ein weiteres Filmzitat zum Besten: »Vielleicht sollten wir uns ab sofort die Febreze-Brüder nennen, weil sich jetzt alles so frisch anfühlt.« Während er grinste, fragte sich Cooper, ob dies ein erstes Anzeichen für eine Infektion oder aber Galgenhumor in Anbetracht eines eventuell tödlichen Bisses war.

»Ich steh total auf den Streifen!« Cooper versuchte, Jeff zuliebe vergnügt zu tun. Er fuhr im Stehen, um das Lenkrad festhalten und sich zugleich halb aus dem Fenster lehnen zu können.

Sie hatten keine Sekunde verlieren dürfen, um ein Auto zu finden, und der geräumige Van war das erste benutzbare Fahrzeug auf ihrem Weg gewesen. Auf jedem Sitz lag eine Leiche – echte –, und Cooper wuchtete den Fahrer, Jeff den Beifahrer hinaus. Der Gestank war unbeschreiblich, nicht zu ertragen. Schlimmer als in dem Prius. Auf den Rückbänken saßen noch acht tote Nonnen, alle mit zum Beten gefalteten Händen. Sie schwankten jedes Mal hin und her, wenn der Van einen Schlenker machte.

Jeff saß im Fensterrahmen seiner Tür. »Wir hätten den Prius nehmen sollen! Das ist verdammt nochmal abartig.«

»Prius? Wir wollten gerade einen kleinen Gangbang in dem roten Prius da machen, falls ihr dabei sein wollt …« Dieses Zitat aus dem gleichen Film kam nun von Cooper. Jeff führte es zu Ende: »Hey, seid Ihr Dirty Mike und seine Boys?« Jeff lachte. Für einen Todgeweihten schien er guter Dinge zu sein. Schließlich hielt Cooper am Fahrbahnrand an.

»Was ist los?« Jeff sah beunruhigt aus. »Warum bleibst du stehen? Stimmt was nicht?«

»Ich glaube, wir sollten uns unterhalten.«

»Unterhalten? Echt jetzt? Du verarschst mich, oder?«

»Du wurdest gebissen, und ich will mir die Wunde ansehen.«

»Was?« Das kam für Jeff offensichtlich ganz unerwartet. »Ich wurde nicht gebissen.«

»Dann lass mich einen Blick darauf werfen.«

Sie sprangen aus dem Wagen.

»Nur zu, wo willst du nachsehen?« Jeff breitete die Arme aus.

Cooper nahm eine seiner LED-Lampen zur Hand und untersuchte Jeffs Hals. Daran klebten viel Blut und ein paar Fetzen Fleisch. Gut möglich, dass er den Biss nicht spürte.

»Warte.« Cooper schaute sich kurz um, lief dann um den Van und öffnete die Motorhaube. »Dauert nur einen Moment.« Nachdem er die Schläuche aus dem Behälter für die Scheibenwaschflüssigkeit entfernt hatte, zog er den eine Gallone fassenden Plastiktank aus seiner Halterung und ging damit zurück zu Jeff. Dann riss er ein Stück Stoff von seinem Shirt.

»Halt still.« Er kippte ungefähr den halben Inhalt des Tanks auf den Fetzen, um Jeffs Hals damit abzuwaschen.

»Oh, scheiße!« Cooper machte große Augen und trat zurück.

Jeff sah zu Tode erschrocken aus. »Was? Wie schlimm ist es?«

»Jetzt verarsche ich dich wirklich.« Cooper lächelte – in erster Linie deshalb, weil Jeff unverletzt war.

»Du Arschloch!« Jeff lachte ebenfalls.

***

Binnen weniger Minuten erreichten sie das Büroviertel. Einige wenige Tote traten ihnen in den Weg, doch für sie bremste Cooper nicht. Jeff rief wieder übers Dach: »Halt in der Straße an, die parallel zum Gebäude verläuft.«

»Klar.« Als Cooper den Wagen abstellte, sahen die beiden zu, dass sie von dem Gestank fortkamen. Da ihnen keine Zeit für weitere Vorkehrungen blieb, liefen sie zwischen den Häusern hindurch zum Versteck der Gruppe. Dabei stießen sie mit einer schmächtigen Person zusammen. Es war Wendy. Cooper bemerkte sofort, dass etwas nicht in Ordnung war. Im Mondlicht sah er Blut – an seinen Händen, in ihrem Gesicht und auf ihrem Shirt verteilt. Wendy stöhnte und ballte ihre Hände zu Fäusten. Sie litt offensichtlich unter brutalen Schmerzen.

Cooper wollte sie gerade fragen, was geschehen war, als sie Glas zerspringen und Gebrüll hörten. Sie drehten sich um und rannten weiter über die Straße, doch Wendy blieb am Krankenwagen stehen. Sie hatte nicht vor, Banjo und Jack wieder zu begegnen.

***

Ron knallte die Tür zu und rief, alle sollten in Deckung gehen. Er war sich selbst nicht einmal sicher, was er damit meinte, aber es gereichte zur Warnung. Auch wusste er nicht, wer dort draußen war, tippte jedoch auf die Biker. Deshalb machte er sich Sorgen um Cooper und

Jeff. Er hatte keine Ahnung, wer die Frau war, die ihn mit ihrem Schrei gewarnt hatte, doch er war ihr unendlich dankbar. Kaum hatte er die Tür verriegelt, als ihm Glas um die Ohren flog. Zwei Männer in Schwarz rempelten ihn zu Boden.

***

Cooper war zuerst im Gebäude. Er sah eine große Gestalt vor Ron stehen und mit einem Strick hantieren, den sie über seinen Kopf ziehen wollte. Ron saß da und bewegte angestrengt den Kopf, um den Mann daran zu hindern, ihm den Strang überzustreifen. Cooper zückte seine beiden schallgedämpften Pistolen und schoss. Er traf den großen Mann viele Male, doch seine Kugeln schienen keinen Schaden anzurichten. Der Rücken des Kerls war breit, und selbst im Dunkeln sah Cooper, dass der Stoff aufgeworfen wurde.

Banjo ließ von Ron ab und fasste sich reflexartig an den Rücken, als er mehrere schmerzhafte Stiche spürte. Es war, als würde er von einem großen Schwarm aggressiver Wespen angegriffen. Als er das Klicken von Feuerwaffen mit Schalldämpfer erkannte, fuhr er herum und erblickte einen Typen, der mit durchgestreckten Armen auf ihn zielte, abwechselnd mit links oder rechts schoss und dabei auf ihn zulief. Banjo grinste höhnisch angesichts der Kleinkaliber, bis ihm einfiel, dass es vielleicht die gleichen waren, die seine Brüder niedergestreckt hatten.

Unter seiner Haut steckten zehn glühend heiße Klümpchen Blei. Keine der Kugeln war tödlich. Sie machten Banjo bloß stinkwütend. Während er auf seinen Angreifer zuging, streckte er beide Hände aus.

Cooper ging die Munition aus – ausgerechnet jetzt. Er wusste, dass er den fetten Kerl mehrmals getroffen hatte, doch die Kugeln waren wirkungslos geblieben. Der Typ machte nicht einmal den Eindruck, überhaupt irgendwie beeindruckt zu sein. Cooper ließ die Pistolen fallen, zückte den Schlagstock und versuchte, einen kräftigen Hieb auf dem Schädel des Bikers zu platzieren.

Banjo hatte im Lauf seines Lebens viele Kämpfe ausgetragen – sehr, sehr viele. Er sah den Stock kommen und blockte ihn ab, während er Cooper gleichzeitig ein Knie in den Bauch rammte.

Der junge Mann brach zusammen, der Schmerz setzte ihn außer Gefecht. Dann ging ein Stiefel auf seinem Hinterkopf nieder, sodass sein Gesicht auf den Teppichboden knallte. Er fummelte Tugs Pistole heraus, doch der große Mann war fort. Cooper stand auf und streckte die Waffe vor sich. Aus der Dunkelheit drangen Schreie, dann Gepolter und Geklirr.

»Nein!«, kreischte eine Frau. Cooper glaubte, es könnte Lisa gewesen sein.

Er ging tiefer ins Gebäude, Jeff folgte ihm. Ron hinter ihnen stand gerade auf.

In einem dürftig erhellten Zimmer erkannte Cooper einen Mann, der Ana einen langen Metallstab an die Kehle hielt. Sie sah entsetzt aus.

»Waffen runter, oder sie stirbt.«

Ein anderer Mann hielt Mary auf die gleiche Weise fest. »Ihr habt ihn gehört. Knarren fallenlassen.«

Alle übrigen befanden sich vor den beiden auf dem Boden. Lisa regte sich nicht. Blut floss aus ihrer Nase und eine Gesichtshälfte war dick angeschwollen. Dale sah verärgert aus. Im Augenblick konnte er nichts unternehmen, um irgendjemandem beizuspringen. Sal war bewusstlos, und Donna kauerte zu Banjos Füßen.

Jeff wollte seine Waffe herunternehmen, doch Cooper streckte eine Hand aus, um ihn aufzuhalten.

»Zuerst lasst ihr sie laufen.« Cooper konnte nicht absehen, wie das enden würde, wusste aber, dass es kein bisschen besser ausging, wenn sie ihre Pistolen aushändigten. »Lasst die Frauen frei, und wir geben euch unsere Waffen.«

»Du kannst mich mal.« Banjo ließ mit seiner Stange von Anas Hals ab und stieß sie grob zu Boden. Dann hob er seine Waffe mit beiden Händen über Donnas Kopf. *So, Old Crow, hier hast du deine Baumwollpflückerin, wie versprochen,* sagte er in Gedanken.

***

Er grinste süffisant, als er sich ausmalte, was gleich geschehen sollte. Old Crow bebte wie vor sexueller Erregung in seinen Händen. Ron schrie. Er stürmte an Cooper und Jeff vorbei. Doch er konnte es unmöglich bis zu Donna schaffen, bevor die Brechstange herabsauste und ihren Schädel zertrümmerte.

***

Auch Cooper sah voraus, was zweifelsohne passieren würde. Er hob die Pistole und feuerte. Banjo wurde in den Hals getroffen und fiel um. Jack reagierte, indem er weit mit seinem Eisen ausholte, um Sal zu erschlagen, der vor ihm auf einem Sofa lag. Immer noch drückte er Mary an sich, doch sie war viel kleiner als er und bot wenig Deckung.

Zwei rasch aufeinanderfolgende Schüsse donnerten neben Cooper los. Er wirbelte herum und sah Jeff, der Dales Pistole mit ausgestrecktem Arm hielt. Mit zwei Löchern in der Stirn brach Jack zusammen. Jeff nahm die Waffe herunter.

Jemand stöhnte. Es war Banjo. Er lag in seinem eigenen Blut, das eine Lache unter ihm bildete, und hielt sich den Hals, während es zwischen seinen Fingern hervorquoll. Er sah ängstlich aus.

»Helft mir«, bat er mit schwacher Stimme.

Ron ging neben ihm auf die Knie.

»Bitte helft mir«, flehte er ihn an.

Ron schaute ihm in die Augen. Das war der Kerl, der versucht hatte, ihn zu erhängen, und der sie alle hier getötet hätte, doch er brachte es nicht fertig, etwas Gemeines zu ihm zu sagen.

»Ich würde dir gerne helfen, wenn ich könnte. Tut mir leid.«

Der Mann tat ihm wirklich leid – trotz allem, was passiert war.

Banjo schloss die Augen und starb.

43

Ein paar Tage später waren sie wieder im Parkhaus. Sie steckten ihre gesamte Energie in die Einrichtung des neuen Zuhauses. Das Gebäude bot hinreichend Platz und Schutz.

Ganz oben auf der Tagesordnung stand die Behandlung der Verwundeten. Dales Genesung ging zügig vonstatten, doch Sal benötigte Antibiotika. Wendy hatte abgesehen von ihrem abgebrochenen Zahn keinen ernsten Schaden davongetragen.

Mary wich selten von Sals Seite, während er wieder zu Kräften kam. Sie verbrachte außerdem Zeit mit Jeff. Die beiden hatten viele Gemeinsamkeiten, über die sie sich austauschen konnten.

Dale beschäftigte sich damit, eine Waffenkammer anzulegen und das Gebäude abzusichern.

***

Cooper blieb nur ein paar Tage bei ihnen. Er bedauerte es, sie verlassen zu müssen, doch seine Schwester war noch irgendwo da draußen. Am meisten schmerzte ihn die Trennung von Ana. Gerne hätte sie ihn begleitet, doch das ließ er nicht zu. Sein Plan bestand darin, so schnell wie möglich mit seiner Schwester wiederzukommen.

Er fuhr den gleichen Weg zurück, auf dem er zu Fuß gekommen war, was die Rückreise erheblich schneller machte, wobei er den Allradgeländewagen zu schätzen wusste, den er auf Dales Beharren hin genommen hatte. Damit erreichte er Monterey innerhalb einer Stunde.

Er kam von Norden her.

Die Fernstraße verlief an der Bucht entlang, die sich über Meilen hinweg rechts neben ihm erstreckte. Er sah die Stadt bereits aus weiter Ferne, lange bevor er hineingelangte. Cooper fuhr gedankenverloren dahin und befand sich schon fast zu Hause, als er plötzlich stark abbremsen musste. Der Wagen schlitterte mit quietschenden Reifen und kam seitlich zum Stehen. Fast hätte er fünf Personen gerammt, die mitten auf dem Highway liefen.

Zwei von ihnen fielen ihm besonders auf. Ein beleibter Mann mit am Körper festgezurrten Armen, einem Käfig auf dem Kopf und einer

Kette um den Hals. Dazu trug er einen großen, prallgefüllten Rucksack.

Eine kleine Frau mit einer Laterne führte ihn.

Cooper hatte seine Schwester gefunden.

Epilog

Hier unten sah er überhaupt nichts. Das Wasser war kalt, abgestanden und reichte ihm bis zu den Hüften. Weed konnte noch immer nicht fassen, dass ihn der fette Wichser in dieses verdammte Loch gestoßen hatte.

Als er ins Dunkel gefallen war, hatte er fest damit gerechnet, einen qualvollen und langsamen Tod erleiden zu müssen. Er hatte sich während des Sturzes sogar die Hose nassgemacht. Gelandet war er allerdings in diesem Wasser – einer schwarzen, beschissen kalten Brühe – und komplett untergetaucht, wobei er nur eines hatte denken können, nämlich, dass er definitiv am Arsch war.

Hoch über sich sah er im Schein des Mondes einen breiten Ausschnitt des Nachthimmels. Er glaubte, Sterne zu sehen, war sich aber nicht sicher. Ringsum herrschte Finsternis. Als sich seine Augen den dürftigen Lichtverhältnissen angepasst hatten, sah er etwa drei Fuß vor sich einen reglosen Zombie schwimmen.

»Na toll.«

Er konnte mit jedem verstreichenden Moment mehr erkennen, sodass sich ihm schlussendlich Hunderte Leiber offenbarten, die um ihn herumtrieben.

»Ganz mordsspitzenmäßig supertoll«, flüsterte er, während er sich nach einem Ausweg umschaute.

An den Wänden befanden sich verschiedene Öffnungen, doch keine war groß genug, um hindurchzukriechen. Außerdem standen sie halb unter Wasser. Weed würde seinen Kopf kaum über der Brühe halten können, falls er sich in einen dieser Tunnel zwängte.

Gerade als er begonnen hatte, durchs Wasser zu waten, erschreckte ihn ein Platschen, das sich rasch mehrmals wiederholte. Es rührte von Leichen her – vielen Leichen – die von oben herabfielen. Wie gut, dass er bereits ein Stück gelaufen war, denn andernfalls wäre er unter ihnen begraben worden.

Die herabfallenden Körper machten Weed Beine. Er fand eine Stiege an der Wand und kletterte hinauf. Dann stand er in einem Tunnel etwa vier Fuß über dem hüfthohen Wasser und beobachtete, wie die Toten hineinstürzten, bis sie sich stapelten. Einige rafften sich auf und schlurften in seine Richtung, schafften es aber nicht, in den Tunnel zu steigen. Weed fühlte sich sicher. Er drehte sich um und begann, einen Weg hinaus zu suchen.

Stundenlang tappte er durch tiefste Dunkelheit und orientierte sich an schmierigen Wänden. Hin und wieder tat sich über ihm ein schwaches Licht auf. Er würde das fette Schwein kaltmachen, das ihn ins Loch gestoßen hatte. Weed war jemand, der nicht lange fackelte. Verdammt, letzten Endes konnte es darauf hinauslaufen, dass er die anderen beiden Angels ebenfalls um die Ecke bringen musste. Seine Brüder würden ihm beistehen, sobald sie erfahren hatten, was geschehen war.

Endlich fand er einen Ausstieg, der weder vernietet noch zu schwer war, um ihn anzuheben. Weed kletterte aus einem dicken Betonrohr in einen sehr breiten Abflussgraben. Er ging an den schrägen Seiten dieser übergroßen Zementmulde hinauf. Hundemüde war er. Im Augenblick hätte er sich den kleinen Finger für einen heißen Kaffee und Rührei abgehackt.

Als er über die Kante des Betongrabens stieg, lachte er vor sich hin und schüttelte den Kopf.

»Leck mich am Arsch, es gibt bestimmt keinen zweiten alten Sack auf der Welt, der so viel Schwein hat wie ich.«

Er blickte auf die Hinterseite des Parkhauses.

Weed ging unter dem Gebäude hindurch bis zum Rand des gewaltigen Lochs und schloss damit den Kreis endgültig, der in der vergangenen Nacht begonnen hatte. Er fand sowohl seine toten Brüder als auch die Leichen des fetten Bastards und von Jeeter. Von Jack oder Banjo war nichts zu sehen. Während er am Parkhaus hinaufschaute, durchdachte er seine Situation langsam und gründlich.

Dass er so äußerst entspannt war, rührte von seinem Alter, den Drogen und dem Alkohol her, wurde aber vornehmlich durch eine erwiesene Persönlichkeitsstörung bedingt. Er hatte vergessen, wie diese hieß, die Diagnose lag schon so weit zurück. Als er nun grübelte, betrachtete er das kleine Shangri-La, das diese Spießer hier für sich aufbauten.

Weed legte den weiten Weg zu Costco zu Fuß zurück. Die beiden anderen fand er immer noch nicht. Falls Jack noch lebte und in der

Gegend war, würde er sich bemerkbar machen, und Weed wusste genau, wo er nach ihm suchen musste.

Nachdem er seine Kutte abgestreift hatte, zog er sich ein feines Langarmhemd an, um seine Tätowierungen zu verbergen. Dann stöberte er eine halbe Stunde lang im Markt, um eine passende Kopfbedeckung für einen Mann seines Alters zu finden. Letztlich begnügte er sich mit einer Baseballmütze, die ihm passte. Nun entledigte er sich seines Schmuckes, der Silberschädelringe, seiner verchromten Antriebskette sowie der Malteser- und Hakenkreuze – alles Stücke, über deren Anschaffung er verflixt spannende Geschichten erzählen konnte. Den ganzen Schmuck versteckte er in einem lauschigen Winkel des Marktes, den er auch für seine Weste auserkoren hatte. Mann, jetzt kam er sich federleicht vor. Er hatte nie bemerkt, wie schwer all das Zeug war. Schließlich besah er sich in einem Spiegel.

»Francis Fucking Burwell.«

Er zuckte zusammen, als ihm sein Geburtsname – selbstverständlich abzüglich des Schimpfwortes an zweiter Stelle – über die Lippen kam.

»Hätte ich nicht schon so viele Arschlöcher gesehen, würde ich sagen, du bist das größte, Burwell, altes Haus.«

Weed kicherte, ein tiefes, grimmiges Geräusch. Vielleicht würde er sich als Frank ausgeben, wenn er sich den Deppen drüben in Shangri-La vorstellte. Er kehrte noch einmal in die Mitte des Marktes zurück, um nach seinen Taschen zu suchen.

Bevor sich irgendetwas Neues ergeben sollte, musste er sobald wie menschenmöglich einen richtig fetten Dübel rauchen.

ENDE

Leseempfehlung!

SURVIVAL INSTINCT
Kristal Stittle

ISBN: 978-3-95835-024-3

als broschiertes Taschenbuch
und E-Book erhältlich

Auf den ersten Blick wirkt Leighton wie jede andere Stadt auch. Auf ihren belebten Straßen tummeln sich eine bunte Vielfalt geschäftiger Einwohner.
Und wie in jeder anderen Stadt auch, leben im Untergrund von Leighton die Ratten.
Doch diese Ratten unterscheiden sich von anderen Schädlingen dahingehend, dass sie eine bedrohliche Krankheit in sich tragen.
Freunde und Verwandte gehen plötzlich aufeinander los, ein tiefer Schock lähmt die Bevölkerung, als immer mehr Menschen durchdrehen und unglaubliche Gräueltaten begehen.
Nun steht sich jeder selbst am nächsten – zu überleben, ist alles was zählt!

Leseempfehlung!

Z BURBIA

Jake Bible

ISBN: 978-3-95835-020-5

als broschiertes Taschenbuch
und E-Book erhältlich

Whispering Pines ist ein kleiner, ruhiger, abgeschiedener amerikanischer Vorort am Rande von Asheville, NC, in den unberührten Blue Ridge Mountains. Und das ist gut so, denn die Zombie-Apokalypse hat im Westen von North Carolina Einzug gehalten und stellt das beschauliche Vorstadtleben ernsthaft auf die Probe!

Umgeben von einem Meer Untoter haben die Bewohner von Whispering Pines ihr ländliches Leben von Straßenfesten auf Plünderungsfeldzüge umgestellt. Reinigung und Pflege der Vorgärten wurden gegen taktische Kriegsführung in der näheren Umgebung getauscht. Statt das Viertel zu verschönern, errichtete man eine Festung.

Aber selbst in ruhigen Zeiten hat das Leben in einem Vorort seine Höhen und Tiefen: Neugierige Nachbarn, die strenge Hauseigentümervereinigung (HOA) und eine Hausverwaltung, die daran glaubt, dass die Worte ›strenge Auslegung‹ heilige Worte sind, wenn man sie auf die HOA-Verträge anwendet. Jetzt, während der Zombie-Apokalypse, werden selbst solche harmlosen alltäglichen Reibereien schnell zu dramatischen Kämpfen um die persönliche Identität, die Sicherheit der Familie und das nackte Überleben.

Willkommen in der Welt von Z-Burbia!

Leseempfehlung!

RAG MEN

Rocky Alexander

ISBN: 978-3-95835-003-8

als broschiertes Taschenbuch
und E-Book erhältlich

So könnte der Anfang vom Ende aussehen …
Sie nennen es das Qilu Virus. Es kam aus dem Osten, von irgendwo entlang des Gelben Flusses in China. Es fegte innerhalb weniger Wochen über die ganze Welt und verwandelte normale Menschen in wilde Verrückte. Es gibt nichts, was es stoppen kann.

Der ehemalige Boxer Colin Ross ist entschlossen, aus der kleinen Stadt Wenatchee zu fliehen, bevor sie durch das Virus überrannt wird. Dabei muss er überforderte und schießwütige Polizisten, Horden von Infizierten und den brutalen Wintereinbruch überstehen.

Im verseuchten Seattle hinterlässt ein Mann namens Rooster einen Pfad sadistischer Gewalt und Mord auf seinem Rachefeldzug gegen einen Feind, der noch gefährlicher als das Virus zu sein scheint.

Ein spannender Hard-Boiled Thriller im Endzeit-Setting …

LUZIFER

VERLAG